Rito de iniciación

Rosario Castellanos

Rito de iniciación

ALFAGUARA

RITO DE INICIACIÓN
© 1996, Rosario Castellanos

De esta edición:
© D. R. 1997, Aguilar, Altea, Taurus, Alfaguara, S.A. de C.V.
Av. Universidad 767, Col. del Valle
México, 03100, D.F. Teléfono 688 8966

- Ediciones Santillana S.A.
  Carrera 13 N° 63-39, Piso 12. Bogotá.
- Santillana S.A.
  Juan Bravo 38. 28006, Madrid.
- Santillana S.A., Avda. San Felipe 731. Lima.
- Editorial Santillana S.A.
  4ta, entre 5ta y 6ta, transversal. Caracas 106. Caracas.
- Editorial Santillana Inc.
  P.O. Box 5462 Hato Rey, Puerto Rico, 00919.
- Santillana Publishing Company Inc.
  901 W. Walnut St., Compton, Ca. 90220-5109. USA.
- Ediciones Santillana S.A. (ROU)
  Boulevar España 2418, Bajo. Montevideo.
- Aguilar, Altea, Taurus, Alfaguara, S.A.
  Beazley 3860, 1437. Buenos Aires.
- Aguilar Chilena de Ediciones Ltda.
  Pedro de Valdivia 942. Santiago.
- Santillana de Costa Rica, S.A.
  Av. 10 (entre calles 35 y 37)
  Los Yoses, San José, C.R.

Primera edición: mayo de 1997.

ISBN: 968-19-0333-1

Diseño:
Proyecto de Enric Satué
© Cubierta:
© Foto: Lourdes Almeida

Impreso en México

... el espacio intermedio entre el primero
y el segundo nacimiento;
el reino que permite
la sabiduría y la imaginación,
pero no la decisión;
la esfera intermedia que es la de las palabras
y la de los versos, la del sueño más allá del
sueño y, por eso mismo, la meta de nuestra fuga:
el país de la poesía.

HERMANN BROCH

Índice

1. ¿Quién se mueve: los árboles o el tren?

Cecilia dejó caer el libro sobre su regazo y apoyó la frente contra la ventanilla polvorienta. Sus ojos traspasaron la opacidad del vidrio para llenarse de un paisaje al que la exuberancia no rescataba de la monotonía. Sobre la capa inmóvil de los pantanos medraba una vegetación tan compacta que producía el engaño de una superficie sólida. Pero bastaba el más ligero soplo de brisa para abrir temblorosas grietas al través de las cuales amenazaba una profundidad sucia cuya longitud era calculable gracias al tamaño de los arbustos que emergían desde el fondo.

Había algo profundamente melancólico en esta extensión sin habitantes y sin rebaños sobre la cual feas aves de rapiña planeaban al acecho de una carroña imposible.

—La soledad no sirve ni a la muerte —concluyó Cecilia, identificándose de golpe con esta llanura sin término, anegada y podrida, con este esplendor malsano, con esta imagen total de la inutilidad y el desamparo.

Cecilia bajó los párpados para anular esa revelación de su ser que acababa de mostrársele de una manera tan brusca y dolorosa y se entregó al hipnótico traqueteo del tren.

No era éste su primer viaje pero ya entonces había experimentado una suerte de momentánea liberación de los garfios que la ataban a la identidad, en el tránsito de un lugar a otro.

Entrar en un vehículo, dejarse conducir, era como volver a la tibia, protegida, segura inconciencia del claustro materno. Por lo demás, la meta estaba fijada y el plazo para alcanzarla era preciso. Nada podía intentar el viajero ni para cambiar aquélla ni para modificar éste. Había, en el movimiento con que el viaje se realizaba, el mismo trazo fatal con que se desarrollaba la órbita de un astro. Y Cecilia se abandonaba a la ilusión de tener un destino, ilusión mil veces rota por los hechos de la vida cotidiana en la que a cada instante le era necesario preferir, rechazar, ir construyendo acto por acto, y lo que era aún más grave, decisión por decisión, el futuro.

Y nunca, como ahora, el futuro se le representó con la forma de un río de corriente oscura y turbulenta, en cuyas orillas se detenía Cecilia (pequeña, sola, sobreviviente), guardando un equilibrio precario, empujada por quién sabe qué persecuciones y catástrofes, solicitada por quién sabe qué urgencias y abismos. No era posible sino avanzar y, sin embargo, el paso hacia adelante no alcanzaba a trasponer el límite de la posibilidad pero hacía latir su corazón de angustia, sólo con su inminencia.

Porque, según todos los signos exteriores —signos cuyo desciframiento se arrogaban los otros— había llegado para Cecilia el momento de despojarse de los disfraces de la infancia para escoger el rostro definitivo del adulto.

Eso decretaban los otros después de verificar fechas y computar años, pero el decreto no concordaba con el ritmo de Cecilia, una marea cuya altura y velocidad, cuyas inercias, obedecían a los mandatos de un planeta distante y oculto de nombre aún desconocido.

La timidez, la pereza, el miedo de llamar la atención al singularizarse hicieron que Cecilia, además de plegarse a las exigencias de los demás, se equivocara creyendo que su rostro debía reproducir minuciosamente las facciones del de su madre. Se propuso entonces imitar un modelo largamente observado; copiar unas actitudes que habían llegado a parecerle naturales a fuerza de verlas repetirse siempre; aprender unos gestos que se adecuaban, con pasmosa exactitud, a cada circunstancia, a cada situación. ¡Qué fácil le sería discurrir en este cauce, estrecho, sí, pero cuyo dibujo lineal conducía, sin meandros y sin desviaciones, hasta un término de plenitud en que hasta el último rasgo de la personalidad individual era disuelto!

Al través de esta imitación Cecilia aspiraba a ostentar, más que a poseer, lo que envidiaba de su madre: el título de señora, como aspira a la carta de ciudadano el exiliado. De señora, no de esposa ni de madre, porque en estas palabras se agazapaba un peligro: el del asalto a su intimidad, el del sometimiento a un vasallaje.

Y lo que Cecilia necesitaba era algo meramente decorativo, un modo lícito y plausible de manifestarse, de aparecer ante quienes siempre están preguntando ¿qué es? Ante ella misma, en suma, porque pertenecía a esa raza de importunos que no se sacian sino de definiciones.

Pero una mujer, por apta que sea para desempeñar el papel de señora y por vehementemente que lo pretenda, no puede lanzarse a representarlo si no se lo adjudica otro. Un intermediario, un dispensador de dones cuya existencia ya es lo primero que no se sujeta a una norma sino que depende del azar; cuya voluntad se rige por el capricho; cuyos movimientos por imprevisibles y cuyas decisiones constituyen gracias y no premios. Cecilia se rebelaba contra la arbitrariedad plena y contra la propia pasividad en la medida en que temía no ser de las elegidas. ¿Cómo soportar la exclusión? ¿Cómo sobrellevar el fracaso? Cualquier tarea que emprendiera llevaría entonces la marca del desastre inicial.

Mas he aquí que Cecilia asistía al proceso en que un concepto general, abstracto y aplastante —el de desastre— se desmenuzaba en una multitud de hechos inconexos y casi incalificables. Por ejemplo, estar aquí, sentada sobre una banca rígida de madera y en camino hacia una ciudad desconocida, lejos de su casa, de su padre, de Enrique.

Enrique. No podía recordar su cuerpo, su voz. No pudo hacerlo ni cuando sus separaciones sólo teñían de nostalgia y de expectativa algunas horas. Porque su presencia era algo más que una figura, que un eco. Era una atmósfera.

Pero la felicidad que respiraba en ella (y no era felicidad, porque Cecilia la desdeñaba en comparación con la grandeza del sufrimiento) resultaba menor que el sobresalto, que la desgarradura de saber que este bien se le había dado en custodia y le habría de ser arrebatado pronto y sin apelación. La atmósfera de Enrique era como la de una estrella: ardua.

Porque, a pesar de la ceguera a que Cecilia se obligaba, no podía dejar de advertir en el otro (no era otro, era una parte tan dolorosa de sí misma que tendría que amputársela) su excitación, su inconciencia, su hosquedad, su desamor. Cecilia se apresuraba entonces, con esa rapidez con que se lima la arteria que se desangra, a justificar esa conducta, a creer en los motivos que ella inventaba para entenderla. Y cuando ya la credulidad acabó por ser sólo una mueca absurda, Cecilia quiso cerrar los ojos en un último acto de fe. Mientras tanto su razón, ofendida, pasaba las noches en vela y se consumía en el insomnio.

Allí se le representaban, una vez, otra, otra, hasta hacer perder a las imágenes todo su color y todo su sentido, los silencios hostiles, las ausencias descuidadas de Enrique. Y sólo a veces, para no desgastarlo en el uso, afloraba el recuerdo de alguna mirada ambigua, de algún ademán susceptible de confundirse con la ternura. Porque Enrique, como todos los compasivos, prolongó la agonía de su víctima con el silencio. Y no se atrevió a rematar a Cecilia sino que huyó de ella como un culpable.

Ya antes de la fuga definitiva había ensayado otras.

En las vacaciones de septiembre —que Cecilia se anticipó a suponer que disfrutarían (¿o que padecerían?) juntos— partió solo, sin indicar su rumbo y sin conceder, a quien lo extrañaba, la merced de ninguna noticia de su llegada y de ninguna anticipación de su regreso.

Cecilia, que se golpeaba la cabeza contra las paredes como para que penetrara en ella la evidencia que estaba contemplando, pidió ayuda a su padre. Él creyó que su hija se conformaría con averiguar el paradero de su novio y con la certidumbre tranquilizadora de su bienestar. Pero Cecilia insistía en una entrevista en la que estaba segura de que Enrique no llegaría al extremo de reclamar su libertad ni de sostener su tentativa de independencia.

Por fin, don José María cedió. Únicamente para tener que mitigar ante su hija la brutalidad de Enrique y la obstinación con que se negó a enviar ningún recado.

Cecilia no pudo hablar. Temblaba y, cubriéndose la cara con las manos, gritó de dolor. No le importaba sufrir ante su padre. Quería contagiar de su mal a este hombre, ya en los umbrales de la ancianidad, que siempre se había empequeñecido para caber en el mundo de su hija.

El tiempo de la desolación no se mide. Pesa, agobia, destruye. Y la hora, la misma hora sin esperanza, permanece. Hasta que, de pronto, se llega al fin. Sin saberlo se traspasó una frontera. Alguien anuncia que Enrique ha venido y está en la sala aguardando.

Para recibirlo Cecilia no se compuso ante el espejo.

Al contrario. Hubiera querido disponer de algún cosmético que exagerase sus ojeras, su palidez, todas esas huellas de la devastación interior que le surcaban la cara. Enrique las advirtió pero no como una patética acusación a su conducta sino como una amenaza a su integridad. Con voz tensa, dijo:

—¿Por qué me persigues, me espías, me acosas? ¿Es que no puedo dar un paso sin que te arrastres detrás de mí?

—No escribías —se defendió Cecilia.

—No escribía. No sé escribir. Y tú ibas a burlarte de mis cartas.

La excusa pareció a Cecilia tan inesperada que no supo qué replicar. Bajó los ojos para no sorprender, en la cara de Enrique, alguna crispación que él no le perdonaría jamás que hubiese contemplado. Así, sin levantar la vista, oyó los pasos que se alejaban, la puerta que se cerraba sobre el adiós.

Cecilia permaneció de pie en la mitad de la habitación, vagamente horrorizada. De modo que Enrique, también Enrique, se alejaba de ella, como los otros, por miedo.

—Soy una leprosa —sentenció. Esta palabra, insólita y grave, la exaltó hasta el rango de un personaje de tragedia. Y con un llanto impotente (ay, y desesperadamente infantil) hubiera querido borrar los estigmas que, desde su nacimiento, la marcaron.

La locuacidad de sus padres (no, de su madre no, que era más bien muda, de su padre únicamente) hizo público un hecho que, como todos los que parecen fastos, deben guardarse en reserva porque sus consecuencias son imposibles de calcular. Pero su padre, embriagado de orgullo, celebraba en las reuniones de familia, en las tertulias con sus amigos y hasta en los velorios, las gracias de su hija que manifestó, muy precozmente, un espíritu agudo y burlón, una inteligencia ágil y una verbosidad certera. Alentada por las risas y las ponderaciones de los mayores, la misma Cecilia gustaba de lucirse. Aprendió no sólo a aprovechar sino a provocar los silencios propicios para que resonaran mejor sus ocurrencias; hizo de sus condiscípulas competidoras vencidas y de sus maestros sus involuntarios cómplices o sus forzados admiradores. Y no se dio cuenta, sino cuando el daño ya estaba consumado, de que, poco a poco, las sonrisas aprobatorias fueron congelándose en un gesto de rechazo, en un rictus de antipatía.

Cecilia, muy sensible a las fluctuaciones de los ánimos ajenos, quiso retroceder, cambiar de táctica, recuperar el terreno perdido. Mas por torpeza, por una insobornable sensación de que la actitud que afectaba era cobarde y el disimulo que se infligía injusto,

Cecilia no logró sino añadir a sus anteriores calificativos el mote de hipócrita.

Las muchachas evitaban su compañía, temerosas de aburrirse en conversaciones difíciles y en duelos de ingenio, no la procuraban sino cuando sus padres les imponían tal deber y se hacían pagar el mal rato zahiriendo a Cecilia con sarcasmos o con una curiosidad impertinente. Los muchachos se apartaban de ella en los paseos y hacían el vacío a su alrededor en las fiestas. Así que el aislamiento o las amistades precarias arrojaron a Cecilia hasta una playa inhóspita de lecturas y quimeras. Allí soñaba con el amor mientras se decidía por el estudio; allí urdía aventuras sentimentales mientras preparaba lecciones. Entre ambos polos no hubo más comunicación que la que Enrique vino a establecer.

Enrique asistía a la misma escuela y a los mismos cursos que Cecilia. Y habrían continuado en la afable frialdad y la distancia sonriente que unían y separaban a los miembros de aquel grupo si Cecilia no hubiera adivinado en Enrique una especie de *lugar de menor resistencia*, una abstención sistemática del ejercicio de las actividades críticas, una inerte tolerancia para las conductas de los demás, una bella indiferencia, en fin, que podía (con imaginación y por hambre) ser interpretada como un temperamento bondadoso y afectivo.

Cecilia lo interpretó así y, sin preocuparse por comprobar la validez de su hipótesis, condicionó a ella su comportamiento y empezó a corresponder y a sobrepasar lo que creía recibir.

Cecilia resolvió que Enrique poseía un temple de alma tan peculiar y tan autónomo que sobre él no influían los prejuicios vulgares, así que no vaciló en aparecer, ante sus ojos, sin las precauciones que la habían obligado a adoptar los otros. Fue cáustica si habló de lo respetable; desdeñosa, si de lo excelso; entusiasta si de lo prohibido. Describió con una frialdad que no podía ser menos que desaprobatoria las costumbres de su gente y con un escepticismo presto a convertirse en burla, sus creencias y con una calma perfecta el abismo entre las creencias y las costumbres.

Para ella misma no se reservaba una complacencia más grande sino únicamente una curiosidad más devoradora. Sólo se constituía en el objeto privilegiado de una atención igualmente lúcida, de formulaciones igualmente estrictas, de calificativos igualmente rigurosos.

Por la falta de pudor con que Cecilia estaba procediendo era lícito creer que no le acordaba a Enrique la calidad de testigo. Mas por el apasionado afán con que exhibía ante él sus cualidades —sin vanidad— y sus defectos —sin turbación— podía suponerse que Enrique asumía el cargo de testigo divino, de ojo omnicomprensivo y de juicio ante cuya instancia el caos se transforma en orden y la sentencia en perdón.

Si aquella relación no hubiese tenido otro propósito que el de alcanzar niveles más profundos de conciencia y el de expresar grados más diáfanos de conocimiento (y ese interés hubiera sido, por lo menos, igual en ambos y Enrique hubiera respondido a las confidencias de Cecilia con las suyas) habría resultado congruente el tono de trato que Cecilia impuso. Pero, además de no existir reciprocidad alguna, Cecilia elaboraba planes de conquista y alimentaba impulsos de posesión erótica que difícilmente eran compatibles con su práctica tan incesante de la inteligencia judicativa.

Ni irradiaba Cecilia un aura de deseo ni tendía la red de una sensualidad ávida. Ignorante, tímida, orgullosa, quería compensar la torpeza de su cuerpo, la parálisis de sus apetitos, con excesos verbales. ¡Qué inflamados párrafos profería aquella boca que se esquivaba al beso! Y sin suscitar el más mínimo rubor en las mejillas ni el más leve ademán en las manos, Cecilia pronunciaba juramentos que nadie le había solicitado y promesas superfluas.

Enrique se dejaba arrastrar por este flujo incontenible (y que para él era mudo, pues no lo escuchaba) con la esperanza temerosa de que la voz se volviera un día carne y caricia y calor. Pero Cecilia, como la santa de su nombre, insistía en ofrendar —en vez de su persona— su gala más preciosa: la de la palabra.

Y mientras tanto su cuerpo contemplaba el cielo relampagueante en el que su mente había hecho su morada. Permanecía al margen, como dormido en una inocencia tanto más coriácea cuanto que los conceptos voluptuosos la habían rozado innumerables veces sin penetrarla. Pero cuando lo que la amenazaba era un contacto físico, su ser entero se erizaba de defensas o se plegaba para esconderse en un refugio inviolable por la luz o por el sonido. Fingía la muerte, igual que las bestezuelas en peligro.

Enrique cometió el error de interpretar aquella reserva última de Cecilia como un recurso de su coquetería; como un desafío a su virilidad cuya respuesta debía ser el asedio y cuyo desenlace la rendición.

Con una táctica dictada por las tradiciones y avalada por su propia experiencia, Enrique inició el ataque. No tuvo resultados. Y Cecilia ni siquiera se había resistido como si no se hubiera dado cuenta del juego. Abstraída en los antagonismos en los que se debatía el núcleo de su vida, no era capaz de percibir esa vibración carnal que la rodeaba. Hubo que sacudirla por los hombros, despertarla con explicaciones. Sólo entonces empezó a obedecer a Enrique realizando los gestos que se le indicaban con una helada precisión. Pero no logró satisfacerlo. Enrique se retiraba de ella con la certidumbre de que permanecía intacta y de que, de un modo impreciso, él había sido burlado en su expectativa.

Cecilia, a quien el hábito de ocultarse había llegado a convertírsele en una segunda naturaleza, quiso romper la barrera que se interponía no sólo entre ella y Enrique sino entre ella y todo lo demás. Se rehusó a aceptar que esa barrera fuera física, porque hallaba en su cuerpo una autonomía irreductible a su voluntad. Así que dio un viraje hacia ámbitos mejor conocidos —aunque no por eso más hábilmente manejados— y decidió hacer un gran acto de sinceridad: puso en manos de Enrique el diario que escribía desde que se conocieron y en el que analizaba sus sentimientos tan minuciosa, tan exhaustivamente que llegaba a olvidar su causa o su referencia exterior.

Para Enrique, como para muchos, la palabra escrita tenía una evidencia, un peso, un poder de convicción y una verdad de que carece el testimonio oral. El texto le entregó el retrato de una Cecilia despiadada, absorta en el trance de inclinarse hacia él con la misma aplicación con que el investigador se inclina hacia el microscopio que amplifica la pequeñez de la amiba. A partir de entonces la suerte estuvo echada.

Cecilia cabeceó y su madre, que iba sentada en la banca de enfrente, extendió las manos como para detenerla. Gesto de solicitud, mil veces repetido antes y, casi como siempre, inútil. Vuelta a su posición normal doña Clara contempló a su hija con una fijeza que estaba a punto de cuajar en reproche. Una vez más se preguntaba —incrédula— cómo era posible que hubiera llegado a serle tan extraña quien le había pertenecido tan entrañablemente. Ya había cesado de culparse de un alejamiento que, a fin de cuentas, no hizo más que soportar, sin haber acertado nunca ni a disminuirlo ni a conjurar su progreso. Pero la sublevaba aún no entender hacia dónde había corrido Cecilia desde el momento en que pudo desprenderse de ella. Se negaba a aceptar que no hubiera nada más allá de la soledad en la que la vio detenerse. Hay la locura, se repetía, ahogando estas palabras en un pañuelo.

Y, sin embargo, doña Clara no había intentado apartar a su hija de esta desgracia. Desde su nacimiento la había cedido al afecto de su padre, a quien suponía (equivocadamente, ahora se daba cuenta) dueño de mayor autoridad y de mayor tino.

Don José María por vanidad, primero; por pereza, después y, al último, por descorazonamiento, se negó a hacer caso de las advertencias de los demás sobre el carácter de su hija. ¿Que era impertinente? Bueno, podía permitirse ese lujo. ¿Que resultaba distinta de las otras? Mejor. Las otras no le parecían ningún modelo de perfección. ¿Entonces? Entonces no había sino que dejarla crecer a sus anchas y asistir al momento de su maduración y aprovechar el instante feliz de la cosecha.

Cuando llegaron a ese punto doña Clara sintió dentro de sí un espasmo de resistencia. A espaldas de Cecilia se ensarzaban sus padres en querellas largas y sin desenlaces donde resurgían conflictos antiguos y resentimientos que no habían logrado cicatrizar. Entre los esposos ardía la irritación de quienes, alguna vez, experimentaron juntos el placer y que luego perdieron la llave de esa armonía y no volvieron a recuperarla nunca. Esta pérdida se resolvía en frases amargas e irrevocables en las que cada uno reprochaba al otro no haberse convertido en el instrumento, ni siquiera en el cómplice para alcanzar las propias ambiciones.

¡Y esas ambiciones eran tan pequeñas! Doña Clara, por su parte, se habría conformado con conservar el dinero que recibió de herencia y con mantener el rango social que, si no por nacimiento sí por ese mismo dinero, había alcanzado. Su marido deseaba complacerla, mas para conseguirlo no estaba dispuesto a sacrificar la más mínima de sus aficiones ni el más insignificante de sus ocios. Así fue escurriéndoseles entre las manos la fortuna y la posición sin que ninguno de los dos acertara a tomar ninguna medida para evitarlo.

La ruina respetó la apariencia de una casa fundada siglos antes y en la cual no se había aposentado sino la prosperidad. Mas para no derrumbar unos muros cuyos cimientos habían sido largamente socavados, sus dueños no se atrevían casi a respirar. Doña Clara permanecía quieta frente a los muebles cubiertos de fundas, en la sala sin visitas, y don José María se refugiaba en la biblioteca, entre documentos indescifrables y papeles viejos, solicitando al pasado un asilo contra el presente hostil.

Doña Clara acabó por resignarse, con esa pasividad que se transmitía de generación en generación con el nombre de altivez entre las hembras de la familia a la que pertenecía por matrimonio, y ya la fragilidad de su situación no hería un orgullo que sólo era postizo sino alarmaba un profundo instinto de conservación. Tuvo que hacerse astuta para fingir aplomo entre los otros cuando lucía, en alguna ceremonia de las que no era admisible excusarse de ir, un vestido cuyas metamorfosis —como las de las especies animales— le permitían sobrevivir de una era geológica a otra, de una moda a la que la sucedía.

Para mantenerse en pie durante esas ocasiones doña Clara se esforzaba en pensar que un manto de invisibilidad cubría su ropa, su gordura, sus arrugas. No anhelaba nada sino encontrarse a salvo de las preguntas de los demás, de sus miradas, de sus comentarios, en su retiro silencioso y tranquilo.

Y fue Cecilia quien vino a proyectar sobre ese retiro un gran haz de luz, cruda y despiadada, al convertirse en piedra de escándalo. Cecilia, que carecía hasta del más elemental sentido del tacto y de las formas; que opinaba, en voz alta y ante quien la quisiera o no la quisiera oír, de lo divino y de lo humano, sin tomar en cuenta las susceptibilidades que hería y las desaprobaciones que suscitaba. La gente (ah, qué bien calaba doña Clara en la malicia ajena) echaba leña al fuego haciéndole preguntas con el exclusivo fin de horrorizarse de las respuestas. Porque, demás está decirlo, las respuestas no eran las de una muchacha decente y bien educada, sino las de una loca, una cualquiera y una réproba. ¿Que no tenía remedio, como afirmaba, encogiéndose de hombros don José María? Doña Clara no lo pensaba así. El remedio era muy fácil: hacer que su confesor amonestara severamente a la muchacha, encerrarla, poner fuera de su alcance los libros que la trastornaban, entretenerla dedicándola a las faenas domésticas.

Pero don José María se opuso a disposiciones tan sensatas y, por llevarle la contra a su mujer, multiplicó las libertades de Cecilia y le concedió una beligerancia inaudita al hablar con ella como si fuera su igual.

El resultado no se hizo esperar. Cecilia se envalentonó hasta el punto de que, al tratarse de un asunto serio, de un paso que ninguna señorita que se respete da sin consultar con sus mayores, de un noviazgo, en fin, Cecilia, sin encomendarse ni a Dios ni al diablo se lanzó de cabeza a un estúpido compromiso con un jovenzuelo sin abolengo, sin dinero, sin porvenir y sin la más mínima posibilidad de formalizar sus relaciones.

Como si estas agravantes no fueran suficientes, Cecilia no supo —o no quiso— darse su lugar ante Enrique. Lo perseguía con una desvergüenza desmesurada, se adelantaba a las citas, acechaba las ocasiones para los encuentros. Él habría dejado de ser un hombre y un patán si no hubiera abusado de las ventajas que tan gratuitamente le concedían. Comenzó a hacerse el interesante y a mostrar despego, con lo que precipitó a Cecilia en una especie de frenesí que ni su edad ni sus condiciones explicaban. Hasta que Enrique, fastidiado de los arrebatos y de las lágrimas, la dejó para irse a jactar ante sus amigos de ser un conquistador irresistible y a mofarse, en las cantinas y los burdeles de mala muerte, de la ofrecida de quien, al fin, se había deshecho.

De Cecilia, que tan poca dignidad había dado ya muestras, no podía esperarse que hiciera alarde de ella en su nueva situación de desdeñada. Desmejoró a ojos vistas y, como si quisiera llevar hasta el extremo la humillación y exhibir públicamente las afrentas recibidas, no sólo procuraba ocultar los estragos que en ella hacía el sufrimiento sino que los agravaba al olvidar cambiarse la ropa ajada por la noche de insomnio, el vestido marchito por el día de trabajo; al no pasar por sus cabellos lacios más que un peine distraído y rápido.

En vano se empeñó doña Clara en que Cecilia cuidase un poco más de su aspecto. A las observaciones de su madre respondía con una crispada sonrisa de menosprecio a las frivolidades mundanas y con el pretexto, evidentemente falso, de que carecía de tiempo que consagrar a ellas. Estudiaba, es cierto. Pero no era necesario esforzarse tanto para pasar unos exámenes que sus compañeros no consideraban difíciles, a pesar de no haber dedicado mucha atención a la escuela ni durante el año ni ahora, cuando el año terminaba.

A doña Clara no le cabía duda de que si Cecilia se veía obligada a hacer un esfuerzo extraordinario (que sus condiscípulos no hacían) para presentar sus pruebas finales, era por su falta de inteligencia. Esta certidumbre no le causaba asombro ni sobresalto, en cuanto a los estudios se refería. Ninguna madre espera proezas intelectuales de su hija. Lo que sí era lamentable era que Cecilia conservara su tontería hasta en el terreno en que las mujeres hacen gala siempre de sus intuiciones áridas e infalibles, de su adivinación y de su tino: el terreno sentimental.

En el episodio de Enrique se demostró palmariamente la ineptitud de Cecilia para hacerse querer y estimar. Esto, que en principio era lamentable y auguraba un porvenir difícil, en el caso particular había resultado plausible. Porque Enrique ni pertenecía al mismo nivel social de Cecilia (y eso que en los últimos años la familia Rojas había decaído tanto), ni prometía escalar posiciones más altas de las que la suerte le había deparado, ni siquiera contaba con la edad suficiente ni con el carácter como para calificarlo de hombre responsable.

Doña Clara no cesaba de maravillarse de cómo aquel adolescente tímido y desgarbado, pálido y con acné, hubiese hecho nacer en su hija una pasión tan desmesurada. No perdía oportunidad de burlarse, ante Cecilia, de los trajes malhormados del muchacho, de su pelo rebelde a todas las brillantinas, de sus pretensiosas y desvaídas insinuaciones de bozo. Cecilia no se irritaba, no se defendía. ¿Era que no escuchaba? Pero de cada una de aquellas escaramuzas salía más enemiga de su madre, más determinada a sostener una inclinación que los otros encontraban absurda y precisamente porque la encontraban absurda. Y aun buscaba nuevas coyunturas para que doña Clara ejercitase su animosidad y ella su resistencia, porque se sentía heroica y porque el martirio le sentaba bien. Y cuando doña Clara advirtió lo contraproducente de sus desahogos, ya ambas habían adquirido un hábito que ninguna quería romper, porque las aproximaba mucho más de lo que hubiera podido aproximarlas nunca la actitud maternal en que el respeto impone una distancia excesiva para el amor, y la filial en que la sumisión y la obediencia estorban a la confianza. Al hacer escarnio doña Clara de la elección de su hija descendía del pedestal en que debía estar colocada para ponerse al alcance de la crítica y la reprobación de la muchacha ante quien ya no aparecía como intangible sino como arbitraria, injusta y mezquina.

Cecilia no compadecía a Enrique por no tener nada qué ponerse más que aquellos trajes baratos, sino a su madre porque confería importancia a la apariencia externa y porque era incapaz de ver, más allá de esa apariencia, los méritos personales, la calidad humana. Aún después de la ruptura Cecilia pudo permitirse el lujo del silencio porque delegó en su madre (que, por lo visto, no conocía las delicadezas del sentimiento) su necesidad de condenar en el otro la cobardía, la infamia, la traición.

—¿Quién se ha creído que es para tratarte de ese modo? Si eras tú la que estaba haciéndole el favor...

Vociferaba doña Clara. Y Cecilia, que se hubiera avergonzado de pensar una cosa semejante y que no se habría permitido decirla en ninguna circunstancia, escuchaba con un secreto acuerdo y con un ostensible rechazo.

Tal vez gracias a esta ayuda Cecilia pudo reponerse, más pronto de lo que se esperaba, de su decepción. Estaba triste, naturalmente, y si no lo hubiera estado habría tenido que fingirlo porque no se es víctima inocente de una ofensa sin el correlativo sufrimiento. Pero triste y todo fue capaz de presentar con éxito sus pruebas finales y asistir a las ceremonias de graduación de bachillerato y aceptar las proposiciones de su padre de que continuase una carrera universitaria en México.

A doña Clara no la entusiasmaba esta resolución. Pero, aparte de que no se le hizo ninguna consulta antes de tomarla, veía en ella algunas ventajas. No la de que Cecilia adquiriese conocimientos de los que, según su madre, ninguna muchacha tiene la menor necesidad ni sabe sacar el mínimo provecho. Sino de que se desenvolviera en un ambiente más amplio que el de la provincia, donde sus errores fueran menos visibles y quizá más perdonables. Donde el criterio de los hombres solteros, de los buenos partidos, fuera más tolerante y no estuviese tarado ya por lo que había trascendido de la estúpida historia con Enrique. Y también era conveniente poner tierra de por medio entre Enrique y Cecilia. Porque donde fuego se hizo cenizas quedan y nadie podía apostar que él no iba a buscar de nuevo una reconciliación ni que ella no iba a aceptarla como si se tratara del premio gordo de la lotería.

No, el viaje era necesario. Sólo le preocupaba a doña Clara el problema del alojamiento de Cecilia. Había que pensar en un sitio decoroso y no muy caro, donde las idas y venidas de la muchacha estuvieran vigiladas y orientadas discretamente. Ni un hotel, ni una casa de huéspedes ni muchísimo menos un departamento llenaban estas condiciones. Doña Clara buscó entonces entre sus papeles la dirección de su prima política Beatriz Rojas, quien desde hacía muchos años radicaba en México, e invocando ante ella su preterida calidad de madrina de Cecilia, le solicitó su consejo acerca de la manera más conveniente de instalarla en la capital, a la que sus padres, por motivos de negocios y de salud, no podían acompañarla.

La indirecta era demasiado obvia como para que Beatriz no respondiese a ella ofreciendo incondicionalmente su casa y su tutela.

Doña Clara se apresuró a aceptar el ofrecimiento mas no por ello dejaba de cavilar sobre el acierto de la determinación que había tomado. Por una parte la escandalizaba el hecho de separarse de su hija, ya que no lo encontraba estrictamente necesario pues bien podía, ella también, radicar en la capital, proposición que desecharon, con diferentes razones pero con igual esmero, don José María y Cecilia. Por otra parte no estaba muy segura acerca de que Beatriz fuese una influencia muy adecuada sobre un carácter ya de por sí inclinado a la irregularidad.

Porque, en última instancia, no se atrevía a afirmar que conocía a Beatriz. La recordaba, desde su infancia, situada en una esfera superior a la que doña Clara acabó por ascender. La había contemplado entonces a distancia, admirando su facilidad en los juegos, su circunspección en las ceremonias. Después, adolescente, la deslumbró con una elegancia que no parecía nunca el producto de una deliberación o de un esfuerzo sino el regalo de una casualidad venturosa; ella sólo se limitaba a acogerlo y a dispararlo en torno suyo, feliz de la felicidad ajena.

Cuando Clara aceptó la propuesta de boda de José María no influyó poco en su decisión la perspectiva de emparentar con Beatriz. Sin embargo, muy pronto tuvo que reconocer que el parentesco no las había aproximado. Aun en el trato más íntimo y en la frecuentación más reiterada Beatriz no daba de sí más que la superficie pulida, brillante con que se presentaba siempre en público. Era amable, cortés, comedida y su equidad acordaba la misma dosis de comedimiento, cortesía y amabilidad a todos, en todas las ocasiones. Hacer una excepción, en favor o en detrimento de alguien, le habría sido penoso y, quizá, imposible.

El despecho de no haber logrado romper aquel equilibrio que no remitía sino a la idea de la justicia, pero también los deberes de su nuevo estado, obligaron a Clara a afectar ante su prima política esa reserva un poco superior de quien posee secretos que no ha de revelar más que a los iniciados en su misma secta.

A esa secta (la de las mujeres casadas, por supuesto) no llegó a pertenecer jamás. ¿Cómo iba a decir sí a un pretendiente y no a otro si ambos eran dignos —o indignos— de la misma respuesta? ¿Cómo hacer eso que el Apóstol prohíbe expresamente que es la acepción de personas? A su mismo consejero espiritual le pareció que este argumento se quebraba de sutil y le mandó que, en vez de ponerse a interpretar unas Escrituras destinadas a los sabios, escuchase la voz de su corazón. Pero, por lo visto, el corazón de Beatriz era mudo porque los años pasaban y ella se instalaba más y más cómoda y definitivamente en la soltería. Cuando la sociedad consideró que se había cumplido ya el plazo según el cual Beatriz debía participar de las diversiones, ella transitó naturalmente a la devoción. Asistía también a los funerales para consolar a los deudos y atender a las visitas. Así que el día en que le tocó a ella presidir el duelo (y no fue uno, sino dos, consecutivos, ya que sus padres murieron con un breve intervalo de diferencia) Beatriz desempeñó su papel con el aplomo de quien se lo tiene bien aprendido y memorizado.

Después de que se abrió el testamento y de que se supo única heredera de un capital apreciable, Beatriz decidió algo que no tenía precedentes ni en su familia ni en su pueblo: viajar.

Y después de una prolongada ausencia completó la excentricidad de su parábola negándose a volver a su casa y estableciéndose en México. Allí, decían aún sus malquerientes, llevaba una vida piadosa y recogida. La vida que ahora Cecilia iba a compartir.

2. La bienvenida al huésped

La casa de Beatriz estaba en una calle a la que daban sombra grandes árboles y cuyo silencio era rara vez perturbado por el tráfico de los automóviles. Los ruidos habituales eran más bien los de los niños jugando en las aceras, los pregones de vendedores ambulantes y las campanas de un templo cercano.

Esta cercanía fue, quizá, el factor determinante para que Beatriz hiciera una adquisición que sus amistades más prudentes y avisadas no le aconsejaban. Porque los materiales con que la casa había sido construida no eran de primera calidad; porque la disposición de las habitaciones no era cómoda ni su orientación adecuada ni su tamaño satisfactorio; porque el terreno era caro y, según todos los cálculos, había llegado ya al límite del precio que podía alcanzar, así que si Beatriz se proponía alguna vez vender esta propiedad no haría ningún negocio y tal vez hasta resintiera alguna pérdida.

Beatriz escuchó todas estas razones con la atención respetuosa de quien, durante toda su vida, ha estado sujeta en minoridad a otros. No replicaba nunca pero, a solas, examinaba los argumentos que había oído. Dejaba a un lado las exageraciones, de que tan amantes eran sus paisanos; su certidumbre de las catástrofes a las que forzosamente debía estar expuesta una mujer sola y sin "respeto de hombre" como era ella, y su ingenua confianza en que, con astucia y experiencia, esas catástrofes podían ser previsibles y evitables. Y, por último, puso en duda el dogma de que el ahorro era preferible al gusto que uno podía proporcionarse gracias a algún desembolso más o menos fuerte. Así que, encomendándose a su ángel de la guarda y después de varias noches de insomnio y de largas consultas a su director espiritual, Beatriz compró la casa y desde el día en que pasó a ocuparla no dejó de sentir la vaga aprensión de que se le derrumbaría encima, sólo para no dejar en entredicho las predicciones de sus prudentes y gratuitos consejeros.

Conforme el tiempo pasaba y el derrumbe no se producía, Beatriz fue afirmando su confianza y admitiendo que su instalación aquí iba a ser duradera y ya casi se atrevía a decir que definitiva. Por lo tanto le era lícito procurar que nada de lo indispensable le faltara. Compró muebles sólidos, desempacó antiguas vajillas, colgó cortinas y cuadros. Sus familiares (por que aspiraban a una herencia que veían mermar en estos dispendios), sus amigos (porque encontraban muy poco delicado que una mujer sola desplegara tanta diligencia y dispusiera de tan gruesas sumas en proporcionarse placeres que no compartiría con nadie) no dejaron de expresar su desaprobación. Pero no pudieron impedir que Beatriz acabara por tener una casa acogedora, un poco recargada de adornos y de un mal gusto omnipresente. Una casa en la que se afanaba, a lo largo de toda la jornada, por mantenerla limpia ya que su única belleza —decía ella— era el aseo y también el orden. Un orden cuya perfección, cuya inalterabilidad eran tales que producían el efecto de que ninguno de los objetos sobre los que imperaba era útil sino para la contemplación. Beatriz contemplaba las maderas pulidas, los bronces resplandecientes, los cristales translúcidos. Y sentía esa misma especie de plenitud que le había colmado, a veces, ante un cuadro de museo o ante un paisaje extranjero. De este ensueño sólo la despertaba el sobresalto brusco de una sospecha: la de que tanta felicidad fuera pecado.

En tales condiciones admitir un huésped, exponer los objetos indefensos a su falta de veneración, a su grosería, a su descuido, a sus necesidades, le parecía un sacrilegio. Pero cuando recibió la carta de doña Clara y recordó el parentesco espiritual que la ligaba con Cecilia —un parentesco hasta hoy inoperante y que surgía del olvido con una cara contrita de remordimiento— supo que no se resistiría a que el sacrilegio se consumase. Porque había hecho una promesa ante un sacerdote, la promesa de velar por su ahijada; porque la felicidad no puede ser nunca duradera y ella había sido feliz todos estos años, que no se había preocupado siquiera de contar, de su orfandad; porque a las solicitaciones de sus primos no hallaba nada que oponer sino su egoísmo vergonzante de solterona. Los sacramentos la ayudaron a inclinar la cerviz de su voluntad ante las imposiciones del deber y llegó hasta a encontrar cierta alegría en su renunciamiento, una alegría ligeramente ácida y cuya tensión estaba pronta a deshacerse en lágrimas.

Pero nada de esto se transparentó en su primera entrevista con las recién llegadas. Supo ocultar también la sorpresa que le causaba hallarlas tan diferentes de como las recordaba o de como las había imaginado. Clara, que en el tiempo de su juventud había cobrado tanto prestigio ante sus ojos por su noviazgo y por su matrimonio y a la que había visto como la encarnación del amor, de la seducción, de la voluptuosidad (mientras ella era tan tímida, tan sufriente, tan sola) había envejecido sin gracia y sin nobleza. Una palidez enfermiza quitaba a su obesidad toda justificación y las arrugas marcaban en su rostro no la plácida conformidad de quienes están de acuerdo consigo mismos sino las angustias sin desenlace de los débiles, de los iracundos impotentes, de los ineptos. Sus movimientos no manaban en corriente fluida sino que se desencadenaban y se extinguían en impulsos súbitos y momentáneos, como relámpagos imprevisibles. Y así también su voz, aguda y precipitada y confusa.

Beatriz miró con piedad a su prima y se preguntó si el tiempo no habría hecho en ella estragos semejantes que el espejo era incapaz de revelar. Pero doña Clara estaba reconociéndola con una incredulidad que no podía menos que halagarla. La provinciana atribuía, a quién sabe qué recetas adquiridas en el extranjero o a que prácticas aprendidas en México, su esbeltez, su agilidad, la firmeza —¡todavía!— del color de su pelo. ¿Y cómo, si ningún hombre se lo había enseñado, Beatriz había aprendido a pactar con su cuerpo de modo que permaneciera tranquilo y no la atormentara el día entero con sus acechanzas y con sus traiciones? ¿De dónde, de qué estatuas remotas, de qué representaciones sagradas copió esa expresión serena que borraba de su rostro hasta el más leve vestigio de curiosidad, esa pasión que no abandona a las mujeres que no han conocido ni el lecho del placer ni el desgarramiento de la maternidad? Preguntas que doña Clara no formuló pero que despojaron de espontaneidad a su abrazo.

De Cecilia Beatriz esperaba lo que los otros le celebraron tanto en su juventud (acaso por lástima puesto que nunca lo tuvo y que su ahijada debió haber heredado de su madre): belleza, aplomo, esa especie de ceguera que conduce a los felices, a tientas, pero infaliblemente, hacia donde se encuentra su felicidad.

Y he aquí que tenía ante sus ojos a una muchacha desgarbada, que se adelantaba al desprecio ajeno con el desprecio propio. Su frente se crispaba con el pliegue implacable del juez pero en torno de su boca merodeaba ese temblor inerme de los culpables. Su mirada era fría, certera, rapaz. Pero a menudo la velaba con sus párpados, como si no pudiera soportar esa visión que le estaba exigiendo un veredicto condenatorio. Y pedía perdón entonces con sus manos, sobre las que no sabía qué gesto poner para esconderlas; con su torso, encorvado como de quien va a esquivar un golpe; con sus piernas, demasiado rígidas para la danza. Pedía perdón por existir. Y no lo esperaba. Puesto que ella misma no se había perdonado y no había perdonado a los demás que existieran.

¿Por qué Beatriz habría de merecer el indulto? Cecilia había escuchado distraídamente los comentarios de su madre sobre esa prima siempre lejana de cuya mansedumbre se había desenvainado, de pronto, la rebelión. Y había ido inventándola y construyéndola lentamente como la figura en que, de acuerdo con ciertos cánones, encarnaba una audacia cuyo rostro secreto era el ascetismo. Figura que, ahora lo palpaba, no correspondía a esa sensualidad primaria y sin imaginación que rodeaba como un halo a su madrina.

¿Para eso la habían eximido de las obligaciones del matrimonio y de las pesadumbres de la maternidad, se preguntaba Cecilia con despecho? ¿Para eso se le había dado la salud y no se le había escatimado el dinero y le habían sido posibles los viajes? ¿Para que, a fin de cuentas, se dedicara a sí misma esas complacencias menudas, esa cortina de encajes que convertía en penumbra la luz declinante de la tarde; esa alfombra sobre la que los pasos se deslizaban sin dificultad y sin ruido; ese té caliente y dulzón con que ahora obsequiaba a sus huéspedes?

Cecilia era demasiado joven aún, demasiado intransigente y sus aristas no habían sido melladas aún por la experiencia. Creía que la obligación ocupaba un trono y que las concesiones eran sus siervas sumisas. Concebía la vida como una lección que hay que aprender para recitarla, al final, a un maestro a quien no le va a pasar inadvertido ningún error, ninguna equivocación, ningún olvido. Por eso era tan importante escoger y tan grave fracasar. Ella había fracasado ya una vez y por nada del mundo habría querido fracasar de nuevo. No se podía prometer el éxito pero sí la rectificación constante, la búsqueda incansable del camino real.

Ah, no. Ella no hubiera podido absolverse nunca, aceptarse con esa facilidad inconsciente con que su madrina se entregaba a unas satisfacciones que ni siquiera eran pecaminosas. En ese caso era preferible la desazón que inquietaba a su madre. Porque el mundo no ha de engañarnos diciéndonos que cualquier limosna que nos arroja es la felicidad. Porque a la felicidad se responde con un encogimiento de hombros y la dicha de ahora, pequeña y deleznable, ha de ser pospuesta para dejar sitio a la dicha de mañana que tal vez no llegue y que tal vez sea más pequeña y más deleznable aún que la que hemos rechazado pero que tiene la prerrogativa de estar colocada en el futuro.

—Yo no cederé nunca —se prometió Cecilia. Y se mantuvo tiesa en un sillón que invitaba a la molicie. Y respiraba profunda y agitadamente como si cada uno de los juguetes de porcelana que atestaban las mesitas estuvieran pesando sobre su pecho y asfixiándola. Como si de la tranquilidad de Beatriz y de su compostura emanara un narcótico sutil que poco a poco iría adormeciendo sus ímpetus y haciéndola olvidar sus propósitos.

—No se puede decir que tengas buena mano para tus ahijadas...

Doña Clara miraba acusadoramente a Cecilia como si su aspecto fuera una manifestación de mala voluntad, de desobediencia a unos padres que no tenían otra ocupación ni otra preocupación que el bienestar de su hija.

Beatriz sonrió hacia el sitio donde se encontraba la muchacha. Estaba de acuerdo con la opinión de su madre pero no compartía su pesimismo.

—Ya verás cómo se repone; a veces basta un cambio de clima, de ambiente... A mí los viajes me ayudaron mucho para olvidar mis penas, que han sido grandes.

Doña Clara hizo un signo afirmativo. ¿Qué es pena? ¿La orfandad? Ella también era huérfana y casi no se había dado cuenta. ¡Estas solteras, que se ahogan en cualquier vaso de agua!

—Yo no quiero consuelos —protestó apasionadamente Cecilia. Yo no vine a México ni a reponerme ni a divertirme. Creí que se lo habían explicado bien en la carta, tía. Yo vine aquí a estudiar.

—Sí, me han dicho que sacaste muy buenas calificaciones y que vas a inscribirte a la Universidad.

—¿Qué te parece? —preguntó doña Clara con la esperanza de que Beatriz formulara una reprobación que ella no se había atrevido a hacer y que en unos labios extraños tendría más fuerza, más autoridad.

—Cecilia ya no es la única muchacha que quiere valerse por sí misma. Ya no es como en nuestros tiempos, Clara. Hoy tendrías que buscar con candela de oro a la que se quede en su casa, esperando.

—¿Esperando qué?

—Ya ves, ni siquiera saben ya qué es lo que hay que esperar. Salen a ganarse la vida.

—No es por necesidad de dinero que Cecilia ha venido. No te voy a negar que los negocios de José María no marchan muy bien pero tenemos lo suficiente para vivir con desahogo y aun para darnos ciertos lujos —concluyó doña Clara con el rostro arrebatado de vergüenza.

—¿Qué tiene de malo trabajar?

—Trabajar por gusto, nada. Pero trabajar por dinero... No quisiera yo vivir para alcanzar a ver eso.

Beatriz quiso poner fin a la disputa.

—De todos modos conviene prepararse. ¿Qué carrera has escogido, Cecilia?

La pregunta era cortés, retórica. Como casi siempre, Beatriz no esperaba que la respuesta tuviera para ella ningún significado.

—Historia.

Pero esta palabra era para Cecilia una especie de contraseña que su madrina debió haber comprendido. En principio, porque toda persona que ha llegado a cierta edad debe escuchar con simpatía y con interés a un joven cuando se vuelve hacia el pasado. Y luego, porque en el caso concreto de Beatriz esa cierta edad no tenía raíces que la fijaran en el presente sino que flotaba como una nube en el cielo vacío de las solteronas. Pero lo que más sorprendió a Cecilia, al punto casi de no irritarla, fue que Beatriz no advirtiera que el pasado al que estaba refiriéndose no era cualquier pasado sino el que les pertenecía a las dos, por apellido y por sangre.

—Salió en eso al padre —interpuso doña Clara. José María sigue con la chifladura de los papeles.

Beatriz recordó esta manía que hizo tan inofensivo siempre a su primo. Averiguar linajes, probar noblezas y establecer rangos lo salvaguardaron de las disipaciones propias de la juventud. Pero doña Clara, que se las hubiera arreglado mucho mejor con rivales de carne y hueso, tuvo un ataque de celos durante los principios de su luna de miel, en el que destrozó documentos y tiró al fuego cédulas reales y cartas a las que hermosos sellos daban un valor elevadísimo. Por única vez en su vida don José María se dejó llevar por la violencia: abofeteó a su mujer y ordenó a los criados que le prepararan una recámara aparte. Cumplió su juramento de no volver a traspasar los umbrales de las habitaciones de doña Clara y eso le impidió conocer a Cecilia mientras las mujeres encargadas de su crianza no permitieron que la recién nacida fuera conducida hasta él.

—Mi padre está escribiendo un libro. Un manual de historia del Estado, para uso de las escuelas.

Doña Clara ignoraba este proyecto y si se hubiera enterado de él oportunamente habría puesto a su marido todos los obstáculos posibles para que no pudiera realizarlo. No se habría opuesto directamente, claro está. Aquella bofetada le ardía aún en la cara. Pero... aunque, en el fondo, confiara más que en sus propias argucias en la pereza, en la abulia del otro para que el libro quedara inconcluso, en el remoto caso de que comenzara a escribirse alguna vez.

Para Cecilia, en cambio, un mero proyecto, vagamente aludido había ido adquiriendo la consistencia de un hecho consumado. Urgía a su padre para que saliera de su abstracción y juntos trazaran los lineamientos de una obra que no la ayudaba tanto a reconstruir, a vivificar el pasado cuanto a desvanecer, a momificar el presente. Cuando su padre decía, por ejemplo, "los primitivos pobladores de esta zona" (obviamente para designar a los indios) se borraban del horizonte inmediato esas figuras descalzas y piojosas que, en ocasiones, alcanzaban una evidencia tal que Cecilia estaba a punto de preguntarse el porqué de su existencia, como siempre se había preguntado el porqué de la existencia de los gusanos, de las serpientes y de otras especies animales de aspecto desagradable y de nula utilidad, cuando no francamente dañinas para el hombre. Pero su padre derramaba la frase: "los primitivos pobladores de esta zona" como un médico derrama un bálsamo sobre una herida. Y la pregunta que había estado a punto de surgir se olvidaba y las figuras descalzas y piojosas eran despojadas de estos atributos accidentales para entrar en el ámbito de una categoría dentro de la cual eran dignos y necesarios. Tranquilizada, Cecilia volvía a respirar a sus anchas pues el mundo estaba en orden. Volvía a dolerse de sí misma, sin distracciones y sin remordimientos.

Porque los indios no eran: habían sido. Habían sido poderosos, valientes, ricos. Habían sido los antagonistas perfectos de los antepasados de don José María Rojas a quienes presentaron una resistencia heroica, gracias a la cual resplandeció mejor su arrojo y su fuerza. Donde hubo guerra hay vencedores y vencidos y es natural que los victoriosos (por lo demás, la victoria es la señal que Dios pone sobre los suyos) sometan a los que han sido derrotados y los esclavicen. Es natural. Y, vistos con la perspectiva de la distancia, los acontecimientos —magníficos, protagonizados por titanes— escapan a todo juicio moral.

Apaciguamiento de la conciencia, primero. Después orgullo del linaje. La sangre que ha llegado hasta mí es la misma que se derramó, sin miedo, en las batallas. El nombre me lo han negado los capitanes y los encomenderos sobre cuyas acciones el tiempo ha dejado intacta la grandeza y ha esfumado la iniquidad. La sangre y el nombre pesan sobre mí como un manto de gala. Cubren la fragilidad de mis hombros, descienden hasta la pequeñez de mis pies. Cuando me yergo alcanzo el aspecto majestuoso que los otros alcanzaron no únicamente para sí sino también para sus descendientes. Nadie, a mi alrededor, excepto los iniciados, es capaz de verme en mi forma verdadera. Los iniciados somos mi padre y yo.

Doña Clara, la excluida, tenía objeciones.

—¿Qué vas a hacer con la historia?

—¡Era tan fácil contestar! Colocarme fuera del alcance del desprecio, de la indiferencia, de la traición de los otros. Ser, plena y totalmente, sin ese límite arbitrario que me imponen Enrique y tú y todos juntos. Ser, de una manera tan rotunda, que anule las opiniones, las condenaciones, los rechazos de los demás. Y ser, en el reino de la historia, no le exigía hacer, ni descubrir, ni inventar. Le bastaba la memoria. Cazaría primero en el coto cerrado de la familia. Y después cobraría presas mayores: México, el mundo entero. ¿Mas qué sentido podían tener estas reflexiones para doña Clara? Había que hablarle en su propio lenguaje.

—Voy a ser maestra, mamá.

Esta palabra carecía de ningún prestigio para ella y no le sugería más que visiones lamentables de mujeres exhaustas en la lucha contra niños malcriados y jefes abusivos. Su descanso no las llevaba más que a una casucha pobre en la que habían instalado su humillada soledad de solteronas.

Pero Cecilia había hablado también para Beatriz. ¿La entendería? La sangre y el nombre las unían. Pero eso no era suficiente. Se precisaba un esfuerzo para actualizar el pasado por medio del conocimiento, de la conciencia para interpretar los hechos, del sentido de la justicia para calificarlos, del instinto del orden para colocarlos dentro de un marco general de referencias en el que adquirieran su debida proporción. ¿Sabía esto Beatriz? ¿Estaba dispuesta a asumir la tarea de autorrevelación? ¿O le bastaba con ser la portadora irresponsable de unas cualidades que había ido dejando extinguirse en ella y que no transmitiría a otro ni por la carne ni por el espíritu? Cecilia vigiló atentamente la expresión del rostro de su madrina sin alcanzar a percibir en él ningún vestigio de complicidad.

Doña Clara también se volvió hacia Beatriz como a un oráculo, aunque su consulta era de índole muy diferente.

La solicitada no supo sino repetir una frase que había escuchado antes y que le pareció lo suficientemente ambigua como para satisfacer ambas preguntas.

—Es una profesión muy decente.

El despecho, por no haber encontrado en Beatriz la aliada que esperaba, hizo proferir a Cecilia:

—Decentísima. Además, hay que añadir que en la Facultad de Filosofía y Letras, que es donde esa profesión se imparte, todos los catedráticos son católicos y todos los compañeros son compañeras.

—Entonces no me explico qué es lo que vas a hacer en esa escuela, si lo que estás buscando es la ocasión de echarte a perder.

Beatriz se asombró de la facilidad con que Cecilia y doña Clara se ensarzaban en las discusiones, se dejaban arrastrar por la cólera, se acusaban y se defendían. En esta tensión gratuita era posible adivinar los largos años de lucha sorda, de silencio únicamente interrumpido por los reproches, de voluntades irreductibles. Después de cada réplica, que dejaba intacto a su oponente, madre e hija se miraban entre sí con rencor.

—Tú dices que en esa Facultad de quién sabe qué adonde vas a inscribirte hay muy pocos hombres y te creo.

La confianza de doña Clara en su hija estaba fuertemente teñida de desdén. Era veraz, según ella, no por virtud sino por falta de imaginación. Aun del apuro más grande no se las agenciaba para salir avante improvisando una excusa, una mentira. Dejaba que cayera sobre ella todo el peso de las consecuencias de sus actos tal como habían sucedido sin que acertara a atenuarlos o a sustituirlos verbalmente por otros que le fueran más favorables.

—Por un lado eso me tranquiliza, aunque por otro... Una muchacha joven y soltera necesita tratar a muchachos jóvenes y solteros.

—¿Para qué?

—No vas a pasarte la vida llorando la decepción de Enrique.

Cecilia enrojeció de rabia. ¿Cómo se atrevía esta advenediza a exhibir una intimidad que nunca se le había confiado?

Pero no se arriesgó a replicar porque seguramente la voz le temblaría y, a media frase, iba a devolvérsele en lágrimas. Beatriz, que advirtió estos signos precursores de tormenta, acudió en su auxilio.

—No hay que angustiarse por lo que será el día de mañana. La Providencia vela por nosotros.

—Ayúdate, que Dios te ayudará, dice el refrán. Y yo me procuro porque ya no soy joven y no quiero morir dejando una hija suelta, sin el amparo de nadie.

"Tengo a mi padre y eso me basta" quiso decir Cecilia. Pero temió que la otra hablara de la vejez de don José María, de su salud precaria, de su muerte, en fin, y en vez de eso, dijo:

—Tendré una carrera.

—Una carrera no acompaña, hija. Y no defiende más que hasta cierto punto. Tú, por la manera en que te educaron, no tienes malicia, no conoces las acechanzas del mundo.

—¿Y quieres encontrarme un marido para que me las enseñe?

—Para que te proteja de ellas. Tiene que ser un muchacho serio, de buenas costumbres, de buena familia.

—Una alhaja. ¿Y qué vas a ofrecerle tú en cambio? ¿Dinero?

—¡Cecilia! —protestó Beatriz recordando instantáneamente el monto de la dote gracias al cual doña Clara fue admitida en el seno de la familia Rojas.

Pero doña Clara no recogió la alusión, si es que fue hecha y no elaborada por la susceptibilidad de Beatriz y por su dominio de los antecedentes de aquella boda.

—Porque si no es con dinero nadie va a aceptarme —insistió Cecilia. Y tal vez ni así.

Como si esta declaración la hubiera agotado, Cecilia aflojó los músculos y se reclinó, por fin, lánguidamente contra el respaldo del sillón. Mientras

tanto su madre proseguía, monótona enumerando las
desventuras a las que en la orfandad se vería arrastrada y los exorcismos con los que, desde ahora, podría
conjurar los peligros.

Cecilia reflexionaba en que había que dejar a
los mayores, petrificados en una ignorancia contumaz,
el monopolio de las mentiras, de las amenazas, de las
predicciones, de los consejos, sin oponer más que el
silencio, porque toda discusión con ellos es un des-
perdicio.

Beatriz aprovechó el monólogo de doña Clara
(que ella había escuchado, ay, tantas veces en otros
labios y referidos a su propia persona y situación) para
ponerse de pie e ir a la cocina y ordenar que sirvieran
la cena. Mientras avanzaba hacia la puerta se preguntaba, con una vaga aprensión, si su retorno a la vida
de familia tenía que hacerse forzosamente por un
camino tan áspero y escabroso como prometía serlo
Cecilia.

3. Primeros pasos

La ciudad fue, para Cecilia, la revelación brutal de su propio anonimato. En la mirada perentoria de los demás (perentoria aunque tan rápida que no se concedía a sí misma ese plazo mínimo para la respuesta que exige la curiosidad), en la prisa que no se detiene a reconocer, en la distracción que confunde todos los objetos y los superpone, se borraba, se desvanecía su imagen. Pronto su perspectiva interior comenzó a desplazarse y su punto de mira acabó por situarse en ese lugar variable, caprichoso y forzosamente distante de los otros. Desde allí se contemplaba tratando en vano de dar razón de esta figura cuya necesidad había radicado antes únicamente en ser única y había perdido su validez ahora que pasaba a integrar un grupo, a formar parte de una multitud en la cual aún hallaba la resistencia que un cuerpo vivo presenta a la intrusión de un elemento extraño y quizá nocivo y del cual todavía no era capaz de extraer la savia ni el sustento.

En sus oídos, acostumbrados al metódico silencio de la provincia, roto a intervalos regulares por un tañido ritual, por un grito útil, por una música decretada, reventó de pronto un estrépito en el que desembocaban mil velocidades contradictorias, mil propósitos encontrados, mil elementos que manifestaban una presencia que era como el modo último del sufrimiento ya que clamaban, reclamaban a los demás el paso, la posibilidad de la fuga, la oportunidad de la desaparición.

Sorda, a fuerza de sumergirse en un ruido sin tregua, Cecilia perdió la noción de su nombre. Quería distinguirlo, entre tantas sílabas incoherentes; articularlo, restituirle esa espina dorsal que antes lo erguía y de la que ahora había sido despojado para someterse a un proceso de mimetización cuyo fin sería volverlo semejante a esa masa gelatinosa y amorfa a la que aquí se reducían las palabras.

Pues el nombre de Cecilia no era pronunciado. Y cuando se pronunciaba (porque también este azar era, en principio, posible —como es posible que un chimpancé, jugando con el alfabeto acierte, en un plazo indeterminado de edades geológicas, a escribir una obra de Shakespeare) era un nombre que no aludía a una persona sino que señalaba un instante: el de la coincidencia fortuita entre un requerimiento formulado por alguien oculto tras una ventanilla o constreñido por un escritorio, y la posesión del requisito demandado: el número de una ficha, el horario de una entrada, la contraseña de un encargo.

Cecilia comparecía entonces, arrastrando consigo aún partículas de la masa de la que acababa de desprenderse y sintiéndose portadora de la efímera realidad de un insecto en el trance mismo de consumir y agotar su ciclo vital. Y así como no le estaba permitido imprimir en la memoria de quien la había mencionado ninguna huella, así tampoco podía acarrear consigo ningún testimonio del suceso acaecido.

El órgano que no se usa se atrofia y, en torno suyo, Cecilia no observaba sino curiosas criaturas a las que, desde varias generaciones atrás, se les había cercenado una cauda de recuerdos incompatible con su prisa y con su apiñamiento. Esa misma cauda que ella arrastraba aún y que incesantemente era pisoteada y desgarrada por el descuido de los otros en quienes no suscitaba disculpas sino protestas, por estorbar sus movimientos y por mostrárseles en una etapa de evolución ya por ellos superada y abolida.

Cecilia habría querido tener, junto a sí, a su padre para que la ayudara a preservar, con las manos unidas, esa pequeña llama de su memoria que se extinguía. Su nombre, que no iluminaba ya ni campos heroicos, ni daba luz a celdas de meditación, ni calor a salas de audiencia. Y la sombra iba devorando, uno por uno, a sus antepasados. Del morrión del capitán no quedaba sino la brizna de una pluma a la merced de un gran viento nacional.

Del hábito del misionero un jirón comido de polilla, manchado por la equívoca fama de una concupiscencia y una avaricia que no por mezquinas dejaron de ser ilícitas. Del insurgente alguna anécdota que sobrenadaba gracias a su inverosimilitud. Del liberal el mote lanzado contra él por sus enemigos y que hacía blanco en un oportunismo de convicciones que había sido premiado por el acrecentamiento de su riqueza. En los más próximos la burla no perdonaba ninguna de sus debilidades y la adhesión incondicional ya no servía de sostén a su decadencia. Y aun estos fragmentos, estos fragmentos que reducían la magnitud de la persona de Cecilia a un tamaño carente hasta de proporciones, que se hilvanaban entre sí para proveerla de una especie de disfraz de payaso o de mendigo con el que ella se negaba a revestirse, aún esos fragmentos fueron destruidos. Y ella quedó entonces expuesta a la desnudez y el lubidrio. Cerró los ojos para que no la vieran y los labios para que ninguna la invocara. Ciega, muda, invisible y sorda. Bastó un paso más y en el mismo sitio donde antes estuvo Cecilia Rojas ahora estaba nadie.

Frente a nadie se abrió entonces un espacio que, de haber estado despoblado, la habría enloquecido por su desmesura.

Pero los edificios, que aprovechaban la misma pared para bifurcarse —como el águila de los Hapsburgo para dimanar sus dos cabezas— las calles, que se sucedían sin interrupción; la gente, que se revelaba (como la guardia ante un monumento, como la asistencia a un funeral) para no desamparar los lugares ni dejarlos expuestos a la soledad, producían la impresión —falsa, y por ello mismo angustiosa— de que el espacio tenía límites, de que existían diques múltiples y precisos para contener la proliferación inagotable, de que la ciudad, en fin, no era infinita.

Y el espacio está allí para que se le trasponga. Es una exigencia sin apelación. Nadie comenzó a explorar los alrededores de la casa que habitaba. Su brújula era la fatiga. Después dispuso de otros mapas, conoció otros puntos cardinales. Descubrió, en el flujo y reflujo de la multitud, los planetas dictaminadores.

Se dejó arrastrar (al cabo no era más que un cuerpo) por la ola de veneración pública que va a morir a orillas de los santuarios. Ante nadie exhibían los peregrinos sus rodillas sangrantes y su torso llagado. Ante nadie extendía su superficie la piedra bendecida a la que no acaba nunca de desgastar el roce de los labios, de los dedos. Nadie adivinaba las representaciones de lo sagrado que ocultaban vidrios en los cuales confluían, aniquilándose, contradictorios y cegadores rayos de luz. Eran imágenes asfixiadas, quién sabe desde cuántos siglos atrás, por la profusión de adornos, por la acumulación de ramos vegetales y que, sin embargo, continuaban vigentes como esas estrellas cuya muerte sólo es sabida por los astrónomos.

¡Qué honda respiración de irresponsabilidad ante este fenómeno que pide asentimiento, contagio, fervor, porque era presenciado por nadie! Y nadie es sólo un cuerpo que ambula, que ha aprendido la destreza indispensable para esquivar los choques, para acomodarse a los movimientos de ese Gran Cuerpo que si no comienza a tolerarla por lo menos comienza a no reaccionar como ante una espina irritativa. Nadie es un pulso que empieza a latir al compás de otro pulso mayúsculo y precipitado hasta que su ritmo llegue a ser tan igual como es el del conejo después de que se ha dejado devorar por la boa.

Fue en Chapultepec, ante la minúscula cama en que una emperatriz durmió sus sueños de ambiciosa y veló sobre sus premoniciones de víctima, donde el asombro devolvió a Cecilia algunos indicios vagos de lo que había sido su antigua identidad. Se recuperaba, como el amnésico, horrorizada de haberse podido perder alguna vez y de no contar con ninguna promesa de que el encuentro sería duradero, fiel y constante. Vestigios de su persona volvían a habitar aquellos ámbitos que durante un tiempo (pequeño, sí, tenía que ser pequeño, porque el tiempo disminuía en relación inversa con el espacio) sólo ocuparon las funciones corporales.

Regresaba humillada porque el regreso se cumplía sin ninguna de las condiciones que le hubieran parecido indispensables antes de su partida. Y, para ahondar la humillación, o para restañarla o para despojarla de toda importancia, pendía sobre la cabeza de Cecilia la espada de una amenaza: la de ausentarse, la de partir otra vez, la de quedar deshabitada de nuevo, sin previo aviso y en cualquier momento.

Para dominar el vértigo que la acometió ante una fachada barroca (una tela de araña, frágil, a pesar de la apretada urdimbre de sus hilos, transparente a pesar de las complicaciones de su dibujo, un vano exorcismo contra el vacío) Cecilia quiso, al fin, reducirse a concepto. Soy, se dijo. Y esta afirmación levantó, en la muchedumbre de imágenes de sí misma que la desgarraban, ecos contradictorios. Un escéptico alzamiento de hombros en aquella que se colocaba bajo el signo del rigor. Soy. ¿Es acaso suficiente la enunciación de la primera persona del verbo ser? ¿Cómo se prueba que soy? ¿Quién soy? ¿De qué modo soy? ¿Cuándo soy? ¿Cuánto soy? Y la sílaba, repetida, resonaba como el latir de un corazón acelerado por la angustia.

Soy. Y volvía el rostro ruborizado otra imagen. No, no es correcto exhibir así, y ante cualquiera, la intimidad. Tiene algo de obsceno. Y no es que se trate de una cuestión moral, sino estética. Si se levanta el velo y lo que aparece es una cara leonina, hinchada, carcomida, de leprosa... Convendrá usted conmigo en que, por lo menos, esa revelación sería incómoda. No, no dije intolerable. Sólo incómoda. ¿Que qué haría yo en un caso semejante? Pues lo más sencillo: empuñar una piedra y arrojarla contra el espejo para hacerlo trizas. Aunque, en el fondo, mi alarma es infundada.

Yo sé, aunque los demás lo callen porque no lo advierten, yo sé que soy bella. Hay dentro de mí una especie de orden, de sentimiento profundo de la armonía de las formas que necesariamente ha de aflorar hasta la superficie y manifestarse. Porque la belleza (usted sabe que no me refiero a esa vulgar corrección de las facciones que las tarjetas postales pretenden eternizar, sino a algo menos evidente, menos grosero, que tiene su origen en la interioridad última y que algunos llaman —por que no atinan con el término exacto— llaman gracia) es asunto no del azar (¡imagínese usted nada más las injusticias, los abusos, las arbitrariedades a que se prestaría este hecho!) sino de la voluntad. Sí, quiero decir que nace de un propósito explícito y mantenido mediante esfuerzos incesantes y metódicos, de estar de acuerdo consigo mismo y con lo que no es uno mismo. Va ascendiendo entonces, paulatinamente, desde las entrañas, un reposo que se podría calificar de noble y que se derrama, como un ungüento, sobre los miembros. Pero no hay en este reposo ninguna pesadez, sino al contrario, una disponibilidad casi instantánea hacia el movimiento que se cumple con ligereza pero sin precipitación, con exactitud, una exactitud tan perfecta que se da el lujo de parecer descuido. ¿Me ves, tú que dices que eres yo, como soy en realidad? No soy como tú me representas. Y he dicho mal: no me representas, me traicionas. Tropiezas sin el pretexto de un obstáculo, eres torpe y derramas los líquidos preciosos que se te confían, tus vestiduras y tú se pelean, todos se ríen de ti y tú haces bien en avergonzarte. ¿Por qué pretendes entonces ser tú la que dé la cara, cuando tu cara es la de una leprosa. ¿Quieres que arrojen sobre mí, sobre mí que soy la verdadera y por lo mismo la bella, un anatema? No, no lo permitiré. Voy a apartarte, como se aparta la piedra del sepulcro, para salir al aire, a la luz y que me contemplen y...

     ¿Y qué? ¿Supones que van a adoptarte? En primer lugar no está por discutirse el problema de si eres bella o no. Y más todavía: de si puedes serlo o no. Yo me inclino a pensar que ningún estado de ánimo, por sublime que lo supongas, modifica en lo más mínimo la apariencia física. El perfil de Cleopatra, recuérdalo, no era precisamente la consecuencia lógica de sus virtudes. En todo caso yo confiaría más en los afeites. No, Dios me libre de aconsejarte que los uses. Te conozco desde que naciste y sé que no tienes ni la más remota idea ni de cómo se aplican ni de dónde se adquieren ni siquiera de cuáles son. No deduzcas de esto, tampoco, que te estoy sugiriendo que consultes con los expertos en maquillaje. El asunto no es de forma, sino de fondo. El asunto es si tienes derecho a disfrazarte.

Vamos a ver cuál sería el proceso: de una manera o de otra, con magia o con técnica, me da igual, te las arreglas para parecer, no digamos bella —que es un termino muy pretencioso y en tu caso particular estrictamente inaplicable— sino bonita.

¿Protestas por lo que este calificativo tiene de vulgar y de cursi? Bueno, te concedo una palabra neutra que designa, más que lo que eres la reacción de los demás ante tu apariencia: agradable.

Agradable... Es curioso lo que sucede con el idioma. Este adjetivo es preciso y conviene a la situación que estamos describiendo. Pero yo, que te conozco desde que naciste, no debería usarlo porque tengo a mi disposición otro, más preciso aún y que conviene mejor a la situación que estamos describiendo: hipócrita. No te gusta tampoco. Me lo temía. Transemos, pues, porque lo que yo quiero es llegar al meollo y nos estamos perdiendo en divagaciones.

Agradable... Agradarías a los otros y, no te hagas ilusiones, nunca sería demasiado. Si acaso dejarían de señalarte este defecto tan evidente o aquel otro tan irritante. Pero de ahí al aplauso, al elogio, y ya no digamos a la admiración, hay un abismo que no franquearás nunca. ¡Y después de tanto esfuerzo, de tanto tiempo malgastado! ¿No se alarma tu pereza? No, perdón, tú no eres de las perezosas. Quise decir: ¿No se subleva tu orgullo? Y mira bien: ¿quiénes son los que no van a dignarse ni a admirarte ni a elogiarte ni a aplaudirte? Unos imbéciles, unos mediocres a quienes tú no concederías ni la más mínima beligerancia en ningún otro terreno como no sea el del juicio estético. Y aun allí esa beligerancia que les concedes es gratuita porque su juicio no es producto ni de la madurez de la reflexión, ni del refinamiento del gusto sino del mero capricho momentáneo e irresponsable. Los desprecias. Estás bien correspondida. ¿Entonces? ¿Por que intentar la ruptura de un equilibrio natural cuando este acto únicamente te acarrearía decepciones, en lo que concierne al mundo de afuera, y asco de ti misma?

Sí, dije asco y lo repito. Quieres engañar a los otros, quieres aturdirte, para que ellos no sospechen y para que tú acabes por olvidar que eres un monstruo.

Mi colega, esa frívola y desvergonzada a la que tuve que callar, se permitió la osadía de poner en sus labios una palabra de la que no se ha hecho digna. Dijo, a propósito de no sé qué, moral. Y tú asentiste, porque ambas desconocen el valor de ese término. Hablas de moral tú, cuando para convencerte de que renuncies a un engaño tengo que recurrir, no al prestigio ni a la obligatoriedad de la virtud, sino a la fuerza del vicio; tengo que invocar, no tu modestia, sino tu orgullo. Procedo así porque soy astuta y porque te conozco desde que naciste. Mi opinión acerca de ti ha tenido pocas oportunidades de ser favorable. No, no iniciemos uno de esos alegatos sin fin en los que siempre salgo vencedora. ¿Recuerdas? Tu as de triunfo en las discusiones es la castidad. ¡Soy casta! proclamas, como si la castidad pudiera confundirte con la abstinencia y como si tu abstinencia derivara del mérito de una elección y no fuese el resultado de una desgracia. Mientes cuando dices que eres casta. Di más bien que eres fea. F-e-a! ¡No te tapes las orejas, cobarde! Son únicamente tres letras que, juntas, forman una palabra pequeñita, pero que basta para cubrirte entera como la loza de una tumba. No hay que remover el interior de las tumbas porque ya se sabe lo que guardan: gusanos, descomposición, osamentas. ¿Recuerdas, por ejemplo, lo que soñaste anoche? Claro que no. Tu memoria es golosa y por eso mismo fácil de sobornar. Te basta con arrojarle más imágenes de las que puede digerir. Pero anoche soñaste... ¡Pobre de ti, ni siquiera sabes cómo se sueñan esos sueños porque tus mayores han querido mantenerte en la ignorancia! Y tú no te atreves a desobedecerlos más que a medias. Cuando vas a atisbar tras una puerta, quiero decir, cuando abres uno de esos libros que las monjas confiscan en los colegios, piensas en tu padre y te contienes.

Tu padre, que movería la cabeza tristemente. Porque él no se ha dejado derrotar en vano, sino para merecer una hija pura. Te le acercas entonces, con el corazón aún palpitante del riesgo que has corrido, con la esperanza absurda de que la mancha apenas se note porque, además, apenas si te has manchado. Y él te ve, con sus ojos miopes y distraídos, y te acaricia la cabeza como si no hubieras dejado de ser una niña y tú quisieras entonces arrodillarte y confesárselo todo y llorar de vergüenza y de arrepentimiento hasta que el perdón descendiera sobre ti. No lo has hecho nunca, no lo harás. ¿Para qué atormentarlo? te preguntas. Voy a traducirte, porque ésa es mi misión: ¿para qué humillarme? Está bien, concedo que al humillarte también lo atormentarías y que no vale la pena hacerlo. Pero entonces ¿por qué te empeñas en simular ante mí —¡ante mí, que te conozco desde que naciste!— que eres mejor de lo que eres? No voy a aducirte que no es lícito. Es un argumento que te deja impávida. Voy a recordarte que es tonto. Ni eres pura ni eres bonita. Y respecto a esto último no voy a recurrir, tampoco, a razones de índole abstracta porque eres singularmente insensible a ellas. Pero voy a decirte que te expones al ridículo cada vez que te preocupas por lo que tú llamas, como en las revistas de modas, tu arreglo personal. Recuerda cómo te mira entonces tu madre: cómo tus amigas tienen que cubrirse la boca con las manos para que no sorprendas sus sonrisas;

cómo Enrique... De acuerdo, la opinión de Enrique era indescifrable, como lo era su conducta en general. Pero el balance último, reconozcámoslo, no arrojó ningún saldo a favor tuyo.

Ah, ahora exclamas que te desprecias y que rasgarás tus vestiduras y esparcirás cenizas sobre tu cabeza. ¡Bravo! Llamarás la atención y eso es lo que te propones. ¿No? Entonces sé discreta. No engañes a los demás queriendo hacerte pasar por otra más plausible pero tampoco te burles poniéndote en la frente un signo de Caín, que tampoco te corresponde. La discreción te conviene. Los excesos no te conducirán sino al extravío. Estás muy lejos de ser ya no digamos una santa pero ni siquiera un modelo de conducta. ¿Que antes dije que no eras de las perezosas? No me retracto. Pero no quieras hacerme trampa colocando en el terreno de la moral ese desarreglo de la tiroides que los médicos han tenido que regularizar. De aquí no se deduce, claro, que no hubieras podido escoger actividades menos laudables que las que escoges. Pero dejemos el campo de tus cualidades, que me has hecho conocer palmo a palmo, y vayamos al de los defectos que es donde ahora pareces haber puesto tus predilecciones.

Tus defectos, querida, como tuyos, son medianos. No quieras agigantarlos suponiendo que con ello vas a engrandecerte. Más bien adonde el hábito que va con tu personalidad y que es el que te dije desde el principio: el de la modestia.

¡Pero no, me has entendido mal! ¿Por qué esa manía de exagerar? No bajes los ojos, que he dicho modestia, no abatimiento. Y modestia es, por no especificar más, que dejes de repetir "yo soy" pues aún poniéndonos en el mejor de los casos, en el de que a fuerza de repeticiones llegaras a convertir esta frase en verdad, te verías obligada, inmediatamente, a añadir al "yo soy" el epíteto que le corresponde y que te haría despertar, como a un sonámbulo, un cubetazo de agua fría.

Cecilia no pudo seguir oyendo esta voz porque otras, que no identificaba, y en mil tonos diferentes —susurrantes unas, amenazadoras otras o llorosas o estranguladas de risa— la cubrieron. Cada una reclamaba para sí la corona del verbo y el cetro del pronombre. Cecilia, para no ceder estos trofeos (que tampoco eran suyos, que se los había arrebatado quién sabe a quién en un momento en que disminuyó la vigilancia y que ostentaba, más que por desafío por costumbre, por repetir una fórmula que había tenido validez antes pero que ya no significaba nada ahora que su pasado había sido abolido y que su futuro era amorfo y que no era dueña sino de ese instante en que su aliento se engrosaba con el sonido vacuo del "yo soy") quiso ocultarlos, incluso ante sí misma. Fingió abdicar. Se le exigió entonces, y con violencia, que lo hiciese en favor de alguien pero ¿a quién hubiera podido elegir? Tendría que pronunciarse a favor de alguna de las que conocía mejor por haber disputado más frecuentemente con ellas, no entre esa muchedumbre que suponía plebeya pues no le había mostrado más que sus harapos, sus úlceras y sus alaridos.

La inquisidora, por ejemplo, era inteligente pero implacable y habría resultado más difícil evadirse de la tiranía de sus preguntas que ingeniárselas para desobedecer las órdenes de la admonitoria. En cuanto a la estetizante daba la impresión de ser frágil y asustadiza pero poseía una habilidad tal para fingirse digna de todos los honores, para instalar su presencia hasta en las ceremonias más solemnes y para dar a esa solemnidad un esplendor del que antes carecía, para despojar a lo grave de sus cualidades agobiantes, que ninguno dejaría de entristecerse si esa presencia, si esa ilusión, se desvaneciera.

Por lo demás, Cecilia estaba acostumbrada a estos motines y a pesar de que se sucedían periódicamente y según una serie de normas preestablecidas, no por ello dejaban de perturbarla y de hacerla reflexionar en la conveniencia y en los métodos para terminar con ellos. Intentó decapitar a las cabecillas, adularlas para reducirlas al silencio, entronizar rotativamente a cada una. Lo único que consiguió fue exasperar a todas hasta el punto de que olvidaran sus rivalidades, sus pretensiones de hegemonía y se aliaran para lanzarse contra Cecilia y desgarrarla. Entonces sí dejó de decir "yo soy" y tras de sus sienes sangrantes latía débilmente una afirmación más humilde. He sido convertida en ágora, en campo de batalla, en tierra de nadie.

Lo que la resucitó fue la angustia. Protestaban sus entrañas, gritaba su conciencia. Estaba sí, abatida en el polvo, arrasada por las furias, regada de sal como después de una derrota. Pero no por eso había dejado de ser. Era una serie de elementos, no unidos aún por un propósito común, sino añadidos por obra de la casualidad, como los organismos de las especies inferiores que evolucionan hacia la coherencia o perecen. Y Cecilia no debía perecer. No debía volver a admitir nunca que no era. Cuando, como ahora, la pusieran contra una pared, siempre le quedaba el recurso de declarar lo que nadie podía rebatirle, lo que estaba a la vista del público, lo que constaba en los documentos oficiales: soy Cecilia Rojas. Tengo diecinueve años y mido un metro y cincuenta y seis centímetros de estatura. Peso cuarenta y cinco kilos. Nariz recta, ojos cafés, frente regular, pelo castaño. (No quiso agregar lacio, porque éste era un dato variable según los caprichos y las ocasiones.) Señas particulares: ninguna.

¿Ninguna? Sus dedos tamborileaban de perplejidad sobre una superficie imaginaria. ¿Y la cicatriz que se llama Enrique? Me inclino hacia lo patético. Enrique ha ido sufriendo una metamorfosis tras otra hasta el punto de que ya no me es reconocible.

De presencia a dolor, de dolor a recuerdo a símbolo. Un símbolo cada vez más ambiguo, más oscuro. Su nombre es ya una de esas invocaciones sin sentido que se dirigen a las divinidades cuyo culto decae pero que aún no se sustituye por otro más vigoroso y eficaz.

Enrique no es ya un signo distintivo de nada. Yo, Cecilia, vista desde fuera, soy igual que cualquier otra muchacha de diecinueve años, de un metro y cincuenta y seis centímetros de estatura, etc... etc. Lo único capaz de distinguirme sería la memoria, y la he perdido. Sin embargo aquí, a mi alcance, está alguien a quien podría recurrir para que diera testimonio de mi infancia. pero sobre su memoria también ha de haber operado la ciudad, asqueándola. ¿Será posible que en su inconciencia, que en la capa protectora que la envuelve y que es la rudeza de su sensibilidad, mi madre conserve lo que nunca tuvo sino en un estado larvario, que en el sentido de nuestro linaje? ¡Qué paradoja! Ella, la excluida. Ella, que no tuvo acceso al apellido sino por una casualidad y que no lo poseyó nunca sino como un atributo externo, como un adorno colocado por manos ajenas. Que se negó a asimilarlo siguiendo el lento proceso de ubicación y de conocimiento. No, ella también ha olvidado sólo que a su manera: sin darse cuenta.

Y mi padre ¿habría sabido defenderse mejor que yo de este despojo? ¿Cedí por inexperiencia, por atolondramiento, por distracción ante tantos y tan inagotables estímulos como la ciudad me presenta? Soy entonces como los perros, indignos de alcanzar la categoría humana porque sus sentidos son tan agudos que incesantemente los asaltan olores, colores, sonidos y su mente no es más que un caleidoscopio de sensaciones, reducidas en su número pero infinitas en la variedad de su composición, que los mantienen fuera de sí y que los hacen responder a cada requerimiento con un entusiasmo sin reservas.

O quizá era necesario que sucediera así. Porque mi raíz estaba hundida en una tierra que fertilizaron los actos de quienes me han precedido, de quienes venían a desembocar hasta mí, a continuarse, a vivir según el tiempo nuevo y las nuevas encarnaciones y las nuevas circunstancias. Y al desarraigarme se interrumpió esta corriente y ellos se anegan y se pudren allá, sin hallar desaguadero, y yo camino aquí, exangüe, sobre una superficie dura, impenetrable de asfalto.

No, mi padre también habría sucumbido. ¿Qué entiende él de esta dureza, de esta impenetrabilidad?

Y por sus años y por sus costumbres está mucho más condicionado de lo que yo lo estaba al humus tibio en el que silenciosa e incesantemente se elabora la vida. A mí de nada podría valerme ya regresar, ser injertada de nuevo en el antiguo tronco, porque o él ha perdido ya su savia o yo he abandonado el reino de lo vegetal y mis alimentos son otros.

No, padre, ya no me lleves de la mano por esa galería de retratos que tantas veces recorrimos juntos porque yo no podría contemplar, sin reírme hasta las lágrimas, de esas figuras que creyeron que la dignidad era un gesto; y que el poder era un puño cerrado sobre el pomo de una espada y que la valentía era una mirada fiera y unos mostachos erguidos a fuerza de pomada.

Y esos otros, los legisladores, con el vientre redondo de la respetabilidad surcado por su ancha leontina de hombres prósperos. ¿Quién los conoce, di? ¿En qué ámbito tienen vigencia sus leyes o dónde resuenan las trompetas de su fama? Tu biblioteca, padre, es demasiado pequeña como para que quepan allí algo más que fantasmas.

De modo que ésa es la herencia que recibiste y que has querido transmitirme. ¡Cómo me conmueve ahora, que sé que es inútil, tu aplicación dirigida a esclarecer un pasado que no existe porque no lo recuerda nadie más que tú! Y lo que no es memoria colectiva y totalizadora es invención de triste, es desvarío de enfermo, es vicio de solitario.

Lo que acabo de pronunciar es un diagnóstico. ¿Sabes que desde que nos separamos no hago más que ejercitarme en esa forma ínfima de la crueldad que es el pensamiento objetivo? Sin embargo, callaré. No porque quiera ser misericordiosa contigo sino porque el mal ha nacido tan largamente en tus centros vitales que ya no puedo salvarte. ¿Y de qué sirve al moribundo conocer el nombre técnico de su muerte?

Pero yo sí me voy a salvar, me tengo que salvar. A veces, acabas ahora mismo de presenciarlo, vacilo, quisiera retroceder, refugiarme de nuevo en tus brazos (y debí haber dicho en tus sueños). Es curioso, pero esos sueños, esas divagaciones, me proporcionaban una sensación de solidez mucho mayor que la que proporciona el cuerpo; una sensación de realidad, una realidad que se expandía aquí y antes y siempre. Entonces sí era posible gritar a boca llena: ¡soy! Y ahora, tú acabas de oírlo, aún no había terminado de pronunciar esas sílabas cuando sobrevino ese alud de algarabía, de protestas. ¡Y qué cobardes concesiones tuve qué hacer para acallarlas!

¿Sabes de qué tengo miedo a veces, un miedo que me haría correr hacia ti, aunque yo haya perdido ya el camino de regreso, aunque ese camino de regreso ya no existe? Tengo miedo de perderme, de confundirme con otro, con otros, de aniquilarme enmedio de la multitud. Ni siquiera tú acertarías a reconocerme, aunque me amas y me prefieres, porque me habrían pasado un trapo encima de la cara, para borrarme las facciones, y me habrían dibujado esos rasgos esquemáticos que uniforman a todos. Y yo no podría responderte cuando dijeras mi nombre, porque lo he olvidado.

Pero no, no palidezcas así, no temas. Conozco un truco que va a sacarme de apuros. ¿Recuerdas a Dios? Tú y yo hablamos poco de Él porque estábamos enamorados del tiempo y los especialistas en Dios aseguran que habita en la eternidad.

Cuando yo era muy pequeña, y mi curiosidad carecía aún de discernimiento, te preguntaba por qué mi madre iba a la Iglesia y rezaba y recibía los sacramentos. Tú me contestabas (con una sonrisa de condescendencia más bien dirigida a ella que a mí) que ésos eran asuntos de mujeres, una especie —digamos— de menstruación que era preferible no mencionar porque no valía la pena y porque era de mal gusto. En su momento permitiste que yo también fuera conducida a la Iglesia y que aprendiera las oraciones y que tuviera acceso a los sacramentos. ¿Cómo ibas a oponerte si era una de esas servidumbres naturales en el sexo al que, a fin de cuentas, yo pertenecía? Hay que tener en cuenta además que estos acontecimientos coincidieron con la persecución religiosa decretada por el Gobierno y que tú consideraste atentatoria a los derechos y a las libertades inalienables de los individuos. Y, perseguida, la religión se convertía en una actividad secreta que halagaba tu gusto por el misterio, tus aficiones hereditarias por la confabulación, tus moderados impulsos de desafiar los poderes constituidos.

Pero entonces yo no comprendía estos matices y únicamente me sublevaba esa flaqueza tuya que ahora no sólo disculpo sino que agradezco tanto más cuanto que me es útil.

Sí, no te resultará sorprendente saber que en el gineceo donde ahora estoy confinada la atmósfera que se respira es eclesiástica. Se habla, con más frecuencia que unción, con más familiaridad que respeto, de Cristo y se recurre a él para lo nimio y para lo grande. Lo nimio, no lo ignoras, oh, esposo de mi madre, es el asado que se quema, las tijeras que se extravían, el tapete que se arruga. A lo grande le llaman salvación. No quiero averiguar qué significa para ellas esta palabra porque apenas (y en medio de unos dolores que llamaría de parto si no te molestaras, por excesivamente doméstica y femenina, esta expresión bíblica) estoy averiguando qué significa para mí.

Por lo pronto salvarse es ser rescatado de lo que llama Santo Tomás la masa de perdición. Este término tú no puedes concebirlo allá donde saludas, sombrero en mano, y por su apodo más íntimo a cada una de las personas, a cada uno de los animales, a cada una de las piedras que te rodean. Tendrías que venir a Babilonia, permanecer tres días dentro del vientre de la ballena para comprenderlo.

De la masa de perdición me rescata Él. Desde su cruz, desde su cielo, me señala con una marca inconfundible. No importa que nadie, ni tú, sea capaz de ver esa marca. No importa que ni siquiera yo misma la conozca ni pueda describirla. Pero sé que la tengo, porque me siento marcada. Sé que soy de los elegidos, de los que han sido colocados aparte y que mi hora ha de llegar.

Aguardo. Estos paseos por la ciudad, que te describo minuciosamente en las cartas y que te complacen, no son más que entretenimientos para engañar la espera. Lo que yo espero es algo que va a producirse en mí, al través de mí, gracias a mí. Ignoro lo que es, si grande o mínimo, si adverso o favorable, y por eso mi expectación mezcla la impaciencia con el terror, con la alegría, con el ansia de fuga. No sabré qué es sino cuando todo se haya consumado y yo me haya consumido en ese acto único al que se me destina.

Ah, qué tarea me han impuesto. Me flaquean las rodillas y no anhelo sino cerrar los ojos, unir las manos y yacer cuajada en piedra. Una estatua terminada, aunque no sea sino una estatua funeral. ¡Qué hermoso sería haber recibido ya todos los golpes precisos, exactos, del cincel! Pero este fácil consuelo me está negado. Yo soy la materia, sí. ¡Y qué materia! Arcilla innoble, que se desmorona, que deserta tercamente de la forma. Pero también soy el artesano. Un artesano que no conoce su oficio y que ha de suplir su torpeza con su constancia. Porque mis dedos destruyen más de lo que modelan y carezco de otros instrumentos y no tengo frente a mis ojos ningún dechado.

Es después de días y días de tentativas y de fracasos cuando quiero huir, no de mi tarea, sino de mi destino como de la catástrofe. Doy unos pasos, sin dirección fija, sin propósito determinado; retrocedo; me paralizo. Porque vaya donde vaya mi destino me alcanzaría como alcanzó la lava a esas mujeres fugitivas de Pompeya y las petrificó, para los siglos, en un ademán extravagante, en un gesto risible, en una mueca lamentable.

En ciertos momentos asciende hasta mi cabeza y revienta la burbuja del horror. Cada fibra de mis músculos se tensa, cada poro de mi piel se eriza pidiendo huir. Pero aun esta palabra tan breve no acaba de salir de mis labios y ya me distraigo en otras consideraciones. Ya me tranquilizo pensado que el destino puede no estar esperándome en el futuro sino despidiéndose de mí en el pasado. Que el destino era amar a Enrique y aniquilarse de humillación delante de él y de todos y partir de mi pueblo y arrancarme de ti y que todo se ha cumplido y que ahora convalezco y no me preparo, olvido y no presiento.

Y no quiero volver hasta donde estas tú porque sólo aquí, en esta ciudad enorme, estoy a salvo. Nadie sabe mi secreto, nadie va a registrarme a ver si encuentra la marca. Además, ya te lo dije antes, la marca es invisible. Sólo él, que me la ha puesto, podría identificarla y lazarme, desde lejos, y arrastrarme hasta su presencia y su voluntad.

¡Qué terrible sería si fuera posible! Pero no lo es.

Porque él no existe. Lo descubrí de la manera más sencilla. A pesar de lo diferentes que pudieran parecer a otros ojos menos atormentados que los míos, hay —entre él y tú— un aire de familia. Él vendría a ser algo así como una especie de retrato tuyo amplificado. Las diferencias (que existen, claro está) entre sus facciones y las tuyas, entre tus actitudes y las divinas son únicamente de grado. Porque también a él le gusta recordar y recuerda universalmente y este recuerdo absoluto es lo que muchos llaman presciencia.

No envidies la magnitud de su memoria porque ella no lo exime de la vileza, de la futilidad de los asuntos. ¡Vidas humanas! ¿Puede darse algo más monótono, más deleznable? Y siquiera tú escoges algunas vidas humanas en las que, a tu modo de ver (ese modo de ver tuyo, trémulo, inseguro, vencido de antemano), se vislumbra algún destello de grandeza. Pero él no parpadea nunca y su vasta mirada indiferente tiene que acoger todas las visiones.

Pero tampoco lo compadezcas por haber dejado imponerse esta ocupación. Su impotencia para rechazar un cargo tan absurdo y tan honorario no constituye más que otra prueba de que no existe. Ya estábamos de acuerdo en eso y sólo me restaba comunicarte la manera tan sencilla como lo descubrí. Fue gracias, precisamente, a ese aire de familia que, quizá, fue lo primero que me atrajo a él. Él existió mientras tú fuiste venerable, infalible, protector. Pero cuando la ciudad dejó caer sobre tu imagen sus ácidos corrosivos, su trono comenzó a bambolearse. Y ahora que yo me retiro de ti y te juzgo y te menosprecio y, voy a decir todavía algo más brutal, te olvido, él no existe.

Así pues no hay ningún motivo de alarma. Sigo paseando con mi madre y mi madrina porque la ciudad no es faena que se concluya rápidamente. Apenas estoy aprendiendo a posarme, con la nerviosa provisionalidad de un pájaro, en sus lugares privilegiados. Te envío tarjetas de Xochimilco, del Palacio Nacional, de la Villa de Guadalupe, del Árbol de la Noche Triste. Por el texto escrito en el dorso sabrás que observo escrupulosamente el ceremonial que prescribe el turismo y que exhalo admiración donde hay que exhalarla y me aflijo donde no sólo es lícita sino forzosa la pesadumbre y me alegro en los lugares de esparcimiento. Aspiro al título de ciudadana. Pero me faltan aún muchos requisitos que llenar. He de darme prisa. Y, mientras tanto, las vacaciones llegan a su fin.

4. Tentativa de aproximación

Al llegar a la Universidad, Cecilia se mezcló, desde el principio, con la avalancha de estudiantes que pretendían inscribirse. Entre ellos, contenta de que ni su aspecto, ni el dejo de su voz, ni su timidez hubieran —hasta entonces— llamado la atención de nadie, Cecilia se alineó disciplinadamente en la fila que iba avanzando, con lentitud, hacia la ventanilla de primer ingreso.

De cuando en cuando el orden se rompía en un intento tumultuoso de apresurar el ritmo con que se desarrollaban los acontecimientos, o se engañaba la impaciencia con pequeñas explosiones de humor, cuyo sentido no era penetrado completamente por Cecilia pero que no por ello encontraba menos digno de ser celebrado.

Sin embargo, este ambiente en que la juventud jugaba con la libertad como si no existieran límites que, una vez traspuestos la convertían en delito, o como si no se tratara de un explosivo de manejo peligroso y delicado, atemorizaba un poco a Cecilia. Y si en los primeros momentos le pareció bien confundirse con los demás, ahora encontraba más prudente singularizarse. Compuso un gesto severo y abstraído y, a manera de parapeto, abrió un libro, por encima de cuyas páginas se asomaba a veces para lanzar furtivas miradas a su alrededor. Nadie reparaba en ella y la ilusión de que era invisible la hizo sentirse ligera e impune pero de ese estado feliz la arrojó un empellón rápido y casual.

—Disculpe.

Sin volver la vista, Cecilia movió los labios como si respondiera. Mas a pesar de su silencio ya no pudo recuperar su aislamiento porque el empellón había tenido el mismo efecto que en las recepciones diplomáticas tiene la más elaborada fórmula de presentación. Sin ningún recato, el que la había empujado se asomó sobre el hombro de Cecilia.

—¿Enriqueciendo su sensibilidad con alguna estrujante novela rosa?

Cecilia tuvo un pequeño sobresalto pero pudo más en ella su vanidad que su reserva.

—Oh, no —se apresuró a aclarar, como si desde siglos atrás hubiera sobrepasado el nivel de tales lecturas. Y añadió, con un orgullo un poco errante ya que no acertaba con el sitio en que había de posarse:
—Es la *Historia de San Michele* de Axel Munthe.

Su interlocutor (ahora reparaba Cecilia en que era un muchacho de los que su madre solía calificar como feos y mal vestidos) hizo un mohín de cómica aceptación.

—El mundo visto por un ojo clínico ni muy certero ni muy profundo. Pero, en fin, por algo ha de empezarse. ¿Va a estudiar medicina?

—Ni lo mande Dios. Me desmayo si veo una gota de sangre.

El muchacho exageró su asombro como si esta frase hubiera puesto en crisis sus convicciones mejor fundadas.

—Es raro, porque generalmente son las mujeres quienes mejor resisten ese espectáculo repugnante que es el cuerpo humano.

Cecilia había cerrado su libro porque no podía dejar pasar esta frase sin una réplica que recuperara, para el sexo femenino, el honor perdido y para ella la seguridad de que no tenía nada que ver con las generalizaciones que se hicieran a propósito de ese sexo.

—...Y es más raro aún —prosiguió el muchacho— que no proteste usted o que no me pregunte en qué me baso para emitir una afirmación semejante.

Como si ya supiera usted, por experiencia propia, que las mujeres no se elevan nunca por encima de la fisiología.

Y, como si no hubiera advertido que la boca de Cecilia se había abierto y cerrado varias veces para dar paso a sus argumentos, añadió:

—Este silencio ¿es sabiduría o falta de feminidad? Lo que, en resumidas cuentas, vendría a ser lo mismo. Dígame: ¿es usted femenina?

Cecilia respondió con un fuego desproporcionado a la índole de la pregunta:

—¡Claro que sí!

—¿Y por qué es tan claro? ¿Debo fiarme de su apariencia? La apariencia constituye un criterio muy superficial y muy inseguro. Por lo pronto descubriríamos que usted se viste como mujer porque nació mujer. Como si el sexo fuera destino y no elección.

Cecilia sonrió para demostrar que la gratuidad, la audacia y la pedantería de estas frases no la sublevaban.

—Es posible. Pero, en mi caso por lo menos, la elección ya está hecha.

—Felicitaciones. ¿Y podría usted informarme en qué sentido?

—Yo escogí ser mujer. ¿Y usted?

—Ah, ah, la fiera herida se revuelve. Muy bien, jovencita, hay que apuntarle un tanto a su favor. ¿Pero de qué planeta viene usted que no sabe que acaba de jugarse la vida con una pregunta semejante? Si se la hubiera hecho a un mexicano, de esos machos, estaría usted ahora tomando parte en un crimen y por cierto que haría el papel de víctima. Por fortuna para usted no ha tropezado en esta ocasión con un especimen tan funestamente típico en nuestro país sino con alguien que aspira a ser un hombre y aun un hombre civilizado y culto.

—¡Qué suerte! —dijo Cecilia en un tono neutro, porque no habla distinguido bien si en estas fanfarronadas había implícita una burla que pudiera ofenderla. Y se mantuvo atenta, ya no a su interlocutor, sino a sus vecinos de adelante quienes, por lo visto, se esforzaban en no permitir que un intruso rompiera el orden de la fila y se les adelantara. Los posibles perjudicados expresaban su inconformidad con gritos de "¡A la cola! ¡A la cola!" con fuertes zapateos y con un vaivén, cuyo pulso, cada vez más rápido y desordenado, amenazaba con una pérdida masiva del equilibrio. Cecilia, angustiada ante la inminencia del caos, volvió los ojos hacia atrás como solicitando protección. Y no halló más que una sonrisa burlona.

—No, jovencita, es inútil que me mire usted así como Pearl White en el último rollo de un episodio. Inútil que apele usted a mi caballerosidad para evitar que la despeinen. Un hombre civilizado y culto, como yo aspiro a ser, empieza por extinguir todo instinto caballeresco. Si yo reconozco la igualdad de los sexos y proclamo mi respeto a la mujer, no creo que sea congruente cederles el asiento en los camiones ni liarse a bofetadas con quien se atreva a dirigirles un piropo de mal gusto. Usted es de las que quieren tener derecho al voto ¿no? Bueno, pues aténgase a las consecuencias.

A pesar del alboroto Cecilia se las había ingeniado para seguir el hilo del razonamiento que iba desarrollándose a sus espaldas, en diferentes ritmos y en distintos tonos, como si el aparato de emisión de la voz del muchacho fuera un fuelle manejado caprichosamente por la multitud.

Cecilia, a quien había irritado ya el ruido y a quien alarmaban los apretones; a quien rebelaba el abuso de los audaces que habían logrado apoderarse de los primeros lugares y hacer que los atendieran antes que quienes pacientemente habían legitimado su turno; a quien parecía intolerable este clima de desorden, de atropello y de violencia —tan diferente de la Arcadia que había imaginado— localizó todos sus malestares en torno de las frases de su compañero que la hicieron sentirse, simultáneamente, víctima de una injusticia y sujeto al que se expone en la picota del ridículo, simultaneidad singularmente molesta. Deseó entonces ser fuerte, ágil y valiente, no sólo para arreglárselas en una situación como ésta en la que se encontraba (y que para ella no tenía precedentes) de manera de no sufrir daño alguno, sino, más todavía, de manera de contar con un excedente de las virtudes que ahora le eran necesarias para derramarlas sobre la cobardía de su vecino, al que también evitaría cualquier perjuicio sólo para poder despreciarlo sin mezclar el desprecio ni el menor asomo de lástima. Pero mientras se imaginaba dominando la confusión con su elocuencia y deteniéndola con sus manos, no hacía más que procurar zafarse de las presiones que por todos lados la asfixiaban y retroceder hasta la puerta y escapar por ella, corriendo, hasta la calle.

Se detuvo en la banqueta, deslumbrada por el sol vertical de mediodía, trémula aún de susto y de cólera y a punto de echarse a llorar de impotencia. Tenía la garganta seca y, recordando haber visto un café en esa misma cuadra, lo buscó primero con los ojos y luego se dirigió presurosamente a él. Apenas había avanzado unos pasos en el interior, sin distinguir en la oscuridad repentina del espacio cerrado más que las masas y los volúmenes de los objetos, oyó que alguien la saludaba con familiaridad.

—¡Qué pequeño es el mundo!

Después de unos parpadeos pudo reconocer a su antiguo vecino de fila, el feminista. Parecía muy tranquilo, muy reposado, como si acabara de abandonar el claustro de una biblioteca.

—Vaya, veo que es usted más rápido que yo.

—Y no menos prudente. Era absurdo permanecer allí, a la merced de cualquier injuria, cuando ni siquiera podríamos llegar a la ventanilla porque, cuando nos tocara nuestro turno ya habrían cerrado.

—Yo no me di tantas disculpas para escapar de esa turba de salvajes.

—Como todo salvajismo es un estado transitorio. Se llama juventud.

Cecilia se llevó la mano a la cabeza como para palpar y corregir un desperfecto.

—Debo estar hecha un desastre.

—Si eso la consuela debo decirle que ha adquirido usted, en un tiempo relativamente breve, el color local de estos tradicionales barrios estudiantiles. Antes de este —podríamos llamarle bautismo de fuego— parecía usted como expuesta en un escaparate. Ahora su aspecto es, como diría el poeta, de "camino caminado".

Cecilia permanecía de pie, indecisa entre seguir escuchando las impertinencias —¿o eran elogios?— de este muchacho o ir a lamer las heridas de su orgullo en un rincón.

—¿Por qué no se sienta? El café está lleno a esta hora. Y yo puedo ayudarla a escoger lo que va a pedir. Tengo más experiencia que usted, tímida provinciana, aunque probablemente menos dinero. Así que cada uno pagará lo que consuma.

—No era necesario hacer esa aclaración —replicó secamente Cecilia, mientras ocupaba el asiento frente a su interlocutor.

—¿No? Con las mujeres no puede uno nunca estar seguro. Como lo que a ellas les interesa, en relación con un hombre, no es valer sino costar... En fin, por delicadeza, otros mejores que yo han perdido la vida.

—¿Y por qué me ha llamado provinciana? —quiso averiguar, más que curiosa, inquieta, Cecilia.

—Criatura, si tiene usted un aire de Fuensanta...

Cecilia bajó los ojos ruborizada por su ignorancia y por la belleza de este nombre en el que, de pronto, se vio resplandecer.

—. . . del que esperamos que se despoje cuanto antes. Pero no, ése no es el método. No hunda la cabeza en el menú como si estuviera consultando un oráculo. Si no entiende lo que lee, y es evidente que no lo entiende, pregunte.

Cecilia se resignó y, cerrando los ojos para no ver el gesto de triunfo de su vencedor, dijo:

—¿Qué es un "Arlequín"?

—Nada que le convenga para su línea. Conque golosa ¿eh? Es una compensación natural a la castidad forzada.

Aguardó a que esta frase hiciera su efecto escandalizador y continuó:

—Le recomiendo que dé usted a cada apetito la satisfacción que le corresponde, antes de que sea demasiado tarde.

—¿Qué quiere decir con esa advertencia?

—Quiero decir, antes de que la obesidad la haya reducido al absurdo. ¿Por qué no se deja de helados barrocos y se toma un café express sin azúcar? Aquí lo preparan bien y es, además, un estimulante del ingenio.

—Supongo que lo necesitaré para conversar con usted.

—No únicamente para eso, ya se convencerá. Mozo, otro express.

Cecilia temblaba aún cuando tuvo frente a sí la pequeña taza humeante. No pudo llevársela a los labios al primer intento.

—¿Nerviosa? —preguntó el otro con una curiosidad benevolente.

Cecilia hizo un signo afirmativo. Lo que acababa de suceder en el patio de la Universidad la había turbado. Creía que la indisciplina, la tumultuosidad, la barbarie eran defectos privativos de los estudiantes provincianos y que a la capital, como a una especie de cielo, no tenían acceso sino aquellos cuyo propósito único era aprender, no alborotar. Y que la atmósfera de las aulas eran una atmósfera de recogimiento, de laboriosidad casi monacal. Ante el episodio que acababa de ocurrir tuvo el mismo sobresalto que ante sus primeras lecturas de Shakespeare. Ella pensaba que un clásico (un clásico es el escritor más respetable posible ¿o no?) era incapaz de usar un lenguaje tan grosero y tan brutal como el que Otelo empleaba para insultar a Desdémona o, peor aún, el de Romeo para seducir a Julieta. Entonces pudo cerrar el libro como quien tapa un pozo de serpientes. ¿Pero ahora? Si le comunicaba sus impresiones este hombre se reiría de ella. Y en cuanto a su madre, aprovecharía la más mínima flaqueza suya para llevarla de regreso al pueblo.

—Así que usted es la lumbrera de la familia. ¿Por qué no mandaron a estudiar a su hermano en vez de mandarla a usted?

—Porque no tengo hermano. Soy hija única.

—Un caso de fuerza mayor, evidentemente. ¿Y qué se espera de usted? ¿El éxito? ¿El prestigio? ¿O simplemente que finja tener una ocupación mientras encuentra marido?

—No se espera nada. Voy a estudiar historia.

—El saber por el saber. Veo que, de todas mis hipótesis, la que más se aproximaba a la verdad, era la última. Antes las muchachas aprendían piano, pintura a la acuarela y bordados. Como arras para llevar al matrimonio. Hoy se despliega, ante el Príncipe Azul, un título expedido por la Facultad de Filosofía y Letras. ¿Por qué historia?

—¿Por qué no? Además lo que me preocupa ahora no es el porqué sino el cómo. Si tengo que convertirme en una campeona del salto de garrocha para llegar hasta la ventanilla de inscripciones...

—Llegará. Cuando sepa que es el último día para inscribirse hará a un lado sus melindres y sacará a relucir sus mejores mañas. Soportará que la pisoteen y corresponderá a los empujones con codazos. Si no logra enfrentarse a estas amenazas y sobrevivir a estos peligros, no merece entrar en la Universidad. Aquí imperan los más rígidos principios de la selección natural y la ley del más fuerte.

—No sólo aquí.

—Pero también aquí. Para los que suponen que las cosas del espíritu están exentas de las servidumbres que lastran a las cosas de la naturaleza.

—Yo era de las que suponían. Bueno, tengo lo que quiero. Falta que lo sepa alcanzar.

—¿Pero por qué historia? Ya sé que las mujeres no tienen más que tres argumentos: sí porque sí;

no porque no y sí pero no. Ensaye usted una respuesta más original.

Cecilia tomó aire.

—No me basta el presente; no tengo el don de la profecía para adivinar el porvenir. No me queda más que el pasado.

—Hágase su propio pasado, no saquee el de los demás, pobres, indefensos muertos.

—No los saqueo, los resucito.

—Malolientes, inoportunos muertos. ¿Qué pueden decir que no sea un alarde para ocultar sus fracasos, un alegato para explicar sus injusticias, una mentira para disimular sus ignorancias?

—Los vivos dicen todavía menos.

—No los queremos escuchar, pero ése es otro problema. El problema de la historia es su ambigüedad. Me gustaría que hiciéramos un experimento. Que preguntáramos a dos o tres muchachos de los que estuvieron con nosotros en la cola, quién empezó el desorden y cómo se propagó. Quedaría admirada al comprobar que ninguna de las versiones coincide con la suya. Ni siquiera coinciden entre sí.

—Ése es un argumento muy viejo que, además, no tiene por qué aplicarse a hechos tan insignificantes como los que acabamos de presenciar.

—Esos hechos tienen, sobre los otros y aparte de su insignificancia, la ventaja de ser más simples y más inmediatos. Y si ni siquiera ésos pueden ser conocidos con certeza...

—Siempre queda un margen de seguridad. Entre todas las versiones posibles se puede escoger la más verosímil.

—¿De acuerdo con qué criterio? ¿El suyo? ¿Por qué es preferible a los otros? ¿Sólo porque es suyo? ¿No está viciado por sus limitaciones, por sus prejuicios, por sus tabúes? No, el método histórico es insuficiente para captar la realidad e inepto para expresarla. Además la historia no la hacen los historiadores sino los pueblos. Y el nuestro carece completamente de sentido histórico. Por parte de madre —llamo madre a la Malinche— la memoria no es una potencia que se ejercita a voluntad y menos aún un hábito mental. No, es una facultad que aflora sólo cuando el sujeto se encuentra en estado de trance. Y mientras el trance se suscita los imperios se desmoronan, las ciudades florecientes se dejan atrás para que una ruina que todavía no era necesaria, las reduzca a escombros y de entre sus escombros ninguno sea descifrable ni puede servir de cimiento a las ciudades que construirán, no los sucesores, porque nunca hay sucesores, sino los recién venidos; no los herederos, porque no hubo testamento, sino los ladrones. Cada tribu llega, por mandato de su dios, al mismo lugar. Pero en ese lugar, donde el hombre ha luchado y vencido tantas veces, no se encuentra sino maleza que desbrozar, moscos que comer, naturaleza que reducir. El círculo se abre desde cero y llega a la totalidad de su diámetro y se cierra de nuevo sobre sí mismo. El otro círculo se abrirá y se cerrará como si fuera único.

—No sólo tenemos el antecedente indígena.

—El caso de España es diferente, lo concedo, pero no es mejor. Allí hay todo lo contrario del olvido: hay la petrificación de la memoria alrededor de ciertos momentos condenados a no transcurrir. Yo siempre me represento a España en la figura de Juana la Loca, llevando por los caminos el cadáver, preservado artificialmente de la descomposición, de un hombre amado y hermoso. Así se mantiene, como si aún estuviera vivo, un Siglo de Oro que se ha descascarado, un sol que se ha puesto. Ésos son los momentos y la piedra es la del Escorial, la de los dogmas del catolicismo, la de las instituciones que, como el luto, quieren instalar lo eterno en lo cotidiano. Y el fracaso de esta tentativa, siempre renovada, no los arredra. La Armada sigue llamándose Invencible aún después de su naufragio.

Nosotros... nosotros tenemos una caprichosa mezcla de ambas carencias y exageraciones. No acabamos de entender que la historia se compone de hechos consumados y hablamos de ella como si se

tratara de posibilidades condicionadas. Si los tlaxcal-
tecas no se hubieran aliado a las tropas de Cortés... Si
Moctezuma no hubiera sido un cobarde... Si los virre-
yes no hubieran sido tan frívolos... Si los insurgentes
hubieran contado con mejores armas... Si Iturbide no
se hubiera proclamado Emperador... Si Santa Anna no
hubiera sido un tal por cual... Si Juárez no hubiera
muerto... ¡Qué retahíla de síes! En fin, que nuestra
historia patria es una partida de ajedrez que perdieron todos y cuyas jugadas examinan los entendidos,
hasta el último detalle y una por una, *como si la misma partida pudiera volver a repetirse.* ¿Se da usted
cuenta de esta aberración? Mientras dentro de cada
uno de nosotros, y en las páginas de los textos esco-
lares y en las aulas, se reproducen —con todas las
variaciones que dicta la pasión partidarista— las mismas escenas estelares: el Descubrimiento, la Conquista, la Independencia, la Reforma, la Revolución, el
presente, que es el resultado y la acumulación de tantas acciones y que no se comprende si no se asume el
pasado como pasado, se nos va de las manos. La mirada que le concedemos no es atenta ni indagadora,
ni siquiera fija. Es sólo la mirada que no podemos
evitar, como la que el viandante distraído lanza a su
alrededor, de cuando en cuando, sólo para cerciorar-
se de que no hay por ahí ningún agujero demasiado
profundo en el cual pudiera caer. Porque nuestros ojos
no toleran la movilidad de lo que está sucediendo sino
únicamente la contemplación del espectáculo ritual:
la misa, cuyos pasos siguen unos a otros, con tanta
exactitud, con tanta precisión. La corrida de toros, cuyo
riesgo mortal se ciñe a un orden inmutable. Pero asistimos siempre a la celebración del rito con la secreta
esperanza de que alguna vez Moctezuma resista y
Cortés se ahorque en el Árbol de la Noche Triste, y de
que la conspiración, cualquier conspiración, no sea
descubierta prematuramente y ahogada en sangre; de
que el ejército no esté constituido por una chusma de violadores y saqueadores y descalzos; de que los caudi-
llos sepan, alguna vez, por qué diablos luchan y a

manos de quiénes mueren. En resumen, que no sabemos conjugar otro tiempo del verbo más que el pretérito imperfecto y que no queremos convencernos jamás de que no es perfectible.

El joven dio un último trago a su taza de café y concluyó:

—He dicho.

—¿Entonces? —preguntó Cecilia.

—Entonces yo doy un salto mortal de la realidad a la imaginación. Aquí ya no tengo que preocuparme de si las cosas son verdaderas ni de si son verosímiles. Basta que se enuncien. Aquí la palabra tiene otra función que la de mero almacén de antigüedades. No evoca, crea.

—¿Qué quiere decir?

—Que entre las ciencias y las artes he escogido la más bella, la más noble, la más pura. Quiero decir que voy a inscribirme a Letras.

Cecilia hizo un gesto de aprobación cuya cortesía no ocultaba bien su azoramiento.

—¿Por qué no toma usted un hecho del azar como si fuera una intervención de la providencia? Me refiero al incidente que nos obliga a aplazar, por lo menos hasta mañana, nuestros trámites de inscripción. Digo, aproveche usted esta noche para reflexionar sobre la carrera que va a elegir. Creo que está usted procediendo, en este terreno que compromete definitivamente su porvenir, con una ligereza que sólo es admisible en quienes confían en otra vida. Otra vida en la que nos perdonarán los errores que cometamos en ésta, aunque no nos den la oportunidad de rectificarlos.

—¿Y usted no teme equivocarse?

—Yo conozco al monstruo —me refiero a la literatura desde dentro. Soy escritor.

Cecilia alzó las cejas con admiración.

—¿Ya?

—Todo lo escritor que puede serse a mis años. Proyectos y borradores, tachaduras. Nada logrado, naturalmente. Pero trabajo. *Nulle die sine linea*, tal es mi divisa. En cambio usted... me temo que no conozca ni la o por lo redondo de la disciplina a la que pretende consagrarse.

—Si le digo que es la materia en la que saqué mejores calificaciones ...

—No me dice lo suficiente. En el fondo tiene muy poco que ver la calificación con la aptitud. Pudo haber sucedido que su maestro fuera muy tolerante por conciencia de su propia incapacidad o por certidumbre de que usted, aunque fuera exprimida una vez y otra y otra, no tenía ningún jugo que sacársele. Pudo haber sucedido también que usted se esforzara extraordinariamente por adquirir un conocimiento que se le resiste. Y, en fin, es posible que lo que usted tenga es miedo de enfrentarse con su propia vocación.

Cecilia se ruborizó como si la hubieran encontrado culpable.

—Mi padre se dedica —no profesionalmente, desde luego, porque es un hombre más bien sencillo y sin pretensiones— a la investigación histórica. Tiene en su poder documentos ...

—¿De qué? ¿Cómo llegaron a sus manos?

—Por herencia. Mis antepasados parece que fueron gente de importancia.

—¿Dónde? ¿Cuál es su apellido?

—Rojas. En mi pueblo.

—Ah.

Cecilia se esforzó por dar una imagen menos modesta del papel que había desempeñado su familia en acontecimientos que, por su trascendencia, podían considerarse nacionales.

—Ocuparon puestos políticos y administrativos... Durante la Intervención Francesa uno de mis abuelos, que era coronel, mantuvo correspondencia con...

—¡Pero, por Dios, criatura, lo nuestro ha sido un diálogo de sordos! Mientras yo me remonto a la filosofía usted me sale con anécdotas.

Cecilia se sintió desamparada y en ridículo. Su audacia empezaba a ser justamente castigada. Porque, después de todo ¿quién le había garantizado que ella podría hacerse pasar, entre jóvenes realmente estudiosos e instruidos como eran los de la Universidad de México— por alguien igual a ellos? A la primera escaramuza y con armas que, lo sentía instintivamente, no eran siquiera de buena ley, la obligaban a retirarse vergonzosamente. Hubiera querido correr hasta un diccionario y averiguar allí el significado de tantas palabras que no había comprendido y a las que había contestado al tanteo, arriesgándose, con palabras de las que tampoco se sentía muy dueña.

Pero ya su interlocutor había adoptado de nuevo un aire entre indulgente y divertido.

—Así que su padre es su modelo. ¿Lo admira usted mucho?

No era admiración el término que usualmente empleaba Cecilia para definir un afecto hacia alguien tan próximo. Admiraba a los autores de los libros, de las hazañas, inaccesibles al trato, ocultos tras de las páginas. Si los hubiera visto, día tras día, soportar las alternativas de humor de una esposa insatisfecha, enfrentarse con pusilanimidad a las adversidades, ceder a las exigencias filiales, la admiración se habría cambiado en otro sentimiento.

—Lo respeto, como es natural.

—No es natural ni el respeto ni el amor a los padres y la prueba irrebatible es que la humanidad se ha esforzado, durante milenios, por inculcar en los hijos estos sentimientos como un deber. Allí está el cuarto mandamiento del decálogo para corroborar lo que he dicho.

—En mi caso no hubiera sido necesario ordenármelo. El respeto a mi padre ha sido siempre espontáneo.

—¿Y a su madre?

—¿Por qué me pregunta usted eso?

—¿Se irrita? Buen síntoma. Quiere decir que he dado en el clavo.

—No sé lo que quiere usted decir ni me interesa. Aunque realmente yo he tenido la culpa de estas impertinencias al concederle una confianza que no se merece.

—Ay, por favor, no me venga usted ahora con remilgos de señorita. Yo creí, y todavía no admito haberme equivocado, que con usted se podía hablar con la misma franqueza con que se habla a un camarada. ¡Para algo se es inteligente, qué diablos!

—Yo jamás he pretendido hacerme pasar por una marisabidilla —replicó Cecilia con fingido enojo, pues la había halagado lo suficiente la confianza del otro en su inteligencia como para sentirse obligada a no defraudarlo.

—No se enorgullezca de eso como si fuera un mérito. No ha pretendido usted hacerse pasar por una marisabidilla por la sencillísima razón de que no puede. Le falta hasta el barniz de la cultura más elemental; no tiene idea ni de las situaciones básicas, ni de los hechos fundamentales, ni de los nombres más manidos. Pero la materia prima existe y si usted se deja desbastar podría ser un caso muy interesante.

Cecilia había vuelto a ruborizarse, pero ahora de placer. Por primera vez en su vida se miraba a sí misma con los ojos de otro, de una manera directa. Y aceptaba esta imagen, como la aceptaba el otro, no con el sufrimiento de aquel a quien se le impone algo monstruoso (como lo hizo Enrique) sino con la serenidad que produce la contemplación de una figura normal.

—Estábamos hablando de mi madre —dijo Cecilia retomando el hilo de la conversación. Pero yo preferiría cambiar de tema porque ella no es precisamente santo de mi devoción.

—¿Cómo se siente ahora que lo ha dicho?

—Igual. Lo digo cada Primer Viernes en el confesionario.

—¡Confesionario! ¡Pero, criatura, está usted en la Edad de Piedra! Si lo que se usa ahora es el psicoanálisis. Lo que sucede es que usted no está al día. ¿A quién se le ocurre tener un complejo de Electra en un país de Edipos? Sí, en México cada diez de mayo nos arrancamos los ojos para no ver que yacemos con nuestra madre. ¡Y qué surtido rico de madres tenemos! Doña Marina, traidora y prostituta; Guadalupe, virgen; Sor Juana, sabia; Carlota, loca.

—¿Y los padres?

—Asesinados, como debe de ser. Todos.

Hubo un silencio. De pronto, el muchacho alzó los ojos y miró apreciativamente a Cecilia.

—Criatura, me temo que a partir de este momento tendré que tomarla bajo mi protección. La tarea de esta noche ya quedamos en que sería la de reflexionar sobre la carrera que va a seguir. Y, por lo pronto, me incauto de esta *Historia de San Michele* en la que está usted perdiendo inútilmente sus ojos y su tiempo. Trae ahí el dinero de la inscripción ¿verdad? ¿Pues entonces que espera? Corra, vamos a una librería, a comprar todos los libros que le hacen falta. ¡Meserol ¡La cuenta, por favor!

Cecilia se dejaba arrastrar, de la mano, sin que este contacto con un desconocido le pareciera ni pecaminoso ni impropio. Se echó a reír de excitación, de alegría. Cuando, ya en la calle, el flujo y reflujo de los transeúntes les permitió —un instante— quedar lado a lado y escucharse, ella dijo:

—La vagabunda (o la huérfana o la heredera reciente, es igual) fue conducida a la casa de modas más famosa y más cara de toda la ciudad. Cuando salió de allí después de haberse puesto en manos de las personas más expertas y hábiles, ninguno de quienes antes la despreciaron por la humildad de su aspecto, pudo siquiera reconocerla.

—¿De qué está usted hablando? —preguntó, intrigado, el muchacho.

—De nuestro encuentro de hoy —repuso Cecilia. Así va usted a contarlo después, en alguna de sus novelas.

5. Constelaciones y derrumbes

Cecilia era hija única. Por lo menos, desde que tenía memoria, porque más allá hubo una atmósfera de la que conservó la sensación oscura de duelo por algún hermano muerto, de nostalgia por alguna criatura nonata. Algo de esa atmósfera impregnaba aún los actos de su madre —inopinados, bruscos, doloridos— y sus palabras, que acostumbraban como a detenerse en el brocal de un pozo cegado.

Cecilia se acostumbró a esta sensación sin buscar adjetivos para calificarla, cuando logró volverla conciliable con la de su soledad. Niña, tuvo a su disposición lo que los padres —en quienes se alían el escrúpulo y la negligencia— proporcionan a sus hijos juguetes en abundancia que les quitaba toda significación y lujos que era incapaz de valorar; mimos exagerados y fluctuantes así como repentinos vislumbres de rigor que jamás cuajaron en un castigo, en un reproche precisamente formulado, en la interrupción temporal o la cesación definitiva de un privilegio.

Niña provinciana, Cecilia tuvo a su merced pequeñas siervas sobre las cuales era una costumbre ejercitar el capricho, el poder y la crueldad con todo lo que de exagerados tienen estos atributos cuando son infantiles. Actuaba y contemplaba la humillación ajena con la misma indiferencia del que contempla un objeto de calidad corriente y de uso cotidiano. Sin remordimientos pero también sin placer. En cuanto tuvo la actitud de mandar un poco sobre sí misma,

Cecilia dispuso que se le extirpara esa especie de órgano atrofiado que las otras niñas de su clase conservaban hasta la pubertad y aún hasta la madurez. Pero
no sustituyó esta amputación por ningún vínculo de
índole más equitativa y por ninguna relación de trato
más justo. También almacenó sus juguetes de manera
que no le estorbaran, deshechó los lujos, evitó las
efusiones y los ceños paternales y asumió —sin ningún paliativo— su condición de ente marginal.

De este margen pretendían esporádicamente
arrancarla sus mayores arrastrándola consigo a diversiones que era tan inepta para comprender como para
disfrutar. Cecilia permanecía (con los ojos agrandados
por el asombro, por el horror, por el malestar) mientras
las multitudes de las ferias y de los templos la arrastra-
ban en los altibajos de su marea. Sólo cuando un coda-
zo oportuno se lo indicaba sabía que era el momento
de aplaudir algún alarde de destreza de la pianista que,
a la tercera vez de recomenzar un trozo musical, había
podido ejecutarlo completo y sin equivocaciones; de la
cantante que alcanzaba, a duras penas, la nota marcada por la partitura; de la bailarina que desafiaba las
leyes del equilibrio y de la gravedad; de la trapecista y
del torero que se jugaban la vida como si careciera de
importancia. Aplaudía, pues, disciplinadamente y cesaba de aplaudir al mismo tiempo que los demás. Pero
era obvio —y su madre lo señalaba con mal reprimida
amargura y con irritada decepción— que no había
derivado placer alguno del espectáculo. De regreso a
su casa se le tachaba, a gritos, de ingrata porque no
correspondía a los esfuerzos que los demás se tomaban para distraerla y para hacer, de algún modo, que
tuviera un sitio en la sociedad.

Cecilia soportaba este desahogo, generalmente materno, con la misma impavidez con que había
soportado el paseo. Cuando se atrevió a replicar que
todos vivirían más tranquilos si renunciaran en masa
a hacer esos esfuerzos que ella ni solicitaba ni agrade-
cía porque eran superfluos, recibió un bofetón en la
boca como castigo a su impertinencia. Calló y bajó los

párpados para impedirle el paso a las lágrimas. Pero, a partir de entonces, fueron abandonándola a su suerte, a sus gustos, a su aislamiento, del que no la rescató la escuela porque su padre quiso hacerse cargo, personalmente, de su educación.

Cecilia lo observaba mientras se perdía en divagaciones acerca de unas inoperantes lecciones de cosas, sin atender a sus palabras, sin entender, adormeciéndose con los sonidos, siguiendo la línea sinuosa de las arrugas que surcaban aquel rostro de hombre que envejece, reflexionando sobre esa especie extraña —a la que ella no pertenecía aún por su edad, por su situación— pero a la que se negaba a pertenecer nunca, que era la de las personas mayores.

Las personas mayores se le habían aparecido siempre rodeadas de un halo de reserva. Evitaban, por lo menos en público (y Cecilia no acertaba a imaginárselas actuando de una manera diferente en privado) el contacto de sus cuerpos. Se sentaban a una distancia prudente, se rozaban apenas las manos en un saludo, alejando de sí, con firmeza, a los niños, que pretendían siempre colgarse de sus faldas, asirse de sus pantalones, embadurnarles la bien compuesta cara con miel o con saliva, en una caricia; comunicarles ese calor animal que emana de la infancia, esa palpitación de retozo que late en cada arteria de los cachorrillos, esa inminencia de travesura que asoma y se detiene, a duras penas, en la punta de los dedos pueriles.

Pero la reserva no era únicamente una actitud. Era también un lenguaje. Palabras que volaban tan alto que se volvían inasibles para la estatura en que Cecilia se encontraba. Palabras cuyo significado era comprendido pero a las que se desmentía instantáneamente con un parpadeo, con una mirada de reojo, con una sonrisa a medias. ¿De qué hablaban, que se establecía entre ellos un lazo tan fuerte de complicidad, que alzaban, a cada frase, una muralla impenetrable de secreto? Cecilia hubiera querido saberlo aunque le atemorizaba un poco la certidumbre de que la materia era sucia, sanguinolenta acaso, repugnante.

A veces, este cuadro estático que integraban las señoras sentadas en los sofás, reclinadas perezosamente en las hamacas del corredor, arrodilladas en el reclinatorio del templo; y los señores presidiendo las grandes comidas familiares, sacando del bolsillo del chaleco un grueso reloj para consultar una hora cuya única importancia era su coincidencia con la del reloj del Cabildo; paseándose meditativamente, con las manos a la espalda, mientras echaban furtivas miradas a las cuentas que les rendía el administrador de la hacienda. Este cuadro, perfeccionado por la rutina, se descomponía en mil figuras incoherentes cuando soplaba un gran viento de pasión o de catástrofe. Entonces aquellos rostros aparecían desollados por la cólera, por la avaricia, por el rencor, por los celos, por la angustia.

De pronto las puertas se abrían, con gran estrépito, para dar paso a mujeres desmelenadas y aullantes, con las ropas en desorden, que avanzaban rompiendo la atmósfera —como los nadadores rompen la resistencia del agua— y que eran contenidas, empujadas, sostenidas, por una especie de coro, dividido en apaciguadores e incitadores, que mantenían la temperatura de la tragedia durante un lapso marcado por un ritual esotérico que sólo los iniciados conocían y practicaban, un ritual que era transmitido por sus poseedores, con celo, a los descendientes.

Y después, como si la posesa hubiera sido abandonada por sus espíritus, quedaba postrada en el suelo. El coro la auxiliaba, le borraba con un trapo húmedo el rictus del alarido, le cerraba la boca como a los cadáveres, le secaba las lágrimas, le peinaba el cabello, le abotonaba el escote para restituirla a su imagen primera como una playa, después del gran abalanzamiento del mar, sin una cicatriz, amnésica, tejiendo con habilidad y con mesura los hechos nimios, cotidianos, despojada del aura de protagonista que la había ennoblecido unos instantes.

¿Por qué, se preguntaba Cecilia, no se aferraban a ese gesto grandioso? ¿Por qué no se eternizaban en estatuas? Porque su consistencia es de arena, porque se dejan minar fácilmente por la fatiga, por el hastío; porque ceden —sin resistir— al cansancio, a sentimientos menores como la tristeza, como la alegría, como la conformidad, como la rutina. Porque el fulminado por la desgracia se consuela con una taza de té, con un juguete, con una mentira. Porque el colérico se aplaca con una fórmula de perdón y hace lugar, en su alma, a la benevolencia; porque el avaro se aburre de contar y abre la mano para que se harte el despojo; y el aquejado de rencor se encuentra un día al que le infirió la ofensa y le abre los brazos porque ya no reconoce en él a un enemigo, porque ya no descifra, con el tacto, el nombre de su llaga; y el celoso ¿cómo puede seguir sintiendo celos si ya no ama? Y el angustiado ha permitido que lo unjan con bálsamos y que los venden con linos finísimos.

Ah, Cecilia se rehusaba a convertirse en una de estas criaturas deleznables, impredecibles, arbitrarias, evasivas; que dejaban atrás sus envolturas, como las deja la víbora; que se transvasaban, sin dolor, de un recipiente a otro y se acomodaban a la nueva forma sin nostalgia de la antigua, sin fidelidad a la presente y sin presentimiento de la futura; que se ubicaban en un nombre, como un pájaro en la rama, ya con la intención de abandonarla; que se traicionaban a sí mismas, momento a momento, como si no las animara más propósito que el de ejercitarse para esa traición última y definitiva que era la muerte.

Y del mismo modo que Cecilia palpaba la textura de que estaban hechos los otros y la encontraba burda, áspera al tacto, sin sentido a los ojos, inasimilable al entendimiento, así percibía que el material de que ella estaba hecha era calificado por los demás como repugnante, como peligroso, como diferente. Acaso porque su mera presencia (¿Cómo era? El espejo no respondía jamás a estas interrogaciones) suscitaba una vibración prolongada de alarma, un sobresalto, un malestar, un ímpetu irracional de fuga o una resistencia obstinada, una hostilidad hipócrita o franca, una irritación que no halla otra vía de desahogo que las palabras de crítica, que los ademanes de rechazo, que los silencios de hielo.

Cecilia rondó en vano alrededor de esa pequeña, intermitente fogata que es la simpatía humana, hasta que la venció la certidumbre de que le estaba vedada. Cuando esta certidumbre carecía de algún alimento nuevo en qué cebarse y amenazaba con languidecer, ocupaba su puesto de vigilante el orgullo o la pereza o el desprecio, para evitar que Cecilia intentara salidas en falso —la de Enrique, por ejemplo— y retiradas en desorden.

Pero así como durante el tiempo en que el dolor del desgarramiento fue más agudo no dejó nunca de reconocerlo como justificado, así también durante el tiempo que se estableció su alianza nunca pudo suponerle ni lícita ni permanente. Y el desenlace último la afirmó en su propósito de no repetir ninguna tentativa más ni por semejarse a los otros ni por fingir esa semejanza.

¿Pero qué alternativa le quedaba? Las conversaciones con su padre le pusieron al alcance de la mano un nivel de realidad más sólido, más congruente, más habitable quizá; el de los personajes históricos.

Cuando los dos se inclinaban sobre un documento que consignaba los hechos de una vida, los recibían despojados ya de todas las aproximaciones fallidas, de todos los esbozos borrados, de todos los retrocesos impuestos, de todos los movimientos inútiles, de todas las adherencias malignas para exhibir sólo la continuidad lineal de una voluntad, los pasos sucesivos, exactos, precisos, de una realización que, al cabo, esplendía representada en un gesto estatuario o formulada en una frase definitiva.

Don José María mostraba a Cecilia las figuras que adornaban su museo y esas figuras ejecutaban una teoría limitada de actos —determinados, no azarosos ni gratuitos, importantes, grávidos de consecuencias y siempre iguales—. La uña rapaz de la conquista se alzaba y se abatía sobre su presa con una infabilidad mecánica. La mano inerme del misionero se abría para derramar sus dones; la matrona ofrendaba su maternidad y la monja se guardaba tras de su recato. Y, de haber tenido voz, cada antepasado habría repetido su nombre, enumerado sus títulos, narrado sus hazañas. Siempre con las mismas palabras, siempre enlazadas en el mismo eslabonamiento de las frases, siempre con la misma entonación recitativa que no flaqueaba en ninguna sílaba ni se elevaba en ninguna otra que no hubiera sido prevista y sancionada.

Así como los pueblos primitivos se deleitan en la salmodia, así Cecilia se entretuvo largos años en la contemplación de estas figuras, contemplación de la que la sorpresa estaba excluida, como también estaba excluida cualquier posibilidad de acercamiento. Porque siempre permanecía intacta la distancia que existe entre el espectáculo y el espectador.

Al principio, cuando Cecilia era aún ignorante de esta ley y no había experimentado su infalibilidad, quiso aventurarse, entrar, de cualquier manera, en las vitrinas de exposición. Pero no daba un paso sin que se desgarrase alguna telaraña, no avanzaba sino entre un estrépito de fragilidades rotas. Y sus pasos, por medidos que fueran, tenían otro ritmo, otro peso, no se ajustaban a los cánones consagrados, despertaban ecos múltiples que no se fundían melodiosamente sino que alternaban en un contrapunto caprichoso que hacía desertar al silencio de aquellas cámaras invioladas. Y, después de todo, la distancia no se abolía.

Por otra parte, Cecilia pudo notar que la cualidad de invariables de que estaban dotados los personajes históricos no los hacían, por eso, más susceptibles de ser imitados. Porque la historia miente cuando blasona que repetirse es su norma y Cecilia permanecía colocada ante una bifurcación infinita de posibilidades a las que una variante mínima, un matiz finísimo, un grado de más o de menos en la perspectiva, diferenciaban de un modo radical los acontecimientos. Y sobre el terreno nuevo había que operar sin más auxilio que las improvisaciones sobre la marcha, sin más recurso que el que depara la invención, sin más brecha que las conductas no ensayadas y el regalo de una iluminación instantánea. Era, en suma, el reino de la libertad, en cuyos umbrales se devenía Cecilia como los caballos briosos se detienen a las orillas de los ríos, con los ojos dilatados de horror y el jadeo de la angustia y el encabritamiento de los músculos que se niegan a avanzar en ese elemento extraño y mortal.

Porque el personaje histórico era una trampa. Se mostraba como estatua concluida, como tiempo que ha alcanzado el punto último de la congelación; como dinamismo cuajado en rigidez.

Pero no había en el hecho consumado por él nada que colmara el presente de Cecilia y, menos aún, nada que conjurara su futuro. Un futuro que continuaba abierto, esperando que Cecilia, precisamente Cecilia y nadie más (porque el personaje histórico había cumplido su tarea y reposaba para la eternidad) le deparaba la forma de que aún carecía.

Y Cecilia estaba obligada a hallar esa forma y a encarnarla y nadie podía sustituirla ni en la búsqueda ni en el hallazgo ni en la realización. Se sentía irreemplazable pero también se sabía impotente y ambos polos la imantaban reduciéndola a un estado de parálisis o, cuando lograba evadirse de tal campo magnético, era para lanzarse a una acción desconocida con la cual se hallaba oscuramente comprometida y a la que, de alguna manera que no acertaba a discernir, estaba siempre traicionando. Y no conocía otra actitud más que la de la disponibilidad, la de estar alerta para responder un llamado que había de venir, quién sabe desde dónde, quién sabe cuándo, pero fatalmente.

Tarea de insomne. Mientras la desempeñaba Cecilia hacía un recuento de sus haberes. ¿Quién era ella? La última, infundada, engañosa esperanza de un padre que no logró asir con sus manos más que el fracaso y la vejez; la llaga de una madre inconforme y desencantada; la espina irritativa de una madrina demasiado escrupulosa con sus deberes espirituales. Y nada más. Porque Cecilia, en un acto instintivo de conservación, se negaba a admitirse como lo que había sido para Enrique, como lo que podía ser para cualquier otro hombre: el trofeo que se entrega a su vanidad o el remordimiento de su conciencia pusilánime. El único territorio propio de ella era el olvido. Borrada, muerta, inexistente, allí mismo donde antes habría bastado el más leve asentimiento amoroso para encender su imagen hasta la incandescencia, para transformar su limbo en cenit.

De este limbo no la rescataría un destino heroico. Su trayectoria no era de las que conducen ni al padecimiento ni a la glorificación con esa intensidad de paroxismo que admiraba y envidiaba en los paradigmas que, desde la infancia, se le habían propuesto. Sus catástrofes nunca alcanzarían dimensiones mayores que las de un hilo de media roto, una cita frustrada, un rasgo de ingenio que se desperdicia por falta de oportunidad. Habría un instante solemne, el único: la muerte. Pero la muerte, además de su vulgaridad —¿quién no muere?— se presentaría, en su caso particular, puntualmente y en el orden consabido. Primero para llevarse a sus padres, a quienes Cecilia preparaba ya desde ahora un duelo sensato. Después a ella. Pero moriría de enfermedad, no de pena; de asfixia, no de tedio; de consunción, no de ansia.

En cuanto a lo imprevisto Cecilia no advertía, en la muralla alzada por sus costumbres y las costumbres de sus mayores, ningún resquicio al través del cual pudiera filtrarse, más que gota a gota y tan imperceptiblemente que se diluiría sin teñir con su color la materia a la que iría incorporándose.

Y tampoco le quedaba el consuelo de la inercia. De todas las frases que había oído la que le había llegado hasta los tuétanos era una que usaban los otros con frecuencia, como ignorando su poder: "A tu edad yo ya me había puesto de novia"... "A tu edad mi prima ya había tomado el velo..." "A tu edad..."

Sí, era cierto que Cecilia tenía una edad que constaba en actas y hacia la que ella no había tomado nunca la más mínima precaución ni para ocultarla ni para desmentirla. Pero sus años, a pesar de sucederse con la misma lentitud o con la misma velocidad con que se sucedían los años de afuera, no le habían permitido descubrir, como a los demás, su camino. Agobiada por la tensa expectativa de su familia intentó una vez, y bien lo lamentaba, tomar una decisión. Enrique. Cecilia quiso dejar de ser ese animal mostrenco para ostentar el hierro de un amo. Y se encontró, de pronto, girando en un remolino de dolor, de humillaciones, de abandono. El final fue ridículo: el del agua loca que no da con el cauce que le corresponde y que se derrama —no sólo inútilmente sino además causando trastornos y molestias— en el suelo.

Su fracaso no logró sino exacerbar la urgencia de los otros. Punzaban con múltiples y contradictorios aguijones. ¡Apresúrate! ¡Apresúrate! Y ella no quería sino lo que quiere la semilla: el abrigo de la tierra para germinar. Pero aun allí la alcanzaban sus excavadores: ¡apresúrate! ¡apresúrate! ¿Qué es eso de encerrarse a leer? ¿Qué es eso de decir que quieres estudiar? Pretextos. Plazos. Es preciso hacer algo, porque la vida se va y la juventud antes que la vida.

A Cecilia la angustiaban tanto los sermones exasperados de su madre como el silencio melancólico de don José María pero ninguno de los dos acertó a empujarla a actuar. Continuaba encerrada en la biblioteca, leyendo. Y desde su encuentro con Sergio no leía más que novelas.

¡Qué descubrimiento más asombroso el de este mundo poblado por entes de ficción!

Entes necesarios desde sus orígenes. Al principio habían sido elegidos, entre todos los demás entes posibles, por su creador. Y esta preferencia se mantenía —polarizando el esfuerzo imaginario, el trabajo de cristalización lingüística— durante el tiempo que tenían que consumir para alcanzar la categoría de ser evidente, visible, comunicable. Desde sus orígenes, desde el principio, habían sido señalados para servir de receptáculo perfecto de una sustancia que sólo al verterse en esta forma llegaba a su culminación y a su plenitud.

Pero de la necesidad Cecilia tenía una vivencia que ya no era más que una nostalgia irrestañable: la vivencia filial.

Ella también nació del deseo, del proyecto, de la urgente, inaplazable, tenaz invocación de otra voluntad que la hizo transitar de los ámbitos de la potencia a los límites del acto; y en este tránsito ella no fue más que materia pasiva, docilidad. A instancias del amor paterno Cecilia abandonó el limbo de los nonatos y vino a habitar en un cuerpo y a ocupar un lugar en el espacio y fue hecha a imagen y semejanza de su creador. Más tarde fue sostenida en sus primeros pasos, animada en sus balbuceos, mil veces deshecha y vuelta a modelar por unas manos exigentes, amantes y, ay, inhábiles. Ella fue creciendo en la obediencia y no se obstinaba en detenerse en ninguno de los moldes provisionales en los que provisionalmente —lo sabía— era depositada.

Con un ademán surgido de hontanares sin nombre, Cecilia se abrazó a esta protección como la hiedra se abraza al tronco que la sostiene. Habría podido permanecer así para siempre si su padre no se hubiera dejado carcomer por los años ni abatir por quién sabe qué ocultos hachazos de los que Cecilia no había sido ni causante ni testigo ni cómplice y que, por eso mismo, no sabía cómo perdonar.

Tuvo entonces que irse desprendiendo de sus asideros, dolorosamente y uno por uno. Buscó en torno suyo, con ese tacto incierto de los vegetales, la solidez, la verticalidad que le eran indispensables en su complemento. Encontró a Enrique, rama que, sin apoyarla, gemía de asfixia. A partir de entonces ella no tuvo más que mudar de especie.

Fue una transformación que no llegó más allá del nivel de lo biológico. Cecilia ignoraba aún la definición a la que había de acogerse y las reglas de comportamiento a las que se sometería para expandirse legítimamente, para definirse por similitud o por diferencia con las criaturas circundantes, para afirmarse o negarse desde una conciencia que tendía a crecer, cada vez más, a expensas de los otros órganos de la vida y del conocimiento.

Ahora, leyendo estos libros, Cecilia descubría que su mutación la había llevado a pertenecer al género de las personas reales y que, como todas ellas, había sido arrojada al azar del mundo por un gesto anónimo y que sobre sí —cuerpo, nombre, suerte— no caería jamás una mirada omnicomprensiva, aunque fuera desaprobatoria, aunque fuera brevísima. Que nadie la iba a detener nunca en el umbral de las apariciones para corregir un pliegue de su ropa o para ayudarla a memorizar los párrafos de sus parlamentos o para ensayar la reverencia adecuada o para precaver el error común. Caminaba, como los otros, atolondradamente, tropezando contra obstáculos cuya mezquindad no era suficiente para volverlos ineficaces; se unía a los demás, como en el juego de la gallina ciega, y se separaba con desgarraduras. Iría entrando, lo había visto ya en los que se le adelantaron, iría entrando en la vejez sin nobleza, en la soledad sin sabiduría y en la muerte con un terror visceral que ninguna reflexión acertaría a reducir.

Pero si en este aspecto la lectura de las novelas —y la revelación de que sustancialmente ella no era sino lo que tanto había temido y odiado llegar a ser— excitaba en Cecilia la rebeldía contra los elementos de los que estaba constituida o del repudio de las leyes que la sofrenaban, por otra parte, esa misma lectura ejercía un efecto apaciguador, al aplacar su angustia más verdadera: la urgencia inaplazable de elegir.

Rebelde, irresponsable, Cecilia sacudía los hombros para arrojar lejos de sí esa carga que pretendían imponerle desde afuera y hacía una tregua y pactaba transitoriamente consigo misma. Sí, claro, terminaría por ceder a las exigencias de los otros.

Pero mientras tanto era su propia dueña. Esta toma de posesión fue posible gracias a las novelas. Con una en el regazo, a manera de talismán, Cecilia podía permanecer encerrada en su cuarto días enteros sin que nadie se atreviera, con razón, a acusarla de indolencia, a echarle en cara su pereza. Y, lo que era más importante, sin que el equilibrio del universo se resintiera por la falta de colaboración de uno de los elementos que lo integraban, aunque ese elemento fuese tan insignificante como ella. Porque mientras Cecilia se abstenía *otra* ocupaba ese lugar de privilegio —y de castigo también— (en todo caso de realidad) donde la acción transcurre.

En la *otra* delegaba Cecilia las esperanzas que no se atrevería jamás a albergar; los temores irreductibles al exorcismo; los deseos que la sobrepasaban; los abismos que nos requieren sin apelación; la vida, en fin, que sólo así cesaba de precipitarse en el vacío de la extinción, como una catarata irrefrenable e irreversible, para mantenerse como una integridad expuesta, lo mismo que la hostia del altar, en un presente perpetuo.

6. Las aulas

Cecilia comenzó a asistir a clases con el mismo temor, con las mismas precauciones con que un aprendiz de natación se aventura en un río cuya profundidad e ímpetu le son desconocidos.

Aunque las veces que había vuelto a las oficinas administrativas de la Universidad se repitieron, con ligeras variantes, los desórdenes, Cecilia fue aumentando su capacidad de resistencia hasta que pudo terminar sus trámites y cuando ya estaba resignada a la barbarie de los jóvenes y aun comenzaba a encontrar en el espectáculo que esta barbarie le ofrecía una especie de belleza peligrosa y, por el momento, inclasificable, descubrió que la Facultad de Filosofía y Letras estaba muy ajena a las turbulencias que seguramente agitaban las atmósferas de los otros planteles.

Contribuía a la placidez su aislamiento. La Facultad estaba situada en un tranquilo barrio porfiriano poblado de familias melancólicamente arruinadas y de comerciantes cuya prosperidad, aún en agraz, no les permitía ser estentóreos. Se alojaba en un antiguo y venerable edificio colonial —que sólo conservaba intacta su fachada— y el alumnado lo constituían núcleos de muchachas bien peinadas (por dentro y por fuera) y de muchachos anémicos y atormentados cuya energía nerviosa estallaba alrededor de los libros, en las discusiones, a la sombra de las cátedras.

No le fue difícil a Cecilia, entre tan escasos compañeros, volver a encontrar a su conocido del primer día de inscripciones. Los libros, en los que la inició, acabaron por sustituir su persona y por hacerle olvidar un aspecto físico al que, además, no prestó la atención suficiente como para conservar alguna imagen. Pero sus palabras despertaron en ella dudas y meditaciones y las palabras que la hizo leer la habían deslumbrado, irritado, conmovido, escandalizado, colmado.

La consecuencia de tales estados de ánimo era fácilmente previsible. Cecilia escribió, con desiguales y torpes letras de imprenta, "literatura" en la línea de puntos en la que el estudiante debía especificar la carrera que aspiraba a seguir. Y luego redactó una prolija carta a su padre en la que se mezclaban, en inextricable confusión, las recriminaciones por un abandono que nunca se ponía bien en claro en qué había consistido, con la nostalgia por tiempos mejores que tampoco se acertaban a precisar; las teorías impersonales sobre la necesidad de concebir y expresar el mundo (un mundo cuyas metamorfosis nos enloquecerían si no fuéramos capaces de reducirlo a conceptos únicos e invariables) con la enumeración de las ventajas pecuniarias que traía consigo el título de maestra en letras; las lúgubres profecías sobre la brevedad de una ida que había renunciado, ay, tan tempranamente a la felicidad, con el cínico alzamiento de hombros ante la indiferencia de los actos desde cualquier punto de vista moral. Firmaba secamente con su nombre de pila, sin ninguno de esos diminutivos ni apodos cariñosos con los que acostumbraba volverse accesible a la timidez abatida de su padre.

La respuesta fue, primero, un silencio expectante hasta el que nunca llegó ninguna rectificación. Y luego una fría misiva paterna en la cual no se mencionaba el acontecimiento que amenazaba romper los tenues hilos que todavía mantenían unidos a aquellos dos seres tan distantes por la edad, por el espacio y por los intereses.

Cecilia sonrió con desprecio y con esa amargura satisfecha de los adivinos que aciertan, ante la

actitud del otro. Conocía bien el truco, lo había practicado ella misma demasiadas veces como para ser
engañada. ¡Eso de creer que un peligro se conjura
cerrando los ojos o que un hecho se anula no mencio-
nándolo es propio de los cobardes a cuya estirpe ella
también había pertenecido!

Pero si Cecilia era capaz de desmenuzar los
móviles que dictaban las prudentes abstenciones de
don José María no resultaba igualmente apta para evitar
la reacción de desconcierto propio que iba a sufrir.
Cecilia esperaba que su decisión se fortalecería en una
apasionada polémica en la que entraría en juego tanto el principio de autoridad de los mayores, al que
ella heroicamente se proponía desafiar, como su sentido de independencia que necesitaba afirmarse. Mas he
aquí que se encontraba, como los boxeadores en una
etapa de su entrenamiento, disparando golpes contra su
sombra. Tuvo, pues, que fingir un adversario, terco pero
inhábil; un interlocutor, verboso pero malinformado al
que noche a noche vencía con la impecabilidad de unos
argumentos cuyo desarrollo podía seguirse, paso a paso,
en las páginas de su diario.

Cuando las cerraba, después de la cotidiana
batalla nocturna y de la cotidiana victoria, Cecilia se
ofrecía complacientemente a la inspección del anónimo proveedor de su biblioteca. ¿No se notaba ya, en
su rostro, un orgullo incipiente de Pigmalión? Pues
bien, Cecilia sobrepasaría todas las esperanzas que
en ella se hubieran depositado, disiparía las nubes que
aún ensombrecieran aquella frente pensadora; sería,
en fin, una galatea cuya docilidad estaría pronta a
volverse maleable gracias al fuego de su entusiasmo.
Criatura que ha encontrado a su creador ¿existe acaso
una plenitud que pueda compararse a ésta?

Pero los encuentros corpóreos en este bajo
mundo suelen ser menos solemnes y exaltados que
los que la imaginación concibe. Cuando Cecilia dis-
tinguió, el primer día de clases, en uno de los grupos
en que se fragmentaban los alumnos de letras la figura, tan íntimamente conocida en el sueño, tan profun-

damente extraña en la realidad, de su mentor, de su amigo, de su Virgilio, se dirigió a él con el alma rebosante de orgullo con que el subordinado va a rendir parte de la misión cumplida.

El otro estaba de espaldas y al volverse obsequió a Cecilia con una sonrisa cordial y distante, la sonrisa estereotipada de la celebridad que, ante el asedio del admirador inoportuno, hace esfuerzos tan evidentes como inútiles para recordar la cara y el nombre, para ubicar el sitio donde la casualidad lo ha colocado alguna vez frente a este desconocido.

Así que si Cecilia contaba con halagar a Sergio (supo que se llamaba Sergio del Castillo cuando el maestro pasó lista) al declararse implícitamente bajo su influencia y su protección, desde el momento en que, guiada por sus consejos había elegido la carrera que él le había indicado y no la que ella se había propuesto incialmente, se equivocó.

Sergio no sólo parecía haber olvidado por completo la conversación de ambos en el café (después de todo ¿qué podía significar este incidente en una vida tan compleja y rica de experiencias intelectuales como la suya?) sino que los mismos argumentos que entonces esgrimiera en defensa de la literatura, habían cesado, aparentemente al menos, de tener vigencia. A la salida de clases renegaba, además de la impreparación del maestro respectivo en cuanto a la materia que impartía, de su audacia para ocupar una cátedra a la que no debía de haber tenido un acceso lícito; pero también de los caducos métodos de enseñanza, suma de errores que despojaban absolutamente de sentido al hecho de que alguien pudiera dedicarse al aprendizaje de una disciplina tan frívola como la literaria.

—¿Se dan ustedes cuenta? —decía al séquito (reducido, es verdad, pero por eso mismo selecto y fiel que lo rodeaba en los salones y lo seguía en los corredores y al que Cecilia se había agregado tácitamente como un satélite se incorpora a la órbita del planeta principal)—, ¿se dan ustedes cuenta? Aquí cualquier mentecato va a tener el gusto de ponernos al tanto de la fecha en que nació don Miguel de Cervantes Saavedra (y escojo este nombre porque supongo, sin conceder, que ha de sonar familiarmente a los oídos de todos ustedes); quién fue su ama de cría, cuándo echó el primer diente y otras menudencias sin cuyo conocimiento, ustedes lo saben bien, podemos continuar viviendo con cierto desahogo. También es posible que el tal hijo de vecino tenga la generosidad de comunicarnos cuál es la cifra exacta de ediciones que hasta 1910 —año en el que el tiempo se detiene para cualquier profesor mexicano que se respete— se han hecho de las obras de tan distinguido escritor español. Naturalmente se evitará, porque en el templo de Minerva al que asistimos todo conspira para preservar en su virginidad intacta nuestra ignorancia, que ninguno de nosotros cometa el error de ponerse en contacto directo con los libros a los que debe su celebridad el autor de marras. Pero si, a pesar de las precauciones de los maestros, alguno de estos libros cae en nuestras manos, los índices de fuego se apresurarán a señalar los errores de imprenta de la página 254 o el inapropiado uso del gerundio en el párrafo 310. En suma, que se nos proporcionará aquí la paja, lo que es adjetivo y deshechable, y se nos escamoteará, de un modo sistemático y eficacísimo, lo significativo y lo vital. Me asiste, entonces, el pleno derecho para comenzar a sospechar que mi sed de absoluto podría ser saciada mejor en otras fuentes.

—¿Quieres decir que vas a cambiar, otra vez, de carrera? —interrumpió con horror Susana Durán.

—Las has probado ya todas —remató suavemente Fernando Villela.

Cecilia se negaba a dar crédito a sus oídos y se quedó mirando a Sergio con azoro, en espera de una respuesta contundente que lo restituyese a su prestigio original.

—Exageras, mi querido amigo. Cierto que la exageración es la forma larvaria de la generalización. Pero has de aplicarla con más cuidado. Tú, mejor que nadie, sabe que no he intentado hacer ni siquiera un semestre de la carrera de Filosofía.

—Ya lo harás, no te precipites. Al cabo lo que a nuestra edad le sobra es tiempo.

—¿A qué intelectual hispanoamericano le ha sobrado tiempo alguna vez? Cuando no tiene un arma en la mano tampoco tiene un mendrugo de pan que llevarse a la boca. La lucha ha sido siempre contra la injusticia y la miseria, no ha sido a favor de la obra.

Era Alberto Ruiz, con su voz tribunicia de arengador de multitudes quien, en estos reducidos ámbitos, tenía que conformarse con el apóstrofe lapidario.

—Yo tengo ya veinte años —apuntó con exasperación Sergio.

—Y si Pitágoras no se equivoca el año próximo tendrás veintiuno y luego veintidós y en un abrir y cerrar de ojos habrás pasado de joven que promete a fósil que estorba. Es verdaderamente descorazonador —dijo Fernando abarcando con la mirada a quienes lo rodeaban— que un muchacho bien dotado y del que tanto se podría esperar, desperdicie sus mejores años probando a ver en qué terreno encuentran aplicación más fructífera sus aptitudes.

—¿De quién es la culpa? —quiso saber Susana Durán, para quien la averiguación no era más que el paso previo, muchas veces innecesario pero siempre molesto, que conducía directamente al castigo o a la recompensa de los responsables.

—Desde luego tenemos que admitir que Sergio carece de impedimentos para el ejercicio de su libre albedrío y que por lo tanto el mérito o la culpa de sus acciones le son imputables —aventuró Lorenzo, a quien apodaban "el desventuradillo" gracias a una confusa historia de amor (con un contrincante cuyo nombre y cuyo sexo ni se establecían ni se determinaban con exactitud) había hecho abandonar su celda de seminarista para lanzarse al torbellino del mundo, arrastrando tras de sí una cauda de terminología escolástica.

—¿Pero adónde vas a parar con esas teorías, Lorenzo? Por una parte a un individualismo extremo. Por la otra a quitar el pan de la boca a las orientadoras vocacionales. Su oficio consiste precisamente en saber, con más exactitud que tú que no te has especializado en eso, qué es lo que quieres, qué es lo que puedes y qué es lo que debes hacer.

—He aquí la prueba —dijo Sergio señalándose a sí mismo.

En mis reiteradas experiencias de recurrir a ese servicio no he logrado jamás que dos opiniones coincidan...

—Lo cual debería halagarte —interrumpió Fernando. Eso significa que tus aptitudes son universales.

—...no he tenido más remedio, entonces —continuó Sergio como si el elogio no lo hubiera conmovido— que seguir sus consejos sucesivamente.

—¡Pero es el colmo! —se escandalizó Susana.

—Y seguirá siéndolo mientras nosotros, los afectados por los acontecimientos —no me gusta usar la palabra "víctimas"— nos conformemos con rasgarnos las vestiduras ante los últimos efectos sin preocuparnos por llegar hasta las primeras causas.

Susana contempló a Ramón Mariscal con la mirada reprobatoriamente fija que tenía reservada para los aguafiestas, pero él no se dejó inmutar.

—El problema es el de siempre en estos países en donde reina el azar y la improvisación. Por lo demás, es imposible aprender a manejar el más sencillo de los mecanismos, especializarse en el trabajo más elemental, cuando cada sexenio se celebra la ceremonia del fuego nuevo y todos los funcionarios son sustituidos.

—Yo diría removidos —corrigió Alberto. Los nombres son los mismos desde hace treinta años. Lo que cambia es su colocación en el tablero político.

—Y así la educación nacional va a parar a las manos que antes llevaron las riendas de la Ganadería o de Hacienda o...

—Pero el ministro no está solo —intervino Cecilia. Forzosamente ha de tener consejeros, asesores.

—Claro; lleva consigo su equipo. Y los que antes lo aconsejaron y lo asesoraron en Hacienda, en Ganadería, en...

—¡Basta! Lo que ustedes están haciendo es reducir al absurdo un asunto cuya gravedad nos concierne de manera muy directa y muy profunda. Lo que dicta las disposiciones de este hombre...

—Nadie ha dicho que un ministro sea un hombre —apuntó Villela más que para hacer una frase, para cortar el vuelo oratorio de Ruiz.

—Una petición de principio —suspiró el desventuradillo, como quien emite el diagnóstico de un enfermo desahuciado.

—... es un criterio clasista, estrecho y anacrónico —remachó Mariscal. Lo que dice Villela tiene su parte de verdad. Un funcionario no es, propiamente hablando, un hombre. Es la cristalización de un estado de ánimo colectivo. Y al decir estado de ánimo incluyo también prejuicios, convicciones, ideología, en fin.

—¡Y esas abstracciones son las que elaboran los planes de estudio! —clamó Sergio.

—¿Pero tú te das el lujo de suponer que los planes de estudio los elabora alguien? Se hacen solos. Brotan, como todos los otros planes y como los hongos, cuando caen las primeras lluvias, al principiar cada gestión administrativa.

—Los que elaboran los planes de estudio —insistió Sergio con un tono ligeramente amenazador ante una broma que no tenía en él su origen sino que lo hacía su objeto—, no toman en cuenta nunca esa inmensa minoría de alumnos que acudimos a las aulas no en persecución de un título sino en busca de alimento espiritual. De los que hemos venido aquí —porque no hay otro sitio adonde ir— no para obtener mera información, sino porque necesitamos formación. De los que aspiramos a encontrar maestros, no profesores, ejemplos, no cadáveres.

—Está escrito que pedirán pan y que se les darán piedras —sentenció melancólicamente Lorenzo.

—Pero coloquémonos en el caso de que nos dieran pan y de que lo devoráramos y de que lo digiriéramos ¿qué podría esperar de nosotros, a cambio, la sociedad? Si no me equivoco no somos más que un grupo reducido y parasitario de adolescentes sobre cuya solvencia no hay ningún motivo para confiar.

—¿Y qué creen los demás que tienen derecho de exigirnos o de esperar de nosotros? —se indignó Villela.

—Utilidad —replicó tranquilamente Mariscal.

—¡Utilidad! ¿No basta con que seamos un artículo de ornato? Ah, qué hermoso espectáculo constituiremos, después de que transcurran los semestres consabidos y cuando hayamos condecorado la más visible pared de nuestra casa con el *magna cum laude* que haya premiado el examen en que se nos conceda el título de doctor. Hagan su composición de lugar. Contémplense en el futuro, arrastrando una toga, ostentando un birrete y discutiendo, de lo divino y de lo humano, con ademanes exquisitos, con argumentos sutiles, con frases trabajadas como joyas.

—¿En un país de analfabetas?

—Sí, los miserables y los piojosos son los materiales más idóneos para integrar auditorios entusiastas y admirativos. Nadie es más capaz de apreciar la cultura que quien no la posee.

—El humilde campesino, el tosco obrero... Hasta que descubre que una cabeza, en la que se acumulan tantos tesoros que él no comparte, se puede —por lo menos— cercenar.

—Mira, querido, no vas a asustarme con el petate del muerto de las revoluciones. Precisamente porque en México acaba de suceder una es por lo que podemos disfrutar tranquilamente de nuestros privilegios durante una larga, larga temporada, sin temer un peligro que, si acaso, amenazará a nuestros nietos. Pero ya que hablaste de cabezas, te diré que yo soy de los que prefieren ser cabeza de ratón que cola de león.

—¿Y eso a qué viene?

—A que en esta tierra de ciegos, aspiro a ser rey.

—Querrás decir ministro de educación.

—O de lo que sea. Los tuertos en México somos tan escasos que tenemos que multiplicar nuestras actividades para satisfacer la demanda. Pero de cualquier manera no se preocupen, que me acordaré de ustedes cuando me encuentre en el paraíso.

—No me explico cómo siguen escuchando con paciencia esos alardes, que aparte de todo son falsos, de cinismo que desde hace rato nos propina Villela. Un intelectual, en México o en cualquier nación latinoamericana, no tiene privilegios: tiene deberes muy precisos e insoslayables que cumplir.

—El único deber que yo le reconozco a un intelectual es el de saber.

—No, saber no basta. Hay que crear. Transmitir lo que se sabe al través de las páginas del libro, desde la cátedra, en la acción.

—¡Bravo! ¿Pero serías capaz de citarme un solo ejemplo de hombre que haya encarnado ese ideal en las latitudes nuestras?

—La lista es larga pero si te invoco a los viejos vas a reírte de las ingenuidades que fueron más propias de su época que de su personalidad.

—Sírveme entonces uno fresquecito.

—Vasconcelos.

—¿Qué? Pero si Vasconcelos está completamente putrefacto.

—¡Por favor! ¡No se habla así de quien ha encabezado uno de los movimientos políticos más puros de nuestra historia ni de quien ha escrito *La raza cósmica*!

—La raza cómica.

—No seas iluso, Alberto. No te dejes embaucar por tus propias palabras, como si fueras el auditorio y no el orador. Nadie ignora que Vasconcelos falleció en 1929. Y mira que estoy tratándolo con benevolencia. Pero como no soy necrófilo conservo la claridad de juicio suficiente como para considerar lo que ha hecho y lo que ha dicho y lo que ha defendido desde entonces y para concluir que es perfectamente digno de que se le escupa.

—Estás escupiendo a las estrellas. En su momento Vasconcelos fue una figura continental y aún ahora su sitio continúa vacío.

—¡Gracias a Dios!

—Pero su sitio continúa vacío —explicó Mariscal— (y esto no implica que Vasconcelos lo haya llenado nunca bien) porque México se encuentra todavía en un periodo de integración y de búsqueda. Es natural que en un momento semejante no existan personalidades cuajadas ni influencias definitivas. Este fenómeno se observa no únicamente en el terreno pedagógico sino en las demás actividades humanas y principalmente en las políticas. En todos los órdenes carecemos de guías.

—¿Proceso de integración o de desintegración? Porque antes había un Vasconcelos y ahora no lo hay —insistió Ruiz.

—Porque a los Vasconcelos en potencia, como tú, se les corta en agraz con exigencias que no alcanzan a cumplir. En última instancia ¿qué fue Vasconcelos? Para filósofo le faltó rigor y para literato, estilo. Y tendrás que convenir con la mayoría en que como presidente de la república no se le puede conceder la más mínima viabilidad.

—Su labor al frente de la Secretaría de Educación Pública...

—Ediciones de clásicos destinadas ¿a quién?

—Ése es un rasgo típico del carácter latinoamericano. El templo a Palas Atenea no falta en ninguna de nuestras más intrincadas selvas.

—¿Y el gran auge del muralismo mexicano? Ya sé que vas a argüirme que Vasconcelos no pintó ni un centímetro de pared. Pero yo te respondo que propició el surgimiento de una escuela pictórica.

—¿Disponía de la fuerza suficiente como para haber impedido ese surgimiento? —se preguntó, como para sí mismo, Villela.

—Admite, por lo menos, que los dos fenómenos coincidieron en el tiempo —instó a Mariscal Sergio.

—Vaya, va a resultar, al fin, que Vasconcelos no ha existido nunca.

—No. Pero que ya no puede existir. Unas cuantas tiradas demagógicas, una melena de profeta y un temperamento de prima donna ya no impresionan ni en la aldea más retrógrada. Y de un maestro tenemos derecho a esperar algo más: que nos ayude a crear nuestra propia conciencia, no que halague nuestra sensibilidad ni que abanique, con plumas multicolores, nuestro ocio.

—"Tardará mucho tiempo en nacer, si es que nace..." —Lorenzo saboreaba los versos lorquianos y pronto se desentendió de la circunstancia por la que los había citado para mecerse en su ritmo y concentrarse en el esfuerzo de recordar los siguientes.

—Y mientras tanto a nuestra generación que la muerda un perro —protestó Susana muy molesta por una desventaja que, a la luz de la discusión, empezaba a parecerle palmaria aunque no lograra determinar aún en qué terrenos iba ella a resentir sus perjuicios.

Villela se había cruzado de brazos y había retrocedido un poco para contemplar a sus compañeros desde cierta perspectiva.

—¡A qué revelación acabo de asistir! Yo estaba seguro de que, si no todos, por lo menos algunos de nosotros, teníamos la madurez suficiente como para no ponernos a gritar en medio de la calle porque nos sentíamos desamparados y solos. Porque ésa es la impresión que producimos: la de niños llorando por su padre. Hagan el favor de decirme ¿para qué diablos necesitamos un maestro de carne y hueso? ¿Para que observemos de cerca cómo estornuda el genio? ¿Para que nos conmuevan los puños de su camisa deshilachados y el nimbo de suciedad que rodea a su noble pobreza? Si ahí están los libros y en los libros podemos encontrar las respuestas a nuestras interrogaciones más urgentes.

—¿Ya lo ven? Yo siempre he insistido en que vayamos a la biblioteca, pero todos prefieren perder el tiempo platicando en los corredores o en el café.

—¿Por qué no vas tú a la biblioteca, Susana? Allí no permiten interrumpir —le propuso con una melosidad encubridora de peligros, Sergio. Y después, volviéndose a Villela, ya no se dirigió más que a él. —Lo que tú haces —le dijo— no es más que desplazar el meollo de la cuestión de las personas a las cosas. Ahí están los libros, naturalmente. ¿Pero cuáles libros hay que leer?

—La regla de oro —intervino Lorenzo— dice que lo primero es haberlo leído todo.

—Anda y cúmplela tú si puedes. Claro que ya sé que hay cosas que por sabidas se callan: que los clásicos son imprescindibles. Pero ¿y después?

—¿Cómo que y después? ¿A poco ya te los echaste?

—Susana, no puede dejar de halagarme la idea que tienes de mi velocidad. Pero desgraciadamente esa idea no corresponde a los hechos. No me alcanzará la vida entera para conocer, ni siquiera por encima, a los más famosos. Y para que a un señor lo declaren clásico...

—¿Quiénes?

—Hay una oficina especial, Susana.

—¿En dónde?

—En el Vaticano.

—No seas anticuado. En la Metrópoli, alias Washington.

—... necesitan pasar siglos y siglos. Los contemporáneos son siempre un riesgo.

—Que hay que correr.

—Se dice pronto, pero aventurarse en los treinta tomos de una novela-río sobre cuya calidad nadie se hace responsable ya resulta un poco cuesta arriba. Se gasta dinero, se pierde tiempo y se fatiga la vista para convencerse, al final, de que el autor es una birria y de que las opiniones de los críticos que ensalzan su obra valen puro sorbete.

—Queda una alternativa: la de que tu gusto no haya evolucionado lo suficiente como para apreciar un producto demasiado exquisito, tal vez, demasiado nuevo, demasiado audaz.

—Así que no te queda ni el recurso de indignarte.

—Ambigüedad, tienes nombre de condición humana.

—Pero no hay derecho a que a uno le suceda cosa semejante —protestó, con vehemencia, Susana. Y concluyó ingenuamente: yo creí que un libro sólo lo publicaban porque valía la pena.

—Ah, la falta de espíritu práctico de nuestra raza. Si fuéramos sajones, en vez de entregarnos al azar y al pesimismo ya estaríamos organizando una compañía de seguros para lectores despistados.

—¿Pero qué pista siguen en un libro? A ver tú, Sergio.

Era Mariscal quien había hablado otra vez.

—Bueno, pues... la verdad.

—¿La verdad sobre qué?

—Sobre mí. Aparte de que es el tema que me interesa de modo más inmediato y más apasionante, creo que es la única manera de averiguar algo sobre lo demás.

—Entonces —intervino fogosamente Alberto—, ¿por qué buscas esa verdad donde no vas a encontrarla? ¿Qué hay de común entre el Cid Campeador y tú? Ni el ánimo heroico, ni las circunstancias históricas, ni siquiera el idioma. Porque yo bien que te he visto escoger las versiones modernizadas porque las primitivas ya no las entiendes.

—Pero hay algo en el hombre que es eterno, que no cambia a pesar de las edades y de las latitudes. Sergio puede encontrarse a sí mismo, ya no digamos en el Cid, tan próximo, sino en las figuras de la Antigüedad, en Ulises, en Aquiles.

—¡Lorenzo! Ahora me explico por qué te llaman el desventuradillo: porque te encontraste donde no estabas. ¿Qué tienes que aprender de Aquiles? ¿La furia irracional? ¿El amor a Patroclo? ¿El valor guerrero aplicado a la injusticia? ¿Y de Ulises? ¿La duplicidad? ¿La astucia sin escrúpulo y sin grandeza? Vamos, esos prestigios se sostienen sólo porque no hay quien se atreva a ir contra la corriente y a ver por sus propios ojos lo que está escrito en los textos. La tradición es una serie de postulados improbables que se aceptan sin examen y se repiten por inercia. Y esa tradición es la que decreta cuáles son los libros sagrados. Pues bien, la juventud ha de reservarse el derecho del análisis, de la crítica y del repudio. A ver qué queda en pie después de que hayamos contemplado, cara a cara, a esos héroes literarios tan mentados.

—¡Bravo, Gog!

Mariscal fingía aplaudir. Villela se ruborizó porque no esperaba que ninguno sorprendiera la falta de originalidad de sus argumentos.

—Pero en serio, Fernando, aparte de que la fuente donde has ido a abrevar es bastante turbia, no haces más que quedarte en la mera superficie de las cosas. ¿Crees que si Aquiles no fuera más que furia irracional y amor a Patroclo y valor guerrero aplicado a la injusticia, habría llegado vivo hasta nosotros?

—Hay muchas más cosas en el cielo y en la tierra de las que supone tu filosofía, Horacio.

Con esta admonición hamletiana Lorenzo se vengaba de quien antes se atrevió a decir su apodo en su presencia.

—Hay la fermosa cobertura y punto.

—Noto, con tristeza, que entre tantos nombres ilustres como los que la asamblea ha invocado —ya sea de personajes reales o imaginarios— no figura ni uno solo que sea mexicano.

—Por Dios, Alberto, no ibas a esperar que pusiéramos como paradigmas al Periquillo Sarniento o a los Bandidos de Río Frío.

—Son humildes, es cierto. No pertenecen, como los griegos, a linaje de reyes. Pero yo no me avergüenzo de descender de ellos.

—Es lástima porque la vergüenza, como dijo Marx, es un sentimiento revolucionario.

—Y en cambio, exageras: no se desciende, porque no es posible, de lo que ya está a ras del suelo, o todavía peor, en un nivel subterráneo.

—Empleas tu humor para el parricidio y los demás celebran lo que dices como si se tratara de una

hazaña memorable. Algo más difícil y más provecho-
so hicieron los autores de los que te burlas. Ayudaron
a edificar la patria...

—... tomando, ora la pluma, ora la espada.

—Parece chiste pero es cierto —se interpuso
Mariscal. Sólo que la gratitud, como las demás virtudes, no tiene nada que ver con el mérito literario. Que
nuestros antepasados escritores eran hombres muy
respetables y que se sacrificaron en aras de sus ideales, son asuntos que no están a discusión. Lo que se
discute es que si los libros que nos legaron pueden
servirnos de algo o no.

—Pueden servirnos de modelo... de lo que no
se debe hacer. Ya basta de engolamiento, ya basta de
encorsetarse para decir frases tan solemnes como vacías, ya basta de estar dirigiéndose siempre a la posteridad.

—Esos errores ya no podemos cometerlos
nosotros aunque nos lo propongamos. Cada generación tiene que descubrir, por experiencia propia, lo
que le corresponde de bueno y lo que ha de permitirse de malo. El que se equivoca, por anticipación o
por retraso, con lo que es válido en su época, está
perdido.

—Entonces la literatura no es más que una
moda como cualquier otra.

—La literatura se hace también con elementos
tan efímeros como los de la moda.

—¿También?

—Bueno —puntualizó Mariscal—, supongo
que el escritor es dueño innato de una especie de
talento que consiste en un punto de vista desde el
cual contempla los objetos y descubre las relaciones
que existen entre ellos. Este punto de vista no puede
ser completamente original porque entonces resultaría incomunicable y el escritor no pasaría de ser considerado más que como un loco. Pero tampoco puede
ser completamente vulgar porque entonces no valdría
la pena de comunicarlo y entonces sería lo que son
los demás: un mudo.

—Pero el genio se deja tocar por los extremos.

—Mejor dicho, capta lo que está en el aire, lo que es tan evidente que no lo advierte ninguno. Y luego lo reduce a palabras como el músico lo reduciría a sonidos, porque el lenguaje es su instrumento de trabajo.

—Dice lo que dice a su modo. El arte está en convencer al lector de que el modo es el del lector.

—Literatura, entonces, igual a suerte y maña.

—No, literatura igual a tiempo.

—¡Mira qué Mediterráneo nos descubre Mariscal! —reprochó acremente Sergio. Hasta nuestros distinguidos catedráticos definen las letras como una de las artes temporales.

—Eso no es suficiente para que su definición sea falsa. Pero yo quiero hacer algo más que repetir lo que nos han dicho; quiero agregar mis vivencias propias al esquema vacío —vacío hasta de sentido, muchas veces— que nos proponen los teóricos.

Así es que cuando digo tiempo señalo no únicamente que la acción literaria se desarrolla y se cumple en este plano de la realidad y no en el del espacio sino además que el tiempo es la materia que consume el escritor para llevar al cabo su obra.

—¡Qué ente más original! ¿Podrías decirnos que es lo que consume, aparte de su nieve de limón, claro está, y no para llevar al cabo ninguna obra sino simplemente para vivir eso que Darío llamaba "el público municipal y espeso"?

—Y aun te quedaste en el reino de lo humano, Sergio. Desciende hasta los animales y a los vegetales. Nada sino tiempo es lo que necesitan para crecer y para madurar.

—No permitieron que terminara de exponer mis ideas. La diferencia estriba en que el tiempo que consume el escritor al escribir no es únicamente el suyo, el tiempo del que dispone como sujeto biológico sino que absorbe el de la colectividad a la cual pertenece y aprovecha, aunque en segunda instancia, el de otras colectividades actuales o pretéritas.

—Pero Mariscal, no nos degrades. Hasta el más vil barrendero de la calle hereda de sus antepasados formas de conducta, conocimientos, hábitos. Es lo que se llama, en confianza, la tradición.

—Sí, Villela, y seguramente sabrás, porque oficialmente está decretado así, que la tradición que a nosotros, los mexicanos, nos corresponde, es la española, entreverada con la indígena. ¿Pero has intentado asumir alguna vez este decreto? Si es así ya te habrás dado cuenta de que sus dificultades son tan arduas que lo vuelven casi impracticable.

En esta afirmación Cecilia intuyó la respuesta no sólo a las preguntas que estaban formulándose en estos momentos sino también a la que ella le dirigió a Sergio el día de su primera conversación. Cuando Sergio, confidencial y presuntuosamente, la declaró su profesión de escritor que a Cecilia le pareció tan inverosímil, al punto de no haber podido reprimir un "¿Ya?" que era de duda más que de sorpresa.

Y no porque la animara ninguna prevención contra la precocidad ni porque conociera lo suficiente el caso de Sergio como para aseverar que no se trataba de un fenómeno de ese tipo. El "¿Ya?" más bien denunciaba escepticismo, alarma y hasta quizá alegría ante el anuncio de que en México "ya" pudiera darse un escritor. Hasta entonces Cecilia se había mantenido en la creencia de que el advenimiento de este Mesías aún no había tenido lugar, creencia cuyo fundamento radicaba tanto en el rigor de su juicio crítico cuanto en la casi total ignorancia de los productos de la literatura nacional y en el desprecio de los productos nacionales que le eran conocidos.

—¿Y quién te ha dicho —insistió Villela—, que yo me propongo el trabajo de Hércules de asumir una tradición que, entre otras cosas, considero deleznable y de contribuir a su enriquecimiento con mi granito de arena?

—Porque no hay otra alternativa sino la de aspirante a Joyce tropical.

—No exageremos. De altiplanicie.

—Si te has hecho esta ilusión estás perdido. Y conste que no te niego la posibilidad del genio.

—¿Entonces?

—Te niego la posibilidad de expresar ese genio fuera de las condiciones que te marcan tu idioma, tu contexto actual y pretérito, tus experiencias como individuo y como país.

—En resumen, que si alguna vez soñaste con escribir un Ulises se te olvidó que tenía que ser criollo.

—Y aun ese ¡ya estaba escrito!

—¡No digas por quién, Ruiz, porque esta plática amenaza en convertirse en un círculo vicioso.

—Yo conozco la manera de romper esos círculos —dijo Sergio. Vamos a clase. Es precisamente la hora de entrar.

—Te salvó la campana, hermanito —sonrió Villela mientras depositaba una palmada protectora sobre la espalda de Mariscal. ¡Estabas a punto de descubrir el Mediterráneo!

Rió el aludido y se alzó de hombros, tanto para mostrar su impotencia ante la fatalidad como para eludir el contacto de su compañero.

—Es lo propio de nuestra edad.

—Yo prefiero que los Mediterráneos me los sirvan ya descubiertos.

Iban caminando por el corredor y el grupo perdió su cohesión para dejar paso a otros alumnos que, atropellada o lentamente, se dirigían también a sus aulas.

Por más esfuerzos que hizo Cecilia se encontró apartada de Mariscal y de Villela, a los que le hubiera gustado seguir escuchando. Sergio había entrado ya en el salón. Alberto se detuvo un momento en el umbral para ver, con el auxilio de un espejito de mano, si su pelo conservaba ese aspecto arrebatado que tan laboriosamente lograba imprimirle. Únicamente Susana había permanecido cerca de Cecilia y aun había exagerado, en los últimos momentos, su proximidad. La tomó del codo y ambas avanzaron unos pasos sin mirarse. Una pensaba, con amargura, que estaba condenada, por las apariencias, a ser confundida con esa masa de perdición que son las mujeres y la otra la invitaba, tácitamente, a la complicidad en una condición que compensa sus desventajas con astucia.

7. Erótica

Ninguna atmósfera sagrada resiste la respiración continua. O se establece esa "familiaridad que engendra desprecio" o se suscita un anhelo blasfemo de mancillarla. Cecilia optó por una tercera alternativa: fatigarse. Asistía a las clases con desgano y hubiera preferido cambiarlas por conversaciones con sus compañeros en los corredores, en el café. Pero como no se atrevía a admitir esta preferencia se esforzaba más aún en la puntualidad, en la atención. Hasta que atinó a procurarse una ausencia lícita gracias a la enfermedad. Nada grave, por que no era necesario pero sí algo molesto y obvio: una gripa estrepitosa y violenta que la obligó a guardar cama durante algunos días.

Este lapso dio a Beatriz la oportunidad de aproximarse a su ahijada. La colmaba de mimos, de cuidados, de precauciones; desplegaba ante ella y para ella su sabiduría de solterona que trata de compensar en un terreno neutro sus frustraciones sentimentales y sexuales: el té bien cargado y caliente; el chal de lana, abrigador.

Cecilia se dejaba querer. Volvía, alentada por el delirio de la fiebre, a la invalidez de la infancia, a su protegida impunidad. Se adormecía escuchando la charla de su madrina, esa charla que apresaba durante un momento —y luego dejaba escapar casi intactos— los sucesos nimios de la jornada; que rememoraba historias de la familia; que proponía dechados de conducta o de felicidad.

Nada tenía que oponer Cecilia a este manso discurrir de las palabras. Ni unos recuerdos propios, que habían ya palidecido, ni unos proyectos que la habían abandonado. Ah, si pudiera permanecer siempre aquí, así, tejiendo tras el vidrio de una ventana que daba a ninguna parte, colocando ramitas de alhucema entre los pliegues de los manteles de lino que no se usarían nunca, comulgando con los santos, compadeciendo desde lejos a los pecadores.

Pero Cecilia no se consideraba digna aún de obtener la paz. En cuanto recuperó su lucidez y parte de sus fuerzas volvió a invadirla la inquietud. Se culpó de la tregua que su cuerpo se había concedido y vivió la convalecencia no como una purificación sino como un remordimiento.

Antes de que la autorizara el médico, antes de que disminuyeran las aprensiones de su madrina, antes de que lo aconsejara la prudencia, Cecilia volvió a la Facultad. Iba envuelta en una chalina, ostensiblemente débil, pálida. Se sentía la protagonista de una aventura, de una experiencia en el terreno de las sensaciones y de los peligros físicos. Desde ellas veía, con sonrisa condescendiente, los afanes de sus compañeros. Por primera vez, quizá, se atrevió a compararse con ellos y a encontrarse cierta semejanza.

Durante su semana de encierro y de aislamiento había podido dedicar tiempo bastante a la lectura y ahora entendía muchas de las alusiones que antes se le escapaban y había penetrado, por medio de la meditación, en fuentes secretas de conocimiento. Y su silencio, por lo menos su silencio de los primeros días de retorno, ya no fue la opresión de la timidez sino la dilatación de la plenitud.

Pero cuando, al asistir nuevamente a clases, se dio cuenta de que había perdido el hilo de las exposiciones, Cecilia volvió a precipitarse en el desprecio de sí misma. Incapaz de hacer uso de ninguna medida para juzgarse se condenó a una inferioridad inapelable y, para que no dejara nunca de punzar, era una inferioridad consciente. La conciencia brotaba de la cotidiana confrontación de dos imágenes: la de lo que ella era y la de lo que hubiera querido ser. Así no le estaba permitida a Cecilia la satisfacción derivada de

ningún triunfo efímero ni la excusa ante ningún fracaso transitorio.

Por ello si no procuraba los primeros sí evita-
ba muy cuidadosamente los segundos. Se apresuró,
pues, a conseguir los apuntes de clase que le faltaban
para ponerse al corriente. No podía pedírselos a Sergio
porque estaba demasiado instalado en la actitud crítica como para conceder que valía la pena conservar
las palabras de los maestros. Villela y Mariscal no con-
signaban sino aquello que les parecía esencial y no
les parecía esencial más que lo que les servía como
punto de partida para la reflexión propia. Alberto Ruiz
era del tipo oral y a duras penas escuchaba cuando
otro estaba en el uso de la palabra. Pero el esfuerzo de
abstenerse de hablar lo absorbía tan completamente
que habría sido injusto, además de ilusorio, esperar de
él que, además, reservara algo de energía para escribir.
Las únicas alternativas posibles eran Lorenzo, que aún
no había perdido los hábitos de disciplina del seminario, y Susana, que pretendía, por la minuciosidad de
sus transcripciones, contrarrestar las burlas de sus compañeros y suplir sus propias carencias.

Entre los dos era natural que Cecilia eligiera a
Lorenzo. Confiaba mucho más en su capacidad selec-
tiva y expresiva y no temía el rechazo de un carácter
que daba, siempre que era preciso, muestras de blan-
dura y amabilidad. Así no fue extraño que cuando
Cecilia solicitara a Lorenzo el favor de que le prestara
sus cuadernos Lorenzo accediera a ello con gusto.

Bien provista, Cecilia se encerró en su recámara a trabajar. Había dado órdenes de que nadie la
interrumpiera y durante un rato se oyó con regularidad el rumor de la pluma que se deslizaba sobre las
páginas y el de las páginas al volverse. Hasta que, de
pronto, sobrevino el silencio.

Cecilia quedó paralizada de sorpresa y sin
comprender lo que había sucedido. Porque, inespera-
damente, entre aquellos párrafos apretados de juicios,
de nombres y de fechas, había surgido una imagen
cuya incoherencia constituía su primer elemento per-

turbador. Era la imagen de un animal (¿qué animal? No se consignaba aquí más que su nombre científico) en el trance de reproducirse. El que describía (¿o inventaba?) este trance había cuidado hasta de los más mínimos detalles. A partir del surgimiento del celo, como una fatalidad periódica que se abate sobre las especies, perseguía implacablemente a su objeto al través de las peripecias del cortejo hasta que culminaba en el apareamiento. De éste no quedaba sin registrar ni la más mínima contracción de los músculos ni el más ligero jadeo. Después de la descarga seguía la fatiga satisfecha, el sueño. Y luego, a manera de epitafio, la sentencia latina: *post coitum omne animal triste*.

Cecilia recorrió, otra vez, con incredulidad aquellas líneas. No, no era posible que Lorenzo, tan pulcro, tan correcto, se hubiera entretenido en copiar (¿o en inventar?) esas porquerías. Y no quedaba la menor duda: era la misma letra que a veces rompía su molde conventual con el arrebato de una t demasiado alta y destocada, con la audacia agresiva de una i demasiado puntiaguda.

Cecilia cerró el cuaderno y quedó pensativa. Lo que acababa de acontecerle le parecía tan increíble, y había hecho su irrupción de modo tan imprevisto, que no se había puesto en marcha ninguno de sus mecanismos de defensa.

Pero conforme penetraba en ella la certidumbre de que se le había obligado a presenciar un acto sexual, iban asaltándola, siempre con más fuerza, diversos y contradictorios sentimientos.

Primero fue la alegría por haber encontrado, sin buscarlo (nunca se permitía esta búsqueda), la respuesta a muchas de las preguntas que su ignorancia no le permitía siquiera formular; por haber dado, al fin, con la figura para esas fantasías amorfas que la rondaban de noche. La curiosidad, que era en Cecilia una pasión dominante —y a la que no le reconocía su existencia más que a partir de ciertos niveles—, había sido aceptada aquí íntegramente.

Movida por la curiosidad Cecilia volvió a abrir el cuaderno, volvió a posar sus ojos sobre aquellas líneas que, ahora que la sorpresa se había desvanecido, llameaban. Una náusea de angustia la sobrecogió; su corazón latía desordenadamente y miles de pulsos, desconocidos antes, le hacían creer que otros corazones le habían brotado, en la punta de sus dedos, en sitios inexplorados de su cuerpo.

Ante ella... no, no había distancia, la distancia se había abolido. Ya no eran ella y el animal sino un solo ser oscuro, obediente a oscuros dictados, el que se movía según ciertas normas heredadas, repetidas hasta adquirir la categoría de un rito, en procura no de su complemento, porque el otro apenas se distinguía, apenas era algo más que el pretexto para que se cumplieran los necesarios procesos biológicos, sino de la exaltación que esos procesos llevan consigo, de la embriaguez, de la pérdida de la conciencia (¿quién es el desdichado que tiene conciencia?) del brusco aflojamiento de todas las tensiones. El descanso final (el corazón recupera su ritmo y el aliento se apacigua) es, durante un brevísimo relámpago, el de quien ha logrado lo que quería. Pero inmediatamente después ese mismo se precipita en el profundo abatimiento de la vergüenza. Dios mío, ángel de mi guarda que no has sido mi cómplice sino mi testigo, ya no podré nunca presentarme a los ojos de nadie. Porque he de tener, en algún sitio muy visible para los otros aunque sea invisible para mí, indeleble, la marca del animal. Y ni siquiera van a condenarme, porque no merezco una condena. Les bastará con burlarse de mí.

Pero yo no tengo la culpa. He caído en una trampa. Lorenzo... ¿qué se proponía con intercalar entre sus apuntes *esto*?

Cecilia señalaba desde lejos, con asco. Ahora le parecía imposible, en algún momento, haberse confundido con *eso*. Algo tan desagradable no le habría sucedido nunca de no ser por la intervención de Lorenzo. ¿Cómo iba a suponer que detrás de su apariencia tan inofensiva se emboscara un vicioso? Vaya, comenzaba a recuperarse a sí misma en el vocabulario. Esa preferencia por las palabras grandilocuentes era muy propia de su personalidad. Porque vicioso era un adjetivo que se reservaba para los que transgredían las leyes, los que de una manera más activa, más directa, cometían un delito. No era, desde luego, el caso de Lorenzo. ¡Pobre Lorenzo! Lo veía escondiéndose para copiar (¿o inventar?) el excitante episodio en la vida de un animal, vida que, por otra parte, resultaba muy pobre en contenidos y muy limitada en experiencias. Aun la experiencia descrita... en fin, más valía no volver sobre el asunto. Lorenzo, encerrado en su cuarto, en su estudio, en la biblioteca. Empeñado en copiar (¿o inventar?) con exactitud y, simultáneamente, atento a los rumores de afuera, presto a ocultar su obra en cuanto alguno se aproximase. Y luego, guardar su tesoro. Releerlo, a media noche, a la luz furtiva de una lámpara.

¿Pero qué sucedió después? ¿Se olvidó acaso del lugar en que lo conservaba? ¿Lo confundió con otros papeles? ¿Cuando le prestó su cuaderno a Cecilia no sabía que, entre los apuntes de clase, iba este secreto suyo? Ah, cómo se desesperaría ahora que ya tenía que haberse dado cuenta de su descuido. Y si corría hasta la casa de Cecilia y, con cualquier pretexto, reclamaba la devolución de sus pertenencias, no haría más que agravar las cosas. No le quedaba más que el rubor pasivo y extemporáneo, el silencio, el disimulo. Y a ella, a Cecilia, también. Aunque en ocasiones sospechara que el descuido fue intencional y que, a mansalva, había asestado un golpe a su inocencia. Si ése fue el propósito de Lorenzo para frustrarlo no le quedaba más que fingir no haber advertido ninguna irregularidad. Agradecerle, con la mejor sonrisa, el préstamo que le había hecho. Encarecerle la utilidad de la ayuda que le había proporcionado y oponer, a la mirada vergonzosamente interrogante del otro, una reserva impenetrable. Así procedería.

Pero en el futuro, no ahora. Estaba demasiado agitada aún, demasiado confusa, demasiado herida como para que la altivez le pareciera una solución ni aceptable ni posible. Lo que acababa de sucederle era tan extraordinario que no cabía aplicarle ninguno de los criterios que hasta entonces sirvieron de cauce a su conducta. Además, desde lo de Enrique (pero ésa era una historia de otra índole y no se explicaba por qué se le había ocurrido esta caprichosa asociación de ideas) no había vuelto a pasarle nada interesante.

¡Lástima que no pudiera contárselo a nadie! A su madrina, ni pensarlo. A Susana... quién sabe qué había sentido, de pronto, la urgencia de hablar con ella. No de *esto*, naturalmente. De hablar, en fin.

Sería una especie de vacación, después de las discusiones de Mariscal, de Sergio, hasta de Alberto, con cuya retórica no estaba Cecilia lo suficientemente familiarizada como para preverla y para desdeñarla en la misma medida en que lo practicaban sus compañeros. Aún seguía, con la misma angustia con que se siguen las evoluciones de un equilibrista en la cuerda floja, las piruetas verbales de Alberto. Habría querido, contradictoriamente, verlo llegar sano y salvo al extremo opuesto —para aplaudir una habilidad tanto más estimable cuanto más adversas eran las circunstancias— y verlo caer al vacío como consecuencia lógica de la inanidad de lo que afirmaba. Estas expectativas, estos flujos y reflujos de su sensibilidad, la fatigaban. Buscar la compañía de Susana era el equivalente de leer una novela policiaca, arrebujada en la cama, un domingo lluvioso.

Por otra parte, aunque Cecilia no quisiera admitirlo, acababa de sufrir una humillación. Su impavidez, de la que tanto se jactaba ante sí misma, acababa de trizarse en mil pedazos y no podía alardear aún de que la había recompuesto. Los pocos fragmentos que acertó a unir mostraban cicatrices y costurones en sus junturas, huellas que quizá fuesen imborrables. ¿Entonces? Pues entonces Cecilia necesitaba equilibrarse ejecutando un acto generoso. Y ninguno podría serlo más que un simulacro —no de amistad, no era preciso exagerar hasta ese punto— sino de interés, de cortesía, dedicada a quien tantas veces lo había solicitado sin recibir más que evasivas poco convincentes o inclinaciones de fugaz tolerancia.

En este momento Cecilia justificaba su actitud con Susana recordando la evidencia con que tenía siempre presente frente a sí su limitación. Ni su tiempo, ni su capacidad de atender, de entender eran muy vastas. Así que se convirtió en una calculadora minuciosa, y a menudo equivocada, de sus recursos para ponerlos en disponibilidad únicamente de aquellos fines que le parecían valiosos. Estos fines se determinaban según un criterio que, a los ojos de Cecilia, aparecía como objetivo e inobjetable, aunque en realidad respondiera a preferencias oscuras de las que no hubiese podido dar, en muchas ocasiones, ninguna explicación satisfactoria. Pero, de cualquier manera, entre tales fines no se había contado nunca la charla con mujeres.

Sin embargo hoy (y no debido al hallazgo en el cuaderno de apuntes de Lorenzo sino por una serie de circunstancias que se ocuparía de formular después, cuando escribiera su diario) no era un día común y corriente sino, desde todos los puntos de vista, una fecha excepcional. Los acontecimientos, interiores y exteriores, la habían turbado de tal modo que no podía hacerse ilusiones respecto a la posibilidad de concentrarse de nuevo en el trabajo. Además, como se había sometido prematuramente a él sin concederse un plazo razonable para la convalecencia, se encontraba ahora con el resultado de que el esfuerzo mínimo le producía una fatiga difícil de superar y la obligaba a dosificarse con generosidad las treguas y las distracciones.

Justificada así ante sí misma, desvanecidos sus escrúpulos y excitada por la perspectiva, remota, sí, pero no imposible de una confidencia, Cecilia se apresuró a arreglarse para marchar a la escuela. Si quería sostener una conversación a solas con Susana era preciso que llegara temprano para adelantarse a los demás.

Susana, reflexionaba Cecilia frente al espejo, es una muchacha común y corriente, es decir, curiosa. Y, en mayor medida que las otras, quizá, intuitiva. Al primer golpe de vista adivinaría que ella albergaba un secreto y pondría en juego su habilidad para descubrirlo. ¿Sería Cecilia capaz de esquivar las trampas que se le tendiesen? Se le presentaba una oportunidad de poner a prueba su pericia para manejar las situaciones según los planes que se había trazado. ¿Pero valdría la pena hacerlo y no dejarse llevar? En resumidas cuentas el incidente de los apuntes carecía de importancia. Callarlo podría ser contraproducente. Recordó una frase de Kierkegaard que le servía para vencer las resistencias hacia el sacramento de la confesión: "la reserva es el principio del endemoniamiento". Y tuvo miedo de su silencio.

Pero temía, en igual medida, su locuacidad. No es que Cecilia se considerara a sí misma ni fuera en realidad mentirosa. Es que narraba los hechos de un modo tan peculiar, con una vivacidad, con un brío, imponiéndoles un orden que rara vez correspondía al cronológico, que los hechos acababan por adquirir una forma y unas proporciones que, cuando habían acaecido, estuvieron muy lejos de alcanzar.

El auditorio al que Cecilia se dirigía, al carecer de otro punto de referencia que no fuera el de sus palabras, reaccionaba de acuerdo con ellas. Y, lógicamente, la reacción era excesiva, aun cuando se tratara de rechazarla. Así que ya desde ahora podía Cecilia figurarse a Susana, escandalizada hasta el paroxismo, exigiéndole que tomara una determinación efectiva y ejemplar, que ejerciera una represalia violenta contra Lorenzo. ¡Pobre Lorenzo, tan insignificante, tan pobre diablo! Y tan tranquilo que reposaría en la ignorancia de que sobre su cabeza estaba cerniéndose una tempestad. Pero no, Cecilia no iba a descender hasta el terreno de la indignación en que su contrincante había intentado colocarla. El clima que mejor le sentaba era el del desprecio olímpico. Lo demás era debilidad, condescendencia, respuesta a la provocación.

Mas ¿por qué empeñarse en cruzar el puente antes de llegar a él? A la hora de la hora ya Cecilia se daría maña para conciliar las corrientes opuestas que la solicitaban, sin permitir que ninguna la ganara totalmente para sí.

Segura, llena de aplomo, abrió la puerta de su casa y, al salir a la calle y empezar a caminar, Cecilia tuvo que detenerse como fulminada por deslumbramiento. Sin previo aviso, sin que ningún signo anunciara el cambio, de pronto esa masa gris, amorfa que bajo su mirada habían sido siempre los transeúntes, adquirió unos contornos netos y precisos, un color determinado y fuerte y comenzó a distinguir a unos de otros con una claridad insoportable, por el sexo. Los que la rodeaban eran hombres y mujeres, no entes abstractos y esta visión le recordó la de las páginas de su libro de botánica al pie de cuyos grabados iba la cruz o la esfera, el símbolo de la feminidad o de la masculinidad, como aquí se ostentaban la falda o el pantalón.

¿Qué era antes el vestido sino una tela recortada y ceñida, la envoltura y la costra, la caparazón del cuerpo, el piadoso obstáculo que impedía ver su fealdad, sus imperfecciones, sus atributos repugnantes? Y hoy, sin transición ninguna, la ropa se había convertido en una flama ardiente que proclamaba a gritos la condición más íntima de la persona, que delataba lo oculto y que invitaba al conocimiento, al disfrute, a la rapiña. La ropa era una invitación al asalto, era el preludio que volvía impúdica, tentadora, codiciable la desnudez.

Cecilia misma se descubrió, como Eva en el Paraíso, simultáneamene desnuda y vestida y experimentó algo más que vergüenza: la sensación de que cada una de sus células proclamaba, a todos los vientos, una marca de mujer que la exponía a la violencia de los deseos ajenos, violencia que antes nunca había advertido y que temía despertar con un terror atávico al que añadía su timidez —que era una forma de la conciencia de su fealdad— y el recuerdo de su fracaso con Enrique.

Intentó replegarse, diluirse, desaparecer. Escapar, de alguna manera, a la urdimbre inextricable de insinuaciones y respuestas tácitas que estaba tejiéndose alrededor suyo y que, poco a poco a poco, iba apretándola, cercándola. Eran las miradas, grávidas de significados y de promesas. Eran las manos, que se tendían para asir y retener. Era la piel, que buscaba el roce fortuito, la vecindad cálida. Eran las entrañas que clamaban por el desgarramiento y la penetración.

Cecilia cerró los ojos, agobiada como ante el espectáculo excesivo de una selva tropical. Calor, color, movimiento. La vida que surge de la podredumbre y que se multiplica sin cesar; la materia que desarrolla un ciclo sin fin. Pero dentro de ella misma la acechaba otra imagen, la del *animal*, sin nombre, sin pasado, sin futuro, sin nada más que ese instante intolerablemente presente en que eternizaba su gesto obsceno.

Esa imagen anulaba los milenios que la humanidad había padecido tratando de escalar una cima de superficie precaria en la que los otros gestos fueran posibles: el de la lectura, el de la oración, el del sacrificio.

Fue como si a las criaturas, repentina y brutalmente, se les hubieran amputado los miembros, suprimido los músculos que ejecutan estos actos humanos y no hubieran conservado su funcionamiento más que los otros, los que obedecen a las leyes de la fisiología y no a los mandatos de la voluntad y cuyo mecanismo se desencadena una vez y otra vez, movido siempre por idéntico estímulo, siguiendo punto por punto la línea parabólica de su desenvolvimiento para desembocar en un desenlace igual que servía de germen a la repetición.

Alarmada por este retroceso a los estratos más primitivos de la historia y de la conciencia, Cecilia abrió los ojos y miró en torno suyo. El *animal* no existe, afirmó para tranquilizarse. Pertenece a una de esas especies que se extinguieron por su incapacidad de adaptación a las circunstancias actuales. Como el dinosaurio. Y, entrecerrando los párpados con el mismo gesto con que lo hacen los miopes, intentó devolver a la silueta de los transeúntes el desvaimiento y la categoría casi fantasmal que, antes de la revelación, eran las características gracias a las cuales podían ser contemplados y soportados.

Logró su intento en la medida en que le era preciso para sostenerse en pie y para seguir su camino. La ayudaba la convicción de que esos rostros, tan distintos entre sí, tan inconfundibles, tan únicos, en los que se cristalizaba la trayectoria entera del género humano, con las variantes que le imprime la raza y el sello que le imponen los hábitos y las experiencias del individuo eran, después de todo, rostros anónimos, que Cecilia no volvería a encontrar jamás y que se borrarían bajo la avalancha de los demás rostros que irían apareciendo y desapareciendo sucesivamente.

Pero entonces Cecilia temió comparecer, inerme y cabal como ahora se hallaba, ante sus amigos. Lo temió tanto como verlos bajo la nueva luz que arrojaría sobre ellos el conocimiento recién adquirido, esa luz que exponía a los objetos, indefensos, a una mirada que ya no acertaría nunca más a desviarse. El objeto desnudo ante la mirada fija. Entre ambos antagonistas ningún obstáculo que impidiera observar la arista más mínima de una realidad sin atenuantes. ¿Cuántos minutos puede resistirse esta confrontación. Angustiada, Cecilia recordó un truco: si se exagera la fijeza de la mirada el objeto va desdibujando sus contornos hasta volverse irreconocible. Si se exagera la fijeza de la mirada se vuelve uno ciego.

Así pues no tenía por que preocuparse del próximo encuentro con sus amigos. ¿Amigos? ¿Era lícito llamar así a Lorenzo, que con tanta brutalidad la obligó a transitar del estado de catalepsia en el que ella voluntariamente se había refugiado al de la lucidez extrema que, recurriendo a todos los medios, había esquivado hasta entonces? La lectura del cuaderno fue como el tránsito de quien, detenido en la orilla, es empujado por otro a los peligros de la corriente. Esa corriente arrastraba a los demás, era cierto. Pero Cecilia no era como los demás y tenía derecho a permanecer al margen, a que respetaran su decisión de estar aparte, a que dejaran intacta su soledad.

Cecilia sonrió con amargura. ¿Qué le era más fácil: perdonar el atentado a su soledad, hecho por Lorenzo, o el respeto mantenido por Sergio hasta el punto de olvidar su primera conversación? Y los otros ¿la respetaban o se limitaban a ignorar su presencia? En última instancia era Lorenzo el único que había demostrado un interés activo en ella. Lo natural sería que acabara entregándose a Lorenzo por gratitud. Lorenzo, el gambusino. El único con la perspicacia y la paciencia suficientes para adivinar detrás de las apariencias de una estudiante estudiosa (la caricatura más ridícula, según la opinión general, el erizo mejor pertrechado) un sustrato de realidad femenina que, como los minerales preciosos, era preciso extraer de las profundidades, limpiar de los elementos que le eran ajenos y pulir hasta volverlo útil y ¿por qué no? también bello.

Pero Lorenzo no había hecho sino iniciar su obra. Lorenzo, el varón. Nadie lo hubiera creído. A pesar de las evidencias Cecilia se resistía aún a aceptarlo dentro de esta clasificación. ¡Era tan bajito, tan encorvado, tan borroso! Se escudaba detrás de unos lentes tan gruesos y se movía con unos escrúpulos como si hubiera siempre, en alguna parte próxima a él, un delicadísimo adorno de cristal que iba a perder el equilibrio y a romperse por su culpa.

¿Qué pócima tenía que beber Lorenzo para metamorfosearse en algo semejante al *animal*? Porque según la fábula del Dr. Jekyll era necesario beber algo para dejar en libertad el otro al que le servimos de cárcel. *Las mil y una noches* cita conjuros, frases mágicas que producen resultados semejantes. ¿Pero qué conjuro, qué frase, qué bebedizo despojaría al Desventuradillo de este apodo denigrante para conferirle una cualidad agresiva que lo hiciera rugir, abalanzarse... ¿contra quién? No, contra Cecilia no, por favor. Ella se rehusaba terminantemente a llevar adelante la broma. Y no por razones de índole moral sino porque se sentía, ya desde ahora, desfallecer en un ataque irresistible de risa.

En la relación improbable en la que, para hablar en términos aristotélicos, Cecilia iba a desempeñar el papel de materia y Lorenzo el de acto, no podía verse sino como un árbol enorme recorrido por un insecto. ¿Qué efecto podía provocar sobre su corteza el roce de las patas minúsculas, aunque fueran innumerables, sino cosquillas? Cosquillas leves, de esas que ni siquiera irritan hasta el grado del rechazo ni agradan hasta el punto del abandono. Cosquillas que suscitan una inquietud meramente epidérmica pero que crece y que, cuando se acumula, acaba por disolverse en una explosión de hilaridad.

Lo que sucede, concedió Cecilia al punto de vista de Sergio, es que Lorenzo no encarna mi ideal de macho. Al formular esta declaración había dejado automáticamente de proceder como si fuera una presa en peligro para asumir la actitud de un cazador dueño de sí y conocedor de las mañas del animal que codicia y que se propone capturar.

En honor de la verdad, tenía que admitir ahora que Enrique tampoco se había aproximado, ni remotamente, a lo que Cecilia llamaba la encarnación de su ideal. Y fue por eso, no por otra razones, por lo que ella le había permitido a su novio esas familiaridades de las que los hombres alardean como de una conquista y que las mujeres lamentan como una derrota. Mas para Cecilia tales efusiones tuvieron otro sentido: el de una ordalía por la que su impavidez atravesó para salir entera. Como si su impavidez hubiera sido un barro al que había que someter a altas temperaturas para endurecerlo y convertirlo en una substancia más resistente.

Y bien, desde la confianza de la solidez en que se apoyaba ¿por qué no examinar ahora cuáles serían los elementos indispensables para integrar la imagen que corresponde a lo apetecible según el impulso sexual?

El primer nombre que acudió a la mente de Cecilia fue el de Sergio. Pero fue deshechado casi de inmediato. La compañía de Sergio estimulaba su ingenio, desasosegaba su espíritu, despertaba su ambición y hostigaba su vanidad intelectual. Pero su cercanía física, por el contrario, le resultaba sedante. Junto a él se sentía tan a gusto como cuando estaba sola. Sus músculos, tensos y a la defensiva siempre, se relajaban; su respiración, a menudo entrecortada y jadeante, adquiría un ritmo regular y profundo; su tez conservaba un color uniforme y no sufría esas bruscas alternativas de rubor o de palidez que, sin motivo aparente, la alteraban en otras circunstancias.

Aunque Cecilia careciera en absoluto de experiencia en estos asuntos, no pudo menos de sospechar que sus reacciones ante la persona de Sergio constituían un mal síntoma si se quería diagnosticar la existencia de la atracción física o del amor. Y sin embargo lo admiro, se dijo, maravillada de que este sentimiento surgiera en el vacío, sin que vibraran cuerdas más profundas ni se comprometieran otros sectores de la sensibilidad y de la pasión.

Ahora que se detenía en este descubrimiento Cecilia advertía que si le preguntaran de improviso cuál era el color de los ojos de Sergio no acertaría a contestar. De tal manera había pasado por alto detalles que no son insignificantes sino para la amistad.

En el caso de Alberto Ruiz no podía sostener que su ignorancia era igualmente completa. Alberto era de tal manera obvio que había que interpretar como una afectación o como una mentirosa el hecho de que alguno de quienes lo conocían afirmara no haberse fijado en su aspecto y sus modales. La estatura correspondía con exactitud a la corpulencia y la abundancia de su pelo a la amplitud de una frente que era el noble escenario de combates interiores. Su voz grave era subrayada, en los periodos adecuados de la elocución, por los ademanes de unas manos que habían encontrado la equidistancia perfecta entre la vastedad y la delicadeza y que habían sido sabiamente adiestradas para expresar el arrebato entusiasta, la ira, el repudio, la condenación.

Y, sin embargo, el conjunto no producía —en Cecilia al menos— la impresión de vigor sino, paradójicamente, la de una fragilidad a la merced del soplo más ligero, siempre que tuviera su origen en las regiones polares de la crítica. Cecilia temblaba ante la perspectiva que, por lo demás, podía no realizarse nunca, de que Alberto se contemplara alguna vez tal como era y no tal como creía ser. La revelación no podría sino destruirlo y ya Cecilia lo veía derrumbarse, como herido por un rayo, ante el espejo asesino, ante la imagen que Cecilia era capaz de plasmar con sólo una palabra.

Pero, por lo pronto, Alberto estaba fuera de su alcance, con la misma consistencia de un instrumento bien construido, bien templado, susceptible de emitir los más variados registros y que carece de ejecutante.

En estas condiciones no podía excitar más que la compasión. Y si había algún sentimiento que Cecilia se hubiese prohibido estrictamente experimentar (porque era humillante para el que lo inspiraba y porque obligaba, al que lo padecía, a descender hasta la miseria ajena y compartirla) era éste. Así que volvió la espalda a la figura de Alberto con la violencia de quien sabe que le pisa los talones un perseguidor inoportuno.

Fue a refugiarse en la evocación de Mariscal. Lo primero que saltaba a la vista era su ceño de intransigencia. Con él decía "no" a la retórica pasada de moda de Alberto; "no" a la brillantez irresponsable de Sergio; "no" a la feminidad alevosa de Susana, "no" a la hipocresía de Lorenzo; "no" a la ambición inescrupulosa de Villela. ¿Se negaba también a Cecilia? Ella no recordaba haber sorprendido ningún gesto de rechazo de parte de Mariscal. Pero esta comprobación la regocijó hasta que pudo atribuirla, con mayor verosimilitud que a sus méritos ocultos o a la generosidad ajena, a su propia insignificancia.

Si Mariscal se hubiera contentado con oponerse a todo habría sido tan débil como lo era Alberto aceptando cualquier proposición deleznable siempre que se enunciara con grandilocuencia. Pero Mariscal intentaba, con el examen de la conducta de sus compañeros poner en evidencia los aspectos negativos o contradictorios para anularlos, en el primer caso; para armonizarlos en el segundo.

Este afán (de metiche, en la terminología de Susana, de pedagogo en la de Lorenzo) no hacía simpático a Mariscal. Cecilia se veía obligada a admitir, a regañadientes, que ese afán no sólo era lícito sino además plausible. Pero este reconocimiento no la comprometía a mostrar su solidaridad en público. De tal manera su temperamento rehuía el conflicto, la hostilidad y buscaba la aprobación de quienes la rodeaban.

Mariscal quedaba, pues, descalificado automáticamente por incómodo. ¿Quién se atreve a besar una boca de la que puede brotar, en cualquier momento, un anatema? Desde luego Cecilia no.

Así que en el horizonte no se dibujaba más que la figura de Villela. Su atildamiento en el vestir, su pulcritud aparecieron de pronto, al juicio de su gratuita evaluadora, no como cualidades autónomas sino como un propósito deliberado y desleal de competir con tirios y troyanos, con hombres y mujeres, para polarizar y absorber en su persona el erotismo disuelto en la atmósfera. Si practicaba un deporte (y practicaba más de uno, pues cuando no aludía a la equitación era para narrar sus peripecias en las canchas de tenis o para hacer alarde de los riesgos corridos en la alberca) esta práctica se traducía inmediatamente en esbeltez, en agilidad, en desenvoltura y gracia de los movimientos, es decir, en armas de combate. Si dominaba un idioma (y dominaba a la perfección las dos lenguas europeas más importantes porque su infancia transcurrió en internados ingleses y franceses y había completado su educación con estancias, de longitud nunca bien determinada en los dos países aludidos) era para aplastar a sus rivales y para deslumbrar a sus admiradores, simultáneamente, con una cita en las palabras originales del autor, con una referencia al sitio famoso visitado, con una anécdota de viajero o de intelectual. Si se pasaba las noches en claro leyendo un libro era para no presentar a sus antagonistas el flanco débil de una novedad a la que no había prestado aún el reconocimiento propio o de una consagración a la que no había asistido en persona.

Para un hombre así, pensó Cecilia con un escalofrío de horror, una mujer no es más que una pista de aterrizaje. Apenas la rozará con esos pseudópodos que emite cuando no le queda otra coyuntura más que entrar en contacto. Pero después se retraerá de nuevo para recuperar su forma original y para alejarse del estacionamiento transitorio con esa amnesia feliz de los egoístas.

Aquí terminaba el inventario y se cerraba el círculo abierto por Lorenzo. ¿Quién sino él podía cerrarlo? Para ser definitivamente desahuciado.

Sí, imbécil, convéncete. Es inútil la hazaña en que te empeñaste. ¡Lástima de letra tan bonita y tan desperdiciada! Era la que te conseguía los premios a la caligrafía en el Seminario ¿no es verdad? ¿y qué estilo tan diáfano, tan directo, tan inadecuado al tema inmundo.

Pues bien, nada te ha servido de nada. Para ti, Desventuradillo, soy y seguiré siendo, ahora sí deliberadamente, lo que hasta ahora no he sido más que de modo espontáneo: una compañera, una amiga y, hasta si se te ofrece, una confidente. No rechaces tan pronto este ofrecimiento que nunca se sabe cuándo va a necesitarse.

Sé prudente, no caigas ni en el orgullo ni en la falta de previsión. No te apresures a rechazar un ofrecimiento que quizá te sería útil en las condiciones en que te encuentras. Recuérdalo: padeces ciertos trastornos psicológicos y no ha cicatrizado aún esa desgarradura que te hiciste al arrancarte de cuajo, tan prematura y tan precipitadamente, el vicio del confesionario.

Es bueno contar, entonces, con un hombro leal sobre el cual reclinarse, sobre un diván terapéutico en el que se descansa de las penas y la angustia concede una tregua.

Una amante, si no me equivoco, es todo lo contrario de un sedativo. Y en resumidas cuentas, seamos sinceros ¿tú quieres una amante? ¿Para qué te serviría? Coloquémonos en la hipótesis más absurda: la de que yo me acercara a ti dispuesta a entregarme. Observa ya este primer matiz: yo soy la que toma la iniciativa, no la que aguarda el asedio. Mal principio. Al advertir el peligro palidecerías, te sudarían las manos, se te pegaría la lengua al paladar... y no tendrías más remedio que echar a correr, despavorido, sin preocuparte por buscar una excusa, sin que te importara lo desairado de tu actitud.

Pero, vamos, tranquilízate que no hay motivo de alarma. Nunca me he complacido en atormentar a las criaturas desvalidas. Además, si quiero proceder honestamente, he de admitir que la mera idea de la intimidad física contigo no se me ocurriría ni que estuviéramos confinados, de por vida, en una isla desierta. Si esto ofende tu vanidad, perdóname. Y debe ofenderla porque te excluyo de una manera tajante y definitiva del catálogo de los posibles seductores o seducidos, compañeros de lecho, cómplices de una aventura o como tú quieras llamarlos, en vista de una única razón: el desprecio. Sí, desprecio tu timidez, tu cobardía. Y gracias a este sentimiento me coloco fuera del alcance del primer exhibicionista que se me ha presentado.

Lo de los exhibicionistas lo leí en las *Confesiones* de Rousseau. No he visto nunca a ninguno, de carne y hueso. Mi madrina, siempre que salgo a la calle, me pone sobre aviso de las asechanzas y me describe, con un lujo de detalles que no sé si son producto de su imaginación calenturienta o resultado de sus observaciones de la realidad, lo que sucede en los rincones oscuros o detrás de los arbustos.

Y tú, desventuradillo, no vienes a resultar sino un exhibicionista de buró. Careces hasta del valor de tus complejos. Por miedo de exponerte a una bofetada o a que te sorprenda la policía, te encierras y, seguro de tu impunidad, te permites incurrir en todas las agravantes de delito cuando actúas en privado. Me das la impresión de un reptil, que se desliza sin hacer ruido y que pasa sobre una superficie limpia, cubriéndola de una baba infecta.

Lo de la superficie limpia lo dije por mí y no me retracto. Después de todo no soy responsable de mis sueños y la exhumación de Enrique ya no me turba. Lo que me indigna es que lo dejes a uno sin el recurso de protestar. Porque, amparado por el tamaño de tus anteojos, te atreverías a negar las evidencias más obvias. Si yo cometiera el error de acusarte me obligarías a que te señalara el párrafo preciso y, para fingir mejor tu incredulidad, lo leerías tú mismo en voz alta. No ibas a conformarte con un auditorio tan reducido como el que yo puedo proporcionarte. Así que tomarías la precaución de convocar testigos. ¡Con qué morboso deleite asistirían a la escena de la supuesta víctima que señala con índice de fuego al presunto culpable! Y el presunto culpable se defiende con habilidad y desvanece las sospechas que, durante más de un instante, se cernieron sobre su buen nombre. El final tendría que alcanzar las proporciones de una apoteosis: el inocente saldría en hombros de una multitud ansiosa de desagraviarla y yo... yo quedaría en el más lamentable de los ridículos. No faltaría quien me atribuyera intenciones ocultas ni quien sacara a relucir esos ejemplos —que, casualmente, estamos examinando en clase— de argucias semejantes usadas por las protagonistas de las comedias de los siglos de oro, ansiosas de atraer sobre sí la atención de un galán distraído.

¡Nada más eso me faltaba! No, más vale que pasemos sobre el cuaderno como un rayo de luna sobre los mares. Con lo que queda liquidado, hasta nuevo aviso, el "prospecto Lorenzo".

¿Quién será el que se saque la lotería, Cecilia? Ah, qué triunfo, arrebatar la virginidad a una muchacha que la padece como un estigma (porque ha estudiado la suficiente psicología como para eso) pero que la venera como una reliquia (porque le inculcaron la suficiente religión como para eso) y cuya pérdida ansía y teme, evita y procura —y no alternativa sino simultáneamente— porque juega a dos cartas y de las dos no sabe cuál le depararía una ruina más completa y un aniquilamiento más total.

Supongamos una: la del himen desgarrado. ¿Lograste imaginar alguna vez los momentos posteriores a la consumación del acto? Según los libros, las películas, los dramas, quienes se han entregado a los transportes de su amor, duermen a pierna suelta. Pero tú, Cecilia, nerviosa ¿dormirías? No, porque luego no acertarías a despertar. ¡Con qué extravío abrirías los ojos después del abandono momentáneo de tu conciencia, para hallarte ¿dónde? Entre los brazos de un extraño, de un enemigo, de un vencedor. No sonreirías, no. Dejarías que sonriera él, si tenía motivos (que tú bien habrías procurado no dárselos). Tú guardarías el ceño para que entendiera que, a pesar de lo sucedido, tú no te habías entregado, tú seguías perteneciéndote a ti sola y a nadie más. Una membrana rota no iba a hacerte cambiar de dueño. Al contrario, ahora que tu cuerpo ya no tenía ningún reducto inexplorado eras capaz de ejercer sobre él un dominio total. Tú. No quien te había servido de instrumento.

Porque el otro no había sido más que un instrumento, eso que se arroja cuando ha cesado de ser útil.

¿Pero por qué, en tus sueños, Cecilia, la que se arroja eres tú? Desde una ventana altísima, entre una catástrofe de vidrios, para estrellarte contra el pavimento. Resucitas. Pero nada más para que tu sangre brote a borbotones de tus arterias cortadas y lo inunde todo: el baño, la alcoba. O para caer en el embrutecimiento último gracias a los barbitúricos.

¿Por qué no sobrevives nunca, Cecilia? En el cine, en las novelas, en los escenarios, las mujeres que tú envidias —y a las que imitarías si pudieras— se levantan desnudas de la cama en que yacieron y se dan un regaderazo que las deja como nuevas. Después se maquillan y se abrigan con una bata de *él*. Ríen de lo holgada que les queda y se dejan caer con displiscencia sobre un sofá, sobre la alfombra. Perezosamente alargan el brazo para tomar una copa o para encender un cigarrillo. No hablan. ¿Comprendes eso, tú, que estarías en el paroxismo de la locuacidad? Ronronean un poco para semejarse a las gatas satisfechas. ¿Y después? Después vuelven a la rutina del trabajo, de los paseos, de las relaciones con los demás. Exactamente *como si la muerte no existiera*.

Tal vez la muerte no existe más que para los solitarios. ¿Cómo es posible morir con un testigo enfrente? ¿Pero cómo es posible vivir, respirar de nuevo la atmósfera cotidiana, después de haber alcanzado el minuto de incandescencia suprema?

Los que han tenido acceso a una estrella y los ha asfixiado la altura, dicen que el camino del descenso es fácil. Pero se equivocan. Cecilia recordaba el día de su primera comunión. Exaltada por el misterio en el que Dios, bajo la especie de pan, se confundía con su criatura y se amasaba con la naturaleza perecedera, fue capaz de realizar hazañas que no se hubiera atrevido a intentar nunca en otras circunstancias: saltó a la cuerda, ella, que era tan torpe para estos ejercicios y que tropezaba en el camino más llano. Gustó del sabor de la leche y la bebió a grandes tragos, ella que la sorbía con los melindres de quien desconfía del sabor y de la sustancia de un alimento. Sintió, en el beso de su madre, que —por primera vez— aceptaba plenamente y sin reticencias a esta hija, a pesar de que le había salido tan distinta de lo que esperaba, tan difícil de manejar y de prever, tan defraudadora de sus ilusiones. Era un beso de amor.

Si Cecilia hubiera muerto en ese instante (todavía hoy lamentaba que no hubiese sucedido así) no se habría precipitado en los abismos de la decepción. Porque al día siguiente, desvanecida la virtud efímera de la hostia, volvió a esquivar temerosamente los juegos en que la agilidad es la condición primera. Y volvió a sufrir el acostumbrado amago de náusea ante el vaso de leche y su madre volvió a ser una señora respetable y austera, pero sobre todo distante, que soportaba las manifestaciones de vida de Cecilia como quien soporta una cruz.

Una mirada de Dolorosa —en la que tan perfectamente se engasta el sufrimiento en el perdón— presenció todas las evoluciones de su infancia y las contradictorias tentativas de su adolescencia. Era una de esas miradas bajo las cuales se marchitan las alegrías, se cohíbe la espontaneidad y medran, como una hierba maligna, los remordimientos. Una de esas miradas que dan a cada acción el peso de un juicio con el que va a inclinarse (ay, y siempre para mal) el fiel de la balanza del universo.

Ah, cuántas veces hubiera querido Cecilia hurtarse a la persecución de mirada tan implacable. Pero era omnipresente. Tratar de ocultarse no servía sino para aumentar la gravedad de la culpa y aun el alejamiento no era suficiente para ponerla a salvo. El alejamiento daba a la mirada una perspectiva más justa. Pero de ninguna manera disminuía ni la agudeza de su visión ni la insobornabilidad de su juicio.

Así, Cecilia estaba segura de que la mirada había leído hoy con ella, por encima de su hombro, el cuaderno de apuntes de Lorenzo; de que, al lado suyo, había estado atenta a las fluctuaciones de su sensibilidad y había percibido los altibajos de sus reflexiones y sus revelaciones en la calle. De que ahora mismo estaba asistiendo a su paso bajo las horcas caudinas: la entrada en el café de la Facultad.

La penumbra, mantenida constantemente en un grado invariable gracias a la falta de vías de acceso de la luz como al humo del número permanente de cigarrillos que se consumían, la obligó a detenerse un momento en el umbral para no avanzar sino cuando estuviera segura del rumbo al haber localizado la mesa que el azar había deparado hoy a sus compañeros. Pero no fue sino cuando estuvo a un paso de ella cuando pudo advertir que, a los integrantes habituales de la peña, se habían agregado dos elementos extraños, cuya presentación no le sirvió a Cecilia más que para impedirle hacer ninguna pregunta acerca de ellos, pues sus nombres fueron mascullados de modo ininteligible y su condición se dio inmediatamente por sobreentendida.

Tales presencias, con las que no contaba, produjeron en Cecilia un aura de contrariedad que fue sustituida por el suspiro de alivio con que se recibe la noticia de que un examen, para el cual no se está bien preparado, ha sido pospuesto. Con el ánimo dilatado por esta vacación que una casualidad no invocada le regalaba, Cecilia obligó a los vecinos de Susana a que le hicieran un sitio junto a ella. Pero no recibió otra bienvenida que un distraído apretón de manos y la furtiva señal de que se callara para atender una conversación en la que todos parecían apasionadamente comprometidos.

Mal dispuesta a dejarse ganar por un tema que, según el dictamen del más elemental de los cálculos de probabilidades sería ajeno al que la había embargado durante las últimas horas, remisa a abandonar esa gruta de musgo cálida y oscura que la amparaba para salir a los embates de la intemperie, Cecilia pospuso la necesidad de enterarse de él dedicándose a la observación de los recién llegados. Y se alegró de disponer, para llevar al cabo esta tarea, de un criterio flamante que le permitiría clasificar, a primera vista, al par de desconocidos que tenía enfrente.

Sin mayores trámites estaba en aptitud de declarar que uno de ellos era un espécimen magnífico. Jamás había visto —sino en los anuncios de reconstituyentes— una conformación tan poderosa, una musculatura tan bien dotada para el esfuerzo, una vitalidad tan autónoma, tan totalmente entregada a su propia expansión y disfrute. Este cuerpo no había preservado ni defendido sus perfecciones, tal vez ni siquiera se había complacido en ellas sino que se había limitado a usarlas pero, según mostraban las evidencias, no en el placer sino en la lucha.

Contra el perfil cayó un golpe aplastante alguna vez para desfigurarlo y el diseño del caracol de la oreja sufrió rectificaciones caprichosas y de ninguna manera favorables. Cecilia no quiso hacer descender su escrutinio hasta las manos de este hombre porque temió hallarlas erizadas de puntas brutales. Se detuvo en la boca, una boca que se abría y se cerraba en la masticación de un chicle con la regularidad desinteresada de un mecanismo. Una boca no muy acostumbrada a las palabras. Si acaso a los monosílabos elementales de asentimiento o de negativa, a las interjecciones de reto, a los sordos gemidos entre los que se comprime el dolor. Pero una frase articulada se fragmentaría, entre esas mandíbulas toscas, en un balbuceo incoherente, en una repetición de vocablos con los que vanamente se intentaría sustituir las vértebras desordenadas y rotas.

¿Qué oficio podía desempeñar este hombre sino el de guardaespaldas del otro? Se complementaban con exactitud. El espectáculo que ofrecían era el de un gran danés vigilando —con ese sosiego que no necesita de tiempo para la transición a la alarma— las evoluciones rápidas, los movimientos ágiles de un chihuahueño.

Aunque no, no era canina la especie dentro de la cual habría que colocar a esta criatura. ¿Primate? Sí, encajaba mucho mejor en este molde. Por su tamaño, por la vivacidad de sus gestos, por la red de arrugas en la que guardaba, empequeñeciéndola, comprimiéndola, su cara.

Su dimensión verdadera la alcanzaba únicamente al hablar. Su discurso era elocuente, su acento autoritario y sus términos enérgicos. Cecilia se explicaba esta actitud por el respaldo incondicional del atleta. Y escuchaba, a ejemplo de los demás, guardando un silencio respetuoso mientras se cernía, sobre todas las frentes, una espesa nube de meditación. A veces el orador se interrumpía a sí mismo con una broma tenue a la que respondía su auditorio con un estallido de risa, una risa tanto más violenta cuanto más se habían esforzado hasta entonces en evitarla.

El tono de seriedad impuesto por los recién venidos resultaba ajeno al espíritu y a los hábitos del grupo y ellos se debatían en él como dentro de un traje incómodo y mal cortado. De pronto se les hacía patente su imagen, revestida con ese traje puesto de cualquier manera y no les era dable evitar una carcajada, lo único que rescataba, aunque fuera momentáneamente, su independencia de la imposición extraña y que los absolvía del ridículo del que se hacían cómplices.

De los recién llegados sólo reía uno, el que había provocado la risa, y no reía de buena gana. Expansiones de este tipo eran desdeñables por lo que implicaban de pérdida de tiempo. Él tenía prisa, una palabra que seguramente no estaba consignada en el diccionario de los estudiantes de Filosofía y Letras, conocidos y reputados en todos los ámbitos universitarios por su holgazanería y por su falta de sentido práctico. Él, como muchos otros de los que habían sido fogueados por la humildad de su origen, por sus urgencias económicas, de los que habían dejado penetrar profundamente en sus ijares el espolonazo de la ambición, tenía prisa. Porque quería llegar lejos y pronto. ¿Adónde? Al éxito. ¿Cómo? Haciendo política.

A estas alturas Cecilia había logrado deducir que los recién llegados eran representantes de distintos sectores estudiantiles que, según sus exageradas protestas, eran los que contaban con un número mayor de afiliados, ventaja con la que habrían aniquilado completamente a sus competidores si no hubieran contado, además, con otras tan importantes o más que la ya citada: la de poseer la confianza absoluta de las autoridades administrativas de la Universidad "del Rector para abajo" y el apoyo, secreto pero incondicional, de autoridades que, no por ser extrauniversitarias, resultaban menos decisivas para la marcha de los acontecimientos en nuestra Máxima Casa de Estudios.

La mera enunciación de estos datos puso en movimiento, en el alma de Cecilia, uno de sus mecanismos más sensibles y precisos: el respeto. Una vez revelada la categoría de los personajes ya no se atrevió a seguir mirándolos frente a frente, si no que se contentó con observarlos de manera lateral, por el reflejo que proyectaban en la conducta de sus compañeros.

Sergio había abandonado ese aire de desencanto con el que, durante los últimos días, se solazaba en exhibir su nuevo fracaso en la elección de carrera. Había renunciado también, temporalmente al menos, a las ironías gracias a las cuales demostraban en forma irrebatible a los demás que si estaban contentos de sí mismos y satisfechos de sus circunstancias, era por inconciencia, por un conformismo eunucoide o, decididamente, por estupidez. El papel de Sócrates, en el que se ejercitaba para "avivar el seso" de quienes lo rodeaban, se había trocado por el de Eckermann: un interlocutor atento, sutil, cuyas intervenciones servían más bien de marco para hacer resaltar las cualidades de las alocuciones de "el de la voz" —como graciosamente bautizó, para usar su propia jerga jurídica— al que hasta entonces vino a enterarse Cecilia de que era alumno de Leyes.

Pero si esta abdicación de la superioridad de Sergio en favor de uno de los advenedizos era asombrosa, más asombrosa resultaba aún su solicitud para con el otro. Varias veces intentó incorporarlo, haciéndolo abandonar su actitud de espectador para asumir la de actor, al terreno de las deliberaciones en el que cada uno esperaba impacientemente su turno para participar. Pero esas tentativas no parecieron siquiera ser comprendidas por el aludido sobre el que Sergio arrojó, con una audacia inconcebible, el mote de "buey mudo". El atleta no interrumpió la masticación de su chicle mientras lanzaba una mirada de consulta "al de la voz". Fue a este último al que Sergio tuvo que apresurarse a aclarar que "el buey mudo" era el apodo con el que designaban sus discípulos al doctor angélico, vulgo Santo Tomás. La aclaración acaso no era satisfactoria para los recién llegados pero como habían venido con otro ánimo que el de pelear la recibieron como buena y continuaron adelante. Sergio, feliz de que su travesura no hubiera tenido consecuencias desagradables, lanzaba al hermoso rumiante miradas cada vez más frecuentes, cada vez más encendidas de esa admiración que él reservaba, de manera exclusiva, para los jugadores de futbol. Su atención había sido entregada como una ofrenda a los pies de un ídolo que ¡oh, dádiva de un destino generoso! Descendió de su olimpo hasta el indigno habitáculo de este adorador anónimo. Sin cuidarse de no lastimar las susceptibilidades ajenas Sergio volvió la espalda a los otros objetos que lo circundaban y que habían palidecido, se habían esfumado, habían perdido su significación.

Con una sonrisa, de quien está acostumbrado a observar este fenómeno, "el de la voz" siguió dirigiéndose al resto de la asamblea. Alberto Ruiz paladeaba, con gesto de catador, una facilidad de palabra mucho mejor entrenada que la suya. Prudentemente se abstuvo de competir y se resignó a apuntar, con minucioso cuidado, las modulaciones, los ademanes, los silencios que daban realce a lo dicho (en vez de parecer, como cuando lo usaban sin habilidad otros, agujeros sin fondo del que el orador amenazaba a sus oyentes con no volver a salir) pues alimentaba el propósito de ensayar, ante un auditorio más ingenuo, estas recetas que aún no figuraban en su repertorio.

En cuanto a Lorenzo —a quien Cecilia miraba de cuando en cuando de reojo, con la esperanza de encontrar un rostro abatido por la vergüenza y el arrepentimiento pero no halló sino la timidez de siempre, una timidez que si había cometido el acto de osadía del que ella se quejaba (aunque secretamente quizá, la enorgulleciese)— lo había olvidado. O, probabilidad que a Cecilia la ofendió mucho más que ninguna de las otras que la habían precedido, el acto de entregarse aquel cuaderno había sido involuntario, un descuido que cualquiera tiene, uno de esos gestos maquinales que nos permitimos hacer cuando creemos que no hay testigos. Lorenzo, pues, bajaba los ojos no con mayor asiduidad que de costumbre e intercalaba, cuando la ocasión era propicia, una de esas frases que tan peculiares le eran: oportuna y ajena. ¿Se podía pedir una discreción y una modestia más encantadoras?

Sin embargo ni Cecilia ni "el de la voz" aprobaban a Lorenzo. Ella, por la ofensa reciente que acababa de inferirle y él porque temía encontrar en este exseminarista un obstáculo para sus propósitos. Ha de saber de la misa la media, se decía, y procuraba seducirlo con promesas que no lograban sino exasperar, hasta el grado último, sus reticencias y su pusilanimidad.

Pero esas promesas, que Lorenzo esquivaba con el mayor garbo que podía y que Alberto no lograba ocultar el haber pretendido atraer, eran enfrentadas francamente y sin tapujos por Mariscal y por Susana.

Mariscal porque no se contentaba con esa enunciación que tan fácil es a los demagogos y la sometía a análisis, sólo para evidenciar que cuando sus planes no eran irrealizables era porque no merecían no serlo. Y Susana porque quería que las promesas transitaran del limbo de lo factible a la tierra sólida de los hechos. Examinaba las condiciones, sopesaba las dificultades y proponía la solución. "El de la voz" era hábil polémico y en el terreno abstracto de las concesiones galopaba a rienda suelta. Ella, en cuanto necesitaba sacar provecho, era la que tenía que preocuparse de sofrenarlo para que no se desbocara y fuera a topar contra el absurdo puro.

Mariscal no encontró modo más ostensible de mostrar su desacuerdo sino extremando su mutismo. Desde hacía rato parecía dedicar toda su atención a los dibujos caprichosos que con un lápiz trazaba sobre el poroso papel de una servilleta. Pero, en los momentos más inopinados, alzaba los ojos para escrutar el rostro de "el de la voz" como para sorprenderlo en algún delito flagrante. Como esas repentinas miradas no produjeron en su objeto ni la más leve desazón, añadió a ellas frases capciosas que, o bien eran contestadas satisfactoriamente o bien pasaban inadvertidas. Ni siquiera logró, como Lorenzo, crear en su presunto antagonista la sospecha de que se trataba de un adversario peligroso con el que había que pactar o combatir. "El de la voz" lo ignoró, como ignoró a Cecilia, por su insignificancia y porque no lo tuvo en cuenta, en ese momento al menos, como utilizable para sus planes.

Por lo demás, sus planes eran muy sencillos: quería (a semejanza de lo que había hecho en todas las otras Escuelas y Facultades de la Universidad) contar en la de Filosofía y Letras con un grupo, representativo desde luego, y que le fuese adicto. Naturalmente, entre la masa amorfa de los alumnos, ellos, los presentes —y "el de la voz" hizo un amplio ademán para abarcar la mesa entera— se habían hecho notar: cada uno por sus cualidades personales: su inteligencia, su dedicación al estudio, su aprovechamiento, y todos por la constancia con que se reunían.

—Es cierto que nos reunimos —interrumpió Mariscal bruscamente. Pero más para discutir los puntos sobre los que no estamos de acuerdo que para fortalecer nuestras opiniones con el asentimiento de los demás. No se puede decir que constituyamos lo que se entiende por grupo.

—Los manuales literarios —añadió con pedantería Villela— nos harán pasar a la posteridad, si acaso, como una generación.

—En los asuntos de la posteridad —dijo "el de la voz" esforzándose aún por ser condescendiente— procuramos nosotros no inmiscuirnos. Nuestros problemas son los actuales, los del tiempo que nos ha tocado vivir. Renunciar a ellos, en recuerdo del pasado o en vistas al futuro, es más que una cobardía y que una deserción: es una estupidez.

Alberto Ruiz se dolió, en lo íntimo, de no haber sido él quien pronunciara esa frase, porque era de las que suscribía con firma y rúbrica, precisamente en la medida en que no acertaba a explicar su sentido.

—Pero no vamos a perdernos en discusiones de terminología —prosiguió "el de la voz". Para los efectos conducentes ustedes serán designados, a partir de aquí, como "el grupo".

—¿Y ustedes? —quiso averiguar Mariscal. ¿O cuando usted dijo hace un momento "nosotros" usó esa pluralidad ficticia que es propia de los papas y de los reyes?

—Nosotros también somos un grupo, aunque entendiendo esta palabra en su acepción más amplia. Nuestras vinculaciones, nuestra acción, se extienden por toda la Universidad, cuyos anhelos hemos adivinado y cuyas esperanzas nos esforzamos por realizar. Claro que en la medida de nuestras posibilidades. Aunque, dicho sea sin falsa modestia, nuestras posibilidades son considerables.

—Y esos anhelos universitarios...

—¡Por Dios, qué preguntón eres! —interrumpió Susana, a quien el hecho de haber causado en unos extraños una impresión favorable, aunque no fuera sino colectivamente, le parecía una experiencia tan maravillosa, que se negaba a que se la echaran a perder con aclaraciones de ningún tipo.

—Sócrates empezó así —apuntó con negligencia Villela. Y acabó teniendo que tomar cicuta. Pero Sócrates tenía razón, lo mismo que ahora la tiene Mariscal. Porque sería bueno saber a qué amo vamos a servir.

—A uno que no se dará por bien servido, pueden ustedes estar seguros.

—Gracias, pero no es la retribución los que nos preocupa.

—Por lo menos no es lo único que nos preocupa.

—¿No sería posible, entonces, que nos dejáramos de evasivas e hiciéramos una declaración de principios?

—Los de nuestra Federación están muy claros: pugnamos por la grandeza de la Universidad.

—¿Cómo?

—Haciéndola cada vez más independiente de la influencia del Gobierno.

—¿Para que pase a depender de la influencia del clero, de la iniciativa privada, del partido comunista?

Susana se dejó caer contra el respaldo de la silla y cerró los ojos, desesperada. Era evidente que mientras a Ramón Mariscal no lo amordazara alguien, se dedicaría a aguar aquella fiesta.

—Queremos que quienes decidan los asuntos internos de la Universidad sean los mismos universitarios.

—¿Profesores? ¿Alumnos? ¿Empleados? Porque hay de todo en la viña del Señor. Además ¿cómo decidirán? ¿Directamente? ¿Por delegación?

—Directamente, en plebiscito. Estamos hartos de líderes venales.

—Pero esa posición es suicida... para ustedes, digo. Carecerán de funciones, desaparecerán como especie...

—Que se pierda España pero que se salven los principios ¿no?

Fue Villela quien lanzó al antagonista de Mariscal esta ambigua cuerda de salvamento.

—¿No prueba eso que anteponemos el interés de la comunidad a nuestras ambiciones personales? —replicó "el de la voz" asiéndose hábilmente a aquel argumento.

—En política las cualidades morales, aunque siempre plausibles, son muy secundarias. Han de subordinarse a otras máximas: lo útil, lo posible, para no citar más que las primeras que se me vienen a la cabeza.

—Y bien —intervino Alberto Ruiz—, ellos han puesto su virtud al servicio de una idea noble: la de que sean los estudiantes los que elaboren las leyes que han de regirlos.

—La idea puede ser noble, pero me parece impracticable. Y nociva, además. Los estudiantes carecen de la madurez política suficiente como para determinarse por sí mismos. Además su número es enorme y su heterogeneidad, absoluta. Esto convertiría cualquier plebiscito en una ocasión de desorden y escándalo. Sin fruto, además. Porque los estudiantes continuarían, como ahora, siendo manejados por otros, ajenos a su condición y a sus necesidades. Con la desventaja de que esos otros permanecerían ocultos y con el secreto ganarían tanta fuerza como impunidad.

—No sabía que se especializaba usted en ciencias adivinatorias —dijo "el de la voz" sin acertar a borrar del todo el despecho que alteraba su acento normal.

—Yo te suponía demócrata, Ramón. Pero me engañaba. En las objeciones que acabas de exponer se transluce un gran desprecio por esa pléyade de muchachos que acuden al Alma Mater para templar las armas con las que lucharán no sólo por su propio provecho sino por la grandeza de la Nación.

Alberto miró de rojo "al de la voz" para observar el efecto producido por su arenga. Pero éste parecía más atento a la respuesta que preparaba Mariscal que a las palabras que acababa de oír.

—Creo en la democracia, por eso temo tanto a la demagogia. Y opino que los planes de nuestros visitantes, muy bien intencionados, indudablemente, no dejan de tener sus peligros. Señalarlos es la medida más elemental de la prudencia. Quizá esos peligros podrían ser conjurados.

—¿Qué sugiere usted?

—Que vayamos paso a paso. Que se les proponga a los estudiantes —no en mítines, porque allí acuden más a enardecerse con el entusiasmo que a razonar con los argumentos— un plan bien estructurado de las reformas que son indispensables para que la autonomía universitaria sea cada vez más un hecho cumplido y no la ficción que nos envuelve. Una autonomía que se apoye en una sólida base económica, porque mientras recibamos dinero de otro recibiremos también sus consignas y tendremos que obedecerlas. El que paga, manda. Y si nosotros queremos ser los que mandemos habrá que pagar por ello.

—¿De qué manera? ¿Aumentando las colegiaturas? Ese programa haría abortar cualquier movimiento.

—Esbocemos otro. Pero, entre paréntesis, es una falacia suponer que las cuotas dan acceso a la educación a las clases menos favorecidas. No es así. Los desheredados tienen que renunciar a un beneficio ilusorio porque otras urgencias, más graves, más perentorias, los solicitan. Y entonces los que aprovechan son los dueños de todos los demás privilegios.

—¿Y cree usted que esos dueños van a permitir que se les arrebate la más mínima ventaja?

—No, no lo creo. Y contra un interés vale poco un razonamiento. Así que habrá que ingeniárselas para allegarse los fondos de muchos lugares diferentes. Antes enumeré una serie de alternativas para sustituir al gobierno. Ahora propongo no sustituir al gobierno sino complementar su ayuda con la de la iniciativa privada, el clero, el partido comunista, quien sea.

—Eso equivaldría a disgustar a todos.

—Si se maniobra con habilidad puede mantenerse un equilibrio.

—Maquiavelo, deliras. Además, pierdes miserablemente tu tiempo. El señor aquí presente vino a hacer una proposición muy concreta y no a meterse en dibujos. Así que dejemos las utopías para después de la cena y ahora vayamos al grano.

"El de la voz" miró con una especie de alivio —no de gratitud, era un sentimiento que no conocía— a Villela.

—No, no lo creo. Y contra un interés vale poco un razonamiento. Así que habría que ingeniárselas para allegarse los fondos de muchos lugares diferentes. Antes enumeré una serie de alternativas para sustituir al gobierno. Ahora propongo, no sustituir al gobierno sino complementar su ayuda con la de la iniciativa privada, el clero, el partido comunista, quien sea.

—Eso equivaldría a disgustar a todos.

—Si se maniobra con habilidad puede mantenerse un equilibrio.

—Maquiavelo, deliras. Además, pierdes miserablemente tu tiempo. El señor aquí presente vino a hacer una proposición muy concreta y no a meterse en dibujos. Así que dejemos las utopías para después de la cena y ahora vayamos al grano.

"El de la voz" miró con una especie de alivio, no de gratitud.

—Pues sí, realmente el compañero ha puesto el dedo en la llaga. No quiere decir esto que nosotros renunciemos al debate de cuestiones que nos son vitales. Pero sí hay que aplazar ese debate para un tiempo oportuno y organizarlo entre las personas idóneas. Nuestros proyectos son de largo alcance y no se alardea de ninguna manera, en la proposición que hemos venido a hacerles.

—¿Qué es, a saber?

—Que el grupo lance su candidatura para constituir la Sociedad de Alumnos de la Facultad.

—¡Bravo! —aplaudió Susana que, después de tantos Scilas y Caribdis, se veía, por fin, arribar al buen puerto de una decisión.

Sergio, que parecía saciado de la contemplación de la belleza, o harto de la indiferencia del objeto de sus homenajes, intervino como si hubiera seguido, sin distracciones de ninguna clase, punto por punto, los pasos de la conversación.

—¿Ganaríamos? Por mi parte yo no me imagino con qué cartas podría contar. No conozco a nadie.

—De darlos a conocer nos encargamos nosotros. Tenemos un aparato de propaganda muy bien montado.

—La grandeza del artista es proporcional con su anonimato —sentenció Villela. Y nosotros pretendíamos ser artistas, no hombres públicos.

—Pero vienen las sirenas (perdón, señores, esperamos que la comparación no los ofenda) y cantan a nuestro oído su canción más barata y más vulgar y ya estamos dispuestos a traicionar todas nuestras convicciones.

Mientras Sergio soltaba este párrafo no cesaba de dirigir miradas intencionadas al "Buey Mudo", miradas que rebotaban como contra un muro de piedra. "El de la voz" no pudo menos que sonreír ante este juego.

—Cuando la traición es oportuna, y atinada, se llama rectificación. Y nosotros atravesamos en la adolescencia precisamente por la etapa de las rectificaciones. ¿No es verdad, compañero?

—Pero de allí a nadar entre dos aguas... —replicó ambiguamente Sergio.

—Éste es el instante en que se va a descubrir quienes son los cisnes. Porque no hay dos aguas sino una sola y ya veo a alguno lanzarse con las velas desplegadas.

—¿A quién? —preguntó, con un mohín de coquetería, Sergio.

—A Alberto Ruiz.

—No quiero ocultarles que desde el principio habíamos pensado en él para Presidente de la Sociedad —declaró "el de la voz".

—¿De veras?

Lo que Cecilia había mostrado en esta interrogación no era únicamente asombro. Era incredulidad.

—¿Y por qué no? —interpuso desafiantemente Susana.

—¿Pero no lo habías notado, criatura? Si Alberto tiene la P —la P de Presidencia, desde luego— grabada en la frente.

—Ya ha sido señalado. Ya se le empiezan a notar aptitudes que, hasta ahora, habían permanecido ocultas. En cuanto sea ungido resplandecerá como un Dios. El poder tiene esa virtud.

—Pero hay quienes —apuntó venenosamente Susana—, se dejan cegar por la envidia.

Sergio fingió no haber comprendido que aquella indirecta no iba dedicada a Cecilia sino al "Buey Mudo" quien continuaba masticando su chicle al margen de aquellos dimes y diretes. Acudió, pues, en su defensa, con ánimo caballeresco, encasquetándose un morrión de plumas varias y brillantes.

—Los neófitos —comenzó—, suelen no comprender ciertas decisiones emanadas de lo alto, más que por ingenuidad —término que de ninguna manera quisiera yo que se tomara en su sentido peyorativo, sino al contrario, como el vestigio de la inocencia original que los embates de la vida no han logrado destruir— más que por ingenuidad, decía yo, por falta de antecedentes. En efecto, Susana, tienes que conceder que es posible que algunos ignoren el currículum político de Alberto. Así que para remediar esta falla voy a hacer su rápido esbozo. Allá, en los prehistóricos años de la Preparatoria, en su tierra natal (a propósito, querido, ¿qué ciudades habrán de disputarse la honra de haber mecido tu cuna? ¿Las del fértil Bajío? ¿Las del Norte Bárbaro? ¿Las del lánguido Mayab? No importa. De todos modos ya sabemos que la provincia es la patria) Alberto encabezó una huelga estudiantil con un éxito tan rotundo que el director del plantel fue destituido y se improvisó un ajuste de funcionarios para atender las exigencias del grupo que Alberto representaba.

Ruiz quiso, al principio, afectar modestia para disminuir el mérito de su hazaña. Pero reaccionó al darse cuenta de que, tratándose del asunto de que se trataba, este gesto púdico que la educación acaba por volver instintivo, era erróneo y lo sustituyó por otro que, sin llegar a ser desafiante cumplía muy bien con su misión de expresar la seriedad con que un hombre consciente asume las responsabilidades más graves.

—¿Y qué pretendían con esa huelga? —quiso saber Mariscal ansioso de lucir ante el "Buey Mudo" el aspecto brillante, voluble y seductor de su personalidad. Por ahora consideraba suficiente la dosis de sumisión que había administrado.

—Como todas las grandes convulsiones sociales ésta, a la que venimos refiriéndonos, estalló con una chispa, al parecer, sin importancia: la petición de que se adelantara el periodo de vacaciones, a la que pronto se añadió la de que se revisara, uno por uno, con criterio benévolo, el caso de los alumnos reprobados en alguna materia y se les concediera la oportunidad de presentar un nuevo examen para regularizar su situación. No puede decirse que se tratara de nada original.

—Los ideales no necesitan serlo. Al contrario —concedió Mariscal. Y éstos, que Sergio acaba de enumerar, parecen ser los de mayor arraigo, los de vigencia indeclinable entre la grey estudiantil.

—Con razón se ha dicho tantas veces que la juventud es la edad del quijotismo, del ímpetu generoso, la edad en que se conciben las grandes acciones...

—... que no se realizan sino en la vejez y con la ayuda del cálculo.

—Moción de orden, compañeros —interrumpió "el de la voz". Estamos desviándonos del tema. Si he permitido esta digresión es únicamente con el objeto de que quienes ignoraban ciertos hechos tuvieran la oportunidad de enterarse de ellos y advirtieran, además que dentro de la organización a la que yo pertenezco no se procede a tontas y a locas ni por impulsos sentimentales o meros pálpitos. Que si nos fijamos en Alberto Ruiz fue teniendo en cuenta sus antecedentes y sus posibilidades. Basta verlo. Es un político nato. Le falta una plataforma, un programa de trabajo y seguidores. De suplir estas carencias es de lo que se encarga un partido. Si Ruiz acepta ese partido puede ser el nuestro.

—Te están sirviendo el poder en bandeja de oro, Alberto. Yo que tú, antes de abalanzarme a aceptarlo, preguntaría qué es lo que esperan en reciprocidad.

Alberto ensayó un rictus de cinismo que, por falta de práctica, le salió muy mal.

—¿Crees que serían tan ingenuos como para decírmelo ahora que todavía no estoy uncido a su carro? Lo sabría después, cuando los intereses creados nos hubieran ligado de tal manera en que no me fuese fácil, a mí, desatarme. Y ni aun entonces me formularán un catálogo de peticiones. Irán surgiendo, como por casualidad, una a una.

—Y tú irás cediendo, como por casualidad también, hasta convertirte en un instrumento incondicional.

"El de la voz" sonrió.

—Estima usted en muy poco la habilidad de su compañero. Ahorita mismo tiene ya ases de triunfo en la mano. Si los guarda con prudencia, si los arriesga con tino, si los maneja con astucia puede ir adquiriendo fuerza, ganando posiciones, hasta imponiendo sus propias reglas de juego.

—¿Ésa es, a grandes rasgos, su autobiografía, compañero? —preguntó insidiosamente Mariscal.

—No acostumbro usurpar funciones. Yo no cultivo ni ese ni ningún otro género literario —respondió con supremo desdén "el de la voz". Pero estamos volviéndonos a salir del tema.

—Arriésgate, Alberto —aconsejó Sergio con un tono neutro bajo el que pretendía ocultar su ansiedad. Después de todo ¿qué puedes perder?

—Después de todo —repuso "el de la voz" poniéndose de pie (y siendo imitado automáticamente por su guardaespaldas) no se trata de una decisión tan frívola como para tomarla sobre las rodillas. Que medite con calma lo que le conviene y que nos resuelva en un plazo razonable. Porque nosotros tenemos prisa, es cierto, y en caso de que no lleguemos a ningún acuerdo hemos de hablar con otros candidatos. Porque usted, compañero Ruiz, aunque es el que ocupa el primer lugar de la lista, no es el único. Pero no tenemos tanta urgencia como para equivocarnos hasta el punto de suponer que nos iríamos de aquí con una respuesta. Conocemos a la gente de Filosofía. Es gente que se toma su tiempo, que se entretiene en discutir y que, por deformación profesional, pesa el pro y el contra de cuanto asunto se pone a su alcance. ¿Cómo no iban a hacerlo en el caso de que un "sí" o un "no" pueden cambiar el rumbo de una vida?

—¿Se refiere usted a la vida de la Universidad?

—Ramón, basta de impertinencias.

—No es impertinencia, Susana, conceder aquí a los compañeros huéspedes que sus móviles van más allá de los límites de lo meramente individual, que se preocupan más por el destino de la comunidad universitaria que por el de Alberto o por el de ellos mismos. Ahora, si me equivoco...

—No se equivoca, compañero.

—No *debo* equivocarme.

—Es más, ni siquiera hemos considerado un solo momento a Alberto Ruiz como una personalidad aislada sino como parte integrante de un grupo, del grupo que constituyen todos y cada uno de ustedes y que, como es natural, formaría su equipo de trabajo.

—¡Bravo! —aplaudió Villela. ¡Ha llegado la hora del reparto! El premio gordo de la lotería ya cayó y se supone que en las mejores manos. Pero quedan otros, que no son de despreciar. ¿Quién sería el tesorero?

—En las escuelas mixtas se acostumbra que este cargo lo desempeñe una mujer. Tienen fama de escrupulosas para el manejo de las cuentas, tienen menos tentaciones de gastar el dinero, resultan más de fiar, en suma...

—Pues entonces ya está dicho el nombre: Susana Durán.

—No soy la única mujer aquí —replicó ruborizada de placer Susana.

—Eres la única a quien Lorenzo considera mujer —dijo Cecilia con voz trémula de despecho.

—¡Desventuradillo! Ahora entiendo por qué te llaman así.

Lorenzo no advirtió la rudeza del golpe que acababa de asestarle a Cecilia. Su apertura a la totalidad del mundo, su situación dentro de una categoría definitiva, sólida, inamovible, habían dependido —nada más— del incidente del cuaderno de apuntes. Incidente que Cecilia interpretó (para explicarlo, para justificarlo, para perdonarlo) como la develación y la patentización, ante una mirada ajena y hasta, en cierto modo desinteresada, de su feminidad. Y ahora resultaba que esa feminidad no sólo se ponía en crisis, a la faz de todos, por la duda, sino que se negaba radicalmente por la ignorancia, por el desconocimiento absoluto de su existencia.

¿Con qué forma, bajo qué aspecto emerger de nuevo de ese abismo de inanidad al que había sido precipitada? ¿Cómo recuperar otra vez, ya no la euforia de la plenitud, sino la aceptación del más modesto rasgo de identidad que le permitiera circular sin demasiados contratiempos, sin demasiadas luces preventivas en los semáforos, sin demasiados interrogatorios ambiguos —y quizá hasta informulados— pero siempre inminentes?

Y Lorenzo, el torpe de Lorenzo, empeñado en tratar esta catástrofe como si no fuera más que una simple falta de tacto. El "desventuradillo" creyendo salir del paso con una excusa común y corriente.

—¡Perdón, Cecilia! Es que por un momento no pensé más que en las cualidades de administradora, de... y, además, en el apego a Alberto... en fin...

—Ya, déjalo de ese tamaño que, sin dar ninguna satisfacción válida a la ofendida vas a acabar ofendiendo también a Susana. Y eso le amargaría el gusto de la designación ¿no es cierto, querida?

—Ni me han propuesto formalmente ningún cargo ni yo lo he aceptado.

—Dejémonos de bizantinismos y prosigamos —insistió Villela. A Cecilia se le puede dar, a manera de consolación, esa dignidad —que a mí me ha intrigado mucho siempre, porque no tengo la menor idea de en qué consiste— que es la secretaría de acción femenil. Con lo que, además —continuó insinuantemente— se desvanece el equívoco que sobre los atributos sexuales de nuestra amiga creó, involuntariamente, Lorenzo.

—¡Ni quiero limosnas ni tolero bromas!

Y como para dar mayor énfasis a su rechazo Cecilia echó atrás, con gran estrépito su silla.

—¡Rencorosa! Como si fueras capaz de apreciar lo que acabo de hacer por ti; como si se tratara de ti y no de nosotros; como si a alguno le importaran tus desplantes. Tú te plegarás a las decisiones de la asamblea y mientras tanto, cállate.

—¡Vaya! —reconoció "el de la voz". También el compañero tiene don de mando.

—Ha hecho usted un descubrimiento demasiado tardío, por desgracia para la organización a la que sirve. Pero no se preocupe. Ese don no me interesa y no suelo ejercerlo sino en ocasiones excepcionales. Yo soy útil en otros terrenos. Por ejemplo, les prepararía un suculento menú intelectual: ciclos de conferencias, puestas en escena de obras de vanguardia, temporadas de conciertos, cine-clubs, en suma, toda la lira.

—Es un plan demasiado vasto como para que lo desarrolle una sola persona.

—Y demasiado trillado como para que necesite de auxiliares. Son mecanismos a los que se les aprieta un botón y operan automáticamente. Pero, de cualquier manera, cuento con la colaboración de los aquí presentes. No me la negarían ni por amistad ni por satisfacer sus móviles propios. Sergio, que se desvive por entrar en contacto con las celebridades...

—Cree el snob que todos son de su condición.

—No es por snobismo, querido. Es que eres de los que creen en el aforismo de que los grandes de espíritus se comprenden. Lorenzo no ha olvidado aún cómo se funda una institución, cómo se la hace prosperar, cómo se mantiene. Su nostalgia de "defroqué" encontraría una aplicación apaciguadora. Mariscal se preocupa por que se eleve el nivel de cultura de las masas. Y "last but not least", Cecilia.

—¿Cecilia qué? —interrumpió ella misma, retadora.

—Cecilia haría gala de la generosidad de su ánimo, sellaría su pacto de reconciliación con quienes tan bien la estimamos y pondría, bajo una bandera favorable, esos ímpetus que la cólera reduce a cenizas.

—Yo no sé cuándo hablan ustedes en serio —se quejó "el de la voz".

—Con usted, compañero, siempre —lo atajó Villela. Bromeamos en privado. Usamos entonces un lenguaje especial. Por eso no se admiten en nuestras sesiones más que a quienes han consentido previamente en someterse a una serie de pruebas. Algo así como a un rito de iniciación.

—¡Fernando! —exclamó Susana con más asombro que reproche.

Pero Villela continuó, imperturbable.

—¿No le estamos dando, compañero, algo más de lo que usted esperaba de nosotros? Somos algo más que un grupo: somos una mafia.

—Eso cambia el aspecto de las cosas.

—Yo digo que eso amplía nuestro radio de acción. Y, dejando este punto como tema para meditar, podría levantarse la sesión.

—Para reanudarla ¿cuándo?

—Tiene la palabra Alberto. ¿No es él nuestro futuro presidente?

—Hay quien quiere comerle el mandado.

—Mientras tú velas por el dinero, Susana, Alberto detentará el poder. Ésa es la pareja ideal. Yo no soy más que un tercero en discordia que se compromete aquí, públicamente, a circunscribirse, de manera muy estricta, al cumplimiento de su única función que se reduce a levantar una cortina de humo para que las actividades políticas del grupo y de la organización sean secretas. Mi cortina de humo tiene un lema: prestigio. Mientras los estudiantes se distraen con la proyección de *El acorazado Potemkin* Alberto se despacha a su gusto, con los demás, en la tenebra.

—Compañero, tiene usted un modo de presentar las cosas...

—Muy impolítico, ya lo sé, y les ruego que me perdonen. Lo que sucede es que empiezo a sentir una necesidad inaplazable de bromear...

—Entonces nos retiramos, para no estorbarlos.

—Señores, hasta más ver. Alberto ¿por qué no los acompañas hasta la puerta? Haz los honores de dueño de casa... y aprovecha esa oportunidad de hablar a solas con ellos para ajustar los tornillos que hayan quedado flojos.

—Aquí el único que tiene un tornillo flojo, eres tú.

Pero Alberto obedeció a la sugestión hecha por Villela.

Susana los miró salir con ansiedad, los otros con indiferencia.

Sergio, que recibió del "Buey Mudo" una despedida tan inexpresiva como el resto de su coloquio y que no halló ningún pretexto válido para establecer un aparte con él o, por lo menos, para prolongar durante unos segundos más su cercanía, se volvió hacia los demás, enfurruñado.

—Si Alberto no es más tonto de lo que usualmente hemos concedido, debe de estar ahora usando las tácticas dilatorias adecuadas. Les dará a sus adversarios —porque este par de palomas con un ramo de olivo en el pico son nuestros adversarios— la impresión de que estudia sus proposiciones, entre las muchas otras que le llueven, para elegir la más ventajosa y adjudicarse, a la postre, al mejor postor.

—¡Sergio! Estás hablando de Alberto como si fuera una prostituta.

—¿No conoces el paralelo clásico establecido por Weininger entre...? No, no lo conoces ni falta que te hace Susana. Ya pronto observarás la similitud *in anima vili*.

—Pues bien —dijo Villela frotándose las manos con satisfacción. Henos aquí dispuestos a cortar el bacalao.

—Yo no estoy muy segura. Sobre todo después de las barbaridades que estuviste diciendo de nuestros ritos secretos y quién sabe qué más. Han de estar pensando oprobios de nosotros.

—Al contrario, querida. ¿Crees que me dejé llevar por la improvisación? Fue un discurso absolutamente premeditado. Antes les interesábamos. Ahora, además, los intrigamos. Ya nos consideraban, de antemano, inteligentes y brillantes. Ahora, como si fuera poco, resultamos también misteriosos. El misterio es una fuerza.

Susana hizo un gesto de escepticismo que Sergio se empeñó en disipar.

—¿Cuándo se ha visto que en política las palabras cuenten para algo? No te preocupes, Susana. Desde este momento puedes, con pleno derecho, ver a Alberto como una especie de proyectil a punto de ser disparado. La pistola podría embalarse, claro está. Pero esta posibilidad es muy remota. Lo que ha de suceder, sucederá.

—*Ad majorem gloria...* ¿En qué altar depositaremos nuestros triunfos, Lorenzo?

—Las cosas están bien hasta que terminan bien. Y estas cosas ni siquiera acaban de principiar.

—¡Y yo estoy ya tan fatigado de ellas! Indudablemente pertenecemos a una generación en decadencia. ¡Cuando pienso que nuestros abuelos se daban el lujo de querer morir cuando declinara el día! A mí no me vendría mal una muerte más temprana.

—¡No tientes al diablo, Fernando!

—¿Crees en él, Susana? —y sin esperar respuesta, Cecilia agregó: aquí el único autorizado para hablarnos de tal personaje es Lorenzo.

—¿Por qué?

—Por su estancia en el seminario. De sobra sabemos que ésos son los lugares que el diablo frecuenta.

—Ay, Cecilia, tú te tragas todos los slogans de la propaganda. Eres capaz de creer que los burdeles son el último refugio de la santidad.

—Y yo puedo asegurarte que no dan asilo ni al placer.

—Desencantados estamos.

—Como que no seremos presidentes, sino achichincles.

—¡Y de quién, Dios mío!

—Los pueblos tienen los gobiernos que se merecen.

—¡Masoquista!

—¿Qué quieres que haga? Si yo fuera gobernante sería sádico.

—¿Y tú, Lorenzo, qué serías?

Esa Cecilia otra vez. Insistente. Obstinada. Con el rostro arrebolado de expectación.

—Ah, yo me conformo con poco. Respirar a mis anchas sin que me oprima ninguna sotana; dejar a Dios en paz con sus enigmas y dedicarme a entender al hombre.

—¿Al hombre? ¿Estás seguro? Yo creí que te interesaba el comportamiento de los animales.

—En ese caso estudiaría zoología y no humanidades, Cecilia.

—En ese caso no escribiría textos como los que ha escrito aquí.

Y, violentamente, puso ante los ojos de todos, el cuaderno de apuntes abierto en las páginas especiales.

Cecilia esperaba un movimiento unánime de curiosidad que no se produjo. Ni ojos ávidos de lectura, ni manos impacientes de tacto. Les bastó una rápida mirada de soslayo al documento acusado y luego, sin pronunciarse ni a favor ni en contra de él, llegando sin deliberación de ninguna clase al acuerdo tácito e irrevocable de que ese documento no existía, cada uno volvió a su centro particular de gravitación. Susana no apartaba los ojos de la puerta por la que había de entrar Alberto. Sergio se perdía, con una sonrisa de secreta complacencia, en la evocación del "Buey Mudo". Fernando trataba de componer, con su actitud, una versión convincente del *spleen* según el modo de ser latino. Mariscal permanecía, por costumbre, en estado de alerta y prendía un cigarrillo con la disposición de ánimo de quien va a tirarlo, obligado por alguna emergencia imprevista, un momento después. Únicamente Lorenzo se mantenía quieto, con los ojos fijos en el cuaderno, hipnotizado por su propia letra.

Cecilia, que acechaba con la minuciosidad despiadada de entomólogo sus cambios de expresión, lo vio enrojecer de vergüenza e inmediatamente palidecer de terror. Cecilia hubiera comenzado a sentir piedad, a arrepentirse de su venganza y a entregarse a los remordimientos que debía suscitarle la contemplación de los estragos que estaba causando en el otro, si la indiferencia de los demás no la hubiera anonadado. Iba, como en el juego infantil de las cuatro esquinas, del rostro de Sergio al de Fernando y del de Susana al de Ramón y en cada uno hallaba la misma impavidez, un poco impuesta desde fuera y, por ello mismo, rígida, idéntico hermetismo. Del único del que Cecilia se sentía próxima, respirando ¡y cuán angustiadamente! la misma atmósfera, era de su víctima, de su verdugo, de su complemento, de Lorenzo. Ambos estaban a punto de echarse a llorar. Ya los sollozos comenzaban su difícil, su jadeante ascenso por el árbol de la tráquea; ya las lágrimas iniciaban su lento proceso de condensación, cuando la nube de patetismo fue barrida por una frase casual que devolvió a los náufragos momentáneos a la tierra firme del sentido común, y que fue proferida por Susana.

—¡Cómo tarda Alberto!

Simultáneamente consultaba su reloj como para respaldarse en un argumento irrebatible.

—Esperaremos contra toda esperanza. ¿No es verdad, compañeros? Lo contrario se llamaría deserción.

—Cecilia y yo tenemos un compromiso y desertamos. Anda, que debemos darnos prisa.

Mariscal la tomó del brazo para ayudarla a levantarse y luego le colocó el sweater sobre los hombros. Cecilia, cuya capacidad de asombro estaba exhausta, cuya resistencia se había quebrado, cuya desorientación era completa, se dejó llevar por Ramón con la docilidad irresponsable de los menores. Se había convertido en un sujeto de lástima y aceptaba esta cristalización sin ningún sobresalto de su orgullo, sin ningún reproche de su dignidad. ¡Qué alivio que alguien la ayudara a abandonar aquel ambiente hostil y encontrara la excusa verosímil y se cuidara de detalles tan pequeños, pero tan importantes, como los de la despedida. A Cecilia le hubiera sido superior a sus fuerzas estrechar la mano de quien la había rechazado. Por fortuna Mariscal despojó de formalidad a esta ceremonia y la redujo a un signo breve que englobaba al grupo entero para decirle adiós.

Sostenida del brazo, como una convaleciente, Cecilia atravesó el patio de la Facultad —casi desierto a esta hora— y salió a la calle. Los dueños de las librerías se afanaban en desarmar los escaparates y en bajar las cortinas de acero que caían con estrépito de catarata. Algunos detenían un momento esta caída para saludar a Mariscal, un cliente que se entretenía largas horas hurgando entre los volúmenes polvosos hasta dar con algún tesoro oculto e inapreciable sobre cuyo precio disputaba hasta reducirlo a su mínima expresión.

De los restaurantes abiertos salía un olor confuso de comida y la oleada de música de la sinfonola. De la avalancha de ruidos de claxons, de frenos accionados con precipitación, de llantas desintegrándose contra el asfalto, se rescataba la palabra insistente de un bolero: amor, amor, amor.

Al llegar a la esquina Mariscal imprimió otra dirección a su marcha. La calle ofrecía ahora una sucesión de fachadas que alguna vez fueron suntuosas y que ahora no servían sino para dar pábulo a la nostalgia. Las ventanas, espesamente protegidas por las cortinas, no dejaban adivinar nada del interior de aquellas casas y apenas dejaban escapar un débil, amarillento resplandor luminoso. Cuando el silencio amenazaba ya con materializarse era roto por el ladrido de algún perro al que respondía un ladrido más distante y otro y otro hasta que el último eco se extinguía.

Llegaron, por fin, a un parque cuyo desaliño resultaba invitador. Los arbustos crecían desordenadamente y se marchitaban a su antojo. Sobre el pasto se entrecruzaban veredas inventadas por los transeúntes. Varios focos habían sido rotos a pedradas por los enamorados que se abrazaban a sus parejas en las bancas de cemento.

Cecilia pareció despertar.

—¿Por qué me trajiste aquí?

—Porque es un lugar agradable. Siéntate. No, no así, a la orilla, como si estuvieras a punto de echar a correr. Recárgate contra el respaldo, ponte cómoda.

Para afirmar su independencia Cecilia mantuvo su tensión.

Pero Mariscal no recogió el reto.

—No sabes estar cómoda ¿verdad? Aunque parezca mentira eso es una ciencia, como todo lo demás. Sólo que a nadie le preocupa ni enseñarla ni aprenderla.

—Has de tener, entonces, pocas discípulas.

—Por lo pronto una sola: tú.

—Pues te duró muy poco, porque ya me voy —dijo poniéndose de pie.

—No estás en estado aún de regresar a tu casa, criatura. Acaba de reponerte. Siente: todavía tiemblas.

Le había puesto las manos sobre los hombros. Cecilia tomó una y después otra, con la punta de sus dedos como para evitar el contacto con una materia asquerosa, y las apartó de sí.

—¿Quieres hacerme el favor de dejar de fungir como buen samaritano? Te agradezco lo que hiciste por mí pero no quiero abusar de tu generosidad.

Todas las cóleras diferidas durante la tarde estaban hallando su desahogo aquí. Cecilia había comenzado a hablar y ahora no podía detenerse.

—Tampoco voy a permitir que abuses de la situación. Te aprovechas de que he bajado la guardia para traerme a un parque oscuro en que no hay más que parejas besuqueándose.

—Puedes dar rienda suelta a tu decepción porque no te traje aquí con el propósito de violarte.

—¿Entonces?

Había tal desconcierto en la pregunta que Ramón no pudo menos que reírse.

—¿Todavía no has leído por allí esa frase que dice que el amor es una larga conversación? Pues aunque te parezca inconcebible te traje aquí para platicar.

—¿De qué?

—Del cuaderno de apuntes de Lorenzo.

—Ah, no creí que te importara. Como no diste la menor muestra de interés...

—Lo que sucede, Cecilia, y tú no sabes, es que todos conocemos ya ese cuaderno. Cada uno, a su turno, lo ha tenido en sus manos, lo ha leído, ha reaccionado de una manera o de otra. Pero puedo asegurarte que a nadie se le había ocurrido organizar una escena tan efectista y tan cruel como tú.

—¿Cruel?

—Sí, por ese cuaderno expulsaron a Lorenzo del seminario. Él tenía —y yo digo que todavía la tiene— vocación de sacerdote. Pero está enfermo.

—A mí me habían contado otra historia —dijo Cecilia como disculpándose.

—Es la misma historia sólo que después de haber corrido de boca en boca. Pero dejemos eso a un lado. ¿Qué esperabas de nosotros cuando pusiste el cuaderno sobre la mesa? ¿Que nos erigiéramos en tus campeones y propináramos una golpiza a quien había herido tu susceptibilidad de virgo intacta? ¿No te parece que es una actitud...

—...muy poco generosa.

—...muy inmadura. Era más delicado, era más fácil hacerse la desentendida ¿no?

—Era lo que yo me había propuesto en un principio, pero...

—Pero estabas demasiado alterada como para guardar compostura. Lo que escribe Lorenzo no tiene ni pies ni cabeza sino para —como diría Villela— para los iniciados. Los iniciados en la misma enfermedad, en los mismos desvaríos de la imaginación.

—Como entre ustedes darse por ofendido es el colmo de la vulgaridad debo pasar por alto el hecho de que acabas de insultarme.

—¿Llamarías insulto a un diagnóstico?

—¿Quién te dio derecho a atribuirte el papel de médico?

—Tú. Si te empeñas en actuar como una enajenada yo tengo que servir de camisa de fuerza.

—Gracias.

—¿Duele? Es que estoy tocando en carne viva. En la vanidad ¿no?

—Tú que lo sabes todo, contéstate.

—En la vanidad. Ahora mismo derramas un poco de bálsamo sobre ella. Me gustó el brío con que te lanzaste a atacar a quien suponías tu enemigo; la franqueza con que te atreviste a desenmascarar a quien creías un hipócrita.

—Pero como el borracho del cuento me equivoqué de velorio.

—Otra vez acertarás. Y por lo pronto la materia prima existe, se puede sacar muy buen partido de ella.

—¿Y tú vas a ser mi Pigmalión?

—No. Esa leyenda sugiere demasiada pasividad, una absoluta falta de iniciativa de parte de Galatea. Y tú no eres así. Estás llena de ímpetus que van a acabar por dar al traste con tu timidez y tus inhibiciones. Tal vez lo que mejor te contiene es el desprecio a los demás.

—No conozco a nadie.

—Por eso los desprecias a todos, por parejo, sin hacer acepción de personas. Y como te han educado dentro de la tradición católica de presentar la otra mejilla, y como tienes un suntuosísimo complejo de culpa, te avergüenzas de experimentar tales sentimientos y como no puedes conjurarlos los vuelves contra ti misma y te declaras despreciable. ¿Por qué? Si amaras a los demás te amarías.

—¡Qué fácil! Yo sí me conozco y no me puedo perdonar el ser como soy.

—Y quieres delegar en otro el trabajo de absolverte.

—Quiero que el otro me mire, como dicen los hindúes, con mirada favorable.

—El círculo no se rompe desde afuera. Tienes que ser tú la que ponga en crisis hasta las últimas estructuras sobre las que te has ido edificando.

—Esas estructuras me sostienen.

—Pero como son falsas son también inoperantes y todo va a venirse abajo un día y te va a aplastar.

—¿Te importaría mucho?

La voz de Cecilia era neutra, equidistante entre la urgencia de encontrar un punto de apoyo y el simulacro de fuerza que la obligaría a rechazarlo.

—No se trata de mí, criatura. Te importaría mucho a ti, porque tú eres lo único que tienes y si te destruyes ya no te queda ninguna otra cosa de qué echar mano y no hay muchas oportunidades de reconstruirse ni es tan fácil hacerlo.

Cecilia acabó por ceder al despecho por el giro abstracto que estaba tomando la conversación. Ella la hubiera preferido centrada, de un modo más íntimo, en su caso. Dijo con sequedad:

—Déjame entonces. Es mi problema.

—Pero lo estás planteando mal y lógicamente lo vas a resolver mal. Permíteme que te ayude.

—¿Por qué?

Cecilia lanzó irreflexivamente la pregunta. ¿Qué hubiera hecho ante una respuesta en la que se transluciera un interés directo, personal, electivo, sino huir presa del terror? Y si la respuesta la colocaba —fría y eficientemente— sobre el cristal en que el investigador de laboratorio coloca a un objeto para aplicar sobre él el microscopio y observarlo ¿no enloquecería de humillación?

Inconscientemente tal vez Mariscal tanteó que se lo disputaban corrientes opuestas y las esquivó levantando los hombros y para expresar su ignorancia. Con un mismo impulso cerró los ojos —como para buscar dentro de su oscuro interior la oscura razón de sus actos— y extendió los brazos, para atraer hacia sí a Cecilia, con la lentitud con que los nadadores separan el agua que se opone a su avance.

La lentitud, desde el punto de vista de Cecilia, podía ser asimilada con la torpeza pero más fácilmente confundida con la displicencia, con el desgano. Cecilia tuvo la impresión de que transcurría un tiempo incalculable entre el momento en que el otro daba comienzo al ademán que la incorporaría a ella a una órbita extrema y el momento en que alcanzaba su culminación. Era un ritmo, como el de los tocadiscos, cuando se aplica a una grabación un número de revoluciones que no le corresponde, que hubiera vuelto ridícula cualquier tentativa de alejamiento de parte de ella. Así que eligió una quietud tensa para dejarse envolver por un cuerpo cuya integridad iba diseccionando pacientemente. Reducido a sus elementos últimos, desconectados estos elementos, el cuerpo perdía su configuración y también su significado. Ya no era peligroso.

La cabeza de Mariscal se reclinó sobre el hombro de Cecilia de manera que su cara rozaba un cuello inflexible. Desde la altura que el abatimiento del hombre le prestaba, Cecilia sonrió con una burla benévola, como si los hechos no tuvieran otro fin sino el de confirmar sus predicciones. Y aventuró otra que también debía ser infalible: está buscando una zona erógena, se dijo. Y a la luz de este decreto el contacto se descompuso en una serie sucesiva de fases que completaban un proceso cuyo signo ya no era ni el abandono a un arrebato irreprimible ni la morosa delectación en lo agradable sino la simple comodidad, el esfuerzo por lograr que embonara de un modo perfecto un vértice y un espacio hueco, la correspondencia —prevista de antemano y, al fin, resuelve satisfactoriamente— entre dos trozos de un rompecabezas. La consecución de ese logro producía un placer que conocen quienes ejercitan su inteligencia o su habilidad manual.

Pero aun calificado así el contacto provocaba en Cecilia una alarma profunda a la que hubiera querido dar salida con gritos, unos gritos sin destinatario preciso, proferidos sólo para poblar el aire vacío, el aire hostil, con las vibraciones de un terror visceral. Cerró entonces también ella los ojos que había mantenido abiertos y fijos, y se miró a sí misma corriendo por una playa desierta, desmelenada, perseguida. Gritaba también y su alarido se perdía en una inmensidad sin nadie.

—Dios no existe —afirmó.

Mariscal cubrió suavemente los labios de Cecilia con su mano y este gesto, útil al principio para evitar que la muchacha continuara hablando, encontró luego su justificación en sí mismo. Los dedos palpaban con gusto las superficies, los contornos. Eran unos dedos sensibles, adivinos, de ciego. Cecilia apretó la boca para hurtarla a este desciframiento radical y el otro retiró la mano, se apartó de ella con brusquedad y sacó un peine de su bolsillo. Cecilia lo miraba peinarse, a medias ofendida, a medias contristada por esta variación del tema. Acabó por murmurar:

—Perdóname.

Mariscal sonrió y con esa sonrisa regresaron a la época en que ambos acababan de ser presentados y ni siquiera se tuteaban.

—Me pides perdón como si creyeras que soy una sensitiva a punto de marchitarse. ¿Dónde supones que he pasado todos los años de mi vida? ¿En un invernadero? Criatura, tú no eres la primera mujer que se me niega...

—Pero si no era una negativa —arguyó débilmente Cecilia, tan débilmente que Mariscal pudo fingir no haberla escuchado.

—... como tampoco hubieras sido la primera en aceptarme. Porque en este juego de papá y mamá no hay quien pierda siempre, excepto los tímidos como Amiel, ni quien gane siempre, sino los fanfarrones como don Juan.

—Tú te colocas en el justo medio, en la categoría de los hombres normales.

—¿Por qué no? Soy normal.

—Y eso te permite sentirte por encima de todos. De Sergio y sus lamentables debilidades por hombres como el "Buey Mudo"; de Lorenzo y sus cuadernos de apuntes; de mí y... como si la normalidad fuera un mérito y no una suerte —concluyó exasperada Cecilia.

—La normalidad no es ninguna suerte. Cuesta trabajo de conseguirse y más trabajo de mantenerse. ¿No sabes tú que en ciertos momentos es mucho más fácil ceder a una tentación que rechazarla? ¿No sabes que en ambientes como el nuestro todo conspira para que una incursión en terreno prohibido se convierta en hábito y un hábito degenere en vicio? Vamos a aclarar las cosas entre tú y yo: me echas en cara que yo no sea un homosexual ni un aberrante. ¿Por qué? Porque, no siéndolo, me has atraído como mujer y he manifestado esta atracción. Tú no la compartes y eso te enfurece. ¿No te gusta que te toque? De acuerdo. No te tocaré más.

Cecilia había seguido el desarrollo de esta argumentación, con ira primero, después con ansiedad. Pero ahora hablaba desde el más profundo abatimiento.

—No es que no me guste... No sé si me gusta o no. Para mí esto es tan nuevo... No, no me interpretes mal, no estoy dándome ningún baño de pureza. Si soy casta no es por virtud sino por falta de oportunidades.

—¿Las buscas? ¿Las propicias?

—No.

—¿Por qué?

—Porque tengo miedo. Mucho miedo.

—Como táctica no dudo que sea eficaz... con otro. ¿Te das cuenta de que lo que acabas de hacer es un ofrecimiento en toda regla? Si fueras poetisa lo habrías enunciado con la fórmula consagrada ya por el uso: "tómame ahora, que aún es temprano... etc." El macho siente halagado su orgullo, espoleada su virilidad y se lanza sobre la indefensa presa y la viola. Ella, que ha cedido al ataque de una fuerza superior, no es responsable, luego no puede imputársele ninguna culpa, luego es inocente. Y la inocencia, no la virginidad, es más digna de tomarse en cuenta en una sociedad como la nuestra que se rige por principios idealistas.

—Si me crees capaz de maquinar algo tan complicado como lo que acabas de decir, me halagas. Pero te equivocas.

—No lo haces conscientemente y allí es donde está el chiste: la inocencia completa. Pero has de buscarte quien te haga el juego porque yo no me presto a él.

—¡Retírate, defiéndete de mis acometidas que tu doncellez está en peligro, imbécil!

—Vamos por partes: conmigo tú tienes que actuar como si fueras una persona. Entre los atributos de la persona, que yo reconozco y respeto, está la voluntad. Si tú, voluntariamente, no quieres establecer una relación amorosa con un hombre, santo y muy bueno. Nadie te obliga pero tampoco nadie te ruega. Pero si quieres has de asumir la parte de responsabilidad que te corresponde. Si consientes no ha de ser con esa pasividad de las víctimas sino con la convicción plena de que al entregarte vas a dar y a recibir placer, a disfrutar, a compartir, no a expirar en holocausto.

—Lo que dices es tan grosero que no puede menos que resultar desanimador.

—Un galanteador profesional —y yo me precio de no serlo— le rociaría merengue encima. Pero la substancia seguiría siendo la misma. Son los hechos de la vida. ¿Nunca te habló de ellos tu mamá?

—Mi mamá se limitó a recomendarme que me cuidara de hombres como tú.

—Y para obedecerla vas y te metes en la boca del lobo. Es el lugar más seguro, probablemente. Mientras logres mantener al lobo con la boca abierta en una discusión.

Cecilia no pudo menos que reír.

—No lo hacía por eso. es que, realmente, yo necesitaba hablar.

—Como Lorenzo necesita escribir.

—No volvamos a Lorenzo.

—No —dijo Mariscal recuperando el buen humor. Volvamos al punto en que habíamos quedado.

Y la abrazó de nuevo y volvió a pasar la yema de sus dedos sobre los labios helados de Cecilia. Ella no podía reprimir unos movimientos de sobresalto a los que trataba de despojar de su carácter de esquivez con pequeñas risas convulsas.

—Ya, estate quieto, que nos van a ver.

—¿Quién? ¿El ojo de la Divina Providencia?

—No seas tonto: los gendarmes.

—Los gendarmes conocen su truco: esperarán pacientemente a que entremos en calor y entonces...

Mariscal gesticulaba imitando a Drácula y otros monstruos cinematográficos.

—¿Entonces? —preguntó Cecilia con el alma en un hilo.

—Vendrán a indicarnos que estamos cometiendo faltas contra la moral.

—¡Qué horror!

De un salto Cecilia se encontraba ya en el extremo opuesto de la banca. Pacientemente Mariscal fue aproximándose a ella sin por eso interrumpir su profecía.

—Y nos amenazarán con llevarnos a la cárcel donde un médico se encargará de examinar el estado de la señorita.

—¡Eres un bruto! ¡Suéltame!

—¡Tranquilízate, criatura! ¿Cómo crees que voy a permitir que semejantes catástrofes se abatan sobre nosotros? Conozco el conjuro. Basta con deslizar, discretamente, un billete de diez pesos en la mano del policía para que olvide todo lo que ha visto.

—¿Y tú... tú tienes diez pesos?

Por el tono con que fue hecha la pregunta era evidente que Cecilia era más capaz de creer en la caballerosidad que en la solvencia de Ramón.

Mariscal rebuscó en sus bolsillos y de cada uno de ellos fue extrayendo una o varias monedas hasta la última. Después de contarlas, declaró:

—Me temo que no alcanzo a cubrir la cuota exacta. ¿Con cuánto podrías colaborar tú?

—Con lo que cuesta el boleto de camión que lleva de regreso a mi casa —repuso Cecilia poniéndose bruscamente de pie.

—¿Por qué a tu casa? ¿No sería más prudente ir a la mía? Por lo menos yo no tengo ninguna madrina que estorbe.

Cecilia abrió la boca, estupefacta. La frase, en la que ella quiso condensar toda su dignidad para arrojarla a la cara de su opositor, había resultado tan ambigua que se había prestado a que Mariscal le hiciera una proposición bastante cínica, sí, pero —no podía dejar de admitirlo— bastante práctica. Y tan absurda que, mientras Cecilia se imaginaba alejándose de aquel lugar siniestro con el continente majestuoso y terible de una princesa ofendida, en realidad estaba dejándose caer de nuevo sobre la banca, desmorecida de risa. Mariscal no se dio por entendido de aquella hilaridad pero, de cualquier manera, la encontró plausible.

—Me caes bien y me gustas. Podrías caerme mejor, gustarme más.

—¿Cuáles son los requisitos?

—Que seas tú.

—¿Tú crees que si yo pudiera ser otra estaría aquí?

—Hay una Cecilia que es tu enemiga: mátala.

—Y tú serías el galardón de mi crimen ¿no?

—No estoy tan mal después de todo.

—Eso depende de lo que se busque en un hombre.

—¿Qué es lo que tú buscas?

—Nada extraordinario: respeto, protección...

—Dije en un hombre, no en un padre.

—¿En ti? Nada más que me expliques qué significa eso de relación amorosa de que hablaste hace un rato.

—Es un milagro que ocurre a veces. El milagro de dos que se sienten a gusto de estar juntos; de que la compañía no disminuye la libertad de nadie; de que cada uno ayuda al otro a que alcance su plenitud. Y al decir plenitud quiero abarcar alma y cuerpo. La fusión de los amantes es total.

—La terminología me recuerda a los místicos. Batir de alas...

—Y tú eres telúrica.

—Yo necesito algo real.

—Un anillo, una casa, un apellido, un sueldo quincenal.

—Una situación definida. Y la de amasiato me repugna.

—Prefieres, naturalmente, la variante del noviazgo. Una especie de limbo en el cual penetra una pareja después de haberse despojado de sus respectivos cuerpos y de no conservar, como los querubines, más que la cabeza y las alas, lo que les permite revolotear en torno del amor. Y revolotear por un tiempo indefinido, mientras el futuro se aclara y se hace posible el matrimonio. Te habrás fijado que al llegar a este punto de la historia los narradores siempre ponen punto final. Así que de la vida conyugal no sabemos sino lo que hemos observado en nuestro respectivos hogares.

A Cecilia la recorrió un escalofrío al presentársele, de pronto, la imagen de sus padres como dos guijarros que fueron desgastándose, poco a poco, en el roce cotidiano hasta no ser más que unos granos de arena esparcidos, arrebatados por el viento más ligero.

—¿Has hecho voto de celibato? —preguntó.

—Como Eneas, confieso que tengo otros compromisos que cumplir. No serán tan importantes como la fundación de Roma pero sí lo suficientemente serios como para que yo no tenga ningún escrúpulo en abandonar a cualquier Dido que se me atraviese en el camino.

—¿Es una advertencia?

—Sí. No te llames después a engaño. Yo no soy de los que prometen y, menos aún, de los que se comprometen.

—Ni yo soy de las que se atraviesan —repuso colérica Cecilia—. Sé caminar perfectamente sin salirme de mi carril.

—¿Tienes tanto miedo?

—¿Miedo de qué? Siempre he estado sola. Estoy acostumbrada.

—De jugarte tu soledad y perderla. De correr un riesgo.

—¿El del milagro? Los milagros siempre les suceden a los demás. No a uno.

—Si se hace un esfuerzo, si se intenta, puede resultar.

—Ramón, yo...

El tono de voz de Cecilia era suplicante pero en sus ojos había una expectativa tan intensa que desmentía la súplica.

—No te niegues. Aun en el supuesto caso de que todo resultara mal tú habrías crecido, habrías ganado en experiencia, en conocimiento de la realidad.

—¿Cómo se empieza?

—Teniendo confianza.

—Confianza en mí, supongo.

—Claro.

—¿Y tú? ¿Tú no me despreciarías... después?

Ese *después* tan incierto al que Cecilia temía implicaba la idea de una metamorfosis radical pero también ambigua. Y para sufrirla invocaba la asistencia del otro.

—No te desprecies tú, eso es lo único que cuenta.

La respuesta era congruente y otra, en boca de Mariscal, habría parecido falsa. Para no escuchar más Cecilia buscó, con la suya, esa boca despiadada y verídica y apretó contra ella sus labios. Al hacer este gesto supo que estaba poniendo en marcha un mecanismo irreversible pero no necesario. Y precisamente era de su contingencia inicial de donde emanaba algo de vagamente cómico y atroz.

8. Visita a la torre de marfil

Cecilia arrojó lejos de sí, con violencia, con irritación la pluma que hasta un momento antes había empuñado; rasgó la hoja de papel sobre la que estuvo intentando escribir y la tiró al cesto de la basura; hizo, en fin, todos esos gestos que dicta la impotencia y que se dirigen, no contra el obstáculo que somos incapaces de vencer, sino contra lo primero que se encuentra a nuestro alcance.

Su problema no era la pluma, no era el papel. Su problema eran las palabras. Desde hacía algún tiempo había comenzado a notar cierta resistencia entre las que antes habían acudido con tanta docilidad lo mismo a su boca que a sus manos. Ahora se dejaban pronunciar tan fácilmente como siempre. Pero si se trataba de servirse de ellas para redactar un texto huían en desbandada.

Cecilia no había aprendido aún las astucias del cazador, así que se lanzaba en la persecución de las fugitivas, desordenadamente, y abandonaba la presa señalada con tal de asir otra más próxima que, a la postre, escapaba también. Cuando, al fin de una carrera en la que había perdido el aliento y la paciencia, lograba detener entre sus manos algo (lo más menguado, lo más desprovisto de agilidad y de don de burlas, lo más vecino del desfallecimiento y de la derrota) descubría, con un horror y un asco que la obligaban a abrir los dedos y a soltar lo que detenían, que ese algo estaba ya muerto, en trance de pudrirse, inutilizable.

Su diario, el mismo donde, en mejores épocas, se había explayado anchamente para consignar el suceso más nimio, empezó a mostrar un panorama de lagunas, islotes breves que apenas bastaban para una posadura instantánea de la mirada que no llevaba a la inteligencia ni una brizna de conocimiento ni a la imaginación una figura ni a la memoria una prenda.

Cecilia se preguntaba qué diablos era lo que estaba pasando: si sus experiencias se habían vuelto más complicadas, tanto que se colocaban en un nivel hasta donde no alcanzaban sus aptitudes verbales o si estas aptitudes habían disminuido o si estaba exigiendo de ellas nuevas cualidades de las que hasta entonces había prescindido o nunca hizo caso.

Tal vez era todo junto y de poco le serviría desmenuzar, en sus múltiples elementos, un fenómeno que se resentía como parálisis. Cuando Cecilia descubrió los primeros síntomas cedió al optimismo de suponerlos transitorios. ¿Cómo era posible que ella, que en cualquier momento había sido capaz de llenar una página y otra y otra de escritura, se detuviera hoy en el umbral de la primera frase, indecisa ante el adjetivo (porque ninguno era lo suficientemente exacto), insegura de las concordantes, perdida frente a las bifurcaciones infinitas de los complementos indirectos? Sólo el sustantivo le había guardado fidelidad. Pero aún él, como los que esperan el cumplimiento de una inminencia en una postura incómoda y provisional comenzó a dar muestras de cansancio y de fastidio. Ya se paraba sobre un pie, ya sobre el otro; ya se sentaba; ya cruzaba la pierna izquierda sobre la derecha o viceversa; ya, en suma, se paseaba como fiera enjaulada, hasta que acabó por irse también, por desertar de una mansión en días idos bien abastecida, frecuentemente transitada y cuya fama de hospitalidad atraía, de lejanas regiones, grupos de peregrinos que no se marchaban inconformes después de una estancia que podían prolongar cuanto les pluguiese.

De esa mansión el único habitante ahora era el silencio. Un silencio que ya se había probado que era insobornable. Cecilia quiso eliminarlo por un método tan ingenuo que todavía hoy le causaba asombro: consultando el diccionario. Dio con una mina de materiales muy disímbolos y extraños. Supo cómo se llamaban muchos objetos inexistentes, inaccesibles, especializados; averiguó cómo se definían multitud de abstracciones de las que no tenía noticia más remota o de plano ninguna noticia; se enteró de la bastardía de muchos vocablos que ella había respetado hasta entonces como legítimos y de la legitimidad de otros que, desde siglos atrás, estaban —como las novias de pueblo, vestidas y alborotadas— sin que el novio se dignara venir a consumar el matrimonio.

Pero de aquella acumulación de curiosidades no se hilvanaba texto alguno que representara lo que ella quería decir. ¿Cómo (en el espacio casi imperceptible que separa el papel de la pluma ¿o es el que separa la pluma de la mano o la mano de la cabeza?) se filtraba tan abundantemente la falsedad? Y si no era la falsedad era una suerte de desvaimiento en los contornos, de palidez en los colores, de temblor en la atmósfera que tornaban imposible la evocación. Y si no, era una rigidez cadavérica la que iba invadiendo, uno por uno, los miembros todos de una oración hasta dejarla lista para el féretro, para la sepultura con su cruz encima. Y si no, era un torpeza en los dedos —pero no torpeza como la de los niños que se celebra como gracia, sino como la de los reumáticos que se lamenta como enfermedad— que dibujaba toscos perfiles, manchas burdas borroneos ininteligibles. Y si no, era una repentina proliferación, tan devoradora y maligna como la del cáncer y que, como ella, no permitía otra coyuntura sino la de la extirpación.

En resumen, el diario de Cecilia —al que cada vez le dedicaba mayor tiempo, una atención más exclusiva y encarnizada, un cuidado más primoroso— desmejoraba a ojos vistas, con gran desánimo de su dueña a quien ni siquiera le quedaba la ilusión de creer que lo que perdía en redactar lo ganaba en vivir, porque ella no daba por vivido sino lo redactado. Ay, y cuánto estaba escapándosele por esta malhadada rebeldía del idioma que ella no acertaba a sojuzgar; por esta triste condición suya, que tampoco atinaba a reducir. No confiaba a nadie sus desgracias por reputarlas inauditas. Pero su rareza era de las que han de ocultarse como una vergüenza, no de las que han de exhibirse como un privilegio.

Algo adivinaba Ramón, sin embargo, acerca del origen de aquellos humores cambiantes y más bien inclinados a la melancolía, de aquellas súbitas desesperaciones parecidas a las que amoratan el rostro de los que se asfixian, de aquella distracción continua que no era sino continua fijeza del pensamiento en un punto irresoluble o más bien inexpresable. Y de lo que adivinaba, menos quizá que de lo que él mismo sufría, hablaba a menudo. Pero Cecilia no reconocía la identidad de los sufrimientos a pesar de la exactitud de la descripción porque la descripción se hacía en un tono desapasionado y tranquilo del convaleciente que ha olvidado ya los sinsabores de las etapas más virulentas del mal y sabe que a éstas suceden alivios más o menos duraderos, mejorías firmes. Generalizaba, como era su costumbre, Mariscal. Y en esta generalización Cecilia se perdía a sí misma, tan pequeña, tan ignorante del aspecto exterior de su asunto como adolorida de sus entrañas llagadas. Y permanecía al margen, como si estuviese sola, sin haber entendido que su caso era típico, entendimiento que, a pesar de humillarla, la hubiera consolado.

Pero en vez de ello empezó a mirar con desconfianza a Ramón cuando se refería a esos temas como si estuviera tratando no de aclarárselos sino de escamoteárselos, de la misma manera que lo haría un prestidigitador hábil y tramposo.

Porque era claro que en la medida en que esos temas absorbían el interés de Cecilia la apartaban de otras preocupaciones, unas más inmediatas, unas más perentorias, entre las que se suponía que ocupaba sitio preferente su relación (conflictiva, para no señalar sino la índole, eludiendo los detalles) con Mariscal.

Y Cecilia, eludiendo el trabajo de observar directamente el carácter de quien estaba tan cercano a ella, ni medir la intensidad de unos sentimientos que tienen muchas formas de manifestarse, ni escuchar la formulación de unas convicciones siempre en proceso de afirmarse, había dictaminado, de antemano y de modo inapelable, que Mariscal había de ser, como todos los hombres eran, celoso, posesivo y dominante. Y que no toleraría rivalidades, por intelectuales que fueran, en el corazón (¿cuándo había apelado él al corazón? ¿Nunca? Pues era imperdonable que no lo hubiera hecho) de su novia.

Porque sí, a solas, cuando nadie la escuchaba Cecilia se titulaba novia, aunque el término le repugnara por cursi, por remilgado y, en última instancia en este caso concreto, por falso, aunque no dejara de seducirlo por tradicional, limpio y explícito. Mas para que su desdicha fuera completa y no hallara refugio tampoco en este terreno, Cecilia no había dado con una palabra que aludiera mejor a esa liga extraña que entre Mariscal y ella se había establecido y se mantenía y prosperaba desde la noche del parque.

Pero no fue la búsqueda de la palabra que sustituyera a "novia" la que la condujo al arrebato irracional de romper una página y arrojar contra el suelo una pluma (de cuya descompostura renegaría más tarde, en la alta noche, cuando no hubiera posibilidad ni de usarla de nuevo ni de suplirla) sino de otras que dieran fe de un hecho más reciente y —¿para qué negarlo?— más importante, que no lograba transcribir.

El poeta Manuel Solís, autor de un único libro —*Juego de espejos*— cuyo rigor formal, cuyo hermetismo habían desconcertado a la crítica hasta el punto de obligarla al aplauso unánime y habían actuado como un inflexible principio de selección entre los lectores, ahuyentando a los profanos y a los frívolos, desafiando a los avezados, proporcionando un emblema a los snobs, había consentido en recibirlos.

¿Cómo no eternizar tal acontecimiento en una crónica? La primera frase, que debía servir como punto de arranque, el cuerpo del delito que Cecilia acababa de destruir, decía: "La puerta de la casa a la que llamamos no tenía timbre."

Una frase rigurosamente exacta pero absolutamente desprovista de sentido. ¿Cómo, con qué medios —de los que ella aún no ejercitaba los mecanismos— apresar y transmitir ese aire obsoleto, esa altivez inválida, esa insinuación de mausoleo que emanaba de la falta de un utensilio tan vulgar como es el timbre?

El recién llegado jalaba una especie de anillo de metal, remate visible de una cadena gruesa que, siguiendo quién sabe cuáles vericuetos ocultos, iba a resonar en algún remoto sitio en el que alguien aguardaba. Como su tarea era ésa, aguardar, la mujer (porque tenía que ser una mujer, para soportar una encomienda tan pasiva) permanecía inmóvil, sentada sobre una silla de respaldo recto, con las manos cruzadas —sin abandono pero también sin reticencia— sobre el regazo. El sonido ¿de una campana? la haría salir de su ensimismamiento, de su letargo quizá y ponerse de pie con alarma. Se llevaría las manos, inútiles hasta entonces, al corazón, como para aplacar el desorden de sus latidos; luego, con el movimiento maquinal de quienes se adelantan al encuentro de una inminencia cualquiera, se alisaría el pelo y la falda y avanzaría por los corredores dormidos, procurando no despertarlos con la levedad de su paso.

Se detendría ante la madera que la separaba, que la protegía de la amenaza, de la confusión, del ruido de la calle. ¿Espiaría por una mirilla disimulada o tendría que conjeturar, a ciegas, guiándose únicamente por los rumores, por la insistencia del llamado —en caso de que la hubiera—, por la timidez, lista siempre a emprender la retirada, por el aplomo que sabe aguardar. Porque no parecía verosímil que la guardiana abriera así como así aquella puerta, rechinante por la falta de uso, a la primera demanda que podía ser, ay, tan decepcionante como la de un vendedor, tan lamentable como la de un pordiosero, tan peligrosa como la de un ladrón, tan esperada como la de un asesino.

Porque a aquella casa de retiro no se acercaría ni un pariente asiduo —desterrado por la mudez de la voz de la sangre— ni un amigo ocasional cuya veleidad estaba proscrita de antemano. Los visitantes provenían de otras regiones: de la admiración, de la atracción por la fama, del respeto, de la curiosidad, como habían llegado ellos.

El que lo condujo (ya fungiendo como Promotor de Actos Culturales de la Sociedad de Alumnos de la Facultad de Filosofía y Letras) fue Villela. Desde algún tiempo atrás, y por conductos que prefería mantener secretos, se le había conferido el privilegio de formar parte de la muy selecta y muy exigua corte que, más que romper, salvaguardaba el aislamiento de Solís. Un día a la semana, y durante un tiempo fijado con antelación y que no se sobrepasaba en ninguna circunstancia, esa corte iba a rendir homenaje a su soberano. Un soberano pálido de encierro y de enfermedad, taciturno por cálculo del empleo de su energía o exultante de ingenio y de mordacidad, con unas hermosas manos bien cuidadas que dejaba pender inermes y como en solicitud de un lugar de arraigo, de un claustro de refugio, de un gesto viril de apropiamiento y de posesión.

Los ojos de Manuel eran anchos y rasgados y borraban, con la viveza de su expresión, el resto de sus facciones como si sobre ellas hubiera caído el velo que cubre a las cautivas del harem. Hablaba con los ojos, sonreía con los ojos. Hacía que convergieran las miradas hacia sus cambiantes tonalidades de gris, hacia su chispa repentinamente encendida y fugaz y deslumbradoramente brillante; hacia su opacidad, en la que el desprecio se volvía insondable; hacia su codicia vergonzosa o tímida; hacia esa vecindad con las lágrimas, que ninguno había visto fluir nunca pero que todos habían presentido, temido, deseado, provocado, conjurado.

Porque el poeta era sensible aun a los signos más furtivos de la atmósfera. Se replegaba ante la hostilidad, aun aquella que mejor se escudara tras de la cortesía, como si ya fuera una agresión; volvía la espalda a la estupidez aunque frente a él se fingiera discreta; se inquietaba ante los que demostraban escepticismo hacia su obra, ante los fríos, como se inquietan las divinidades cuyos fieles no son muy numerosos; se exasperaba, hasta el paroxismo, junto a los incrédulos. Cierto es que nunca se había permitido el lujo de contemplar a un incrédulo cara a cara. Pero no podía permitirse la ingenuidad de poner en duda su existencia sobre todo cuando había llegado casi a materializarse en forma de reseña indiferente, de crítica desfavorable o, lo que era peor aún, de veneración insuficiente, de adoración tambaleante o de sumisión pretérita.

Nadie había presenciado el espectáculo, legendario ya, del poeta acosado por las furias. Pero, entre los integrantes del cenáculo, se señalaba a hurtadillas algún espejo del que se rumoraba que había sido roto por Manuel con los puños cerrados (de allí las innumerables cicatrices de suicida que ceñían sus muñecas como una ajorca) como si hubiera querido precipitarse más allá de su imagen, en busca de otra, de la verdadera, de la que no era visible para ningún ser humano, excepto él, y que luchaba por revelarse al través de unos versos que, según confesaba con amargura su propio autor, lo traicionaban siempre.

Al frenesí de aquellos accesos, al desangramiento, sucedía una lasitud bienhechora. Manuel dormía y era visitado en sueños por un ángel misterioso que jugaba a disfrazarse de adolescente pagano, de marino, de conscripto, de mesero, con el que compartía, entrañablemente y sin palabras, su secreto.

Al despertar, Manuel escribía con las manos aún pesadas de vendajes. Poemas que eran como la fragancia que deja tras de sí quien se ha marchado. Rastros sobre la arena de la playa que ha de borrar la ola que está henchiéndose para reventar y arrasarlo todo. Raya del vuelo en el aire que luego ha de cerrarse nuevamente sobre su virginidad intacta. Niebla sin volumen de la memoria que levanta y disuelve el ventarrón de lo actual. Recuerdo, sí, nunca la presencia que lleva en los labios la promesa mentirosa de la eternidad, esa promesa que creemos, que besamos.

Nostalgia de la fiesta concluida, de las guirnaldas marchitas, de las coronas pisoteadas. No la forma de los cuerpos que contienen, como una copa, la inconmensurabilidad de nuestro anhelo para que nos sea posible consumirlo a sorbos, con lentitud, con deleite. Nostalgia del que evoca el pasado y del que adivina un porvenir en el que se esboza ya el ademán triste de las despedidas.

Manuel había cerrado las ventanas de su casa para que no lo ofendiera ese irse continuo de todo, de todos. Había establecido un orden inmutable, decretado una quietud que le proporcionara la ilusión de perennidad que necesitaba. Alrededor suyo los objetos conservaban una disposición que no alteraría ningún capricho, que no cambiaría ningún descuido. El objeto estaba allí para testimoniar, aunque en voz baja y casi inaudible, contra Heráclito, para oponer a su río una resistencia cuyas aristas irían limándose imperceptiblemente. El objeto estaba allí para servir de dique a la angustia y de asidero cuando Manuel se siente naufragar en la corriente impetuosa que arrastra el universo. El objeto estaba allí para ofrecer, a los desvaríos de una imaginación fascinada por la ausencia, la señal que devuelve el rumbo a los extraviados.

El objeto, pues, tendía a multiplicarse. Era ese diván forrado de terciopelo oscuro que tan bien conocía los contornos de la fatiga de Manuel y las exigencias de su descanso. Era esa mesa cubierta con un largo mantel que ocultaba la forma de sus patas y sobre la que se posa una lámpara de luz tenue y un álbum de fotografías borrosas. Era esa alfombra de colores desvaídos por el uso. Era esa vitrina en la que se condensaba, en marfil, un paso de danza, un gesto de meditación, un impulso de entrega. Era esa vitrina en la que, como mariposas clavadas en pleno vuelo por un alfiler, se abrían abanicos multicolores. Era esa vitrina en la que un encaje precioso se detuvo en el instante mismo de su desintegración.

Alrededor del diván que, aunque situado en uno de los ángulos de la habitación constituía su centro, se hallaban esparcidos multitud de cojines de variadas figuras y tamaños y uno que otro asiento muy bajo, como para que el reposo en él sea transitorio. La diferencia de niveles señalaba la diferencia de jerarquías. La suprema ya no hay para qué decir quién la ocupaba. Las que le seguían de modo inmediato asumían más bien un carácter simbólico pues rara vez ha llegado un huésped digno de ocuparlas. Son las ínfimas las que acogen a los jóvenes devotos, ávidos, que ocultan celosamente la clave de la entrada y que sólo la transmiten a otro cuando el dueño lo autoriza o lo ordena, cuando hay que exponer a la asamblea el hallazgo de algo maravilloso, cuando es preciso llenar el hueco de un ingrato desertor, de modo que el número perfecto ni mengüe ni se exceda.

El soberano, el poeta, el dueño, Manuel, cavila pensando en las combinaciones posibles de sus invitados. Le gusta experimentar, reunir elementos disímiles, provocar reacciones extremas, aglutinar, dividir, jugar, arbitraria y disciplicentemente, con las pasiones de los demás. ¡Cuántas querellas se han suscitado en este salón, querellas que él preparaba con una minuciosidad de alquimista y a cuyo desarrollo inexorable asistía con una satisfacción de profeta! ¡Cuántas simpatías atizó pero colocándose enmedio de los polos como el imán que los acerca! ¡Y cuántas veces retiró, porque sí, su cualidad aproximadora para permitir que creciera una distancia sobre la que reinaría, nuevamente, su voluntad absoluta!

La atmósfera del salón conservaba las altas temperaturas alcanzadas por la inteligencia o por el entusiasmo; retenía las vibraciones eléctricas de los encuentros y de las rupturas; atesoraba los ecos de conversaciones extinguidas en las que los más ilustres nombres del idioma resplandecieron como joyas.

Le era difícil al poeta respirar fuera de la atmósfera de este salón a la que cargaba aún más con perfumes y sahumerios. Y les era igualmente difícil a los recién venidos acostumbrarse a esta densidad cuyos elementos eran ya indiscernibles.

Manuel permanecía, ante sus huéspedes, recostado en el diván. No se ponía de pie ni para recibir ni para despedir a ninguno. Se hacía perdonar esta negligencia aduciendo motivos de salud. Pero lo que verdaderamente le preocupaba era no descomponer una apariencia cuyo equilibrio, cuya armonía, cuya belleza, había alcanzado después de innumerables y laboriosos ensayos y que exhibía a los visitantes como se exhibe el adorno más preciado de la casa. Observaba, en los rostros ajenos, el éxito de sus esfuerzos y distendía sus músculos cuando el signo era aprobatorio, con el alivio del condenado a muerte que, a última hora, recibe el indulto.

Pero esta situación duraba apenas unos instantes porque, gracias a una rápida maniobra en la que Manuel había logrado el más exquisito virtuosismo, colocaba al otro en el banquillo del reo y se erigía en juez. Un juez que juzgaba a distancia y sin benevolencia pero también sin animadversión. Después de una larga mirada apreciativa al grupo, musitó:

Oh, juventud, ojos de esmalte, fijos
en lo que es, en lo que no es la muerte...

Villela se apresuró a traducir estos versos a sus compañeros.

—El poeta está contento con el recato de nuestra actitud.

Sergio se alzó de hombros como para indicar que ninguno se hubiera atrevido a cometer indiscreciones ante una personalidad como la del dueño de la casa, que ahora externaba conceptos menos sibilinos.

—Suelen los jóvenes no reconocer jerarquías ni respetar santuarios. Gracias a su ceguera, a su precipitación, se destruyen muchos falsos ídolos.

—Pero sería paradójico, maestro, que usted amara a alguien por sus méritos.

—Los méritos de la juventud son sus defectos. ¿Y quién te ha autorizado a pensar, presuntuoso, que yo amo a los jóvenes?

—Lo dicen sus poemas.

—La función de la poesía no es autobiografía. Por otra parte no se propone nunca ser veraz.

—¿Qué es lo que se propone? —quiso saber Mariscal.

—Nada. A semejanza de la vida es un acto sin sentido. Y la falta de sentido no impide ni que la poesía ni que la vida continúen y se propaguen. Al contrario, parece que es su condición propicia. Tal vez cuando encontremos un fin para la vida, una razón para la poesía, prefiramos morir o callar.

—¡Maestro, por favor! —interrumpió presurosamente Lorenzo.

—He estado a punto de hacer una cosa u otra, muchas veces. Porque he estado a punto de asirme a cualquiera de esas soluciones que ofrecen la religión o la filosofía o la ciencia. Pero me he detenido, siempre a tiempo, en el umbral. ¿Por instinto de supervivencia, me pregunto? ¿O por simple pereza ante el cambio? Aunque la tentación sigue allí, inmune a los conjuros y, periódicamente, como la hidra de la fábula, regenera sus cabezas. Morir, por lo menos, debería de ser un asunto menos estrepitoso y de mal gusto que nacer.

El poeta volvió su cara de inmortal hacia la pared, con el mismo gesto de los moribundos, para subrayar su repugnancia por ellos.

—Entre ambos estrépitos hay que levantar altares al silencio. Porque la poesía no es voz, como creen los charlatanes, sino silencio cristalizado, preservado de la destrucción, para que se transmita a los hombres de la posteridad y ellos lo recojan y lo guarden como lo único que sus antepasados pudimos legarles. Lo único nuestro que valía.

De pronto, abandonando con una volubilidad que era también una máscara del valor, el papel de oráculo Manuel asumió el de anfitrión y dijo, con una sonrisa sin destinatario.

—Pero estoy aquí, monologando en vez de escucharlos. ¿Qué sorpresa puedo dispararme ya a mí mismo, si me conozco hasta la náusea? En cambio cada uno de ustedes es un enigma que se me propone, un desafío que acepto. ¿Habrá que pedirles, recordando al clásico "que hablen para que los vea"?

Todos enmudecieron. En Cecilia un rubor excesivo delataba la palpitación de las frases que no se atrevía a pronunciar. Sergio se esforzaba, febrilmente y en vano, por decir algo que mostrara las galas de su ingenio y la búsqueda imponía una rigidez anormal a sus facciones. Villela los observaba con ojos irónicos de conocedor. Sólo Mariscal replicó:

—Usted ha dicho, refiriéndose a la poesía...

—Puntualicemos: a mi poesía. ¿Qué voy a pretender dictaminar yo sobre generalidades?

—... a su poesía, de su indiferencia hacia la verdad.

—¡Indiferencia! ¡Qué mal me ha comprendido usted! Odio a la verdad. Miedo cerval. El poema, en mi caso, es un expediente desesperado para encubrir lo que debe permanecer oculto.

—¿Por qué?

—Porque es de tal naturaleza que la luz lo destruye.

—¡El pecado! —concluyó, sin poder evitarlo, Cecilia.

Manuel la miró con esa perplejidad que suscita el nacimiento de la indulgencia.

—He aquí un típico ejemplo de la intuición femenina. En efecto, señorita, es el pecado. Se trata, pues, de un hecho de orden moral, no lógico.

—Pero aun así —insistió Mariscal—, es un hecho que al transmutarse en poesía, en su poesía, se vuelve palabra. Y la palabra está provista de significación y las significaciones se rigen por la lógica.

—¡Basta! —exclamó Manuel, exagerando cómicamente su horror al cubrirse el rostro con las manos—. Yo no soy un ser de discusión sino de comunión.

Y luego, descubriéndose de pronto, como si pretendiera encontrar a su antagonista en falta:

—¿Conoce usted mi obra?

Mariscal repuso con aire aplicado y modesto.

—La he leído.

—Y no dudo que lo habrá usted hecho concienzudamente y que no habrá soltado el libro hasta tener la plena certidumbre de haberlo entendido. Pues bien, se ha equivocado. La lectura de la poesía no debe ser un esfuerzo del entendimiento sino un abandono de la voluntad. Hay que cesar de resistir, soltar nuestras amarras y dejar que el poeta nos arrastre en la corriente lírica. Yo, durante algún tiempo, me engañé creyendo que la poesía operaba en nosotros como por una especie de contagio. Ahora sé que es un acto de avasallamiento. Es preciso vaciarnos de nosotros mismos para que el otro, que nos habitará un instante, halle una atmósfera limpia, un espacio disponible. Su estancia ha de ser grata ya que siempre será demasiado breve.

Manuel suspiró como para lamentar la fugacidad.

—Y después de la partida queda lo que queda cuando se marcha la luz, cuando se desvanece un sueño. Según este señor —dijo, lanzando a Mariscal una mirada resentida—, este señor que, a semejanza de los griegos prefiere los argumentos a los milagros, eso no será nada.

Mariscal pasó por alto la provocación para insistir en el punto que le interesaba.

—El poeta, usted, exige mucho del lector. ¿Pero qué pone de su parte para facilitarle la maravillosa experiencia que ha descrito?

Manuel pareció ofendido.

—¿Se pretende que descienda a lo obvio? ¡Nunca! ¡Que hablen en necio los que quieran dar gusto! ¡Yo jamás he aspirado ni a compartir ni a comunicar nada a nadie!

—Y sin embargo publica sus libros.

—Es la consecuencia natural, después de haberlos escrito. Lo que carece de justificación es escribir. Las demás incongruencias se dan por añadidura. ¿Pero se puede evitar escribir? ¿Se puede evitar nacer?

La pregunta, evidentemente, era retórica, así que Manuel no esperó respuesta para continuar hablando.

—Alguien nos expulsa, nos profiere; nosotros, a nuestra vez, proferimos algo. Son manifestaciones de una fatalidad que aborrece, no entiendo por qué, a la nada. Es necesario obedecerla y yo, aunque a regañadientes, obedezco. Por lo demás no acertaría a esquivar, aunque quisiera, al primer lector. Podría, si acaso, mantenerlo reducido a único: yo.

—¿Conoce usted su obra?

La impertinencia que encerraba la pregunta de Mariscal recibió su inmediato castigo.

—Iba a decir que la conozco tan mal como usted, pero esa aseveración resultaría exagerada. La conozco tan mal como cualquier especialista. A fin de cuentas el autor no es más que un lector que ha tenido el dudoso privilegio de asistir al proceso de la elaboración del texto.

—En ese proceso habrá sorprendido algunos secretos.

—Algunos trucos. Pero también los trucos ajenos saltan a la vista. Es cuestión, más que de malicia, de costumbre. De cualquier manera no deja de ser curiosa esa sensación de extrañeza, de despego profundo, hasta de asco, ante algo que unos momentos antes era parte que integraba nuestra persona. Parte entrañable, como dirían los sentimentales. Y al desprenderse y convertirse en un objeto independiente, autónomo, ajeno, olvidamos todo: su origen, su gestación, hasta la fatiga y la suciedad entre las que ha salido a la luz. Porque el trabajo literario, contra lo que muchos imberbes y hasta algunos barbados creen, es fatigoso y sucio.

—Pero la fatiga, lo que usted llama la suciedad ¿no se compensan con creces al final?

—Me temo que no haya nunca un final. Hay pequeñas treguas. ¿Le parece alentadora la que se nos concede cuando medimos la diferencia abismal entre lo que nos habíamos propuesto hacer y lo que, a la postre, hemos hecho?

—Después.

—¿Cuando los críticos señalan el error de sintaxis que se deslizó sin que lo advirtiéramos o sin que pudiéramos remediarlo? ¿O lo que es peor aún, cuando los críticos aplauden la corrección impecable de nuestro estilo? Y conste que estoy suponiendo un crítico imparcial, que no se encierra en sus prejuicios, que no condena por antipatías bastardas, que no exalta por espíritu de compañerismo, que sabe lo que trae entre manos. Un crítico, en resumen, imposible.

—Cuando el libro llega a su destino: cuando lo lee ese joven secreto, que decía Mallarmé:

—Ese joven secreto sería, en principio y en nuestro país, un analfabeta.

—Puede superar esta condición.

—Pero no otra, bastante más frecuente de lo que usted cree: la de imbécil. En el primer caso nos ignora; en el segundo nos traiciona. ¡Y hay tantas maneras, y tan sutiles, de traicionar! Ya descubriendo un misterio insondable en la evidencia de cada vocablo; ya señalando una alusión oculta en la frase más directa; ya esgrimiendo un sentido, inaccesible para los no iniciados, en la línea más sencilla. Y, claro, el exégeta se apresurará a ofrecer una interpretación tan rebuscada como inútil.

—¿Y el éxito, maestro?

—¿Cómo quiere usted que yo hable de lo que no conozco? Y, sin embargo, le diré que el éxito no es sino una serie de pequeños fracasos sabiamente administrados.

—Ya alguien había descubierto —arriesgó el Desventuradillo—, que la cantidad se transforma en calidad.

—Pero, en este ramo, es esencialmente importante el asunto de la magnitud. El fracaso ha de ser exactamente del tamaño adecuado. Ni tan insignificante que ninguno alcance a darse cuenta de él ni tan enorme que abrume con su evidencia. Talla mediana, de modo que un juicio adverso pueda parecer, a los que desconocen las reglas del juego, dictado por la

envidia, por el rencor, por la desconfianza. ¿Quién suscita sentimientos semejantes? Sólo alguien que existe y
cuya existencia es tan rotunda que opaca y pone en
peligro la existencia ajena. En resumen, alguien temi-
ble, es decir, admirable. Alguien cuyo nombre evoca la
idea de la fuerza, de la audacia, del coraje. Alguien a
quien quisiéramos coronar como triunfador...

—... aunque no sea más que para aplaudir la
derrota de sus contrincantes.

—Ha llegado usted, antes que yo, al término
de mi exposición.

—¿Exposición o autobiografía, maestro?

—¡Dios me libre de la popularidad y sus acechanzas, de la fama y sus trompetas! Vivir quiero conmigo... ya que no me es permitido vivir con aquellos
a quienes mi corazón elige.

Todos callaron como se calla ante un secreto:
los que lo saben para fingir ignorancia y los que lo
ignoran para aparentar conocimiento. Y la índole del
secreto parecía ser dolorosa porque Manuel extremó
la rapidez y la vivacidad de su ingenio para imprimir
otro sesgo a la conversación.

—Por lo demás ¿quién es popular en México, si
exceptuamos a los cómicos y a los toreros? Nadie. Ni
siquiera los políticos. Y es el colmo, porque la popularidad es su primera obligación y su único oficio.

El desprecio con que Manuel hablaba del político era el que el inmoral reserva al delincuente y
algo en su entonación debió haberle recordado a
Cecilia la de su padre cuando disertaba sobre los mismos temas, aunque allá el desprecio tuviera otro origen: el del contemplativo hacia el hombre de acción.
Pero la similitud no se le puso de manifiesto porque
Manuel y su padre eran, a sus ojos, hombres de una
especie no sólo diferente sino incompatible, habitantes de planetas cuya distancia volvía impracticable la
comunicación.

Tampoco encontró que el término "político"
pudiera aludir a ningún conocido suyo, ni siquiera "al
de la voz" y menos todavía a Alberto Ruiz ni a cual-

quiera otro de los que integraban el grupo. Y no porque alguna parte de sus actividades no fuera susceptible de clasificarse así sino porque su insignificancia las ponía a salvo de toda clasificación. A pesar de ello, por una caprichosa asociación de ideas, al decir Manuel "los políticos" Cecilia recordó los incidentes de la campaña que el grupo había desarrollado para llevar a Alberto a la Presidencia de la Sociedad de Alumnos de la Facultad.

"El de la voz" los proveyó generosamente de propaganda escrita en la que, de modo equitativo, se exaltaban las virtudes de la planilla encabezada por Ruiz y se denigraba a sus rivales. Si en el terreno del ditirambo procuraban no excederse para no caer en lo inverosímil, en el del insulto parecían no hallar barreras, porque nada es indigno de crédito a los demás cuando se trata de los vicios y de las llagas de los otros. Pero "el de la voz" tenía bastante experiencia como para saber que resulta más eficaz la insinuación de una vaga irregularidad (que cada quien configurará a su gusto y en la medida de sus posibilidades) que el señalamiento de un punto concreto, aunque sea universalmente condenable. Así que alrededor de los oponentes de Ruiz se difundió una tornadiza y pegajosa niebla de sospechas que lo mismo se condensaba alrededor de la incapacidad intelectual que se disolvía para hacer su núcleo sobre la honradez en el manejo de los dineros, que se deslizaba hasta las preferencias sexuales, los compromisos secretos, las colusiones nefandas, las costumbres ridículas.

Alberto, a su vez, fue objeto de esta táctica y aun sus más allegados rieron con las bromas sangrientas improvisadas a su costa, dudaron de su integridad, se levantaron de hombros cuando alguno solicitó un testimonio favorable.

Quizá Susana (por motivos privados) fue la única que mantuvo incólume su fe y que lo vio alcanzar el triunfo —por un amplio margen de votos— (comprados, según los maledicentes, exigidos con violencia según los espíritus prácticos) como si no lo hubiera salpicado la más minúscula partícula de lodo. Los demás integrantes de la planilla —Cecilia entre ellos— se avergonzaban un poco de representar el papel de comparsas de un hombre al que no respetaban pero ninguno tuvo la decisión precisa como para apartarse oportunamente de la ola de acontecimientos que se precipitaban.

Una vez electos cada quien procuró cumplir con la parte del cometido que le correspondía, cuidando con un escrúpulo que daba abundante materia de sarcasmos "al de la voz" que sus actividades quedaran muy estrictamente delimitadas y distinguidas de las actividades ajenas para que, a la hora de hacer un balance, no pudiera achacárseles acciones de las que se negaban, desde el principio, a compartir la responsabilidad.

La primera medida acordada por la asamblea (¿fué el voto de la asamblea o la insinuación de "el de la voz"?) resultó ser un acuerdo para celebrar el éxito de la campaña con un gran baile. Susana, como tesorera, firmó los contratos con las dos orquestas más caras de México y tuvo que poner de su bolsa el anticipo que exigieron. Si alguna vez se preocupó por este gasto la preocupación tuvo que desvanecerse ante la demanda cada vez mayor de boletos cuyo precio —alto— debería dejar un margen de ganancia suficiente para constituir el fondo con el que empezaría sus operaciones la Sociedad.

Pero la recaudación del dinero se hizo bajo la supervisión del "Buey Mudo" y Susana no pudo evitar que alumnos de otras facultades, desconocidos, tipos a los que después le sería imposible identificar, metieran mano a la caja y la sacaran llena de billetes que ni el "Buey Mudo" ni sus ayudantes se tomaban el trabajo de contar.

Así fue como, al fin de la jornada, no sólo no se alcanzó la cifra para pagar los gastos (ay, de las ilusiones de la ganancia más valía no volver a acordarse) sino que todos los integrantes de la Mesa Directiva tuvieron que contribuir, según sus posibilidades, según la compasión que les despertaba Susana, para cubrir el saldo de la orquesta que, de quedar insoluto, podía acarrear consecuencias penales.

A esta última etapa de la fiesta ya no asistieron ni "el de la voz" ni ninguno de sus ayudantes. Pero su ausencia no desató la lengua de los miembros del grupo en improperios que los ofendieran. Admitir que habían sido usados como instrumentos, engañados y robados, era admitir su propia vanidad, su inexperiencia y su inoperancia. Y todavía querían confiar en un futuro que les restituiría el aprecio de sí mismos tan artera y fácilmente arrebatado.

Para quien este futuro remunerador se presentaba más remoto era para Alberto, pues continuamente faltaba a clases para asistir a perentorias juntas convocadas por "el de la voz", juntas de las que hablaba a sus compañeros como quien rinde un informe, pero usando giros tan vagos y conceptos tan generales que lo único que transmitía a su auditorio era —si lo admiraba— la noción de que había participado en un rito misterioso. Y si lo despreciaba la de que no se había enterado de nada de lo que sucedía en torno suyo.

Lo único que podía sacarse en claro era que su función consistía en apoyar las candidaturas de ciertos consejeros técnicos o universitarios y la de prometer el respaldo a ciertos proyectos de huelga o de algún otro movimiento de protesta. Los motivos para el apoyo eran, siempre, la evidencia de los méritos de los candidatos; y para el respaldo la justicia de las causas por las que se pugnaba. ¿Quiénes eran esos candidatos? Decir su nombre equivalía exactamente a no decir nada, pues ninguno los conducía y por ellos todavía no hablaban sus obras. ¿Cuáles eran esas causas? Nadie persistía en averiguarlo si para ello era preciso arrostrar el riesgo de la oratoria de Alberto, que había sufrido —bajo las nuevas, persistentes e inmediatas influencias a las que estaba sometida— una evolución. Aunque su verborrea había acabado por aglutinarse alrededor de ciertas consignas estereotipadas esto no había redundado en bien de la claridad, sino al contrario. Lo contundente de una sentencia producía la ilusión pasajera de que encerraba una idea pero, ay, al desmenuzar esa sentencia no quedaban sino retazos mal hilvanados de los más manidos lugares comunes de la jerga política. Y ese hilván, precipitado, provisional, casi siempre unía retazos contradictorios que se despegaban con el roce más leve.

Pero como la lógica no era el fuerte de Ruiz permanecía impertérrito emitiendo sus discursos porque ya ni siquiera Mariscal se tomaba la molestia de pedirle explicaciones.

Por tácita unanimidad el grupo había decidido que Alberto (y Susana, que cada día se convertía más en una excrecencia suya) pertenecían a un mundo tan ininteligible como deleznable. El resto permanecía en su ambiente natural y allí, bajo la iniciativa segura de Villela, procuraban cumplir con decoro las obligaciones que habían aceptado ante sus condiscípulos y, sobre todo, ante sí mismos. ¿Podía esperarse de ellos originalidad alguna cuando sus predecesoras habían agotado todas las formas de divulgación de la cultura? No. Repetirían los ciclos de conferencias, los conciertos, los concursos rematados en una flor natural, las exposiciones, etc. Pero superarían a quienes los antecedieron en la calidad, en el nivel, en el prestigio de los participantes. Por eso habían organizado una peregrinación a casa de Manuel Solís, para suplicarle de rodillas que inaugurara una serie de recitales con la lectura de su obra inédita. Si lograban su aquiescencia se apuntarían un tanto en su favor que ninguna otra Mesa Directiva de ninguna otra Sociedad de Alumnos de ninguna otra escuela en ninguna otra época era capaz de ostentar. Porque la fama de Solís era también la fama de su huraña y de su apartamiento sistemático de las ocasiones en que fuera posible establecer contacto con el público.

Villela jugaba la carta de su simpatía; Mariscal había pensado hacer una apelación a su conciencia pedagógica; Sergio estimularía convenientemente su vanidad; Lorenzo invocaría al Espíritu Santo y Cecilia cantaría aleluyas, cada quien en el momento oportuno. Pero ese momento o no se presentaba o era ahuyentado por divagaciones que nada tenían que ver con el objeto de la visita pero que ninguno se atrevía a interrumpir.

La interrupción vino de fuera. Alguien abrió la puerta como para que entrara el silencio. Avanzó y, de pronto, Cecilia tuvo frente a sí, humeante, olorosa, una taza de té que sostenía una mano descolorida y blanda. ¿Era la misma mano que había descorrido el cerrojo que separaba esta casa del resto del mundo? Desde su punto de observación (a Cecilia se le había señalado un cojín porque carecía tanto de rango como de antigüedad que la hicieran merecedora de ocupar otro asiento) podía distinguir perfectamente los rasgos de esa mano: su finura original sobre la que se habían inscrito, de modo indeleble, las huellas de trabajos, de lejías, de intemperies, mas no para afearla sino para dotarla de ese resplandor, tantas veces intolerable, de la virtud: el cumplimiento asiduo de los deberes; la laboriosidad, que la rescataba de cualquier censura, de cualquier fallo adverso que, sobre todo si pretendía fundamentarse en argumentos estéticos, tenía que resultar ilícito y aún frívolo.

De aquella mano, amiga íntima de los objetos que trataba —y que Cecilia hubiera querido besar como homenaje a una amistad que ella no acertaría nunca a establecer—, recibió la taza con un ligero temblor tintineante. De arriba descendían preguntas, descoloridas también, y suaves. ¿Azúcar? ¿Crema? ¿Limón? Cecilia respondía al azar, impaciente de que aquella figura se desplazara a otro sitio desde donde pudiera ser abarcada en su totalidad.

Al fin se logró la síntesis: era una mujer a la que, en un impulso irreflexivo, se le habría llamado joven y, después, todavía joven y, por último, no se habría llamado un calificativo exacto que aplicarle a aquella marchitez detenida (¿o provocada?) artificialmente, como la de los pétalos que se guardan entre las páginas de los libros.

Una mujer que contrapesaba la desnudez de afeites de su rostro con la modestia de unos párpados siempre bajos, siempre en el trance de obligar a la mirada a que se humillara hasta el suelo y aún más allá.

La cabellera que, suelta, debía ser hermosa porque era aún abundante, renegrida y larga, se trenzaba en un moño apretado contra la nuca. Y la nuca estaba severamente cercada por el cuello de una especie de hábito monjil, burdo, oscuro que, al descender, iba borrando, una por una, las líneas del cuerpo que cubría, hasta convertirlo en una superficie plana. Plana era también la suela de los zapatos cuya tosquedad de hechura hacía doblemente meritorio e inexplicable la ligereza y el amortiguamiento del ruido de su paso.

Atendía esta mujer a los huéspedes del poeta con una solicitud que, en parte, era atribuible a la destreza que da la costumbre, pero que hallaba su origen más profundo en la conformidad con el desempeño de este quehacer. No, no era la eficiencia de los criados, bajo la que subyace siempre un rescoldo de hostilidad. Era un género superior de obediencia y cuando Cecilia oyó al dueño de la casa llamar hermana a aquella mujer —en la que el parentesco se reveló, de pronto, como una gran semejanza física— supo que no era una obediencia directa a los mandatos fraternales sino al dictado remoto de la madre, acaso ya desde mucho tiempo antes difunta. Un dictado, un susurro apenas audible porque el paso de los años había ido apagándolo pero que, desde el principio, colocó a esta criatura secundaria, irrevocablemente, bajo la potestad del mayor, vedándole contemplar nunca, y cara a cara, su destino. Pero no fue rebeldía sino gratitud lo que germinó en aquella alma femenina que supo transmutar su servidumbre en servicio y su sujeción en amor.

Marta, la apodaban por su diligencia y por su piedad. Y a esa diligencia recurría el hermano y en esa piedad se apoyaba, sin la menor desconfianza, sin el menor remordimiento, como quien sabe de cierto que su persona se prolonga, sin solución de continuidad, en la persona del otro.

Así, aunque Marta hubiera sido apartada desde la infancia, con un celo inflexible (que primero mantuvo su madre y después su hermano) del contacto con lo que pudiera nutrir su inteligencia o excitar su imaginación o estremecer sus sentidos, Marta era la confidente de las tribulaciones de Manuel. Tribulaciones de creador, cuyo mar fluye y refluye bajo el imperio de un astro desconocido y distante. Tribulaciones de hombre famoso, expuesto a la mirada del público, al ensañamiento de los rivales y al vituperio de los enemigos. Tribulaciones de un cuerpo demasiado frágil, que no firmó nunca largas alianzas con la salud (a la que, en el fondo, rehuía con desdén) y en el que cada víscera era una transitoria desertora del anonimato de sus funciones, una insolente que se erguía para exigir a la conciencia que se volviese a ella y la conociera. Tribulaciones de una sensibilidad caprichosa, variable, arbitraria, pero, ay, siempre despierta, siempre activa, siempre vulnerada. ¡Y qué flechas la traspasaban, Dios santo! Cuando Marta se aplicaba a curar alguna de aquellas heridas hallaba lodo mezclado con la sangre. Pero su caridad corría en auxilio de su inocencia y entre las dos cubrían la llaga con un velo y ya no se preocupaban más de que sanara cuanto antes y de que el dolor cesara y el bienestar volviera.

De este modo Marta halló la plenitud en un ejercicio vergonzante de la maternidad. Y vergonzante porque Marta se ocultaba a sí misma el título de su abnegación, de su ternura, de sus sacrificios. Por miedo a dar qué recelar a la madre legítima, no verdadera, que la verdadera no podía ser otra sino Marta.

Pero, como en el juicio salomónico, Marta temía que la usurpadora, aun después de muerta, acertara con el camino para regresar a exigir sus derechos, la parte del hijo que le correspondía, sin ceder un ápice, aunque para ello fuera preciso llegar hasta el descuartizamiento. Tal era la amenaza que había que conjurar con gestos equívocos, con palabras falaces, con la representación de un drama en el que los personajes aparecían protegidos con un disfraz, parapetados tras una máscara.

La opinión ajena no le importaba a Marta. ¿Quiénes eran los otros para ella? Fantasmas que su hermano invocaba cuando quería poblar su soledad de presencias y de voces; fantasmas que se desvanecían a una orden de su suscitador. Fantasmas invisibles para la atención de Marta, concentrada en otros objetos y ante los cuales ella discurría —con ese proceso de ideación tan propio de las mentalidades infantiles— con el descuido de quien se cree no observada.

Sólo había alguien a quien no era posible colocar en este orden fantasmagórico porque, en primer lugar, no había sido inventado por Manuel sino por ella. Y luego porque tal invención acabó por transformar su constancia en densidad. Se trataba de su confesor, el oído que, semana a semana, escuchaba las contricciones y arrepentimientos y promesas de la penitente.

Los pecados de Marta eran de omisión. Y la suma de omisiones que presentaba semanalmente tenía que dar por resultado la imagen de una hermana desidiosa, abúlica, que arrastra a regañadientes el fardo heredado de sus obligaciones y del que no atinaba a desembarazarse de una vez por todas. Que desahogaba, en quien suponía causante de sus desdichas, en su hermano, su tristeza de hembra sin compañero, la esterilidad de su vientre, la cerrazón total de su futuro. En suma, componía la clásica estampa española de la solterona útil, de la Ifigenia a quien el egoísmo familiar destina, sin su consentimiento, como víctima propiciatoria de los dioses patriarcales.

El confesor, el receptáculo amorfo del bisbiseo que se deslizaba semanalmente entre los intersticios labrados con primor, de la reja, se figuraba —si acaso— que estaba absolviendo a una Antígona gruñona de impotencia junto a un cadáver insepulto. Pero nunca a una Electra inflamada de rencores pretéritos. Y menos aún una Tamar seductora y seducible. Contra ambas habría fulminado anatemas, dictado exilios y amputaciones. Pero aun para ellas habría encontrado un arquetipo, una referencia, un nombre en las Escrituras, en esos mitos antiguos que Marta oía narrar, con tanta frecuencia, a su hermano. Pero si a ella la colocaron bajo la advocación de una de las santas mujeres que acompañaban a Cristo fue, precisamente, para proponerle un dechado de conducta, para marcarle un cauce a sus acciones, un rumbo a sus sentimientos, un límite a su condición.

Mas he aquí que ella rompía los moldes y establecía con Manuel (¿a espaldas suyas? Hubiese preferido creerlo así; pero no estaba segura y temblaba a todas horas por su secreto. Si había sido sorprendido, si el otro lo compartía, más que un juez o que un testigo había encontrado en él a un cómplice) una relación que ella se complacía en llamar, con una sonrisa de disculpa, la de Noé y el arca.

Mientras afuera diluviaba ella se convertía en un refugio sólido y sagrado en el que había lugar para todas las criaturas, juguetes con los que Manuel entretenía su soledad y engañaba su tedio.

Y cuando el diluvio cesara... ¿Mas para qué atormentarse pensando en un futuro que se cumpliría según un plazo establecido pero remoto? Valía más consumirse en los afanes diarios. Ama de llaves. Sí, así habrían llamado hoy los Evangelistas al conjunto de menesteres atendidos por Marta. Si era la dueña del don de Dios, ¿cómo iba a pesarle andar entre los pucheros de la cocina vigilando su hervor y su punto para ofrecerlos después como un agrado? Cuando planchaba olía con fruición aquella fragancia de limpia humedad que exhalaban las ropas que tocaron la piel de su huésped. Cuando entraba en una habitación vacía era para hallar tibiezas aún sin extinguir, sombras semidesvanecidas, ecos resonando. Con una sonrisa de expectativa feliz aguardaba el retorno que le prometía un libro olvidado, que le anunciaba una página escrita a medias. Marta acariciaba, con la punta de los dedos, esa superficie, ininteligible aún, borroneada y llena de tachaduras, que alguna vez se le confiaría para que la pasara en limpio.

Sabía tocar esas llagas abiertas, esos nervios exasperados. Y también los otros, los del cuerpo. Enfermera de largas velaciones nocturnas. Y en la convalescencia, lectora, narradora que improvisa fábulas, prestidigitadora que mantiene en vilo la atención infantil de su auditorio. Pero también la que recoge el soliloquio atormentado del hombre que se obstina en penetrar el misterio y que es mil veces rechazado. Pero también la que asiste a la ceremonia silenciosa en la que la víctima se prepara lúcidamente a morir, a bien morir.

¡Qué absurda, no, qué imposible habría sido, en aquella proximidad última, una reserva, una fisura! Manuel no le ocultaba a Marta lo que no se ocultaba a sí mismo. Ni sus debilidades, ni sus caprichos, ni sus desfallecimientos, ni sus búsquedas, por humillantes, por fugaces, por profundas o por infructuosas que fueran. Entre los dos esto, y lo demás, todo, era tema de confidencia y ocasión de silencio. Callaban embargados por la misma angustia, por la misma perplejidad, por el mismo desdén, por el mismo gozo. Y el vínculo que los unía entonces, soterrado, era más fuerte, más inmediato que el de la palabra.

Porque la palabra anda de boca en boca era por lo que Manuel no toleraba que ningún tercero profanara el ámbito de su intimidad dirigiéndose a Marta con un comentario, con una aseveración, con una pregunta. La presencia de su hermana debía de estar siempre rodeada de mudeces respetuosas. Sólo hasta que se alejaba y salía, sólo hasta que la puerta se había cerrado tras ella se permitía el retorno, tímido, del rumor. Un rumor confuso que lentamente se iba articulando hasta que el mismo Manuel daba la señal de que la veda había sido levantada y casi siempre esa señal era el principio de una disertación suya.

—No hay más que dos experiencias humanas dignas de que alguien se tome el trabajo de convertirlas en poesía, es decir, de reducirlas al orden, a la perfección, a la exactitud. Porque, además, esas dos experiencias en su estado puro son intolerables. Me refiero, como es natural, al sexo y a la muerte.

—¿Intolerables? —repitió al pie de la letra, Lorenzo. Pero si todo el mundo, de una manera o de otra, las practica.

—Las padece y eso hasta cierto punto —precisó Manuel. Son raíces que medran bajo una espesa capa de prejuicios, de ilusiones, de conceptos equívocos. Sacar esas raíces a la luz es correr un riesgo muy grave y con muy escasas probabilidades de éxito. Porque resulta que tanto el hecho sexual como la muerte son inefables. Quiero decir que suceden en el nivel de la fisiología y que hasta allí no desciende ni la conciencia ni su instrumento, el lenguaje. Eso no lo ignora ni el principiante más desprovisto de rima y de olfato. ¿Pero cómo procede, a partir de esa certidumbre? En sentido contrario al que le dicta la consecuencia consigo mismo. En vez de aceptar que se ha topado con un obstáculo insuperable finge o que el obstáculo no existe o que lo ha vencido. Y escribe. No sobre el sexo y la muerte, porque eso no es posible, sino sobre lo que sustituye esos elementos primarios, constitutivos de nuestra estructura, por construcciones superficiales y accesibles. Así se inventa el amor o la metafísica o Dios. Tales son los temas de los que habla con reverencia porque lo que tienen de frágil y de falso le es útil para la elaboración de lo sublime. El principiante insiste, se perfecciona, encuentra, al fin, el tono adecuado, el estilo y ya lo tenemos transformado en un profesional.

—Pero en el sentido en que usted lo dice, maestro, la poesía no es más que una gran metáfora.

—Alguien ha definido ya, con estos mismos términos, el universo. Y es, acaso, de esta similitud de donde puede surgir la validez del fenómeno poético... si es que nos empecinamos en que el fenómeno poético ha de ser válido o justificable y no un mero acto gratuito.

—Hay también otros temas, además de los que usted ha mencionado —arriesgó Mariscal.

—¿Está usted seguro? Una reflexión más cuidadosa, una mirada más atenta lo llevarían al convencimiento de que eso que usted llama temas y que, a primera vista le parecen tan distintos, no son sino derivaciones remotas o aproximaciones infortunadas o, en el mejor de los casos, anécdotas ilustrativas de lo radical. ¿No lo ha dicho ya alguien, y mejor de lo que yo puedo decirlo ahora

...oh, multiplicidad, imagen fidedigna
y única de lo Uno...?

Manuel calló con una entonación ambigua que lo mismo podía significar olvido de lo que seguía en el texto o seguridad de que había citado de él lo suficiente.

—Lo ha dicho usted, maestro —señaló triunfante Villela.

—¿De veras? ¿Dónde?

La sorpresa de Manuel era auténtica. Villela continuó informando.

—Es un fragmento del poema central de *Juego de espejos.*

—Ah, sí, ahora lo ubico. Es la aguja perdida en un pajar de retórica, de la retórica que entonces calcaba yo de mis modelos. Porque yo también, a mis horas, tuve la humildad de aprender.

—Si no hubiera sido así ¿cómo habría podido, más tarde, enseñar?

A Manuel le desagradó que una actitud, loable por excepcional, fuera interpretada como una constante cuyos resultados eran previsibles desde el comienzo y que ahora recibían su plena confirmación.

—Como tantos otros que pontifican desde una cátedra sin haberse tomado la molestia de llenar ningún requisito previo ni haberse metido en ninguna clase de berenjenales. No digo sus nombres porque son los que ustedes tienen, a todas horas, en la punta de la lengua. Son de los que hacen ruido. Por otra parte, ya pudieron advertir que yo trato a mi memoria con una especial consideración. ¿Iba a obligarla a retener una materia que no puedo calificar sino como deleznable?

—Y, sin embargo, esas personas a las que usted alude son sus contemporáneos, pertenecen a la misma generación.

—Porque esto no es más que un accidente, una coincidencia, es por lo que tengo derecho a preguntar a cada uno de ellos lo que Cristo preguntó a su madre en un paso del Evangelio: ¿qué hay de común entre tú y yo?

Cecilia no pudo detener a tiempo su exclamación.

—¡Es espantoso!

Sin volverse hacia quien había hablado Manuel dictaminó.

—Compasiva.

—Sí —la voz de Cecilia era ahora más firme. Sí, compadezco al que pregunta. Está absolutamente solo.

Entonces Manuel sí se volvió hacia ella.

—¿Y de qué otra sustancia, sino de soledad, supone usted que se hacen los dioses?

—Pero usted es un hombre.

—No, no soy un hombre. Soy algo más o algo menos, si usted quiere. En todo caso algo diferente. Soy un poeta. La primera exigencia de mi naturaleza fue el aislamiento y yo la he cumplido. Mienten quienes afirman que el extremo contrario del aislamiento es la compañía. La alternativa real es la promiscuidad y de ella nace únicamente la confusión.

Manuel bajó los párpados como para esquivar la imagen que sus palabras habían evocado.

—La confusión es un monstruo que aprovecha todo lo que somos y lo que hacemos, lo que deseamos y lo que obtenemos y también lo que no nos es posible alcanzar, para alimentarse, para crecer, para expandirse, para sobrepasarnos, para ocupar el mundo y para arrojarnos de él. O para invadirnos de nuevo y someternos a servidumbre.

—La misión del poeta es resistir —interpuso Sergio.

—Resistir, claro. Se dice pronto. ¿Pero cómo? ¿En qué frente? ¿Durante cuánto tiempo es posible la resistencia? En fin, no quiero desanimarlo y supongo que cada uno encuentra la respuesta adecuada a este interrogatorio. Contra lo que debo ponerlo en guardia es contra una figura, muy halagadora para nuestra vanidad pero totalmente engañosa: la de que el poeta es una especia de Jehová que impone sus normas sobre el caos. Más bien le aconsejo que lo vea como a aquel niño que se empeñaba en vaciar el mar con una escudilla.

—Ese niño —recordó Lorenzo—, no logró vaciar el mar, evidentemente. Pero tuvo un testigo a quien la ingenuidad de su propósito iluminó para revelarle una verdad.

—¿Y dónde espera usted hallar un Agustín entre nosotros? Esa avidez desinteresada, si se me permite llamarla así, es una actitud que pocos adoptan y más aún en un país como el nuestro en que todavía la antropofagia es un uso social. La escena en la playa, que estamos describiendo, sería impracticable en México. Porque cuando alguien acepta el papel de testigo (cosa difícil; lo fácil es cerrar los ojos para aniquilar, de una vez por todas, la existencia de los otros) es porque está seguro de que su mirada posee las dotes destructoras de la del basilisco. Y cuando alguien permite que lo observen es, también, porque está seguro de que, al ofrecerse a la contemplación ajena, al hacerse, como dijo el Apóstol, espectáculo a los ojos del mundo, adquiere la virtud paralizante de la cabeza de Medusa.

—¿Qué se deduce de allí? ¿Que hay que renunciar?

—No. Que hay que escoger. ¿Qué es lo que usted prefiere? ¿Aniquilar? ¿Perecer? ¿Cuál es la manera más afín a su temperamento, más propia de sus hábitos, más útil para sus especialidades?

—Y una vez determinada la preferencia, realizarla.

—Sin escrúpulos, sin remordimientos, sin conceder demasiada importancia a un fenómeno que, después de todo, es natural.

—Natural o no esta concepción de las cosas es bastante horrible.

—Y conste que, al reducir la realidad a abstracciones, como lo hacemos aquí, la despojamos de gran parte de su horror. Quizá esto explique mi elección de la poesía como género. Los detalles, con los que se arman las narraciones, me espeluznan. Y también como lo que las explica o las revela o las justifica ante el criterio, imparcial y por ello mismo escandalizado, de los profanos.

—Expresar nuestras costumbres puede ayudarnos a superarlas.

—Al contrario. Hasta hoy no ha servido sino para robustecer nuestra convicción de que son invariables y que renunciar a ellas es traicionar nuestra esencia más íntima. Que admitir otras formas de vida más civilizadas es lo mismo que debilitarnos.

—México bárbaro —musitó Lorenzo, deseoso de restar energía al vocablo con el tono apagado de su voz. Sin embargo consiguió irritar a Manuel.

—Lo dice usted como si ya pudiéramos hablar desde el punto de vista de Sirio. En la etapa revolucionaria —en la que no participé y no lo confieso ni compungido ni arrepentido porque absteniéndome no hice sino anticiparme a la decepción de mis colegas que sí intervinieron y que aún ahora no cesan de entonar un mea culpa en cada uno de sus libros, con lo que consiguen hacerlos insoportablemente monótonos e incurablemente mediocres— en la etapa revolucionaria que no tuve más remedio que presenciar, la barbarie tenía, por lo menos, una atmósfera coherente. ¡Qué oportuno, entre los estallidos de la pólvora, el saqueo, el incendio, el arrasamiento, el rapto! ¡Qué bien consonaba la oratoria arrebatada, eufónica y sin contenido, con una impulsividad que no solicitaba jamás el visto bueno de la razón! La voz se desgarraba en las canciones como el cuerpo en las heridas. Y se iba entera el alma en el chorro de música o de sangre. Aún la rutina más insignificante adquiría las proporciones de una aventura. Porque no imperaba la ley sino el peligro; y el azar, no la justicia.

—Hay cierta belleza en eso que usted dice.

—No es belleza, es distancia. El tiempo ha transcurrido, cumpliendo su oficio de absolver las culpas, de despojar de gravedad a los hechos. La memoria no juega sino con guijarros pulidos. En cambio la percepción de lo actual siente todas las rugosidades, todas las asperezas de la piedra. ¿No se lastiman ustedes al manejar aun el más nimio acontecimiento cotidiano?

Cecilia asintió con vehemencia pero Manuel no le hizo caso.

—Y hay que reconocer que vivimos en una época apacible, que las leyes nos amparan, que las instituciones nos protegen, que la seguridad se extiende para que avancemos. Eso se llamaría progreso si no fuera una ficción. Hemos decretado el exilio de la violencia pero no logramos más que volverla hipócrita. Cambió sus métodos, no su naturaleza. Si antes no vacilaba en desenvainar un puñal ahora toma precauciones para emplear el veneno. Ha infectado el lenguaje entero en el que cada palabra es un insulto o lo que sirve para suplir el insulto. Y ese lenguaje, envilecido por intenciones torvas o por aplicaciones indignas, es la herramienta con la que hemos de trabajar nosotros, los violadores cotidianos del silencio, los saqueadores de secretos, los incendiarios de oficinas, los arrasadores de archivos.

—¿Ése es, pues, el sentido que le da usted a su obra? —preguntó Mariscal. Pero Manuel, en vez de responderle, siguió el hilo de su discurso.

—Sin embargo, el silencio, el secreto, se conservan intactos. Las oficinas prosperan, se multiplican, los archivos engordan. He aquí nuestro heroísmo reducido a la inoperancia. Tiramos una botella al mar... pero la botella está vacía.

—La botella debe estar vacía. Así cada uno encuentra en ella el mensaje que aguardaba, que necesitaba recibir.

—Quizá —concedió Manuel. Quizá nuestra función no consiste sino en defender el hueco que los otros han de llenar con sus sueños, con sus delirios, con sus imaginaciones.

—Es una tarea más ardua, más árida, que la de imponer a los demás los sueños que soñamos, nuestros delirios, las imaginaciones propias.

—Es una tarea de abstención, de despojamiento. Un estilo literario se adquiere cuando se logra que cese de interponerse entre el lector y los objetos, cuando no solicita una atención particular. Ha de ser, como el aire, la desnudez última que se vuelve invisibilidad; ha de rodearlo todo y ha de ser una condición de tal manera indispensable que, en cuanto no se dé, no se dará tampoco la vida, la poesía.

Manuel hizo una pausa y luego continuó.

—Escribir así es un poco más difícil que leer lo que está escrito así. Requiere, además del talento, otras virtudes: humildad, paciencia, modestia...

—Todas virtudes cristianas.

—Y, lo mismo que ellas, no esperan su recompensa de la justicia sino de la gracia. La recompensa no es forzosa nunca. Es más bien una especie de regalo que se nos concede, una sorpresa que se nos depara.

—De cualquier modo no deja de ser un premio.

—¿Quién lo recibe? Un hombre fatigado y hosco que ha hospedado durante demasiado tiempo al desengaño. Se puede alegrar un momento, sí. Pero no por ello desaparecerán sus cicatrices, no por ello descansará de sus embates.

—"Todo nos llega tarde, hasta la muerte".

—Y todavía, como si no fuera bastante, los poetas nos dicen, a imitación de Cristo: el que quiera venir en pos de mí, niéguese a sí mismo, tome su cruz y sígame.

Manuel dedicó al grupo una larga mirada de compasión, más que de esperanza.

—¿Habrá entre ustedes algún llamado, algún escogido?

Nadie se movió. Nadie dio ese paso adelante con que los voluntarios aceptan la misión temeraria que no se solicita de la obediencia ni del sentido del deber sino de la pura voluntad.

—Si lo hay es, por lo menos, pudoroso. Habría desconfiado de las protestas vehementes, de los entusiasmos irreflexivos, de los juramentos falsos. Habría rechazado, muy lejos de mí, a quien hubiera querido obligarme a estimular sus balbuceos y a disipar sus dudas sobre el porvenir. Me habría reído del que confiara en el éxito.

—*Per aspera ad astra.*

Manuel evaluó a Lorenzo con una sonrisa ligeramente divertida.

—El muchacho lee, atesora y exhibe. No, no se avergüence usted de sus aptitudes ni de sus actitudes. Son lícitas. La erudición es la música de fondo que hace que resalte más el silencio creador.

Villela, guardián de las costumbres de la casa, miró su reloj con sobresalto.

—¡Dios mío! El maestro tiene que perdonarnos este quebrantamiento de las reglas. Sin darnos cuenta hemos estado aquí robándole horas y horas.

—Lo hemos fatigado —observó con pena Cecilia.

—...y fustigado —terminó Manuel dirigiéndose a Mariscal. Pero, en serio, sin rencor, me halaga que me consideren todavía un adversario vivo y no una momia venerable. El excesivo respeto nos convierte en trastos inútiles mucho antes de que hayamos alcanzado esta categoría.

Cecilia no sabía qué hacer con su gratitud y, como siempre, creyó que lo mejor de sí misma que podía dar a otro era el don de su ausencia.

—Hay que irnos —murmuró.

—¿Así? —Protestó Sergio. ¿Sin haberle dicho al maestro el verdadero motivo de nuestra visita?

—¿La visita tenía un motivo? —preguntó con alarma y resentimiento Manuel.

Antes de que nadie pudiera impedirlo ya estaba hablando Sergio.

—Sí, veníamos a invitarlo a que inaugurara usted un ciclo de conferencias que estamos organizando en la Facultad de Filosofía.

Ya desbrozado el camino, avanzó Lorenzo.

—Puede usted fijar la fecha que prefiera...

—Escoger el tema que desee.

—Muy amable de parte de ustedes, pero...

Manuel permaneció un instante en suspenso como si no supiera cuál de todas las negativas de su repertorio era la más adecuada y la más contundente.

—El médico me ha prohibido salir a la calle, desarrollar ningún esfuerzo. Villela no se negará a abonar mi conducta como paciente ejemplar.

—Vendríamos por usted en un automóvil...

—Lo traeríamos de nuevo e inmediatamente...

—Una comisión se encargaría de vigilar que nada le faltara.

—Me temo que, aun con tantas precauciones, me resulte imposible. Además yo puedo darme el lujo de la sinceridad entre amigos. Pero un auditorio numeroso no quiere confesiones que le indigesten la asimilación de los lugares comunes que rumian dese hace siglos. Al contrario, necesitan colagogos, estimulantes de los jugos gástricos. Y ese menester, permítanme que se los diga, es capaz de desempeñarlo mucho más airosamente que yo cualquier otro.

—Ninguno tiene su renombre, maestro, ni su prestigio.

—Pues fabríquenselo. Nada hay más fácil que hacer un renombre ni más factible que organizar un prestigio... excepto, quizá, destruirlos... y yo sé que acabarán por intentar este experimento conmigo.

—¡Maestro!

Manuel cerró los ojos e hizo un gesto para ordenar imperiosamente, a quien hubiera hablado, que callara. Respiraba con dificultad y unas cuantas gotas de sudor le humedecían las sienes. Los jóvenes se miraron entre sí con desconcierto y con alarma pero Villela los tranquilizó al alzarse de hombros como si el episodio al que estaban asistiendo fuera parte de la rutina.

Cuando Manuel volvió a abrir los ojos no quedaban en ellos rastros de sufrimiento.

—Pero mi negativa no se extiende, de ninguna manera, al trato privado. Para ustedes siempre estarán abiertas las puertas de mi casa y yo no renuncio al derecho de contarlos entre mis amigos.

—¿De veras podemos volver?

Manuel hizo un signo de asentimiento y dio la mano a cada uno aunque estereotipara para todos la misma sonrisa neutra de quien no se hace ilusiones pero tampoco dejar ganar la batalla al escepticismo. Una sonrisa que equivale a un alzamiento de hombros y a un ¿por qué no? ante la posibilidad de encontrar un espíritu afín y a un ¿qué importa? ante su imposibilidad.

Marta mantuvo abierta la puerta de calle para que salieran. El último todavía pudo escuchar el movimiento cuidadoso con que la cerraba y la doble vuelta de una llave bien aceitada. Cuando Cecilia volvió la cara desde la esquina vio la casa a oscuras.

El grupo caminaba con desgano y procurando mantener una cohesión que la estrechez de la acera hacía difícil y, a trechos, imposible. Se dividían entonces caprichosamente aunque, gracias al acuerdo tácito establecido desde algunas semanas antes entre ellos, cada uno se había impuesto a sí mismo la tarea de garantizar la proximidad de Ramón y Cecilia, que entonces ya no se separaban.

Este celo desplegado en torno a una pareja con el fin de salvaguardar su aislamiento (que Cecilia se figuraba como una afectación exclusiva de la provincia y que volvía a encontrar aquí entre gente que, según sus propias declaraciones, estaba por encima de los prejuicios vulgares) la irritaba. Por una parte hubiera preferido que la índole de su relación con Mariscal no trascendiera al público y los extraños siguieran viendo en ellos únicamente a dos compañeros de estudio, o dos amigos pero nunca a dos amantes ni en potencia ni en acto. La imagen suya que le era tan querida, la de su intangibilidad, se quebraba ante la perspicacia de los demás (¿o ante la indiscreción de su cómplice?) y esta quebradura la desazonaba en la medida en que se suponía que el tacto ajeno iba encaminado a proporcionarles a ambos no motivos de disgusto sino de gratitud.

Callaba, pues, Cecilia, por miedo a dar salida a su malestar en alguna frase hiriente o ambigua. Y callaban los otros, exhaustos después de un tiempo de tensión agobiadora ante la presencia de un ídolo e incapaces de definir aún cuál era el efecto que les había producido su acceso a la intimidad de Manuel Solís.

Se resistían a la tentación de admirarlo, primero, porque se trataba de una celebridad que había traspuesto el límite de lo discutible. Ya no poseía esa calidad de la arcilla con la que se hacen los principiantes, de materia frágil y perdediza que suscita tan fáciles entusiasmos; ya se había petrificado definitivamente en la consagración, cuya solidez despierta tan hondas repugnancias.

Por otra parte, los años de estos muchachos confundían a menudo la admiración con la abdicación de su independencia. Criticar a otro equivalía, casi siempre para ellos, a sentirse por encima del adversario, a afirmarse. ¿Pero desde qué punto de vista era criticable Solís? ¿Desde el de su modo de ser? A más de uno cautivó esa huraña amarga, ese desencanto que ninguno de ellos se atrevía aún a ostentar. A otros les había seducido esa conducta equívoca que enarbolaba el pecado como una divisa y se proponía la indiferencia moral como un método, sin importarles que actitudes semejantes hubieran ya pasado de moda en las latitudes donde la moda se dicta. Y todos, unos desde la timidez, los demás desde la impotencia o desde la convicción frenadora, aplaudían su desprecio por los valores aceptados, su desafío a los convencionalismos, su apartamiento de las normas corrientes de vida.

¿Iban a criticarlo desde la obra? Naturalmente algunos de ellos la habían releído antes de acudir a la casa de su autor. No los había enardecido, porque era una obra que se prohibía estrictamente a sí misma la más mínima apelación a la emotividad. Pero sí los había obligado a reconocer una existencia estética válida, que dejaba entrever una realidad inquietante, acechando tras las apariencias, disponiéndose a la revelación total.

Pues bien, este sentimiento no tenía por qué disminuir ahora que habían estrechado la mano que escribió tal obra, sobre todo cuando la mano se declaraba ajena e irresponsable de las palabras que trazaba.

Los que no habían releído los libros de Solís conservaban, de ellos, una memoria vaga de la que emergía un juicio, por lo pronto, anacrónico además de constituido por elementos indiscernibles.

Los que no habían leído los libros de Solís procuraban que su ignorancia pasara inadvertida ante sus compañeros mientras se juraban remediarla lo antes posible.

Villela, que de anfitrión delegado había devenido representante del poeta en ausencia, aguardaba los comentarios. La tardanza de su aparición, las vacilaciones con que se produjeron eran fácilmente interpretables como ofensas que ninguna circunstancia le obligaba a seguir tolerando. Así que, en la esquina próxima, se despidió no sin mascullar algo acerca de la inutilidad de arrojar margaritas a los cerdos.

Todos se lanzaron contra este denuesto con una locuacidad que era, ante todo, alivio de quien ha encontrado la salida de un callejón. Pero la llamarada, tan casualmente encendida, se apagó pronto por falta de pábulo y, otra vez, los oprimió el silencio. Se dieron prisa para llegar a la avenida en la que se dispersarían para seguir cada cual su rumbo. Únicamente siguieron juntos Cecilia y Ramón.

Éste era el momento que Cecilia había (no alternativa sino simultáneamente) deseado y temido, pero que no hizo nada ni por retrasar ni por apresurar. El momento que, a semejanza de una nube tempestuosa, se fue cargando poco a poco de electricidad y que, arrastrado por un viento ineluctable se aproximaba a ella para... ¿para qué? ¿Para fulminarla? No, no podía ser tan sencillo. ¿Para incendiarla? Tampoco era tan seguro. Incendiarla, quizá, hasta la incandescencia del sufrimiento pero no hasta la pérdida de la lucidez, no hasta la anulación del sentido del futuro, no hasta la irresponsabilidad última.

Esta perspectiva, ambigua, se localizaba, sin embargo, en sensaciones muy claras, muy intensas y muy determinadas: una mano le exprimía el estómago hasta producirle un conato de náusea que después circulaba por el resto de su organismo bajo la especie de sudor frío y desembocaba en sus extremidades como un temblor incoercible. Leve. Alguien, colocado a la distancia a la que se coloca habitualmente un interlocutor, no lo habría advertido. Pero Ramón, que la tomaba del brazo; Ramón, que entrelazaba sus dedos con los de ella, tenía que darse cuenta de las alteraciones físicas que Cecilia estaba padeciendo. Y si no preguntaba la causa era porque ya la sabía, lo cual resultaba humillante. O porque no le interesaba, lo que era imperdonable. O porque se empeñaba en parecer discreto, hipótesis que, como tendía a disminuir la animosidad de Cecilia hacia su acompañante, ni siquiera gozaba del beneficio de la duda. En cambio Cecilia se detenía en las otras y su examen le era útil para agudizar la molestia gástrica que, sí, ahora sí, ya era dolor; y dolor agudo; le era útil para hacer llegar al paroxismo esos síntomas del pánico que, a pesar de todo, no preparaban a Cecilia para la fuga sino que la disponían para la inmolación.

El sacrificio estaba dispuesto y el filo del cuchillo caía sobre la cerviz de su atención. He aquí a la dispersa arrancada violentamente de sus alimentos habituales, de sus querencias, para contemplar, con una fijeza de agonizante, una imagen única: la de un hombre cuya proximidad le confería de inmediato una serie de atributos que, sumados, se volvían traducibles a una sola y terrible palabra: realidad.

Sí, ese hombre era lo que no era ningún otro, lo que no había sido ningún otro. No el fantasma amable con el que se conversa ni la abstracción pálida con la que se discute; cuyas ideas transitan, sin solución de continuidad, de su propio cerebro al cerebro propio; alguien que ha puesto amablemente a nuestra disposición sus recuerdos y que ha deliberado, en nuestra presencia, sobre sus esperanzas. No, no un mero conocido sino una criatura real que posee un cuerpo tangible, esto es, una piedra de tropiezo, un obstáculo alzado para impedir que se vaya adelante, un muro contra el que corre uno a estrellarse. Un cuerpo que invade el espacio antes transparente, abierto, infinitamente posible. Cecilia se detenía, ante este lugar ahora ocupado, como Eva se detuvo ante la espada flamígera del arcángel que le prohibía el acceso al paraíso. Ay, el paraíso era ya nada más el recuerdo de un vacío sin límites. Vacío que ella nunca intentó siquiera trasponer pero que se extendía siempre frente a ella como una prenda de su libertad, como una invitación al viaje, como la promesa de algo remoto, indeterminado y hermoso. Era el escenario desnudo en el que se desarrollarían los dramas cuya grandiosidad, cuya trascendencia les impiden recurrir a una figura cualquiera que no lograría sino empequeñecer su magnitud al tamaño de lo factible.

Mas he aquí que lo factible había adquirido exactamente las dimensiones de Mariscal; que lo indeterminado se redujo a un molde mezquino: el de un hombre de estatura regular, de rostro común cuyas facciones mejor que equilibrar equidistaban de la belleza y de la fealdad; de una voz cuya entonación era neutra cuando no se inclinaba hacia el murmullo íntimo; de un aspecto, en fin, inofensivo, que no hería la imaginación con ninguna peculiaridad ni imprimía su huella sobre la memoria con ningún vigor.

¿Y para llegar a este desenlace la nebulosa que giraba desde el principio de los tiempos y que debía continuar girando aún durante millones y millones de años para cuajar en su forma definitiva, interrumpía un movimiento que abarcaba el cielo entero, que comprometía al resto de los astros, que alcanzaba velocidades inasibles para el cálculo?

Cecilia habría reído, se habría puesto a llorar a gritos, se habría desmelenado ante esa burla atroz a su legítima expectativa. Pero descubrió que apenas era capaz de respirar. Atónita comenzó a preguntarse cuál era esa densidad contra la que luchaban, casi en vano, sus pulmones. Pronto tuvo la respuesta. Cerca de ella, acompasada, indiferente a la calidad moral de su acción, sin interés por conocer quién era el dueño despojado del aire que absorbía, otra respiración se dilataba. Era la de Mariscal.

Y de nada servía que Cecilia se retirara un poco para no sentir sobre su nuca esa tibieza del oxígeno que ha visitado ya una entraña ajena, esa tibieza inmunda. No, por lejos que estuviera, en las mismas antípodas, la atmósfera ya no volvería a ser nunca más exclusivamente suya. Estaba mancillada por la presencia del otro que también la consumía para sobrevivir. También. Y esto bastaba para la asfixia de Cecilia y para su epitafio.

Pero no, no le quedaba ni el recurso antiguo de morir. El otro le arrebataba la soledad necesaria para la muerte. Estaba allí, sino como un testigo, por lo menos como un estorbo. ¿Quién está desprovisto de pudor hasta el grado de entregarse al frenesí de la destrucción cuando un ojo, tan omnicomprensivo, tan implacable y tan distante como el de la Providencia lo observa? Por lo menos Cecilia no. El recato la sofrenaba en la orilla misma del precipicio y el otro podría mirar, y acaso divertirse, con sus tambaleos. Pero no presenciaría su caída.

Presencia. ¿Era la de Ramón la primera que Cecilia percibía en torno suyo? A juzgar por el trastorno que le causaba era presumible esta hipótesis. Y, sin embargo, no era lógica ni tampoco históricamente verdadera. Hubo, por lo menos, un precursor: Enrique. Pero Enrique estaba aquejado de cierta imprecisión en sus rasgos, de cierta falta de gravedad en su estructura que lo hacían fácilmente derivable a mera apariencia, convertible en recuerdo, en eco, en abstracción, en lo que fue, en suma: atmósfera. A Cecilia le bastaba con cerrar los ojos, con esforzarse para situarlo, idealmente, a distancia y ya no era sino una sombra exangüe. Le bastaba a Cecilia con escribirlo en su diario para que no fuese más que una sucesión disciplinada de sílabas que se pronuncian a voluntad, que se reducen al silencio oportuno.

Pero los mismos gestos, los mismos conjuros usados entonces resultaban inoperantes ahora cuando Cecilia intentaba aplicárselos a Mariscal. Su existencia era absolutamente independiente de los caprichos, de las angustias, de las urgencias, de las invocaciones o de los rechazos de Cecilia. Se implantaba, de manera rotunda, en el mundo y seguía las peripecias de su propio desarrollo sin atender más que a los dictados de un instinto seguro, de unos sentidos perspicaces, de una sensibilidad aguda, de una inteligencia certera. Estas virtudes, que contaban con el apoyo de los cuatro reinos naturales, producían en Cecilia diversas sensaciones y grados de impotencia. Ya era una brisa que trataba en vano de conmover el tronco de un roble; ya un insecto que perecía en el intento de traspasar con la punta de su aguijón la impenetrable piel de un rinoceronte; ya una piedra pómez deshaciéndose en el roce contra un diamante; ya la materia aristotélica en fecundación de la forma.

A costa de una fatiga inmensa Cecilia lograba, a veces, imponer algún cambio en la actitud de Mariscal, alguna variante en el tono de sus relaciones, alguna modificación en las coordenadas bajo cuyo imperio colocaron, desde el principio, su trato. Pero, sustancialmente, seguían siendo dos personas irreductibles, cuyas órbitas coincidían fugazmente en algunos puntos para luego separarse —no ilesas, no, en Cecilia no ilesas— y seguir cada una la fatalidad de su trayectoria.

Cecilia, que tenía del amor el concepto tradicional y vulgar de la fusión, de la pérdida del uno en el otro (como el río cuando se incorpora al mar), de la gozosa abdicación del egoísmo, ignoraba cuál era el nombre de este frío y angustioso reconocimiento de los propios límites al tocar el filo del límite ajeno, que era a lo que se reducía su experiencia de esta relación. Sabía, sí, que lo que la desazonaba tan radicalmente no era el ansia frustrada de entregarse sino el hambre insatisfecha y furiosa de poseer.

Ya que se le había arrebatado el privilegio de ser única necesitaba compensarlo con el ejercicio de un dominio absoluto, de un poder total —total hasta el aniquilamiento— del otro. Pero su intuición le advertía, y el resultado de sus tímidas insinuaciones se lo comprobaban, que esta necesidad no tenía ninguna carta de naturalización como costumbre en su medio y que sería rechazada por una viva resistencia del orgullo viril, del sentimiento de la dignidad y de la superioridad masculina y que, desde cualquier perspectiva que se le contemplase, estaba condenada al fracaso.

Pero tal advertencia no era suficiente para aconsejarla renunciar a un propósito del que dependía su vida sino que nada más le indicaba que era indispensable enmascarar sus intenciones, disimularlas tras un fingimiento o de indiferencia o de sumisión que se apegara a los más estrictos cánones de la conducta femenina, si es que no deseaba espantar la presa.

Así fue como Cecilia llegó, desnuda, indefensa, trémula, hasta el lecho de Mariscal. Y lo que abatió las resistencias de su timidez (convenientemente exageradas por la educación); los escrúpulos de su inexperiencia; la exageraciones del miedo; lo que la impulsó, en fin, a jugarse el todo por el todo, no fue —desde luego— el amor; pero tampoco la curiosidad de los sentidos; ni ese anhelo de señorío total sobre su cuerpo que desvela a las vírgenes, sino la pura desesperación.

Sabía que las entrañas (en un nivel distinto al de la conciencia alerta y atormentada y en otro terreno que aquel en el que ejercen su vigencia los convencionalismos sociales) ejecutan un rito según el cual lo separado se encuentra y se une. Sabía que la instantaneidad de tal unión se volvía reiterativa por una urgencia de eternidad.

Pero encuentro es una palabra que no significa únicamente hallazgo sino también pugna. Para Cecilia yacer con Ramón tenía que tener más de pugna que de hallazgo. Pero, a pesar de lo que la aterrorizaba, no la rehuía porque lo que iba a decidirse o confirmarse en el acto sexual era algo mucho más importante que aquello sobre lo que legislaba su vanidad o su gazmoñería: era su existencia misma, puesta en crisis a partir del instante en que se hacía patente la existencia del otro que, en el duelo, iba a perecer o a aniquilar.

A Cecilia no se le escapaba la magnitud del riesgo que iba a arrostrar. Su enemigo era, a primera vista al menos, más fuerte que ella, más seguro de sus recursos, mejor conocedor del campo de batalla y dueño de la parte más ventajosa de él.

Pero quizá los móviles de su enemigo nacían de una zona menos profunda y menos vital y por ello resultaban menos vigorosos. Quizá lo que dictaba la conducta de Ramón no era sino una epidérmica ansia de placer, un efímero deseo de disfrute, un usado disfraz del ocio, una válvula de escape tradicional para el brío y la pujanza de la juventud.

Si no era más que eso (y Cecilia estaba casi cierta de que no era más que eso por el tranquilo aplomo con que Ramón la tomaba y por el escaso cuidado con que la alejaba de sí, como se aleja una copa de cristal después de haber bebido el vino cuando no se teme romperla) era de suponerse que no tomaría excesivas precauciones para cubrir sus flancos vulnerables y para mantener alta la guardia que lo protegía. ¿Por qué no aprovechar una de sus distracciones para dar el golpe de mano audaz y definitivo?

Cecilia se aplicó, encarnizadamente, a instruirse en las artes de agradar. Adormecía la desconfianza del otro con sus halagos; exploraba sus aficiones; se adelantaba a adivinar sus fantasías y se esmeraba en cumplirlas. Esta aplicación, además de su utilidad inmediata, la ayudaba a mantenerse al margen, como una observadora atenta, no como una participante enajenada.

Este sector de su relación había sido declarado zona de silencio. Porque Mariscal no disponía, para aludir a ella, más que de la terminología corriente que Cecilia se rehusaba a escuchar. Simulaba que lesionarían su delicadeza esas mismas palabras con que su madre la hubiera calificado de puta, aunque, en verdad, estaba en desacuerdo no sólo con su matiz condenatorio sino también con su significado meramente descriptivo.

Según esa terminología el macho poseía a la hembra, como el amo posee al animal que lleva su marca. Mas para Cecilia los hechos podían interpretarse de otra manera: la hembra daba al macho la ocasión de arraigar, de nutrirse de unas savias y unas esencias indispensables, de tener un sustento sin el cual sobrevendrían la marchitez y la extinción.

Esta dependencia absoluta, la del árbol a la tierra, garantizaban no tanto el apego (que era importante) sino algo fundamental: la identidad de las dos sustancias, identidad secreta y profunda, invisible a los profanos —como lo es la del árbol y la tierra; porque sus modos de manifestación exterior son diferentes.

Pero Ramón extremaba las diferencias hasta el grado de mostrar contradicciones. Con alarma, con dolor, con esa desgarradura sangrante de quien acaba de sufrir una amputación, Cecilia contemplaba la libertad de movimientos de Mariscal, sus marchas de hombre sin ataduras; sus retornos, elegidos, no impuestos por la necesidad; sus reposos provisionales.

Porque, después de todo, era otro, seguía siempre siendo otro, otro que se comportaba de una manera inadmisible, escandalosa, incoherente; otro cuyas palabras tenía que rechazar Cecilia porque servían de vehículo a ideas que ella era incapaz de suscribir, a hechos de los que carecía de noticia y cuyo conocimiento iba inmediatamente acompañado de su reprobación.

Otro, otro insoportable. Esta sensación se agudizaba cuando el drama representado por los dos tenía un auditorio. Entonces Cecilia, para disminuir su angustia, se esforzaba por parecerse a Ramón, por imitar unas actitudes y unos discursos que, en el momento mismo en que los realizaba era cuando mostraban, con mayor potencia, que eran no sólo extraños a su propia índole, sino que la combatían y que la traicionaban.

Al final de estas sesiones agotadoras Cecilia tenía que encontrar un cauce para su rebeldía, una expresión de su inconformidad y entonces se quejaba de los desvíos de Ramón, de sus pretensiones de dominarla y mantenerla sujeta mientras él continuaba gozando de su entera autonomía, de que le era infiel. En suma, se refugiaba en el lugar común de las querellas de los enamorados.

Ramón acogía estas quejas con la misma paciencia con la que se asiste al berrinche de un niño y después iba analizándolas sistemáticamente y demostrando su carencia de fundamento, la fragilidad de las aseveraciones y, por fin, su falacia.

Cecilia guardaba silencio, irritada aún pero, en el fondo, consintiendo en algo que desde el principio había admitido: que no tenía razón. Esta certidumbre la desarmaba por completo y la obligaba a sonreír de nuevo, a abandonar sus manos, sus hombros, sus pechos a unas caricias cuyo itinerario ya era capaz de predecir.

Pero no era la costumbre física la que ligaba a Cecilia con Ramón. O por lo menos no sólo la costumbre. Era, además, algo que debía renovarse a cada hora: el testimonio que Ramón prestaba de la existencia de Cecilia. Un testimonio no precipitado y confuso como el que podía rendir cualquier recién llegado, o cualquier imbécil, sino un texto lúcido, exacto, verosímil, veraz. Le devolvía a Cecilia una imagen minuciosa de su persona y de su modo de ser, la situaba en el mundo, dibujaba con precisión su perfil y los matices que la hacían diferente y única.

He aquí como, al través de una vía indirecta e impredecible según sus inicios, Cecilia se recuperaba cuando había renunciado ya a la esperanza y a la posibilidad del rescate. Y se recuperaba íntegra, despojada de todos los atributos accidentales y perecederos que tan difícil le hacían la vida y se contemplaba, transfigurada en verbo, cristalizada en definiciones que tornaban nítido su presente pero que, de manera simultánea abrían una perspectiva en el tiempo gracias a la cual el futuro era menos ambiguo, menos enigmático, menos amenazador.

9. Álbum de familia

El mar se había batido la noche entera contra la oscuridad y Cecilia, entre sueños, había soñado que alguna vez las olas se detenían en ese límite en el que ¿por qué? abandonaban su fuerza para comenzar a retroceder, como arrepentidas del ímpetu que las había llevado tan lejos, sólo para arrepentirse de su arrepentimiento y volver a comenzar. Temió que alguna vez el ímpetu no mermaría y seguiría empujando hasta arrasar los refugios del hombre, las cabañas de los pescadores, las enramadas de los paseantes, este lujoso hotel de la playa en el que Cecilia se alojaba desde ayer.

El estruendo de afuera no disminuyó con el día. Sólo que la claridad lo despojó de su horror al reducir la inconmensurabilidad a un espectáculo que podía contemplarse —impune, tranquila, placenteramente— desde la terraza, uno de los motivos por los que el precio de estas habitaciones era más caro.

Cecilia no habría advertido tal detalle si Susana no le hubiera llamado la atención sobre él. Asimismo le comunicó el halago que experimentaba por el hecho de ser objeto de atenciones como la ya mencionada (la vista al mar) y como otras, no menos importantes (el desayuno servido en la cama) que se reservaban a los visitantes distinguidos entre los cuales era obvio que ambas podían contarse.

A Cecilia no la asombró más esta distinción de lo que ya la había asombrado el hecho de que Matilde Casanova, la poetisa mexicana recientemente agraciada con el Premio de las Naciones, al regresar a su patria y estando imposibilitada para subir hasta la meseta por motivos de salud que la obligaban a permanecer durante algún tiempo en la costa, hubiera consentido no únicamente en recibirlas, a ella y a Susana, en una audiencia breve y aun pública, tal como la solicitaron ante su secretaria, a nombre del alumnado de la Facultad de Filosofía y Letras, para rendir homenaje a la escritora y a la maestra, sino que extremó su generosidad hasta el punto de retenerlas como sus invitadas de fin de semana.

Tal favor, hasta ahora, había sustituido al de la audiencia. Ni Cecilia ni su compañera habían tenido acceso hasta el Olimpo en el que habitaba Matilde, agobiada de compromisos oficiales, asediada por personajes del mundo de la política, de la cultura y hasta de las finanzas, acechada por los fotógrafos, perseguida por los cazadores de autógrafos, rodeada siempre de curiosos, tanto profesionales como aficionados.

Pero la cita se había fijado, por fin, para hoy a las once de la mañana. Cecilia y Susana serían recibidas por Matilde, junto con un grupo de escritoras a las que la secretaria de la poetisa laureada, una tal Victoria Benavides, acaso no muy al tanto de las jerarquías ni de las novedades, las había asimilado.

Cecilia y Susana no sólo fueron puntuales sino más aún: inoportunas. Llegaron al salón en el momento en que Victoria —una mujer de mediana edad y que exhibía en una apariencia discreta una eficacia latente —se esforzaba, con argumentos, por echar a una reportera.

—Le repito que no se trata de ningún acto solemne. Mera rutina. Antiguas alumnas que, desde luego, no han superado a su maestra...

—¿Tan antiguas como estas criaturas? —replicó la periodista con desconfianza señalando a Cecilia y a Susana. La ausencia de Matilde Casanova ha sido lo suficientemente larga como para dar tiempo a que muchachas como éstas nazcan, crezcan y hasta se reproduzcan. Así que no trate de engañarme... o trate de hacerlo mejor.

—Ellas —repuso Victoria señalando de nuevo a Cecilia y a Susana que servían como punto constante de referencia pero que no intervenían de otro modo en la disputa— son la excepción. Pero aunque no lo fueran y aunque la reunión que va a tener lugar fuera importante, continuaría prohibiéndole la entrada porque ésas son las órdenes que he recibido de Matilde.

—No creo que la señora Casanova sea tan imprudente para rechazar así a la prensa, cuando tiene tanto que agradecerle.

—Y tanto qué temerle ¿o no era eso lo que quería usted decir? Matilde es imprudente pero no come lumbre. Con los periodistas del mundo entero ha sido más que amable: ha sido pródiga. Los ha recibido como gremio y como individuos; se ha enfrentado con todas las indiscreciones que parecen ser el signo distintivo de esta profesión; ha perdonado las impertinencias de los audaces y las reiteraciones de los ignorantes; ha rectificado los errores de los precipitados y no ha insistido en corregir las aseveraciones de los malevolentes. ¿Qué más pide usted?

—Mi parte. Lo que Matilde ha hecho lo ha hecho con otros, en otros lugares. Yo ni siquiera la conozco.

—¿Qué me das si te dejo pasar? El borriquito que viene atrás. Así dice el juego infantil. Recuerdo la letra pero no acierto a recordar la música.

—Será porque no tiene música.

—¿No? Yo hubiera jurado... Es curioso el funcionamiento de la memoria. Desde que llegamos a México no han cesado de representárseme imágenes que yo creía borradas para siempre. Pero discúlpeme, no son mis confidencias las que le interesan, sino las de Matilde.

—Tampoco es Matilde. Es el único premio internacional que hasta ahora se ha discernido entre los escritores mexicanos. Y el tercero que se concede a un escritor hispanoamericano.

—Sí, Hispanoamérica ha sido muy favorecida por la naturaleza y muy poco por la cultura.

—Además, en dos casos, se trata de mujeres.

—¿Es usted feminista?

—¿Tengo cara de chuparme el dedo o facha de estar loca? No, de ninguna manera soy feminista. En mi trabajo necesito contar con la confianza de los hombres y con la amistad de las mujeres. En mi vida privada no he renunciado aún ni al amor ni al matrimonio.

Victoria sonrió con una mezcla de burla y de tristeza.

—Veo que el clima del país no ha cambiado mucho durante mi ausencia.

—No supo aprovecharla —replicó incisivamente la otra.

—¿Y cómo interpretan —me refiero a los que enarbolan el pendón del machismo nacional—, cómo digieren, cómo soportan, cómo perdonan el triunfo de Matilde?

—Como cualquier otro campeonato. El campeón desaparece tras el halo de gloria y el mérito se reparte entre todos sus compatriotas.

—Aun entre los que pusieron los mayores obstáculos para que la hazaña se llevara a cabo.

—Especialmente entre ellos, si no me equivoco y usted se ha referido a los colegas de Matilde. Yo hice una encuesta, que ningún periódico se atrevió a publicar, como era de rigor (porque Matilde Casanova es una institución tan intocable ya como Cantinflas o Rodolfo Gaona o qué se yo), en la que recogí versiones muy interesantes y contrapuestas respecto al famoso premio. Pero había un punto en el cual todos estaban de acuerdo: que lograrlo para México había sido una obra maestra de nuestra diplomacia. Antes de que Chile pudiera empezar a vanagloriarse de Gabriela Mistral y su Nobel se le dio machetazo al caballo de espadas.

—Pero el Nobel tiene más prestigio ¿no?

—Lo perdió durante la guerra. Esas concesiones

a un bando y a otro, ese caso Churchill que fue la gota de agua que colmó el vaso, acabó por obligarlos a apartar los ojos de Europa y Asia y volverlos al resto del mundo.

—Es decir, África, Oceanía, Latinoamérica.

—Los dos primeros no cuentan todavía culturalmente. Y Latinoamérica, aparte de contar, es un mercado muy prometedor para los productos escandinavos.

—¡Qué maquiavelismo tan rebuscado! En fin, supongamos que esos cálculos sean exactos, no me importa. Los suecos apuntan directamente a Chile, como si no existiera ni Argentina que, entre otras cosas, conservó la neutralidad...

—Nominalmente.

—...O Brasil, que según Zweig, es el país del futuro.

—¡No siga, cállese, antes de que la acusen de traicionar a la patria! Porque México es, de todos los países de este hemisferio (excluyo a los Estados Unidos porque es otro planeta), el único que ha llevado al cabo una revolución *sui generis*; el único que progresa a un ritmo cada vez más acelerado e incontenible; el único que alcanza cada día una meta de justicia social; el único que se enorgullece de su estabilidad interna; el único que mantiene una política exterior coherente y digna; el único...

—¿Qué clase de letanía está usted recitando?

—Los dogmas en cuya validez creen veinte millones de mexicanos que, como dice otro dogma, no pueden estar equivocados.

—¡Dios santo! ¿Y eso se declama así, sin ruborizarse?

—Se declama en tono de desafío... por si las dudas. Aunque esas dudas hayan sido prácticamente disipadas después de que México ha sido ungido por el óleo sagrado del Premio de las Naciones. Flamante, impoluto aún y trascendental.

—En nuestra época solía ser de buen gusto la modestia.

—Y ahora el extremo opuesto.

—Bueno, ya acabaré por entender, y por asumir también esta actitud.

—Está basada en hechos históricos y estadísticos rigurosamente comprobables.

—Me lo imagino. Lo que tiene usted que barajarme más despacio es por qué en este país, entre cuyos privilegios está el de ser también el único en el que ha hecho sus apariciones la Virgen de Guadalupe, escogieron a Matilde habiendo tantos otros escritores y tanto más importantes.

—Por razones de equilibrio. Los otros que usted señala son más o menos del mismo rango y tienen bien establecidas sus rivalidades mutuas y sostienen unas competencias encarnizadas. Pero Matilde empieza por colocarse más allá del bien y del mal gracias a un pequeño detalle: el sexo. Una mujer intelectual es una contradicción en los términos, luego no existe.

—Y, claro, a la izquierda pueden colocarse cuantos ceros se quieran sin peligro de que resulte ninguna cantidad. Eso es correcto en cuanto se refiere a la persona de Matilde. ¿Pero y sus libros?

—¡Los temas son tan inocuos! Un paisaje en el que se diluye un Dios sin nombre, sin cara, sin atributos; unas vagas efusiones de fraternidad universal, nada de lo cual alcanza a cristalizar en una ideología... No, no pierda el tiempo rebatiendo estos argumentos porque no son míos. Son las palabras textuales de ellos, que yo no hago más que transcribir, sin comprenderlas siquiera porque no he leído nunca una línea de Matilde. Añada usted, por último, sus largos años de exilio.

—Un exilio no voluntario. Matilde ha partido para obedecer las órdenes de su gobierno, que veía en ella a la representante más idónea cuando se trataba de una misión de acercamiento, de un testimonio amistoso, de un viaje de buena voluntad.

—De acuerdo. Este alejamiento, aparte de romper sus vínculos con capillas, con grupos, contribuyó a idealizar su figura hasta hacer de ella un mito que ha devorado a la persona tanto como a la obra. Un mito es una especie de pararrayos: atrae las fuerzas que vienen de lo alto.

—Así que por eso descargó en ella el premio. Bien, no es posible negar que la envidia posee una clarividencia peculiar. Y mis paisanos son envidiosos como buenos descendientes de españoles. Supongo que será de parte de los indios que heredaron la hipocresía suficiente como para organizar las peregrinaciones que llegan hasta aquí a felicitar, a congratularse...

—Si habla usted de la plebe hay novelería más que hipocresía. Les fascina acercarse a ver si el ídolo tiene los pies como dice el refrán.

—Hablaba de los colegas.

—Entre ellos hay entusiasmo. Cada uno se alegra de que Matilde, que en resumidas cuentas no es sino un mal menor, haya servido de piedra de tropiezo para evitar que el otro, el contrincante real, ganara la pelea. ¿Capta usted el *quid?* La consagración mundial no ha sido, para quienes participan del secreto, sino una tregua, un aplazamiento, un compromiso que deja intacto el empate. Ninguno de los adversarios importantes ha sido descalificado.

—Después de proyectar esta luz meridiana sobre el fenómeno de Matilde me parece muy incongruente su insistencia en entrevistarla.

—Para el gran público —ese gran público que no lee los libros de los escritores entre quienes practiqué la encuesta y que tampoco lee los libros de Matilde pero sí lee mi periódico— el premio es noticia. Porque cree que un premio es la consecuencia lógica, limpia y justa de una buena acción. ¡Y las buenas acciones son tan escasas!

—Y me lo dice usted a mí, ahora que he estado buscando la manera más segura y productiva de invertir el capital de Matilde.

—¿Cincuenta mil dólares?

—Más o menos.

—Eso produce también un resplandor.

—Que a usted parece no deslumbrarla.

—He visto de cerca algunas fortunas y algunos afortunados y puedo declarar que más que cuestión de ojos es asunto de estómago. Mi profesión de periodista exige que tengamos el estómago firme.

—Usted me simpatiza hasta el grado de que se me antojaría hacer un experimento: dejarla a solas con Matilde... a cambio de una promesa.

—El prometer no empobrece, recuérdelo.

—La promesa de que usted escriba la verdadera impresión que le cause su personalidad. Dije la verdadera impresión, no el lugar común de los elogios ni de los ditirambos. Creo que tiene usted el suficiente sentido crítico para observar por sus propios medios; la suficiente riqueza de lenguaje para usar sus propios términos.

—Le agradezco la opinión y para continuar mereciéndola debo confesarle que lo que no tengo es la suficiente influencia como para pasar por encima de las consignas de mi jefe de redacción o del director de mi periódico.

—¿La consigna es incensar al nuevo ídolo nacional?

—Si no lo hiciéramos pareceríamos, no iconoclastas, que es lo de menos, sino antipatriotas, que resulta sospechoso. O vengativos, lo que se atribuiría inmediatamente a no haber recibido ningún estímulo monetario.

—¿Y eso se juzga mal?

—Por partida doble. Entre los honrados, porque intentamos la extorsión. Entre los venales, porque fracasamos en nuestro intento.

—Lástima. Esa confrontación entre usted y Matilde habría sido original.

—Habría complementado la encuesta. Pero ambas reposarían en el fondo de mi archivo.

—¿Cómo podría entonces compensar la inutilidad de su viaje, el tiempo que ha perdido charlando conmigo, las indicaciones tan útiles que me ha proporcionado?

—Dándome una exclusiva: el título del próximo libro de Matilde. Ninguno lo ha mencionado hasta hoy.

—No hay nada que mencionar porque Matilde no tiene ningún próximo libro. No escribe, no tiene tiempo. ¿Y para qué habría de escribir? Es una celebridad y basta. Pero en cambio podría decirle los nombres de las personas a quienes espera.

La periodista levantó los hombros para mostrar su resignación ante lo irremediable y preparó su cuaderno de apuntes y su lápiz para tomar el dictado. Victoria enumeró:

—Elvira Robledo.

—No me suena.

—Es una gloria local. O por lo menos lo era, en otros tiempos, cuando Dios quería. También Josefa Gándara.

—Ah, sí, la de las flores naturales.

Victoria sonrió para ocultar su sorpresa pero no pudo evitar que se filtrara, al través de su sonrisa, el desprecio. Se apresuró a proseguir.

—Aminta Jordán.

—¿De veras? ¡Eso sí que es noticia!

—¿De qué sección?

—De todas. Salta de las páginas de sociales al suplemento cultural y de allí a la nota roja con una agilidad de trapecista.

—Siempre fue muy versátil. También estarán presentes las señoritas...

Y Victoria se volvió a Cecilia y a Susana quienes, confusas, habían asistido al desarrollo de la escena y ahora explicaban a la reportera las razones de su presencia en una ceremonia cuya índole cada vez comprendían menos.

—¿Y qué hago yo con estos datos?

—Manejarlos. Para que sean importantes debe darle las proporciones de una gran asamblea.

—Con tan contadas asistentes.

—La escasez es susceptible de convertirse en sinónimo de selección. Además cada una representaría un sector social muy vasto o muy influyente. Describa este acontecimiento como una manifestación de solidaridad de las mujeres de México hacia quien, rompiendo las cadenas ancestrales, ha conquistado para su patria el laurel inmarcesible. Sí, dije inmarcesible. Dosifique usted los adjetivos de manera que las señoras no se alarmen ni los señores protesten. Pero de manera también que las jóvenes sientan que es lícito admirar este ejemplo y que es posible imitarlo. Saque a colación, si es preciso, a Sor Juana. En fin, usted conoce su oficio, ejérzalo a conciencia.

—¿Para qué?

—Ya que hemos hecho un mito que por lo menos nos sea útil; que abra perspectivas nuevas a las mujeres mexicanas, que derribe los obstáculos que les impiden avanzar, ser libres.

—Pero usted está hablando de una época abolida. De hecho somos libres.

—Pero de derecho no. ¿Podemos siquiera votar?

—Podemos. Pero ¿qué importancia tiene el voto en México? Hasta un recién nacido sabe cómo funciona la maquinaria electoral.

—No, contra lo que usted cree las generaciones actuales no han llegado a ser libres sino únicamente cínicas y conformes.

La reportera contemplaba a Victoria con la misma curiosidad con que se contempla el esqueleto de un animal prehistórico cuya ineptitud para adaptarse a las situaciones nuevas fue la causa de su extinción.

—Usted sí es feminista.

—Quizá no por temperamento individual sino por la atmósfera que respiré en mi adolescencia. "Las vírgenes fuertes" fue el apodo que nos pusieron en la Escuela Preparatoria a las alumnas de Matilde. Bajo su influencia nos volvimos combativas y no retrocedimos ante el ridículo.

—Prefirieron estrellarse contra él. Pero nosotras ya no necesitamos cometer ese mismo error; aprovechamos lo que ustedes hicieron para cambiar, no de ideales, tal vez, sino de métodos. Y hemos logrado llegar más allá de donde ustedes tuvieron que detenerse. Ya no hay puesto que se considere inaccesible para una mujer.

—Excepto la presidencia de la República.

—Cuestión de tiempo. Mientras tanto hay que ser discreta y no hacer ningún alarde ni adoptar ninguna actitud desafiante.

—¡Pero ese método es el de nuestras abuelas! El disimulo, el fingimiento. ¡Qué originalidad!

—Lo que pretendemos es ser eficaces, hacer la vida a nuestro modo, como nuestras abuelas la hicieron al suyo.

—Aunque para ello tengan que humillarse, callar siempre o, si hablan, mentir.

—¿Son tan importantes las palabras?

—Para quien trabaja con ellas, como usted, deberían serlo. Aunque, ya lo dijo alguien, la familiaridad engendra el desprecio. Y un periodista, se me olvidaba, no es un escritor en potencia sino alguien que ha renunciado a ser escritor, que ha perdido el respeto al lenguaje, que no lo trata como objeto sagrado...

—Porque no lo es.

—...sino como un instrumento. ¿Para qué le sirve a usted?

—Para informar.

—¿Lo que es verdadero?

—En este asunto de lo verdadero yo me lavo las manos, lo mismo que Pilatos. Para informar lo que es interesante. Los criterios para descubrirlo son mucho más seguros.

—Virgen prudente.

—La virginidad, señorita, ya no es una condición indispensable para la mujer en México hoy en día.

—¿Se admite sin escándalo que la pierda fuera del sacramento del matrimonio?

—Tácitamente, sí.

—Desde luego, Entre nosotros lo explícito no se tolera. ¿Y la soltería? ¿Tampoco es un estigma?

—Si se supone que una mujer no es una carga económica para nadie y puede hacer uso de su cuerpo aunque no esté casada, ya no se la coloca al margen, como antes.

—Su conversación es muy instructiva para mí, que vengo como de la Luna. Pero me apena no corresponder con algo que usted pueda usar. No quisiera que se marchara con las manos vacías.

—No me marcho con las manos vacías. Usted me ha confiado una serie de datos y el permiso de manejarlos. Encontraré el ángulo interesante de esta reunión. Y será un ángulo tan demagógico como el que usted me proponía pero que no es ni anacrónico ni tabú: se trata ¿sabe usted? de un asunto sentimental. Un grupo de viejas amigas se encuentra de nuevo y rememora los tiempos pasados y se ríe de las anécdotas compartidas...

—¡Pero esto es nauseabundo!

—Es conmovedor. Los lectores experimentarán mucho más simpatía por una Matilde Casanova humana, es decir vulgar, que por una Matilde Casanova genial o excéntrica. Y usted quiere, como si no fuera suficiente con la genialidad y la excentricidad, añadirle el estandarte de una cruzada que ya pasó de moda y que ninguno quiere volver a oír mentar.

—Así que el sacrificio ha sido en vano.

—¿Sacrificio? ¿De quién? ¿Dónde? ¿Cuándo?

—Nada. No me haga caso. Estoy empezando a desvariar. Y es natural. Hemos estado charlando horas enteras, en este calor, sin beber nada...

—La invito a una copa, al bar. ¿Se atreve?

Victoria movió la cabeza melancólicamente.

—Soy capaz de improvisar una disculpa cualquiera. Y válida, además. Soy la anfitriona, tengo que atender a las señoritas, de un momento a otro llegarán más visitantes ¿qué sé yo? Pero la verdad es que no me atrevo. Lucharía hasta la muerte porque en la puerta del bar se pusiera un letrero para decir que se admiten mujeres. Pero no entraría nunca.

—Ésa es la diferencia entre la teoría y la práctica, entre su generación y la mía.

—Y esa diferencia ¿es interesante?

—No. Aprenda a distinguir. Bajo cualquiera de sus aspectos el tema feminista está liquidado.

—Lo tendré presente. Hasta luego y gracias.

Victoria acompañó a la reportera hasta la puerta pero en vez de volver adonde se encontraban Cecilia y Susana se dirigió hacia las habitaciones interiores de donde llegaban rumores indistintos, pero cada vez más insistentes, de pasos, de cajones abiertos con dificultad y cerrados con violencia, de palabras deshilvanadas, de sollozos contenidos.

Los rumores fueron agrupándose hasta tomar una forma concreta y, por fin, apareció Matilde Casanova en el salón. Avanzaba a ciegas, por el tránsito brusco de la oscuridad a la plena luz. Su estatura noble parecía encorvada bajo el peso ¿de los honores? ¿de los desengaños? ¿de la vejez? Su pelo, entrecano ya, largo y crespo, se derramaba en desorden sobre sus hombros, sobre su espalda, hasta hacerla semejante a una fatigada e inofensiva Medusa. Su rostro, cuyas facciones resultaban siempre borrosas en las fotografías (y esta indiscernibilidad era atribuida a la imperfección de los aparatos que las habían querido captar, a la falta de destreza o a la prisa de quienes manejaban estos aparatos, a la distancia de la que se transmitía la imagen), había acabado por obedecer a una representación tan tenazmente reproducida, desdibujando los rasgos hasta no dejar sino una superficie disponible, una especie de tierra de nadie, un sitio en el que les estaba prohibido entablar batalla a los antagonistas encarnizados, irreductibles, que convivían en la persona de Matilde. Esta neutralidad facial, que en ciertos años llegó a asumir un aspecto de parálisis, terminó por resolverse en el gesto hierático de los indios de quienes Matilde, ya desde antes, se había proclamado la descendiente orgullosa. Con el mismo orgullo habría proclamado su filiación si sus padres hubieran estado en la desgracia y no hubieran pertenecido —en vida— a una clase que gozaba de los mayores privilegios y que supo retenerlos a pesar de los vaivenes revolucionarios. De esa clase, de esa familia, desertó Matilde para ir al encuentro de los desheredados, de los miserables, de los ignorantes. Pero una decisión tan insólita no logró sino multiplicar las trampas que le impedirían su realización. Y he aquí que al final Matilde se encontraba, lo mismo que al principio y más alta aún, en la cresta de la ola.

Tanteando dio con un sillón y fue a derrumbarse en él. Escondió la cara entre las manos mientras exclamaba:

—¡Dios mío, no puedo más!

Cecilia iba a moverse para delatar su presencia y la de Susana e impedir así que Matilde se abandonara a uno de esos desahogos que uno se permite cuando se cree sin testigos pero Victoria le hizo una señal —no por muda menos perentoria— de que se detuviera y, todavía más, de que se ocultara y de que no dejara ver tampoco a su amiga. Segura de haber sido obedecida se volvió hacia Matilde, con benevolencia.

—¿Por qué no tratas de dormir un rato?

—¡Dormir! En cuanto cierro los ojos empieza la pesadilla, la cara de mi hijo pidiendo que lo salve, que no lo deje morir.

—Tú nunca tuviste hijos, Matilde.

—¿Por qué lo afirmas con tanta certidumbre? Cuando me conociste yo ya era una mujer madura, ya tenía un pasado hecho.

—Un pasado ejemplar.

—Ése es el que pertenece a la leyenda, no a mí.

—Pero la leyenda y tú son una misma cosa, Matilde. Mira, los investigadores de la Academia de las Naciones son muy escrupulosos en cuanto al aspecto moral de sus candidatos. Si hubieran encontrado algo, ya no digamos inconfesable, irregular en tu conducta, no te habrían concedido el premio.

—¿Qué pueden saber ellos? ¿Qué puede saber nadie? Viví mucho tiempo sola, en el extremo sur.

—No fue tanto tiempo, Matilde, si te atienes a las fechas. Y tampoco estabas sola. Tenías compañeros de trabajo. Porque tú trabajabas allí, Matilde.

—No, yo era una fugitiva; yo estaba ocultando un crimen, expiando un remordimiento.

—¿Pero remordimiento de qué, por Dios?

—De mi esterilidad.

—No eras estéril. Creabas. Tus más hermosos poemas datan de entonces.

—Bajo ellos sepulté mi vientre, sepulté a mi hijo. Pesan más que toda la tierra, pero él vuelve a resucitar, otra vez, otra vez.

Victoria, que hasta entonces había permanecido arrodillada junto a Matilde, se puso de pie bruscamente como si, de pronto, la irritación a la que había ido cediendo de modo paulatino hubiera llegado a un punto intolerable.

—¡Basta! ¡No estoy dispuesta a seguir este juego malsano y absurdo! ¿Y tú? ¿Vas a recibirlas así? ¿Sin peinarte siquiera?

—¿A quiénes?

—No vas a decirme que no recuerdas el compromiso. Tú misma tuviste la idea, redactaste la lista de invitadas, fijaste la fecha de la reunión.

A la lasitud sucedió en Matilde la cólera.

—¡No me importa! Es evidente que no puedo recibir a nadie en el estado en que estoy.

—¿Y me vas a dejar colgada así? ¿Después de que yo usé tu nombre para llamarlas? ¿Después de haberlas hecho viajar, suspender sus trabajos, desatender sus obligaciones...?

—No tengo la menor idea de a quiénes de refieres ni de lo que me estás acusando.

—¿Qué les digo ahora? ¿Que estás indispuesta?

—¡Te empeñas en martirizarme!

—No se trata de eso, Matilde.

—¿Pues entonces? ¡Déjame en paz! Tú eres lista, no se te va a cerrar el mundo por una cosa tan insignificante, que, además, no es la primera vez que sucede. Encontrarás una buena excusa y ahuyentarás a los que quieran importunarme.

Victoria comprendió que ninguno de sus razonamientos bastaría para hacer cambiar la actitud de Matilde, así que se abstuvo de discutir más. Volvió a inclinarse a ella, ahora para ayudarla a ponerse de pie.

—Está bien. Ya no te preocupes y descansa.

—No puedo descansar, nunca he podido. El rostro de esa criatura siempre aquí, ¡aquí!

Y Matilde se golpeaba, con los puños cerrados, las sienes mientras, con mansedumbre, se dejaba conducir hasta su recámara.

Cecilia abandonó su escondite seguida por Susana, a quien la escena que acababa de presenciar le había parecido absolutamente impropia de la edad, de la fama y de la situación de —por lo menos— una de sus protagonistas.

—¡Es el colmo! Están locas de remate: que mi hijo, que tu poema, que quién sabe qué y quién sabe cuándo.

—Así son los genios —afirmó Cecilia con menos convicción que alarma.

—¡Qué genios ni qué ojo de hacha! Yo tengo una tía histérica que está igual. ¡Y nos mete en cada lío! Vámonos, antes de que esto se complique.

Pero a Cecilia esta efímera visión de la intimidad tan atormentada y de la que no dejaba de emanar cierta cualidad irreal, es decir, que obedecía a un orden diferente del que rige sobre los hechos y que ella era ya capaz de calificar como retórica, la había fascinado y no estaba dispuesta a marcharse de allí si no la obligaba alguien que tuviera autoridad para hacerlo. A los requerimientos de su compañera no daba otra respuesta sino la de una impavidez que estaba propiciando el momento del retorno de Victoria, que no se prolongó mucho. Entró de prisa y prosiguiendo, en voz alta, un monólogo que seguramente había iniciado desde que abandonó a Matilde.

—...como si lo estuviera viendo. Después de cerrar la puerta ha buscado, a tientas —porque está muy oscuro con las cortinas corridas enteramente y las luces apagadas— entre los frascos de medicina que están encima del buró. Ha escogido, por el tacto, el de los somníferos y se lo ha vaciado en la palma de la mano. Sin contarlos, porque no le importa el número, confiada en que yo no dejaré a su alcance una cantidad mayor de la que sus riñones puedan eliminar. Se las pasa con un sorbo de agua y luego duerme horas y horas tan profundamente como si hubiera muerto. Mientras tanto yo me paseo por los cuartos como un león enjaulado y... ¡Dios santo! ¿Qué voy a hacer? ¿Cómo voy a hacer frente a todas ellas... así?

Susana se adelantó a sugerir algo que le dictaba su buen sentido pero antes de que iniciara su primera fase entró una camarera a anunciar la llegada de Josefa Gándara.

—Buenas tardes. ¿Llego a tiempo?

La entonación de la pregunta no tenía nada del aire ligero y casual con que se aguarda una respuesta negativa y puramente formularia o ninguna respuesta, sino que era la emergencia incontenible de esa ansiedad, a flor de piel, del que no cuenta nunca con el tiempo necesario para cumplir sus múltiples obligaciones y se disculpa de su falta de puntualidad. "Cronotipo deficiente", cuchicheó al oído de Cecilia, Susana para definir a Josefa, como si quisiera poner en guardia a su amiga contra el portador de una enfermedad que no es grave pero sí enojosa, como la gripa.

Por lo demás Josefa mostraba, en su arreglo personal, trazas de apresuramiento que llegaban hasta el descuido de los pequeños detalles: la pulcritud del cuello y de los puños, el restiramiento de las medias, la torcedura de los tacones. En ellos precisamente fijó su atención Victoria mientras se aproximaba a la recién llegada para practicar juntas ese ritual —un breve contacto de las mejillas— con que las mujeres pactan entre su deseo de besar y su necesidad de morder.

Josefa no se opuso a un gesto que revelaba un conocimiento anterior, una intimidad quizá, que ella había olvidado. Pero lo cumplió con una lentitud y unas vacilaciones que delataron su perplejidad. Al retirarse y ofrecerse al examen minucioso de la otra, Victoria condescendió a bromear:

—¡Qué mala fisonomista eres, Josefa! No me recuerdas después de que hicimos juntas el bachillerato, la carrera en la Facultad. ¿Es que he cambiado, es que he envejecido tanto?

Josefa protestó con tanta mayor vehemencia cuanto que su olvido permanecía intacto.

—Nuestra generación fue tan numerosa...

—Como las estrellas del cielo y las arenas del mar. Cierto. Pero muchas fueron las llamadas y pocas las escogidas. Entre estas últimas no figuro yo: Victoria. Victoria Benavides.

Todavía en el aire, sin ningún asidero firme aún para la identificación, Josefa se apresuró a exclamar:

—Claro, mujer. Precisamente el otro día, charlando con unas amigas, nos preguntábamos qué habría sido de ti, de tu vida.

Victoria repuso con displicencia:

—Viajes, gente. He conocido de cerca a los nombres más famosos, he visitado todos los centros turísticos imprescindibles.

Como estas vaguedades no hacían sino poner el dedo en la llaga de una existencia monótona y limitada, Josefa interrumpió con acritud a su interlocutora:

—¿Y nunca tuviste la tentación de quedarte en algún lugar, de acompañar a alguien?

—Tuve la obsesión de volver y de estar sola.

—¿Para qué?

—Para comenzar de nuevo.

Josefa esbozó un ademán de vaga inquietud.

—Comenzar de nuevo... ¿a escribir?

—No. En medio de tantas vicisitudes he conservado, al menos, el sentido común. Tú, en cambio, anclaste pronto: marido, casa, ¿cuántos hijos?

El rostro de Josefa se animó, simultáneamente, de ternura y de preocupación.

—Tres. Es el número perfecto ¿no? Incluso para la magia.

—¿Supersticiosa?

—A veces, como entretenimiento, va uno a consultar a una adivina, se deja echar las cartas... ¡Y se lleva cada sorpresa! Naturalmente yo no tomo en serio ninguna de esas faramallas pero atinan con una frecuencia que te hace pensar. Mira, por ejemplo, a mí me predijeron que ninguno de mis hijos sería varón y... pues, sí, ha resultado cierto. Mi suegra está que trina conmigo y mi marido me pone de cuando en cuando mala cara. Pero yo alego que se lo advertí desde el principio y que ya no hay nada qué hacer.

—Excepto otros hijos. ¿Y no te quitan mucho tiempo las criaturas?

—Ah, no, de ninguna manera. Si crees que pueden ser un estorbo para mi obra te equivocas. Al contrario. En muchas ocasiones son ellas las que me han obligado a trabajar... si es que consideras como trabajo hacer lo que te gusta.

—¿Ellas son el tema de tu poesía?

—Son el estímulo. Sé que lo único que puedo legarles es mi fama.

—Pero mientras llega la hora de hacer testamento tu marido mantiene la casa ¿no?

—No se da abasto, el pobre. La vida no es tan fácil como suponíamos cuando estudiábamos en la Facultad. Además él no llegó a titularse.

—¿Otro sacrificio en las aras de Himeneo?

—Como no quiero que se arrepienta de haberlo hecho, yo pongo cuanto está de mi parte para ayudarnos.

—Las flores naturales.

Josefa sonrió, entre desafiante y avergonzada.

—Es una competencia lícita.

—Indudablemente, pero ¿no es un poco azarosa?

—Al contrario, está perfectamente organizada y tiene ciclos tan exactos como los de la naturaleza. Podría yo, si quisieras, señalarte sus estaciones, sus puntos cardinales, sus tiempos de sembrar y sus tiempos de recoger. Pero, además, no me atengo sólo a eso. Hago también periodismo y novelas radiofónicas y argumentos para cine, en fin, toda la lira. ¿Qué quieres? No siempre se obtiene a tiempo el Premio de las Naciones.

—Un premio siempre es, en cierta manera, póstumo. Se otorga cuando ya no sirve ni para matar el hambre ni para afirmar la vocación ni para alcanzar la gloria. Es la primera corona fúnebre que se coloca sobre la tumba.

Josefa había seguido su propio hilo de meditaciones.

—Tú puedes darte el lujo de morirte de hambre si estás sola. Pero no tienes derecho a hacer que pasen trabajos quienes dependen de ti.

—Sí, un hijo chilla y se hace oír. En cambio un libro no es, en su gestación, sino un enorme silencio. ¿Quién lo acoge?

—¡Pero mis libros están ahí, yo no he interrumpido nunca su escritura!

—¿Y consideras que lo que has escrito es poesía?

—La decisión se la dejo a los críticos.

Había una graciosa humildad en la evasiva de Josefa que conquistó la benevolencia de Victoria. La condujo entonces al centro del salón y la invitó a sentarse. Reparó en la presencia de Cecilia y de Susana, y, deshaciéndose en excusas, las mezcló a la conversación. Estaban apenas cambiando las primeras cortesías cuando irrumpió, como una tromba, Aminta Jordán. Pero su ímpetu se detuvo al reconocer a Josefa.

—Así que no soy la única.

Josefa alzó los hombros como para despojar de su importancia a esta contrariedad, pero añadió con malicia:

—Ni siquiera la primera.

—¿Se puede saber cómo te enteraste de que yo vendría y cómo te las ingeniaste para adelantarte y entrometerte? No, tú no eres capaz de enterarte de nada ni de ingeniarte de ninguna manera. Te invitaron. Al mismo sitio y a la misma hora que yo. Y probablemente para la misma cosa. Quien lo hizo carece absolutamente del sentido de las categorías.

Josefa dirigió a Victoria una sonrisa de complicidad que no pasó inadvertida a Aminta.

—¿Usted?

—Sí, yo fui la que hizo las invitaciones. Entre ellas la tuya.

—¿Por qué se atreve a tutearme?

—Porque es tu amiga —intervino con melosidad fingida Josefa. ¿Es posible que no la hayas reconocido? Es Victoria Benavides.

Aminta hizo un ademán con la mano como para espantar a un insecto.

—Jamás he escuchado ese nombre ni me interesa.

—Aunque así fuera ¿por qué te ofendes de que te tutee? ¿No estás acostumbrada a que lo haga cualquiera cuando vas a los toros, por ejemplo?

—Una cosa es la popularidad, querida, un asunto del que no tienes la menor noción, y otra muy distinta el respeto.

—¿De veras, Aminta, eres tan popular como me han contado? Dime ¿cómo lo lograste?

El rostro de Victoria estaba tenso de curiosidad. Josefa hizo un signo discreto como para indicar la inconveniencia de referirse a temas escabrosos delante de menores —Cecilia y Susana— y se adelantó a responder.

—Ya te lo imaginas.

Bastó esta interferencia para desatar la lengua de Aminta.

—No, no se lo imagina. Ninguna tiene la imaginación suficiente. Para empezar mandé a mi familia, con sus escapularios y sus prejuicios, al demonio.

—¡Gran hazaña! Una familia de medio pelo en que el padre trabaja en una oficina de Hacienda, sin esperanza de ascenso, y la madre se dedica a zurcir calcetines y los hermanos aspiran a un nombramiento en Aduanas que les permita salir de pobres... sin entrar en la cárcel.

—Estamos hablando de mi familia, Josefa, no de la tuya.

—Precisamente. Y los abandonaste cuando te convenciste de que no había más jugo que exprimirles, de que nunca serían más que unos pobres diablos.

—¡Mentira! No les pedí nada. Salí de mi casa con lo que tenía puesto.

—Para lanzarte a la calle en el sentido estricto del término.

—¡Cuánta envidia se esconde tras la sacrosanta indignación de las virtuosas! Según el catecismo de Josefa debió haber llovido sobre mí el fuego del cielo hasta aniquilar mis pecados. Y en vez de eso lo que me llueven son contratos para recitales, para presentaciones en clubes nocturnos y aún para desempeñar papeles estelares en el cine. Y todo eso, fíjese usted bien señorita como-se-llame, sin que yo haya hecho nunca la menor concesión al público. En mis libros el tema es arduo: la metafísica pura. Y las formas se ciñen al más severo canon clásico. Y esto, que yo les sirvo, lo devoran mis lectores con avidez y me aplauden y me reconocen, aunque yo asista de incógnito a una ceremonia y hasta circulan tarjetas postales con mi retrato.

—No abras esa boca de asombro, Victoria, que lo que Aminta no concede al público en sus libros lo concede a los agentes de publicidad en la cama.

—Ingenua como toda mujer honrada. Cree que el hombre es un ente predatorio que se mantiene al acecho de la oportunidad para saciar sus bestiales instintos. Oh, decepción, lo único que buscan es un hombro inofensivo sobre el cual llorar la incomprensión de su esposa y la nostalgia de su madrecita santa.

—¿Y la crítica? —interrumpió Victoria a la que no le interesaban los cuadros de costumbres: ¿en qué lugar te coloca la crítica?

—Aparte. No hay punto posible de comparación, no hay antecedentes, no hay semejanzas. Soy un milagro en el sentido literal del término. Y este juicio, no podrá atribuirlo Josefa, a pesar de su malevolencia, a la depravación de mis costumbres. Porque los críticos son incorruptibles, especialmente cuando intenta seducirlos el encanto femenino.

—Aminta es un "cultivo". Se han puesto de acuerdo todos para inflarla, eclipsando así los nombres y la obra de todas las demás. A sabiendas o no, Aminta, te estás prestando a un juego siniestro que terminará cualquier día, cuando decidan que ya no funcionas y te pinchen con un alfiler. ¡Paf! ¡Se acabó Aminta Jordán!

—Corneja de mal agüero. Yo te prometo que no vivirás para ver mi ocaso.

—Una promesa tan solemne requiere un brindis —propuso Victoria.

—Whisky para mí —aceptó Aminta.

—Aprovechas ahora que se puede. Has tenido rachas muy prolongadas de tequila.

—Santa Teresa, con ser quien fue, querida (aunque mucho me temo que ignores también eso), padeció sus tiempos de sequía. ¡Cuánto más nosotros, gente menuda!

Se estableció una tregua mientras la camarera recibía y ejecutaba las órdenes de cada una. Fue Aminta la primera en romperla con una pregunta, al parecer, casual.

—¿No estarán presentes en la entrevista ni reporteros ni fotógrafos?

—¡No me digas que se te olvidó traerlos! —exclamó con incredulidad Josefa. Nunca das un paso si no te sigue toda esa mojiganga.

—No fue un olvido, fue una imposibilidad. Vengo directamente de una fiesta. Pero supuse a la secretaria de Matilde Casanova más previsora.

—Estaba previsto —mintió Victoria. Pero a último momento Matilde se indispuso y hubo que dar contraorden.

Aminta se irguió como si la hubiera picado una avispa.

—¿Qué? ¿No va a recibirnos?

—No, y les ruego, en su nombre, que la dispensen. Tuvo una recaída de su enfermedad y el médico le prescribió reposo absoluto.

—¿Pero qué se ha creído? ¿Que somos sus títeres para que nos haga danzar a su antojo?

—¡Aminta, por favor, más respeto!

—¿A qué? ¿A su Premio de las Naciones? Algún día yo también voy a tenerlo y me voy a reír de él.

—A tu antigua maestra.

—Me sacaba de clase, me reprobó a fin de año, nunca me tomó en cuenta. Pero entonces ella estaba arriba y yo abajo. Ahora tenemos una situación de igualdad y ya no le tolero arbitrariedades a nadie. ¿Dónde se esconde para ir y traerla hasta aquí, aunque sea arrastrándola de los cabellos?

La ira había descompuesto las facciones de Aminta que, sin embargo, se adivinaban —aun bajo la gesticulación convulsiva y el maquillaje derretido y mezclado— finas, inermes y de las que todavía no emigraban por completo ni el azoro ni la inocencia.

Aminta estrelló su vaso —ya vacío— contra el suelo y se puso de pie al mismo tiempo que las demás, quienes se precipitaron a detenerla. Pero antes de darle alcance Aminta, desconocedora de la topografía, por un acto reflejo e irreflexivo, fue hacia la puerta por la que había entrado y la abrió únicamente para dar paso a Elvira Robledo.

—Gracias, Aminta —dijo complacida. No esperaba de ti tales gentilezas.

Aminta, cuyo arrebato se había extinguido, dejó caer los brazos con desaliento.

—Ahora sí el cuadro está completo.

Volvió cabizbaja a su lugar y apuró otro vaso de whisky que la camarera, después de recoger los vidrios del anterior, le había preparado. Mientras tanto Elvira y Josefa se saludaban efusivamente y luego se perdían en una animada explicación acerca del encuentro con Victoria y evaluaban, de manera recíproca, los estragos operados en ellas por los años y se participaban lo indispensable de la historia de cada una. Pero hasta que Elvira no estuvo sentada también y con su correspondiente bebida en la mano, no advirtió a Cecilia y a Susana, que habían vuelto dócilmente a su silla y a un refresco cuyo sabor era cada vez más dulzón y cuya tibieza era cada vez más repugnante.

—¿Las señoritas son también escritoras? —preguntó con cautela Elvira, aunque, a pesar de sus precauciones, picó la cresta de Aminta.

—¿Por qué supones que han de ser escritoras?

—Por lo mismo que supone que son señoritas —interpuso Josefa. Por cortesía.

—¿Se nos permite dividir en partes la pregunta? —quiso saber Cecilia. Para dividir la respuesta. Así Susana puede encargarse del aspecto biológico o social de la cuestión y yo me encargaré del literario.

—¿Y? —dijo perentoriamente Aminta.

—No somos escritoras.

Aminta se puso de pie y fue a estrecharles entusiastamente la mano.

—¡Magnífico! ¡Me alegro, me alegro mucho!

—¿Por qué?

—Porque si no son escritoras y andan merodeando por estos rumbos, no queda otra alternativa: han de ser lectoras.

—Si lo admiten —puntualizó Josefa con el tono de quien se dispone a defender sus derechos—, no olvides que yo las vi primero.

—En estos casos no se trata de que tú las veas primero sino de que ellas te vean primero a ti. ¿No es verdad, encantos?

—Cronológicamente —apuntó con pedantería Cecilia—, la señora Gándara tiene prioridad.

—¿A quién le importa la cronología? Lo esencial es el gusto, la preferencia, el juicio. ¿Han leído los libros de Josefa?

—Los hemos analizado en clase.

—Ah, por obligación, claro. Y, como toda obligación, ésta ha de haber sido también muy desagradable.

—¿Por qué no dejas que sean ellas mismas quienes lo decidan y no tú quien lo decrete, Aminta?

—No se atreverán nunca a confesarlo. Son demasiado jóvenes, Elvira, demasiado tímidas, están demasiado bien educadas. Yo tengo que fungir, a la manera de Sócrates, de partera de almas.

—Hmmm.

—Y, díganme, encantos, ¿me han leído a mí? Pero no es preciso que entremos en discusiones de si ha sido en clase o no, las circunstancias son lo de menos.

Cecilia repuso con los dientes apretados.

—Sí.

—¿Y qué opina de mi obra?

—Que es abominable.

Josefa aplaudía en un paroxismo de felicidad.

—¡Bravo por la juventud, por la timidez y por la buena educación!

Susana miraba a su compañera, boquiabierta.

—¿Y me haría usted el honor de descender de su púlpito y explicarme por qué?

—¿Desde qué punto de vista quiere que enfoquemos la explicación? ¿Desde el punto de vista de la forma o del contenido? Porque en el caso de una poesía inauténtica, como creo que es la suya, es lícito hacer esta separación.

—¿Sabe usted a lo que se arriesga si dice una sola palabra más?

—A que usted caiga revolcándose en el suelo víctima de un colapso nervioso.

—¡Criatura inexperta! Aminta no es de las introvertidas sino de las que arañan. Si estima en algo la integridad de su piel le aconsejo, no únicamente que calle, sino que rectifique. ¿Te darías por satisfecha con eso, Aminta?

La aludida asumió una actitud de suprema dignidad.

—No ofende quien quiere sino quien puede. Y ese gusano de la tierra, no puede.

Susana exhaló un suspiro de alivio porque Aminta había cambiado la dirección de sus baterías de ataque hacia el rumbo de Elvira.

—En cuanto a ti, zurcidora de voluntades, ¿conservarás tu ecuanimidad cuando sepas que Matilde se permite la impertinencia de hacernos venir para después negarse a recibirnos?

—Ha de tener motivos —repuso imperturbable Elvira. ¿Cuáles son, Victoria?

—Fue un accidente que ninguno podía prever, una especie de síncope. No es la primera vez que lo sufre y yo sé que no tiene mayores consecuencias. Pero, de cualquier modo, a su edad, es prudente tomar pre-cauciones. Hice venir al médico, la examinó y...

Las últimas sílabas se perdieron en la conmo-ción que causó la presencia de Matilde Casanova. Había entrado sin ruido, recién bañada, con el pelo recogido en una larga trenza, la expresión animada y sonriente y tendiendo las manos como si quisiera que se las estrecharan todas al mismo tiempo.

—¡Otra vez juntas, como antes!

En el afán de saludar a Matilde ninguna tuvo ojos para Victoria, excepto Aminta que le susurró al oído:

—¡Saboteadora!

La voz de Victoria temblaba de desconcierto, cuando se dirigió a Matilde.

—¿No te dormiste?

Matilde se volvió a ella, desmemoriada y feliz.

—¿Por qué había de dormirme en un día tan hermoso como éste? Tomé una ducha fría, despaché algunos asuntos urgentes y ahora me siento como nueva.

Victoria, que no había renunciado aún a su empeño de reivindicarse ante las demás, insistió con una irritada solicitud:

—No debes abusar de tus fuerzas. Después de una crisis como la que acabas de sufrir...

Aminta la interrumpió bruscamente:

—Señorita, deje ya de tratar de hacernos creer que aquí ha habido alguna crisis de nada. Concrétese a cumplir con sus funciones que, según tengo enten-dido, son las de una especie de secretaria o algo así.

Victoria tuvo que admitir con amargura.

—Algo así.

Ajena a este debate, Matilde se dirigía al bal-cón para abrirlo de par en par.

—El encierro es lo que me deprime. Vamos a la terraza. Desde allí se mira el mar, se siente el vien-to. ¿Ustedes saben que cuando yo era todavía muy joven dudé en tomar por esposo a cualquiera de estos dos enamorados míos? Cuando llegué a la madurez pude, al fin, decidirme. Ninguno. Porque quiero demasiado a ambos. Y la elección de uno no me habría consolado nunca del rechazo del otro.

—Elegir es rechazar; rechazar es limitarse y limitarse es morir —recitó Elvira.

—¿Quién dijo eso?

—Usted lo repetía a menudo desde su cátedra. Nosotras la escuchábamos, entonces, como ahora, religiosamente.

Avanzaban todas, detrás de Matilde, como en seguimiento de su pastor. Sólo Victoria quedó rezagada y Elvira retrocedió para instalarla.

—No. Voy a ordenar el menú.

Desde afuera, en una ráfaga de aire, llegó la voz de Matilde.

—Arroz a la mexicana, Victoria. Hace siglos que tengo el antojo. Pero has de prepararlo tú misma. La cocina de los hoteles es tan desabrida...

Elvira no se incorporó al grupo de la terraza hasta que Victoria hubo desaparecido.

En el centro estaba Matilde. Flanqueándola, muy próximas, como si la proximidad confiriera la primacía, rivalizaban Aminta y Josefa. Sin pretensiones de llamar la atención —sino al contrario, esforzándose por pasar inadvertidas— se sentaban Cecilia y Susana. Elvira contempló el conjunto, apreciativamente.

—La composición es irreprochable porque obedece a una ley interna tan poderosa, tan universalmente aplicable...

—Acomódate, Elvira, y déjate de discursos.

—Prefiero estar en disponibilidad para servirlas. ¿Fumas, Matilde?

—Sí.

—Josefa empezó a hurga febrilmente en su bolso.

—¿Qué marca de cigarros? Yo siempre guardo varias cajetillas, por si se ofrece.

—Suaves. Gracias.

Permitió a Aminta que le diera lumbre —con lo que se restablecía el equilibrio entre las competidoras— pero después de unas cuantas chupadas, distraídas y como por cumplir un compromiso, dejó que la lumbre se extinguiera. Matilde parecía absorta en una meditación que nadie se atrevió a interrumpir.

—La que dispersa a quienes se congregan en los festines, llaman los árabes a la muerte. ¿Cómo llamarían a la casualidad feliz que permite a los amigos ausentes reunirse de nuevo, como ahora nosotras? Estamos las que estábamos, no falta ninguna ¿verdad?

—Sobran dos —delató rencorosamente Aminta señalando con una mirada a Susana y a Cecilia.

Matilde se volvió a ellas sin el más mínimo rastro de extrañeza. Como si hubiera previsto, ordenado, esperado encontrarlas allí. Pero también sin el menor gesto de reconocimiento, de entendimiento del papel que estuvieran desempeñando sentadas en su silla respectiva. Con la benevolencia tranquila con que se advierte la presencia de un objeto sobre cuya utilidad no se tiene aún ideas muy precisas y que todavía no resulta habitual.

—Son las nuevas generaciones —dijo Elvira. Es conveniente que se acerquen a sus antepasados para que, al menos, sepan cuál es la herencia que van a recibir.

—Están tratando de engañarla, Matilde. Esas muchachas no son escritoras. Ellas mismas lo han confesado.

—¿Y qué saben? Tal vez no han descubierto su vocación. Si es así, si todavía no han sufrido esta experiencia hay que prepararlas para que no se asusten. Porque un descubrimiento de tal índole es algo fulminante, tan turbador, tan irrevocable como el diagnóstico de una enfermedad mortal.

—Josefa, con su cerebrito, con su almita, no hubiera soportado un acontecimiento así. Ergo, no tenía vocación.

Matilde continuó como si esta interrupción de Aminta no se hubiera producido.

—Pero como los síntomas son, al principio, demasiado vagos, demasiado atribuibles a otras causas —el amor, la pubertad, la clorosis, qué sé yo—

nadie les concede mayor importancia. Ni quien los padece, porque confía en su pronta curación. Ni los demás que encuentran que este tipo de trastornos son graciosos y hasta los celebran y los aplauden. Cuando se asume la realidad ya no tiene remedio. El nombre del primer libro es como un estigma que no borra nadie. A partir de entonces los eslabones se suceden. Primero es una reseña alentadora en cualquier revista. Después, de la manera menos esperada, viene un torbellino de entrevistadores, de fotógrafos, de cargos, de responsabilidades. Parece como si el mundo entero se confabulara para aplastar al autor, para impedirle escribir una línea más.

—Estás hablando de ti, Matilde. De un autor que tiene éxito. Podemos comprenderte, pero gracias a un esfuerzo de imaginación, no por la similitud de nuestra experiencia.

—No pluralices —protestó Aminta. Yo sí sé, en carne propia, lo que es el éxito.

—Te equivocas. Sabes lo que es el escándalo.

—Es mejor que inspirar lástima ¿no? Cuando tú envías uno de tus engendros a un certamen no dejas de recordar, a los miembros del jurado, que de su decisión depende que tus niños sobrevivan a los rigores del invierno.

—¡Aminta, basta! —ordenó Elvira.

—Me olvidaba de ti, respetabilísima colega. Tú no te has contaminado ni con los enjuagues de la publicidad ni has cedido a las exigencias del hambre. Tú no entiendes nada que no sea correcto: cuentas las sílabas, pules los versos, escoges los temas. Aceptas lo trascendental siempre que no te haga correr el riesgo de ser excesivo. ¿Pero podrías decirme si has logrado ser algo más que una dama: una escritora? ¿Podría decírmelo usted? —preguntó Aminta mirando furiosamente a Cecilia.

—No sé nada de la vida de Elvira Robledo ni me interesa. Pero conozco su obra y admiro el decoro con que ha sido hecha.

—¡Decoro! ¿Se dan ustedes cuenta? ¡Qué frenesí de entusiasmo! Seguramente si usted escribiera se limitaría a copiarla.

—¡Copiarme a mí! Estando Matilde...

—¿Por qué tiene que copiar a nadie? ¿No podría ser original?

—A la originalidad no se llega, Josefa, sino por la vía de la imitación. Deberías de estar enterada de eso tú, mejor que nadie, puesto que aún no acabas de recorrer esa vía.

—Que, por cierto, no te ha conducido a la fama.

—No la busques. Es el ruido, la confusión, el despojo. Ya no te pertenece ni un minuto de tu tiempo para recogerte en ti misma y escuchar y repetir en voz baja la confidencia y acercarte, temblando, a los secretos.

—Ésos son los privilegios del anonimato.

—Pero el fracaso también destruye.

—Contra el fracaso queda una defensa; la certidumbre de que es injusto, de que la posteridad rectificará el error. Y esto te lleva a encarnizarte, aún más si es posible, en la persecución de la palabra exacta, de la metáfora file. Lo otro, el halago, la facilidad de una miel que, primero, no rechazas porque es sabrosa y de la que después no aciertas a desprenderte porque es espesa y te debates en ella, inútilmente, como un insecto, hasta el fin.

—Yo no me quejaría de una suerte como la suya, Matilde. Sé manejar los triunfos en el juego.

—Pero no es por conseguirlos por lo que se trabaja.

—¿Entonces por qué?

Entre tanta algarabía, que reputaba sin sentido, Susana había osado, por fin, meter baza. Ya el tema que entretenía y hasta apasionaba a estas mujeres le parecía bastante inverosímil. Pero cuando quisieron desligarlo de una finalidad real y tangible, de un resultado, sintió que perdía pie y se asió a la primera pregunta que se le puso enfrente. Todas se volvieron hacia ella con el asombro de Balaam hacia su burra pero sólo Josefa encontró, en el fondo de sí misma algo de esa paciencia un poco mecánica con la que las madres responden a la curiosidad indiscriminada e incesante de sus hijos.

—Trabajamos para alcanzar la certidumbre, para probarnos a nosotros mismos que no nos hemos engañado y que no hemos engañado a los demás.

—Ésa no es razón suficiente —intervino Cecilia. Se puede muy bien ser veraz y silencioso.

—Con las palabras tendemos puentes para llegar a lo que está fuera de nosotros... aunque casi siempre los puentes se rompen.

Matilde las interrumpió con impaciencia.

—Están hablando de la poesía como de un bien o de una obligación elegibles, renunciables, en todo caso, de un hecho voluntario que, en última instancia, puede justificarse. Pero yo sostengo que es una fatalidad, un destino que se nos impone y que hemos de cumplir o perecer.

—¡Nadie muere de no escribir versos, Matilde!

—No he dicho versos: he dicho poesía.

—¿Y cómo se manifiesta ese destino?

—Se abre, dentro de nosotros, una especie de vacío, una ausencia que no se colma con nada, un abismo que nos obliga a asomarnos constantemente a él, a interrogarlo, aun a sabiendas de que, desde sus profundidades, no ascenderá jamás ninguna respuesta sino sólo el eco, amplificado, deformado, irreconocible ya, de nuestra pregunta.

—Es un quehacer absorbente.

—Estamos absortos. Y los que nos rodean no advierten más que nuestra distracción, nuestra falta de interés en los asuntos comunes y se desesperan y nos hacen reproches y acaban por abandonarnos. No es que el poeta busque la soledad, es que la encuentra. Primera estación en el camino, primer grillete de la cadena que se rompe. Ahora el panorama cambia. Ya no somos más que un cauce en cuyo interior avanza un río oscuro, arrastrando memorias de follajes, de cielos; abriéndose paso entre piedras broncas a las que afina con una caricia lenta, mil veces repetida. A ratos, la corriente discurre por una extensión libre y sin término. Entonces lo que era un rumor oscuro, inarticulado, gemido ronco, se vuelve música. Ah, cuando se ha escuchado ya no se acierta a vivir sin ella. Y, de pronto, sin motivo, sobreviene la mudez o la sordera o ambas cosas. Hay una grieta en el fondo y el río se hunde allí y no queda sino una sequedad espantosa. Meses, años de búsquedas sin dar con una gota de agua.

—¿Qué se hace entonces?

—Los sabios se quedan quietos, esperando. Los otros imitan la canción aprendida, la repiten, la falsifican. O, consumidos de impaciencia, desertan de la peregrinación hacia la tierra prometida y se detienen en el primer oasis del camino.

—¿Y los que perseveran?

—Pueden morir, como Moisés, sin haber llegado más que a entrever su patria. O pueden sentir que en sus entrañas brota, de nuevo, el manantial de agua viva y las inunda con su sobreabundancia de dones.

—Pero no se puede edificar una vida sobre bases tan precarias. Todo depende de casualidades imprevisibles.

—De la gracia. Y para que la gracia actúe es preciso mantener la rienda corta a la voluntad. Cuando la hemos aniquilado ya podemos decir que apartamos la piedra del sepulcro. A otros grados superiores de renunciamiento correspondería el que nos desligaran de nuestros vendajes de cadáveres. Y luego, al fin, escuchar la voz que nos ordena, como a Lázaro, levantarnos y andar. Y hemos de mezclarnos con los que se apartan de nosotros horrorizados porque, al través nuestro, se ha cumplido un hecho sobrenatural que debería ser motivo de regocijo pero que no lo es porque en nuestra existencia palpan los demás la fragilidad de las leyes que los rigen, la ambigüedad de los signos que dibujan encima de las figuras de su mundo para que las expliquen.

La animación, que había resplandecido en el rostro de Matilde durante los primeros momentos de la charla, fue extinguiéndose como una brasa que se cubre, paulatinamente, de ceniza.

—¿Acierta alguno a imaginarse el espanto de los días de Lázaro? Después de que el milagro lo ha traspasado, lo ha sacudido, lo ha vuelto otro ¿qué va a entender de las discusiones de los mercaderes sobre el precio del trigo? ¿Cómo va a afligirse por los sufrimientos de la hembra al parir? ¿Cómo va a preocuparse de sembrar hoy para que el mañana no lo sorprenda sin una provisión? Después de que ha visto, aunque sea durante el tiempo de un parpadeo, la eternidad, todo afán ha de parecerle mezquino, todo quehacer ha de irritarle porque lo aparte de una memoria divina. Y descuida lo que lo solicita a su alrededor para consagrarse por entero a la nostalgia.

—Pero entonces se convierte en un estorbo, en un mendigo, en un paria.

—En un loco, que es también todo eso. Por compasión, algunos le aventarán mendrugos, limosnas. Por burla, otros le pedirán que narre su aventura, esa aventura maravillosa para la que no hay palabras en ningún idioma y que Lázaro cuenta, balbuceando, mientras el auditorio ríe o aplaude, que son las dos maneras de no escuchar, de negarse a entender.

—La última, la del aplauso, es la que te tocó a ti.

—Eso dicen. Y supongo que tienen razón quienes intentan consolarme añadiendo que es la mejor parte. Pero yo, de mí, diría que he luchado con todas mis fuerzas para que no me sepulten de nuevo. Que me he debatido, como una leona, para conservar el recuerdo, para conjurar, uno por uno, los espejismos con los que han querido engañarme y distraerme. Y que llené de pistas falsas mis libros para que me busquen donde no estoy y para que se apacigüen creyendo que me encontraron y que me encadenan y que me amansan y que me guardan.

—Ha cometido un fraude.

—¡Pero he sobrevivido! Y no me sumé a las huestes del Príncipe de este mundo, que son tan numerosas y que tan buen trato reciben. Sino que he permanecido fiel a mi promesa única y no me he alimentado sino de una raíz amarga que es la palabra verdadera.

—¿Pero entonces? Usted misma ha dicho que sus libros están llenos de pistas falsas.

—Yo hablé de alimento. Tú eres la que habla de las deyecciones.

Aminta decidió que el monólogo de Matilde había durado ya un tiempo excesivo y se dispuso a interrumpirlo.

—Es una tesis muy original y corresponde con tanta exactitud a la poesía que yo hago —una poesía de las esencias— que estaba preguntándome si no sería una pretensión exagerada de mi parte rogarle que me permita reproducir estas palabras en las primeras páginas de mi próximo libro.

—¿Un prólogo? ¿Firmado por Matilde? —reaccionó con alarma Josefa.

—Naturalmente. Matilde tendría el crédito que le corresponde.

—Pero habría que redactar, corregir, afinar... y yo estoy tan cansada.

—No va a tener que molestarse. Déjeme el trabajo a mí y no se arrepentirá.

—¡Cuidado, Matilde! —exclamó Josefa tomándola del brazo como para apartarla de la amenaza de un reptil venenoso. Usted sigue viendo a Aminta como lo que fue, una alumna excepcionalmente dotada, aunque incapaz de disciplina, que asistía a sus clases más que para aprender para discutir, más que para recibir para afirmarse. La mujer que tiene usted enfrente ahora ha llevado al límite extremo todas sus virtudes y todos sus defectos. Y es peligrosa. No se detiene ante nada cuando codicia algo que puede beneficiarla. Si usted la autoriza a reproducir la más mínima de sus frases, la alterará, la llenará de adjetivos elogiosos para ella, la convertirá en una exaltación de su obra, en una intimidación a los lectores y a los críticos para que aplaudan en su libro un mérito que no existe.

—¡Voy a hacerte tragar tus calumnias! —repuso, a grito herido también, Aminta, a la que impedían pasar a los hechos Elvira y Cecilia.

—Calma, calma, no se exalten así porque el incidente carece de la más mínima importancia —dijo Matilde sin que ni el tono de su voz ni su postura en la silla delataran ni sobresalto ni contrariedad ni sorpresa. No, criatura, le agradezco su intención pero no insista. No trate de abrirme los ojos porque desde hace muchos años "yo no quiero mirar para no herir".

—¡Está absolutamente chocha! —estalló Susana que había perdido, por completo, el dominio de sus nervios.

—¡Qué lenguaje tan arcaizante usan los jóvenes hoy en día! Llaman chochez a mi pasividad, una pasividad de árbol del camino que no defiende sus frutos del hambre de los que pasan. El término señala mi actitud, tal vez, pero no la explica. Y no la explica tampoco ni la indiferencia ni la magnanimidad ni la virtud ni la estupidez. Yo no soy ni indiferente ni magnánima ni virtuosa ni estúpida y quiero que quede bien claro. Yo soy una mujer que padece vergüenza.

—¿Vergüenza? —repitió extrañada Aminta. ¿De qué?

—De haber recibido tanto y haber dado tan poco.

—Ha sido egoísta —concedió Josefa. Pero no más que la generalidad de las solteras. Y, por lo menos, usted ha tenido el atenuante de sus aptitudes creadoras, de su tarea intelectual, de su obra literaria.

—Cordelia, Antígona, Ifigenia o, para ser autóctonos, Margot, el ángel del hogar, merecen mi más honda simpatía, suscitan mi más encendida admiración pero no me han producido jamás ni el más efímero deseo de imitarlas. Sé, por experiencia propia, que la devoción a la familia no habría calmado mis escrúpulos morales... aunque también sé que la falta de devoción ha exacerbado mis sentimientos de culpa. Porque yo me crié en el seno de una familia que, hasta para los criterios más exigentes, era considerada como ejemplar. Pero en cuanto tuve uso de razón y pude juzgarla según mi criterio, no me di tregua sino hasta después de haber roto la última de mis ataduras con ella. Fui despiadada, con mi padre que no se consoló nunca de haberme perdido; con mi madre, que me maldijo en su lecho de muerte; con mis hermanos, que me repudiaron. Pero entonces yo estaba convencida de que mis deberes eran para con la Humanidad, así, con mayúsculas y en abstracto. Para colmo fue entonces cuando comencé a escribir, cuando ya no pude continuar resistiéndome a aceptar mi destino.

—Lo dice usted como si una cosa se contrapusiera con la otra.

—No se contraponen, se anulan. Cada poema me arrebataba, como el carro de fuego a Ezequiel, hasta unas regiones que me volvían inaccesible aun para las criaturas que estuvieran más próximas a mí. Para no tener testigos —ni estorbos— yo me aislé por completo. Vivía sola, en un cuarto alquilado, sin amigos, sin vecinos, sin conocidos. Y cuando salía a la calle, porque necesitaba respirar, moverme, iba como una sonámbula o como una convaleciente. No veía nada a mi alrededor. ¡Más me hubiera valido seguir así siempre! Pero un día, como a San Pablo, se me cayeron las escamas de los ojos: un automóvil, que estuvo a punto de atropellarme (y fue un milagro que no lo hiciera, dada mi distracción), atropelló a un niño al que quizá yo podía haber salvado... si lo hubiera visto. Me quedé allí junto a su cuerpo, inmóvil, porque está prohibido tocarlos, esperando a que llegara a recogerlo la ambulancia. Y después esperé, en los corredores del hospital, hasta que avisaron que había muerto. Entonces comprendí que no había Humanidad sino hombres y que cuando un hombre agoniza en la oscuridad de hambre, de frío, de dolor, de miedo, acercarse a él —para recitarle un poema— es un insulto, es una burla intolerable.

—Si todos los poetas pensaran como usted no habría poesía —apuntó con precaución Elvira.

—Yo pienso así y sigo escribiendo poemas. Lo único que sucedió fue que quise aprender, además, un oficio útil. Lo primero que se me ocurrió fue, como era de esperarse, la enfermería. Pero no había una célula de mi organismo que no se encabritara contra mi voluntad, que no retrocediera con asco ante las llagas, ante los hedores, ante la sangre. Tuve que aceptar una tarea más modesta y adquirí el título de maestra rural.

—¿Fue entonces cuando partió usted al Sur? —preguntó Cecilia, más que para averiguarlo para exhibir sus conocimientos recientemente adquiridos de la biografía de Matilde.

—Sí. Yo iba preparada para todo... Menos para lo que encontré. Estaba dispuesta a soportar privaciones, a interponerme heroicamente entre las víctimas y los verdugos, para salvarlas aunque fuera a costa de mi vida. Pero, por lo pronto, me enviaron a una comunidad indígena monolingüe. Nadie allí hablaba ni entendía el español; y yo, con este don de lenguas que Dios no me ha dado, era incapaz de pronunciar una sola palabra en el dialecto de aquellas criaturas. Trataba de mostrarles, con actos (no disponía de ningún otro medio de expresión), mi buena voluntad. Pero partíamos de concepciones tan diferentes de las cosas que yo acertaba, casi de modo infalible, a ofenderlos, a ponerlos en guardia contra mí, a proporcionarles motivo de risa. Me aceptaban, pero no como al Kukulcán que yo había pretendido resucitar, sino como a una pobre mujer extraviada y bastante tonta. Aparte de lo que pudiera sufrir mi orgullo no les será difícil deducir que mi influencia era nula y que mi eficacia andaba por los suelos. En la única Navidad que pasé con ellos se me ocurrió que organizáramos una celebración con villancicos, piñatas, colaciones, en fin, el modo clásico. Ése era el proyecto. La realidad fue una borrachera atroz con el saldo de varios heridos a machetazos, algunas violaciones y una suciedad universal.

—¡Qué horror!

—Fue lo que yo sentí y mi primer movimiento fue de fuga pero no contaba con ningún medio para llevarla al cabo. Así que hice de la necesidad virtud y me quedé entre ellos, que comenzaron a respetar mi valor y a manifestarme algunos signos de deferencia... no tan obvios ni tan insistentes como para que yo me hiciera ilusiones. Sólo para que estuviera tranquila y meditara. Y meditara hasta entender que, por desinteresado que sea un propósito y pura su ejecución, en cuanto transita al reino de los hechos cae bajo otra ley y se mezcla a constelaciones que son totalmente ajenas a quien ha concebido y ejecutado el plan, tan ajenas que acaban por volvérselo irreconocible. A veces el trayecto entre la idea y el acto es más corto: lo que basta para que un proyectil rebote contra un obstáculo cualquiera y retroceda a herir a quien lo ha lanzado.

—Yo prefiero el País de las Maravillas de Alicia y no éste. Es igualmente arbitrario sólo que más humorístico.

—No, la arbitrariedad es una primera impresión por la que no hay que dejarse engañar. Sirve para que tras ella se escondan los principios, los mecanismos, las leyes a las que se somete, sin excepción, la realidad. La certidumbre del rigor es más intolerable, para la mente humana, que la sospecha del azar.

—¿Y ese descubrimiento le sirvió de algo?

—Me convenció de que lo que yo trataba de hacer, a pesar de todos los abrumadores testimonios en contrario, tenía un sentido. Porque es preciso, sí, ésa es la única norma moral a la que me atengo desde entonces, es preciso mantener —o, mejor todavía, acrecentar— la suma de bien y de belleza que existe en el universo y que es un patrimonio del que participarán todos. Así no se actúa para beneficio particular de éste, que me roza con su miseria, ni de el de más allá, que me conmueve y me desazona con sus lamentos. Sino pensando en el otro, oculto tras el velo del espacio y del tiempo, a quien sólo el amor me lo hace visible.

—Y también la poesía —añadió Elvira.

—La poesía me pone ante los ojos la ley, sin la cual mis castillos de arena se derrumbarían: la de la distancia estelar que separa la causa del efecto. Pero también la de la firmeza irrompible del vínculo que une a la causa con el efecto. En este cosmos que habitamos no hay excepciones a la vigencia de la regla, no hay ruptura, no hay fallas, sino una continuidad, una cohesión que nos permite ser libres, espontáneos, improvisar, dejar que fluya la invención y el juego...

—En suma —concluyó ásperamente Josefa—, que nos permite firmar el prólogo a un libro que no se ha leído.

—¡Burguesa! —la llamó Aminta. Tú eres de las que antes de conceder a alguien el honor de un saludo le pides un certificado de buena conducta y su reacción de Wassermann. De las que quisiera que cada persona y cada cosa ostentaran una etiqueta con su precio, para que supieras a qué atenerte respecto a su calidad.

—¡Qué importancia le das a un prólogo, Josefa!

—No me halaga lo que has dicho pero suponiendo que lo aceptara, ésa sería una razón demás para firmarlo. Hace años que me he resignado a dar únicamente lo que tengo: mi nombre. ¿Qué me importa si lo usan para apuntalar un manifiesto inoperante o unos versos mediocres?

—Tiene usted algo más que nombre, Matilde: tiene dinero.

—¿Y por eso he de volverme cautelosa? ¿Y he de negar el alojamiento a un huésped, detenida por la precaución de que no vaya a resultar un perseguido de la justicia? ¿O he de mezquinar el socorro a un menesteroso porque no lo empleará en adquirir lo necesario sino que lo despilfarrará comprando lo superfluo?

—Pero eso tampoco es el bien, Matilde —replicó, ya en el límite de su resistencia, Elvira.

—Según el Evangelio, sí. ¿No pide que nuestra mano derecha ignore lo que hace la izquierda? Pero esta sabiduría a los ojos del mundo es locura.

—¡Sabiduría! Escepticismo. En el fondo lo que está usted negando es la posibilidad de saber qué significado tiene ninguna de nuestras acciones ni qué consecuencias alcanzará. Tomemos el caso de Aminta, por ejemplo: usted firma el prólogo que ella ha redactado a su antojo y se tranquiliza pensando que, tal vez, el texto será contraproducente en el ánimo de los críticos y pondrá un "hasta aquí" a la docilidad de sus admiradores.

—¡Toco madera! —exclamó Aminta. Pero no te preocupes, Elvira, que yo tendré buen cuidado de que nada de eso suceda.

—Por lo pronto, Matilde, usted se quita de encima a una importuna y la ve partir sonriente, agradecida, satisfecha. Su favor, mientras tanto, ha entrado en la órbita de la ley donde sufrirá quién sabe qué imprevisibles metamorfosis.

—Imprevisibles e inevitables.

—Bien. ¿Pero por qué no vuelve usted los ojos hacia otra parte? Hay aquí una mujer a quien su acción —el prólogo— ha decepcionado, entristecido.

—La tristeza del bien ajeno, la envidia, no es más que miopía. No percibimos más que lo inmediato y, hasta eso, ni siquiera en su totalidad.

—Pero, Matilde, lo que Josefa ha estado aguardando desde que llegamos no son sus consejos, sino sus beneficios.

—¿Cómo puedo beneficiarla yo?

—Invitándola, lo mismo que a sus compañeras, a que pasen a la mesa. La comida está servida —anunció Victoria desde el umbral.

—¿La comida? —repitió Matilde como si este trozo no lograra insertarse en el rompecabezas que había estado componiendo.

—Sí. Es hora ya de comer. Tus huéspedes han de estar desfallecidas de hambre.

Hubo murmullos de protesta pero no cristalizaron en una negativa individual.

—¿Y qué comeremos? —preguntó Matilde, más que por curiosidad de enterarse por deseo de aplazar el momento.

—El platillo principal es arroz a la mexicana.

Matilde guardó silencio como si esta revelación la hubiese aniquilado. Y luego se puso de pie, con los titubeos, con la dificultad de los inválidos, pero impulsada por una especie de frenesí de incredulidad y de cólera.

—¿Arroz a la mexicana? ¿Cómo se te ocurre? Es un platillo que aborrezco, que me produce alergia, que me han prohibido los médicos. ¿Qué es lo que te propones? ¿Envenenarme? ¿O simplemente dejarme morir de inanición?

Todas enmudecieron, estupefactas. Únicamente Victoria conservaba la ecuanimidad y hasta un rastro, casi imperceptible, de sonrisa.

—Ni una ni otra cosa. Me proponía darte gusto cocinando algo que tú misma encargaste.

—¡No estoy loca para encargar semejante incoherencia!

—Tengo testigos, Matilde.

—¡Claro! Sería muy impropio de ti proceder sin antes haber tomado las precauciones necesarias. Ya espero, de un momento a otro, que se levante un clamor general, de voces que tú habrás sobornado, para jurar y perjurar que yo fui quien dio la orden de que se preparara el arroz a la mexicana.

—No de que se preparara —puntualizó Susana. De que lo preparara la misma Victoria.

—Ah, de modo que eso es lo que te ha entretenido tanto tiempo. De que por tal motivo me abandonaste aquí, a la merced de unas desconocidas que no han cesado de interrogarme, de acosarme, hasta que me obligaron a concederles yo no sé qué, para que me dejaran en paz.

Aminta y Josefa iban a soltarse hablando simultáneamente pero cada una calló por el deseo de que callara la otra.

Victoria se acercó a Matilde y la tomó por la cintura para sostenerla, para ayudarla a caminar. Matilde reclinó la cabeza sobre el hombro de Victoria mientras le reprochaba con suavidad.

—¿Por qué no estabas aquí para defenderme?

—Ya, vamos, cálmate, ya. Te prometo que no volverá a suceder.

—¿Harás que se vayan? ¿Me protegerás si regresan de nuevo?

—Sí, Matilde.

—Se disfrazan, se ponen otra cara. ¿Atinarás a reconocerlas?

—No te hará daño nadie. Anda, ven a dormir.

Desde la puerta, Victoria se volvió e hizo un guiño que podía interpretarse como una petición de benevolencia para la conducta de Matilde, disculpable por su edad, sus condiciones de salud y, sobre todo, por su genio. A esta petición correspondieron las invitadas con un silencio en el que sólo se intercambiaban miradas imprecisas aún pero en las que ya comenzaba a aflorar, más que la consternación por el rumbo de los acontecimientos, el secreto regocijo de los iconoclastas que acaban de descubrir los pies de barro de un ídolo hasta entonces reverenciado. Poco a poco este sentimiento fue transformándose en la avidez del goloso que contempla ante sí un suculento manjar al que no se arroja de inmediato para devorarlo, contenido por el pudor social.

—¡Menopausia, cuántos prólogos se pierden en tu nombre!

Fue Josefa la que parodió la cita histórica pero Aminta, que no se daba por vencida con tanta facilidad, desdeñó la alusión.

—Lo que siento es el arroz. ¿No lo huelen desde aquí? ¡Ha de estar delicioso!

—¡Y con el apetito que se abre al nivel del mar! —exageró Susana.

—Pues vamos a tener que conformarnos con ser las "convidadas a viento".

—Yo ya estoy harta de este ruido y de esta sal que se le mete a uno en los poros y de este calor que le derrite hasta la médula. Con razón dice el refrán que de los parientes y el sol... Me voy adentro. La que quiera venir en pos de mí...

—...resígnese a soportar mi compañía y sígame.

—¿Vamos a quedarnos después de lo que ha sucedido? —preguntó Cecilia, cuya dignidad exigía una reparación.

—¿Qué le ha sucedido? Matilde nos ha dado una exhibición privada de sus habilidades —definió Aminta mientras penetraba en el interior.

—Nos ha acusado de abusar de su confianza.

—Lo cual no deja de ser cierto... en parte —admitió Josefa mirando directamente a Aminta.

—Matilde no hizo distingos.

—Las deidades no suelen hacerlos. Desde su impasibilidad alumbran lo mismo a los buenos que a los malos.

—Además no nos ha acusado ante ningún tribunal supremo sino ante una simple secretaria —puntualizó Aminta como para atenuar la gravedad del asunto.

—Quien, a juzgar por lo que hemos presenciado hoy, ha de estar completamente curada de espanto.

—Lo que no puede negarse es que Matilde se pasa de la raya en cuestión de extravagancia. Mientras la oía hablar estaba preguntándome si no se habría inyectado algo... alguna droga.

—¡No seas absurda, Josefa! ¿No recuerdas ya de qué modo daba su clase? Era como asistir a una sesión de espiritismo. Le sobrevenía una especie de trance y desde ese estado profería sus revelaciones.

—Exageras, Elvira, Matilde tenía muchos momentos de equilibrio y de lucidez.

—En los que no valía la pena escucharla porque no decía más que necedades.

—Pues ya estarás contenta. Ahora esos momentos de equilibrio y de lucidez han desaparecido.

—¿Por qué?

—No le hagas al Sherlock Holmes, Aminta, que no te queda. Ya lo dije desde el principio: por la menopausia.

—La hipótesis es admisible —asintió Elvira. Dada su edad.

Pero Aminta se opuso, con inusitada repugnancia, a esta explicación.

—Las vedettes no tienen edad. Y Matilde —no van a discutírmelo después de lo que han visto con sus propios ojos— no es más que una vedette.

—Tú, mejor que nadie —apuntó con acritud Josefa—, deberías de saber que el género de vida que llevan las vedettes es totalmente distinto al que ha llevado Matilde. Añade a la menopausia la castidad, si es que conoces el significado de esa palabra, y ya tienes resuelto el enigma.

—Sí, sí, la castidad. Esa es la leyenda que le han fabricado, pero yo, que sé cómo se manejan las famas, no me voy a dejar embaucar tan fácilmente. Calculen: una mujer (que no ha de haber sido fea en sus mocedades) suelta por el mundo, sin quien la vigile, sin quien le vaya a la mano... Y, además, rica. Como para pagarse un capricho, si lo tiene. O para rechazar una proposición, si no le agrada.

—Inconcebible ¿verdad? Sin embargo, yo insisto —y no tengo mal ojo para distinguir ciertos matices— en que es casta.

—¿Por virtud?

—Por orgullo, por timidez ¿qué sé yo? Hasta por anormalidad. Hay tantos motivos para guardar la continencia que no son, forzosamente, ni admirables ni plausibles...

—Entonces no me importa —dijo Aminta.

—Pero a la naturaleza le da igual que un individuo se abstenga de cumplir ciertas funciones por una causa o por otra. Lo único que percibe es que la abstención viola sus leyes y entonces se produce, de manera fatal, el resultado: la locura.

—¿Está comprobado científicamente eso que afirmas, Josefa?

—¿Por qué has de alarmarte tú, Aminta? No es tu caso.

—No es su caso, ahora. Tal vez piensa en el futuro. Aunque yo considero que es una precaución excesiva e inútil. Porque una vez sobrepasada la edad crítica las actividades sexuales cesan de tener importancia biológica.

Elvira ríe silenciosamente.

—No puedo imaginarme a Matilde relaciona-
da, ni siquiera por la edad, con ninguna cosa que tenga que ver con la crítica. Siempre será una intuitiva,
una inspirada...

—Una poseída por las musas —concluyó Aminta.

—¿Qué quieres insinuar? —dijo, con exagerada indignación, Josefa. ¿Que das crédito a aquellos
rumores que corrieron cuando Victoria aceptó el cargo de secretaria de Matilde?

—Si yo hubiera querido decir algo lo habría dicho.
De sobra sabes que mi estilo es directo y sin adornos.

—En otras palabras, pobre en recursos.

—¡Basta ya de estas escaramuzas, muchachas!
Son de una monotonía verdaderamente exasperante.
Volviendo a Matilde...

—Mírate en ese espejo, Elvira —aconsejó,
apocalípticamente, Josefa.

—¿Me estás augurando el Premio de las Naciones?

—Ese premio no fue sino una casualidad que
no se repite en un millón de años. Te estoy poniendo en guardia contra la soledad, el desamparo, el
desvarío.

—La virgen errante... Me temo que ése ya no
podrá ser mi sobrenombre, al menos desde el punto
de vista oficial. Soy divorciada, recuérdalo.

—¿Cómo voy a olvidarlo después de haberte
acompañado en todos los trámites? Ah, pero no lo hice
sino después de agotar hasta el último argumento de
la conciliación.

—Sí, sí, pero ni mi ex marido ni yo quisimos
escuchar la voz de la prudencia.

—Elvira, yo sigo sosteniendo que vale más un
mal matrimonio que una buena separación.

—Ya se ve, puesto que sigues cargando la cruz.

—Y tú ni siquiera habías perdido la esperanza
de tener hijos. ¿Qué fue lo que te hizo precipitarte?
¿No te arrepientes al ver que no queda ninguna huella
de esa unión?

—Pregúntale a Aminta si se arrepiente de sus aventuras. Tampoco la marcan.

—Ya sé que me dirá que no, que está satisfecha. Las dos se alzan de hombros, como si hubieran acertado con el método para repicar y andar en la procesión. Como si no supieran que el sexo no se justifica ni por el placer ni por el amor. Su única función lícita es perpetuar la especie. Lo demás no sirve sino para dorar la píldora.

—Una píldora muy eficaz.

—¿Y crees que permanecerás impune, Aminta? A la naturaleza no puede burlársele así. Las consecuencias llegarán a su hora.

—¡No es cierto, mientes! —replicó vehementemente la amenazada. Y, después de una pausa en la que fue ganando ventaja el temor, dijo—: ¿Qué consecuencias?

—No te dejes amedrentar —le reprochó Elvira. Según las tesis de Josefa, la única que va a salvarse del cataclismo universal es ella.

—Porque soy la única que ha asumido plenamente sus responsabilidades de mujer y de madre.

—¿Y de escritora?

Un violento rubor cubrió sus mejillas.

—Cuando escogí mi vida lo hice también pensando en mi obra. Necesitaba experiencia. No podía hablar si no sabía de lo que estaba hablando.

—¿Y cuál iba a ser tu mensaje? ¿La descripción de los síntomas de la varicela? ¿O la angustia ante la rapidez con que la ropa deja de venirle a los niños? ¿O la elevación anual del precio de las colegiaturas?

—Es cruel burlarse así, Elvira.

—Eso es lo que conociste al través de la maternidad, pero no es eso lo que escribes. Tu tema es el Hombre, la criatura sublime cuya mirada se pierde en un horizonte de espigas que simbolizan la esperanza.

—¡El hombre! —repitió con sarcasmo Aminta. Como no has tenido que lidiar más que con uno —con tu marido— conservas intactas tus ilusiones de adolescencia y atribuyes a los demás unas aptitudes de las que, lamentablemente, carecen. El género masculino, en sentido lato, deja muchísimo qué desear. ¿No es cierto, Elvira? Yo por eso no hablo sino de Dios.

—La poetisa del éxtasis ¿no?

—Mis éxtasis son terrenos y mis visiones celestiales. ¿Qué quieres? En el variado catálogo de escritores yo escogí la vida de unos y el estilo de otros.

—Pero los místicos se mortificaban, maceraban su carne, buscaban una vía de iluminación.

—Porque vivían en siglos oscuros. Además, Dios no puede ser tan vulgarmente celoso como para castigarnos por los pequeños placeres que nos depara la casualidad.

—La misma casualidad que depara el descubrimiento al sabio que ha meditado años enteros sobre un problema: la manzana de Newton.

—Yo, lo mismo que Picasso, diría que no busco. Encuentro.

—Sobre todo, tus temas literarios. Basta abrir un manual y allí están todos, hasta en orden alfabético.

—No olvides añadir que aureolados con el prestigio de la tradición.

—Y despojados de la gala de la originalidad.

—No hay nada nuevo bajo el sol.

—Esa podría ser muy bien la divisa de un loro.

—Tu divisa, Josefa, si te atrevieras a ostentar la que te corresponde. Porque tú te tranquilizas pensando que puedes hacerte pasar como la inventora de un estilo nuevo únicamente porque has escogido, para copiarlos, modelos más recientes o más mediocres. Pero toda la selva sudamericana está cundida de la retórica que tú usas y que se expande como la mala hierba porque no hay una mano civilizadora que le oponga un dique, que la sujete a un fin, que la reduzca a un orden.

—Cualquiera diría, al escuchar tu veredicto, que mis textos son confusos.

—Dejo el trabajo de interpretación a los aficionados a resolver crucigramas. Y no les arriendo la ganancia. A la postre hallarán un himno al amor y un llamado a la paz.

—¿Por qué te ensañas así contra ella, Aminta? —reprochó Elvira.

—Porque me irrita su hipocresía y su limitación y sus aires remilgados de señora decente y sus ínfulas de fiscal.

—¿No vas a defenderme, Elvira?

—Por una parte, los ataques que te lanzan carecen completamente de autoridad. Por otra, yo no estoy muy lejos de compartir ese juicio... aunque sea con Aminta.

—Eso se llama equidad —aplaudió Cecilia. O de cómo perder amigos y no influir sobre los demás.

Josefa sonreía con amargura.

—Ya no me extraña que te hayas divorciado.

Pero antes de que terminara de pronunciar su anatema, añadió Aminta:

—Lo que me extraña es que alguien haya sido tan imbécil como para querer casarse con ella, aunque no fuera más que temporalmente.

Pero ninguno de los comentarios alteró a Elvira.

—Muchachas, nos estamos saliendo del tema otra vez. Volvamos a la literatura. ¿Recuerdan nuestros años de estudiantes?

—¡Uf! ¡La prehistoria!

—Sí, pero no hemos pasado todavía a la historia. Por lo menos en lo que a mí concierne.

—Hecha esa salvedad, estoy de acuerdo.

—Teníamos la vida entera por delante. Y, como Hércules antes de emprender sus trabajos, varios caminos a seguir y guías interesados en conducirnos por uno o por otro.

—Estábamos rodeadas de Minervas por todas partes. Pero en cuanto a Venus había algo más que escasez: carencia absoluta.

—¿Entonces cómo fue posible que Aminta escuchara tan dócilmente sus consejos?

—Calla, Josefa. No rompas el hilo de la evocación porque estoy siguiéndolo con mucha dificultad. Nos inscribimos en el curso de Matilde...

—¡Teoría literaria! ¡Ella!

—Yo no esperaba aprender mucho acerca de la materia. Pero sí encontrar la respuesta de las preguntas que más me atormentaban. Y las encontré —admitió Elvira después de una pausa—, pero eran tan ambiguas como las de la Sibila de Cumas.

—¿No eran ambiguas también las preguntas? —quiso averiguar Cecilia.

Elvira sonrió a esta figura rediviva de sus perplejidades, de su juventud, de su pasado.

—También, naturalmente. Pero poco a poco fueron haciéndose más precisas, más nítidas. Hasta que un buen día ya pudimos declarar, sin rodeos, que teníamos una vocación y que esa vocación era la de ser escritoras.

—¡Qué pena con los muchachos! —se ruborizó todavía Josefa. Se burlaban de nosotras y nos ponían apodos.

—Las vírgenes fuertes —apuntó Susana dándoselas de enterada.

—¡Qué más hubiéramos querido! —contradijo Elvira desentendiéndose del origen de esta aseveración. "Las tres parcas." ¡Y con qué terror huían de nosotras nuestros compañeros!

—¿Pero qué tal a la hora de los exámenes? Nos llovían las invitaciones al cine, a tomar un café, a dar una vuelta al parque...

—Entonces llegaba el desquite. Y escogíamos al que nos caía mejor para que se sentara al lado nuestro durante la prueba y pudiera copiar lo que escribíamos.

—Yo siempre tuve la sensación de que tampoco les simpatizábamos mucho a los maestros. Adoptaban hacia nosotras actitudes de una cortesía, de una caballerosidad tan excesivas que tenían, forzosamente, que ser falsas.

—Era —aseguraba Victoria— su método para reducirnos a la calidad de damas, para despojarnos de nuestras armas de combate.

—Pero cuando se trataba de calificar nuestro trabajo no les quedaba más remedio que aprobarlo y hasta ponerle diez.

—Sí —se quejó Aminta—, a mí me ponían diez pero antes me pellizcaban las piernas por debajo de la mesa.

—Aminta, has llegado al punto de no poder hablar sin que salpiques algo del lodo en que te revuelcas a tu alrededor. ¿Debajo de cuál mesa? Los exámenes se hacían en los pupitres y los maestros estaban a una respetable distancia. Ni siquiera puedes decir que tuviste a alguno a tu alcance como para pellizcarlo tú.

—Me pellizcaban —insistió Aminta, como si se tratara de un punto de honor. Me proponían cosas.

—¡No es verdad! —machacó Josefa. Eran unas bellísimas personas.

—Hay que reconocer —transó Elvira— que las bellísimas personas tienen también apetitos y que Aminta era la más apetecible de nosotras.

—La más desvergonzada. ¿Por qué si te hacían eso que dices no protestaste?

—Porque me sentía tan generosa como la Sunamita comunicando su calor a algún David moribundo. Casi todos se conformaban con olfatearme.

—¡Qué escarceos tan inocentes!

—Eso es lo que le parece imperdonable.

—Además ¿con quién podía yo hablar? Tú, Josefa, habrías puesto —entonces como hoy— el grito en el cielo. El Director de la Facultad habría hecho un escándalo...

—O pedido su parte.

—Yo no estaba para correr riesgos. Por menos que eso me habrían echado de mi casa.

—Así que te dejabas olisquear y te callabas. ¿No eras capaz de hacerte valer por ti misma?

—No —admitió, con un alborozo retrospectivo que le abrillantaba los ojos, Aminta. Ellos me querían, me admiraban, creían en mí. Me enseñaron muchos secretos.

—El itinerario del alma a Dios —dijo con ironía Josefa. Y el del cuerpo al hospital.

—No esquematices, mujer. Yo me represento la trayectoria de Aminta de otro modo. Ella entrevió, cuando todavía era demasiado joven, un dechado de perfección formal y se propuso como una meta para alcanzarla. El único camino seguro, a esa edad, es el del caos. Y no vaciló en seguirlo.

—¡Igualito que Rimbaud! Por favor, no sigas que vas a hacernos llorar con las hazañas de tu heroína.

—Cálmate, que ya te va a tocar tu ración. Tú también has sido heroica a tu manera... una manera mucho menos espectacular y mucho más común: la doméstica. Como la perfecta casada de fray Luis te levantas al alba y vigilas y te afanas el día entero sirviendo a los tuyos. Y mientras velas, cuando todos duermen, escribes el poema. Con cuidado, para que el rasgueo de la pluma sobre el papel no vaya a turbar el silencio nocturno, el reposo de los que descansan.

—¡Qué hermosa composición de lugar! Me recuerda esos interiores flamencos, tan pulcros. Pero no advierto en él ninguna estantería con libros.

—No la hay. Josefa renunció, muy precozmente, a los placeres de la lectura por el temor de contaminarse con las influencias extrañas.

—En cambio tú, con esa audacia que únicamente da la inconciencia, no temiste convertirte en una erudita.

—En efecto. Estaba a punto de metamorfosearme en un ratón de biblioteca cuando el Hada Buena materializó ante mis ojos al Príncipe Azul. Era la encarnación de la belleza, de la fuerza viril, de la vitalidad, de la aventura.

—¿Se puede saber de quién estás hablando? —preguntó, con las narices dilatadas de ansiedad, Aminta.

—De mi ex marido. ¿De quién más iba a ser?

—¡Lo que engañan las apariencias! Yo lo recuerdo más bien como un señor —un señor esmirriado, conste— al que le preocupaba obsesivamente la duda de que el nudo de su corbata estuviera derecho.

—Era muy serio y muy culto —lo defendió Josefa.

—Era apenas un poco menos encogido y menos polvoriento y menos miope que yo. Por eso mi proximidad le producía el efecto de un cataclismo. Jamás he contemplado, ni antes ni después, una devastación tan completa causada por un ser humano sobre otro. Sudores, temblores, tartamudeos. Cuando le propuse que nos casáramos no se atrevió a decir que no.

—¡Qué mujer tan tonta fuiste, Elvira! ¿Te das cuenta de la oportunidad de oro que desperdiciaste? Si él era tan dócil habría bastado, para manejarlo bien, con que tú simularas cierta debilidad, cierta condescendencia.

—Pero yo no podía simular porque estaba enloquecida. No, no se rían que no enloquecí de amor sino de celos, de afán de posesión y de dominio, de instinto exacerbado de defensa. Estaba alerta, día y noche, para conjurar un peligro que nunca alcancé a localizar. Y me convertí en una llaga a la que era imposible aproximarse sin que gimiera o estallara en alaridos. ¿Para qué entrar en detalles que tendrían que ser inventados porque ya no los recuerdo? El caso es que de aquella relación tan apasionadamente tempestuosa sobrevivimos ambos con mucha dificultad.

—¡Qué absurdo, pero qué absurdo! Si ustedes formaban una pareja tan pareja. Tenían los mismos intereses, el mismo nivel intelectual, hasta el mismo título.

—El único que ha creído que el matrimonio es una asociación de ideas o una larga conversación (y esa creencia habrá que achacársela a sus peculiaridades psicofisiológicas) fue Oscar Wilde. Y no. El matrimonio es el ayuntamiento de dos bestias carnívoras de especie diferente que de pronto se hallan encerradas en la misma jaula. Se rasguñan, se mordisquean, se devoran, por conquistar un milímetro más de la mitad de la cama que les corresponde, un gramo más de la ración destinada a cada uno. Y no porque importe la cama ni la ración. Lo que importa es reducir al otro a esclavitud. Aniquilarlo.

—Exageras. Muchos matrimonios perduran.

—Porque uno de los dos se rinde. En México es habitualmente la mujer. Antes de presentar la primera batalla se hace la muerta y asunto concluido.

—¿Y por qué no hiciste tú lo mismo? Al cabo no es más que una farsa.

—Porque no pude. Mi ex marido se rindió antes que yo y los papeles se trocaron y todo se volvió mucho más confuso y más doloroso y más humillante para ambos.

—¿Nunca hubo una tregua?

—A veces, por cansancio, por variar. Pero no duraba más que el tiempo que necesitábamos para recuperar nuestros bríos. Íbamos cargándonos de electricidad como las nubes de tormenta y la chispa se producía por la causa más insignificante: una mirada, un matiz de la voz o un silencio eran bastante. Empezábamos con un día nublado y acabábamos con un ciclón.

—¡Pero las reconciliaciones son tan sabrosas!

—No tanto cuando tienes buena memoria. Y en este sentido los dos rivalizábamos. ¡No, qué horrible, no! Y volviendo a la cita de Wilde, bástate saber, Josefa, que yo con mi ex marido no pude sostener un diálogo coherente y ponderado sino hasta después de que se dictó la sentencia de divorcio.

—Ésas son las desventajas de la inexperiencia —declaró Aminta.

—No lo dudo. Pero mi experiencia fue tan catastrófica que me apresuré a volver al refugio de los libros, a la apacible convivencia con los fantasmas. Como si la hubiera estado acumulando durante el tiempo de mi delirio furioso, adquirí de pronto una extraordinaria lucidez. Me miré como era entonces: una mujer de cierta edad, con un estado social equívoco, una profesión y unas aptitudes literarias que no habían pasado nunca de la etapa de la promesa vaga a la de la realización efectiva. Era preciso transitar de un punto al otro y cuando me decidí a hacerlo advertí, de inmediato, mis limitaciones. Yo no poseía más que una modesta habilidad para la manufactura, una cierta facilidad —y felicidad— para la ejecución. Me dediqué entonces a cultivar las virtudes que me correspondían, la constancia por ejemplo. Y pude lograr que las restricciones de mi vocabulario se transformaran en estilo. Como no aspiraba a ninguna apoteosis mundial me satisfizo la opinión favorable de personas cuyo juicio consideraba acertado. Nadie, en el momento en que iba a zarpar, rompió una botella de champaña contra mi quilla, bautizándome como genio. Pero después de comprobar la seguridad y la regularidad de mi marcha, los observadores desde tierra aceptaron, por voto unánime, concederme el talento.

—Y colorín colorado este cuento se ha acabado —remató, con un bostezo, Aminta.

—Todavía no. Porque el talento tiene también sus peligros. Atrae a la confianza de los demás que van depositándola, encima de uno, hasta aplastarlo de responsabilidades y de trabajos. Primero me llamaron para desempeñar un puesto; luego otro de mayor rango burocrático y, cuando vine a darme cuenta, estaba a punto de ser un pilar de las instituciones nacionales. Como no era ésta mi vocación y como los cargos me absorbían hasta el punto de que yo no era capaz ni de hacer ni de recordar siquiera qué era un poema, un buen día presenté mi renuncia irrevocable.

—Por lo que te dedicaste a vivir de tus rentas.

—¿Cuáles? Desempolvé mi título que, a fin de cuentas, era de maestra y fui a solicitar una cátedra en nuestra querida Alma Máter. Me mandaron a la Preparatoria, con grupos de ochenta, noventa, hasta ciento veinte alumnos.

—Has de disfrutar allí de la soledad de las multitudes. No, por favor Elvira, no vayas a hacernos una apología del magisterio y del apostolado y de todas esas monsergas de las que estamos hartas. Tú ganas un sueldo de hambre por luchar a brazo partido contra una mayoría abrumadora que sabe, al dedillo, los trucos para que tus palabras les entren por una oreja y les salgan por la otra sin hacer ni la más breve estación en su cerebro. Si a ti esa tarea te gusta y te satisface es que tienes complejo de Danaide. Yo, por mi parte, no cambiaría ni por eso ni por nada mi libertad, mi falta de ataduras.

—¿Libre, tú, Aminta, cuando dependes de tantos... llamémosles factores, todos ellos imprevisibles? No, no es ésa la solución. Pero tampoco la solución es aceptar los deberes tradicionales que cumple Josefa. Debe de haber, tiene que haber otra salida.

—¿Matilde?

Como el nombre, pronunciado con una ligera entonación interrogativa, coincidió con la entrada de Victoria, fue ella la que respondió:

—Duerme como una bendita. Pero estaba muy excitada y los calmantes tardaron demasiado tiempo en causar efecto. Tanto que yo temía que ustedes se hubieran cansado de esperar y se hubieran marchado.

—¿Sin charlar contigo antes? ¡Imposible!

—Y sin concederle la oreja y el rabo. ¡Porque vaya con el Miura que te ha tocado en suerte y con la mano izquierda que tienes para lidiarlo!

—Matilde no siempre es así; claro que está enferma y que su inestabilidad no ha hecho más que acentuarse con los años. Pero, en general, nos las arreglamos para que las crisis ocurran intramuros y para que ella ofrezca al público una impresión plausible y cumpla satisfactoriamente con sus compromisos. Pero ahora ha de haber ocurrido algo que la alteró hasta el punto de tener dos ataques sucesivos y uno de ellos con auditorio.

—Yo me imagino lo que fue —dijo, con una afectación de reserva, Josefa, que no había cesado de mirar de reojo a Aminta.

—La idea de invitarlas fue de la misma Matilde. Yo no me hubiera atrevido siquiera a insinuársela temiendo que la perturbara un encuentro que, después de todo, tenía que ser emotivo.

—¿Crees que nos haya reconocido?

—Bueno, quizá de momento no pudo identificar los rostros ni asociarlos con los nombres. Pero ella siempre las recuerda como al grupo más brillante que pasó por sus aulas. Y cada una tiene, además, una imagen muy nítida.

—A la mejor se siente, con respecto a nosotras, como una criadora de cuervos.

—Matilde está tan por encima de esas mezquindades...

—...como nosotras por debajo de la capacidad de arrancarle los ojos. Tu hipótesis es falsa, de toda falsedad, Aminta.

—No sé cómo se te ocurrió.

—Está tratando de despistar para que nadie saque a colación el incidente.

—¿Cuál incidente? —preguntó, distraída, Victoria.

—El del prólogo —dijo implacablemente Josefa.

—¿Le prometió un prólogo a alguien? Es lo de costumbre. También promete becas, cartas de recomendación, asistencia a actos benéficos. Yo soy la encargada de examinar esas promesas y de encontrar una excusa para no cumplirlas cuando son excesivamente disparatadas.

—Entonces no es el caso. El prólogo es para un libro mío.

—Habrá que leer los originales ¿no?

—Josefa todavía cree que un escritor es una especie de Fata Morgana. Y que en cada página puede aparecérsenos disfrazado de algo nuevo. No, mujer. Aminta, como quien dice, ha dado ya de sí. Afinará los matices, perfeccionará los procedimientos estilísticos, pero sustancialmente no nos deparará ninguna sorpresa.

—A mí sí —declaró Victoria. Porque yo he permanecido al margen del proceso y no la he leído aún. Pero la leeré... de una manera desinteresada ya que, desde luego, tiene garantizado su prólogo.

—¿Cómo te quedó el ojo? —retó Aminta a Josefa.

—¿A ti no te ofreció nada Matilde?

—No tuvo tiempo.

—Además ¿qué le podía ofrecer? Ella no escribe más que versos de circunstancias. A no ser que se le ocurra proponerle a Matilde que instituya una justa poética que llevaría su nombre y cuyos premios pagaría con su dinero. ¿Eh? ¿Qué tal, Josefa? ¿Acerté o no?

—No lo sabrás sino después que Josefa y yo hayamos discutido este asunto a solas; cuando ella diga lo que quiere y yo lo que se puede darle.

Aminta alzó los hombros con desdén pero sin añadir ninguna palabra más. La falta de sueño, los whiskies sucesivos, el calor, la tensión en la que se había mantenido hasta entonces (¿y desde cuándo? No desde que llegó aquí, pero no acertaba a precisar el momento) comenzaron a operar en ella transformando su excitabilidad en un principio de indiferencia que no era más que el preludio habitual de los estados depresivos en los que se hundía semanas enteras y de los que, para emerger nuevamente a la superficie, requería el auxilio ajeno o de un médico o de un amigo o de un acontecimiento que le interesara y que la conmoviera. Laxa, entregada ya a la creciente somnolencia, oyó decir a Elvira, sin preocuparse por lo que aquella pregunta fuera a desencadenar:

—¿Qué se siente ser la Divina Providencia?

Victoria se volvió con los labios redondeados alrededor de una O de asombro que no alcanzó la categoría del sonido. Elvira continuaba insistiendo.

—Sí, me refiero a ti. Porque Matilde Casanova no es más que el mascarón de proa de un navío que la empuja, que la orienta, que la hace arribar a puertos felices.

—Primera noticia que tengo. ¿Quién o qué es el navío?

—Adivina.

—Si para describir así a Matilde estás dejándote llevar por esa exhibición de... digamos, temperamento, a la que acabas de asistir, supongo que cuando te refieres a lo real en ella hablas, no de su persona, sino de sus libros.

—Un libro, dirás, es la condensación de un estado de conciencia y estoy de acuerdo. Pero la condensación no se logra sino por un esfuerzo de la voluntad. Y la voluntad de Matilde eres tú.

Victoria hizo ese ademán de rechazo de quienes beben, por primera vez, un licor extremadamente rudo, cuyo sabor se irá percibiendo sólo a medida que la primera sensación se desvanece.

—En resumen, que soy la que saca las castañas con la mano del gato.

Desorientada acerca de los verdaderos sentimientos de Victoria, Josefa se apresuró a desmentir a Elvira.

—¡Pero qué ocurrencia! Antes de venir aquí yo estaba segura de que el único grado de abnegación superior al que exige el matrimonio era el de las monjas. Pero después de haberte visto ya no sé qué pensar.

—Por lo pronto pensarás que yo soy la mano del gato.

—Ni siquiera eso: la castaña. Sí, Victoria, perdóname la franqueza pero he estado conteniéndome a duras penas para no estallar y decirle a Matilde lo que se merece por tratarte como te trata. Mira tú que ponerse hecha un energúmeno sólo porque te esmeras en cumplirle un capricho... me subleva, porque comparo esta arbitrariedad con los miramientos con que tenemos que tratar las dueñas de casa a...

Josefa había desembocado, abruptamente y sin aviso, en un callejón sin salida del que se encargó de sacarla la propia Victoria.

—A las criadas. No, no te preocupes. La asociación de ideas no me ofende y sí me alegra enterarme de que el gremio servil ha ganado en dignidad y en privilegios.

—Ay, si tuvieras que tratar con ellas, maldecirlas lo inútiles, lo abusivas y lo mugrosas que son. Con decirte que...

—Basta, Josefa. No siempre hemos de estar, como dijo el poeta, cegados por astros domésticos.

Josefa se repuso bruscamente avergonzada de haber hecho que descendiera tanto el nivel de la conversación.

—Lo único que quería decir es que no entiendo por qué Victoria soporta esta situación.

Victoria se volvió interrogativamente hacia Elvira:

—¿Tengo cara de víctima?

—A primera vista, quizá. Para una mirada superficial, inexperta, que ignore que las apariencias son engañosas... Pero no, ni aun así.

—Y, sin embargo —asentó Victoria con una tozudez imprevista—, yo nunca he querido ser más que eso: una víctima. Me horroriza la fuerza y prefiero padecerla a ejercerla. Pero tú también te equivocas, Josefa. Lo que me llevó, desde tan temprano, hasta Matilde, y lo que me ha mantenido junto a ella tantos años, a pesar de todo, no fue la abnegación. Fue el miedo.

—Pues escogiste un refugio muy precario.

—Juzgas ahora que la ves, castigada por las enfermedades, socavada por el sufrimiento, distraída ante la proximidad de la muerte.

—Pero la conocí al mismo tiempo que la conociste tú: en la plenitud de la edad, en la eclosión de su potencia creadora.

—¿Y no tuviste entonces el impulso irresistible de adherirte a ella, como la hiedra al tronco?

—Esas simbiosis son muy ambiguas y al cabo de cierto tiempo ya no aciertas a discernir quién sustenta a quién. Pero aunque en esa época yo ignorara esto, y todo lo demás, intuía ya oscuramente que esa fachada sin grietas, sin fisuras que Matilde mostraba al mundo estaba hecha de un material quebradizo y frágil a cuyo derrumbamiento yo no quería contribuir... ni presenciar.

—Pero lo que ha de ser, es: el destino te reservaba el espectáculo para hoy.

—Y tú ¿no pudiste adivinar... cuando aún era tiempo de huir?

—Yo tenía miedo. Ya lo he dicho.

—¿Pero miedo de qué?

—¡Cuántas veces intenté deslindar este campo, acotarlo, reducirlo a un límite exacto! Yo me sentía, en la adolescencia, como en el umbral de una casa desconocida, extraña y a la que, sin embargo, debía penetrar. En su interior iba a celebrarse una ceremonia acerca de la cual nadie me había instruido.

—Y en la que, forzosamente, tenías que participar.

—Sí tenía que participar yo. De los otros no sabía nada. Carecía, además, de cualquier medio de averiguarlo. Pero me resultaba igualmente horrible confundirme con ellos y singularizarme, incorporarme a la multitud o permanecer sola, y oscilaba de un extremo al contrario con la recurrencia arrítmica de la angustia. Bueno, esto puedo formularlo ahora así. Pero entonces me limitaba a leer a Henri Bordeaux y a sentirme la protagonista de aquella novela suya que condensaba en su título mi problemática entera: *El miedo de vivir.*

—Y lo que buscabas era la manera, no de traspasar el umbral —y convertirte en una mujer madura— sino de retroceder hasta entrar, de nuevo, al claustro materno.

—Ah, no, la alternativa es falsa. Yo sentía una repugnancia insuperable por aquella entraña oscura, viscosa, amorfa de la que me había desprendido. Pero no me compensaba ninguna atracción hacia el misterio al que naturalmente estaba volcada. Y escogí entonces una tercera vía: el acceso a un mundo ordenado, limpio, transparente; un mundo en el que no rigiera la fuerza sino la libertad; en el que nada recordase las pesadumbres ni las miserias de la carne...

—El mundo de la imaginación.

—Pero no tal como se aparece en los libros, tan impalpable, tan inasible. Yo lo quería encarnado en una persona.

—Di un personaje y serás más justa.

—Digo Matilde y no tendré necesidad de agregar nada más.

—¿Y de qué te puso a salvo?

—Por lo pronto, del contacto con los demás. Ah, qué revelación, qué espanto haberla conocido por primera vez. Me sacudió esa especie de vértigo que produce la contemplación del abismo en el que debemos, queremos, vamos a caer. Yo me abandoné a la fuerza de la gravedad y caí, caí... o me elevé. ¡Quién sabe! Estas experiencias son tan ambivalentes.

—Son las experiencias inefables por antonomasia. Para ayudarte voy a decirte cuál es mi versión profana de los hechos: desde el momento en que conociste a Matilde, en que te relacionaste con ella, te absorbió de un modo tan absoluto que cesaste de cultivar tus otras amistades.

—Ninguna podía resistir la comparación.

—Y menos aún nosotras, tus compañeras, esos esbozos mal pergeñados de escritoras, esas semillas en trance de germinar junto al árbol frondoso al que ya te habías asido... ¡Qué fastidio concedernos hasta ese saludo breve en el momento de entrar o salir de las clases!

—Bueno, tanto como fastidio...

—Así tenía que serlo. Era un gesto inútil y frívolo que, además, te apartaba de la contemplación de las esencias. Pero ahora soy yo la que divaga. Lo único cierto es que no fuimos amigas.

—Me di cuenta —observó Cecilia— cuando mencionaron sus apodos. Usted, Victoria, le dijo a la periodista que las llamaban las vírgenes fuertes.

Victoria enrojeció como si lo que le importara a Cecilia fuera señalar una mentira y no una incoherencia.

—...y Elvira afirmó que les llamaban las tres parcas. Y las tres eran: Aminta, Josefa y la misma Elvira. Usted quedaba fuera del cuadro.

—Yo soy buena fisonomista y, sin embargo, cuando entré no la reconocí, no me dijo nada ni su cara ni su nombre —agregó, desde su somnolencia, Aminta.

—Durante los años que Victoria estuvo dentro de mi campo visual yo la observé con la curiosidad con que un astrónomo observa las evoluciones de un planeta remoto y excéntrico.

—En cambio, Josefa me veía con las pupilas contraídas de quien contempla algo turbio y con una fijeza, como si quisiera taladrar el espesor de mi cuerpo para descubrir, más allá, una imagen de Matilde concupiscente, de Matilde extraviada por sus pasiones, de Matilde vil.

—No, no es verdad —replicó sofocada ante la imposibilidad de probar su inocencia, Josefa.

—¿Por qué le atribuyes una malicia de la que la mayor parte de nosotras carecíamos? Quién más, quién menos, todas ignorábamos lo que se llama "los hechos de la vida". O estábamos mal enteradas, que era peor.

—No era desde esa perspectiva desde la que me miraba Josefa, sino desde la envidia. Sí, envidia. Hubiera querido ser ella la que ocupara ese lugar equívoco junto a Matilde, la que desempeñara el papel de menor corrompida o de Albertina prisionera.

—¡Deliras!

—¿Sí? ¿Negarás también que cuando volvimos a encontrarnos aquí, en cuanto te diste cuenta de quién era yo, me recorriste —de la cabeza a los pies— con el escrúpulo del que busca la moraleja de la fábula? Acechabas en mi rostro, en mis palabras, en mis gestos —tú, mujer irreprochable, esposa abnegada, fundadora de linajes—, la huella de la depravación y el castigo infligido por la justicia. Has quedado defraudada y tu virtud, que no conoce la generosidad, habrá de buscar su alimento en otra parte.

—Que sea en la que tú le prometiste —interrumpió con seriedad Elvira. Flor natural, beca, los expedientes de rutina.

—No insistas. Acabo de descubrir en Victoria un rencor gratuito pero vivo e inextinguible. Me hará daño si puede y si me hace un favor será para humillarme. Yo no lo aceptaré nunca.

—No, aquí no se permiten melodramas, Josefa. Tú no vas a fungir como pequeño patriota paduano.

—Si fuera orgullo... pero yo nunca he sido orgullosa. Y menos con quienes son pobres vergonzantes.

Como tú, Victoria. ¿Quién quería usurpar el lugar de la otra? ¿Quién iba a acertar a descubrirte a ti, eclipsada por Matilde? En cambio sobre mí convergían las luces de todos los reflectores. Declamaba en las veladas de fin de cursos desde niña; me acostumbré muy pronto a escuchar los aplausos, a oír mi nombre acompañado siempre de alabanza, a oler el incienso de quienes me admiraban.

—Tu hada madrina te prometió que serías la undécima musa. Pero después se desató una epidemia tal de promesas semejantes que tuviste que aceptar tu numeración: enésima... y gracias.

—Debo reconocer mi deuda contigo, Josefa. Gracias a ti decidí no volver a escribir.

—¿Temiste la competencia?

—A decir verdad, sí. Temí ganarla. Ser como tú o más que tú, en la misma línea.

—Y corriste al regazo de Matilde para que te guardara de la tentación de la poesía.

—A la hora de hacer balance, es decir ahora, al final, afirmo y juro que no me arrepiento.

—¿Somos un ejemplo tan desolador?

—Por lo menos, si yo tuviera que empezar apenas, el espectáculo que ustedes me ofrecen no me alentaría. Pero han venido, inocentes palomas, a vender ates a Morelia. Yo he vivido con Matilde y no hay horror al que no la haya visto descender ni triunfo con el que no la hayan coronado. He visto a ese mascarón de proa, como dice Elvira, abrirse en alta mar porque la tierra firme la rechaza. No hay lugar para los monstruos. ¿Dónde colocarías tú uno, Josefa? ¿En la repisa de la chimenea? Asustarías a tus hijos, ahuyentarías a tus visitas. ¿Y tú, Elvira? ¿En los anaqueles de tu biblioteca? Devoraría tus libros. ¿Y tú, Aminta? ¿En el lecho? ¿Para que expulse a tus amantes?

—Si el monstruo es un amante satisfactorio podría organizársele un rinconcito —concedió Aminta, antes de volver a cerrar los ojos.

—Pero no lo es. Contra todas sus sospechas, antiguas o sobrevivientes, Josefa, un monstruo no es un amante. Es simple y llanamente un monstruo, oficio de tiempo completo. Se las arregla para cumplirlo a satisfacción en cualquier estado civil que adopte. Si es hijo, es un hijo desnaturalizado. Si es esposo, es un esposo infiel. Si es amigo, es un amigo egoísta. Si es padre, es un padre irresponsable.

—Matilde podría acusarte de difamación.

—Pero no de calumnia. Un monstruo. ¿Qué se hace con un monstruo cuando han fracasado todas las tentativas de domesticación?

—Se le diviniza.

—¿No es lo que han hecho con ella? La condujeron en andas al altar, la hartaron de ofrendas y la cubrieron con un capelo de vidrio para que su contemplación no resulte peligrosa para la multitud... y también para que se asfixie más pronto. Sabedores de la proximidad del fin, los grandes sacerdotes la ungen ya con los últimos óleos y los embalsamadores se preparan.

—¿Y los buitres? —añadió Josefa. ¿Y tú?

—Los buitres se congregan —respondió Victoria abarcando con una mirada a las presentes. Y yo, que no soy más que un apéndice del monstruo, pereceré con él.

—Si fueras lógica, Victoria, no estarías tan satisfecha con la elección inicial que te ha conducido a este desenlace. Y no porque el desenlace esté próximo sino porque es el mismo del que tratabas de huir cuando te acogiste a Matilde.

No hay sino una diferencia de grado y una delegación de funciones. Tú soltaste la pluma, incapaz de sostenerla en tus propias manos... para ayudar a Matilde a que la sostenga entre las suyas. ¿No es una cobardía absurda por inútil? Si la poesía te pareció un riesgo que no querías afrontar ¿por qué permaneciste en el ámbito en el que la poesía se crea, se atesora? ¿Por qué no te dedicaste a una actividad completamente ajena a ésta que te solicitaba como la boa solicita el corderillo al que va a devorar?

—No hallé ningún escudo que sirviera. ¿Y quién lo ha hallado, dime? ¿Tú, en el magisterio? ¿Josefa en su casa, que no es su castillo? ¿Aminta entre las sábanas? No, nadie, nadie puede tirarme la primera piedra.

—Nos juzgas como si también nosotras hubiéramos querido huir.

—¿No lo quisieron? ¿No lo intentaron nunca?

—No.

—Entonces ¿por qué no se entregaron por completo? ¿Por que quisieron conservar su rasgos humanos? ¿Engañar a los demás haciéndoles creer que eran iguales, que eran inofensivas, que no eran monstruos? Porque querían nadar y guardar la ropa. Querían tener ese calor de la compañía, del afecto; esa confianza con la que los demás se acercan entre sí, husmeando al que pertenece a su especie, buscando con quien emparejarse. Querían estar seguras, amparadas por su rango social y no se atrevieron a exhibirse en su desnudez última, en su verdad. Y como carecían de testigos y no se veían sino con sus propios ojos podían repetirse para consolarse: pero si esto que yo tengo no es más que una pequeña deformidad; pero si basta con un poco de maquillaje bien aplicado para disimularlo; pero si nadie lo nota. Y así se hurtaron a la soledad, al asedio de la admiración estúpida, del respeto hostil, del homenaje que siempre quisiera ser póstumo.

—¿Por qué debíamos imitar forzosamente el modelo de Matilde? Copiándola habríamos llegado, a lo más, a convertirnos en una caricatura que, como todas las caricaturas, pone de relieve los defectos del original sin captar ninguna de sus cualidades. Nosotras preferimos guiarnos por pálpitos, por intuiciones y por brújulas aún más caprichosas, aún más deleznables que éstas para lograr ser nosotras mismas.

—Lo que no siempre es fácil y casi nunca es plausible. Dime, Elvira, ¿qué podría haber sido yo misma?

—Eso nunca se sabe.

—Pero se puede calcular, prever, proyectar. En México las alternativas y las circunstancias de las mujeres son muy limitadas y muy precisas. La que quiere ser algo más o algo menos que hija, esposa y madre, puede escoger entre convertirse en una oveja negra o en un chivo expiatorio; en una piedra de escándalo o de tropiezo; en un objeto de envidia o de irrisión.

—¿Es eso Matilde?

—¡Sí! Y lo son ustedes y lo habría sido yo de no haberlo evitado oportunamente, pero en pequeña escala, en ínfima escala, como una de esas pulgas que la paciencia de nuestros indios viste y que la estupidez de nuestros mestizos admira y aplasta. Y no. Yo soy demasiado soberbia para aceptar un destino semejante. Yo quise representar el drama en un vasto escenario, alzada sobre unos enormes coturnos, oculta tras una máscara que amplifica mi voz.

—Y, para que el símil sea perfecto, los textos que pronuncias no son tuyos. Otro, otra los escribe, dicta las acciones, dispone los movimientos, arregla las coincidencias, teje la trama y la desteje. Cuando la otra se retira, cuando duerme, cuando muere ¿qué es de ti?

—Me borro, desaparezco, muero yo también.

—La abdicación total.

—La liberación absoluta.

—Y cuando la otra despierta, resucita, ordena...

—Yo obedezco. Y tú, dime, ¿no es verdad que cualquier yugo que nos imponga una criatura humana, aunque esa criatura sea Matilde, es más suave, más tolerable, que aquel con que nos unce la poesía? Por lo demás, en este juego de toma y daca yo me someto a la servidumbre de una sierva y, además, me convierto —por eso mismo— en una refutación viviente de sus ideas acerca de que la poesía es un bien irrenunciable. ¿Qué resulta entonces de mi sumisión sino un *non serviam* satánico a una potencia cuya divinidad queda en entredicho?

—¡Sofista!

—Y todavía puedo añadir algo más contra quienes dicen que quien no atiende a su vocación y no realiza su destino, muere. Yo no he atendido a mi vocación, al contrario, la desoí deliberadamente; yo no he realizado mi destino y yo no he muerto.

—Porque no has vivido.

—He vivido. ¡Y cuántas vidas! Las que se me ha dado la gana. Como siempre he actuado ante auditorios diferentes he podido ser, para unos, la secretaria eficaz e impávida; ante otros la pariente pobre y tolerada; ¿cuántos no han jurado y perjurado que yo no era sino la protegida en turno de Matilde? Yo he permitido que se insinúe que, tras este aparato de patrona y empleada, hay una inconfesable historia de juventud, una bastardía. He sido también, a sus horas, la compañera abnegada...

—...o la desaforada feminista —concluyó Cecilia.

—Pero tú misma te desmientes, Victoria. Eso no es vivir, eso es representar.

—Oh, qué más da. Por otra parte yo siempre he estado de acuerdo con los antiguos en que vivir no es necesario.

—Y yo sostengo que para tener acceso a la autenticidad es preciso descubrir la figura que nos corresponde, que únicamente nosotros podemos encarnar.

—Ya no bordemos más en el vacío. Por sus frutos los conoceréis, dice el Evangelio. ¿Dónde están los frutos, Josefa?

—Son flores —aclaró con indolencia Aminta.

—De ti no puede decirse ni siquiera eso —replicó Josefa a quien, para zaherirla, no se dignaba abrir los ojos. ¡Lo que tú produces es estiércol!

—Entonces me justifico, puesto que trabajo para la posteridad. El estiércol es el mejor abono.

—Ahora me toca a mí —se adelantó Elvira. Yo no voy a proyectar la irritación de mi fracaso...

—El fracaso es un exceso y tú no te excedes nunca. Yo diría más bien mediocridad —corrigió Aminta.

—Da igual. No voy a responsabilizar a nadie más que a mí misma de lo que he hecho. Tengo la capacidad de juicio suficiente para darme cuenta de su valor. Es escaso, discutible. Pero, aunque ese valor fuera nulo, yo me absolvería. Porque no he regateado nada de lo mío para entregárselo al poema. Di todo lo que tuve. Y procuré acrecentar mis dones para poder acrecentar mi dádiva.

—Has librado la buena batalla. Mereces, como reclamaba para ella Virginia Woolf, una primavera.

—Sería una primavera mexicana: voluble, ácida, fugaz. Y sólo a veces, muy raras veces, templada y serena.

—Muy bien, señoras —concluyó abruptamente Aminta, puesta de pie, despabilada de nuevo—: una vez terminado este Juicio Final en el que cada una de nosotras fue alternativa o simultáneamente defensor, juez y verdugo, pero siempre reo, ¿no sería posible comer algo? Yo recuerdo, así, muy remotamente, como si esto hubiera ocurrido en una metempsicosis anterior, que se armó todo un revuelo alrededor de un arroz a la quién sabe qué. Sácame de una duda, Victoria: ¿existe aún ese arroz?

—Y está diciendo "cómeme".

—No podemos desoír esa voz. Es humilde pero inaplazable. ¡Y hemos oído tantas otras voces tan pedantes o tan falsas! La de la vocación, la de la fama, hasta la de la crítica.

—Yo voy a pedirles, en gracia de ese arroz, que me perdonen, como en las comedias antiguas los actores lo pedían a su público.

—¡No vuelvas a las andadas, Victoria!

—No. Prometo que, de aquí en adelante, las leyes de la hospitalidad serán observadas escrupulosamente.

—¿De qué te vas a disfrazar ahora? ¿De San Julián?

—Tenía que ser Josefa a quien se le ocurriera ese modelo. María Egipciaca también sabía recibir.

En el comedor charlaron aún con las frases entrecortadas por la masticación. Y rieron mientras bebían vino rojo. Y echaron sal hacendosamente sobre el mantel cuando se derramó una copa.

La discusión se prolongaba, en sordina, durante la sobremesa bostezante. Y tal vez alguna quiso llorar —tal vez porque era la más fuerte— pero la sofrenaba el desvalimiento de las otras. Y las otras se aprestaron en vano a restañar esa herida invisible que nunca abrió los labios.

Cuando Cecilia y Susana volvieron a su cuarto iban exhaustas. Susana aprovechó, para bañarse primero que Cecilia hubiera encontrado, sobre la mesa de noche, una carta de Mariscal.

Mientras rasgaba el sobre, que le daba a su ausencia la dimensión de la nostalgia, se abrió de golpe la regadera y oyó las exclamaciones sofocadas, de espanto y de placer, de Susana.

Esos rumores (y otros del mar) dificultaban a Cecilia la concentración en la lectura de unos párrafos escritos con la letra que conocía tan bien y que se eslabonaban en frases tiernamente irónicas, reclamo y rechazo a la vez, equidistancia, en suma.

La carta terminaba con lo que la había obligado a empezar, a seguir, a llegar hasta allí: con la noticia de que a Ramón le ofrecieron una beca para una estancia de un año en Europa y de que se había apresurado a aceptarla.

Estrujando el papel entre las manos Cecilia deseó ser él y partir, lejos, lejos, a cualquier parte y no regresar nunca.

Pero Cecilia no era él, era nada más ella, no sería jamás nadie más que ella y esta certidumbre le produjo una tristeza que no acertó a ocultar ante Susana. Pero a su interrogatorio ¿solícito? ¿impertinente? ¿rutinario? no respondió más que como por enigmas, afirmando que lo que la había deprimido y hasta horrorizado era, quizá, haber descubierto su centro de gravitación.

Antes de entrar en el baño dijo de un modo deliberadamente casual:

—¿Tú crees que vale la pena escribir un libro?

Susana interrumpió la concienzuda operación de exprimirse una espinilla ante el espejo para contestar categóricamente.

—Creo que no. Ya hay muchos.

10. Primera posada

Es verdad. Si se para uno a considerarlo bien, hay muchos libros. Se tropieza uno con ellos a cada paso. Acechan a la vuelta de los más ocultos recovecos; acompañan en el viaje, aunque no sea más que el modestísimo del tranvía; entretienen el aburrimiento o la angustia de las salas de espera; tiemplan la melancolía de las convalecencias y de las tardes de lluvia; usurpan, a veces, las funciones del amado ausente; montan guardia en las mesas de noche, al alcance de la mano del insomne; se esconden bajo las almohadas como el secreto más peligroso de la adolescencia; presiden ciertos actos solemnes y risibles; resplandecen de venalidad en los escaparates de lujo; amarillean en los puestos callejeros; se mustian bajo las axilas de los estudiantes; se abren, de par en par, en las cátedras; duermen en las bodegas de los ricos; arden en las hogueras de los fanáticos.

Es verdad. El mundo está plagado de libros. Aun aquí, en este pequeño rincón, hay libros. Muchos. Demasiados. Al principio, cuando Mariscal pudo darse el lujo de adquirirlos quiso también conservarlos y encargó unos estantes de pino corriente que, según el diseño, cubrirían las paredes enteras de su departamento. Doble intención: aprovechar el espacio y volver invisibles las desconchaduras, las cicatrices de clavos ya desaparecidos, la marchitez general del color.

Pero los carpinteros son informales y el cliente, después de muchas idas y venidas, perdió la paciencia y el anticipo, fue olvidándose del asunto, mientras los libros se acumulaban en el suelo conforme iban llegando. Hasta que hicieron imposible el paso (¡qué chistoso se veía Mariscal empinándose y sosteniendo un equilibrio de bailarín clásico para transladarse de un sitio a otro!) y la sirvienta encargada de la limpieza semanal —expeditiva como suelen ser los ignorantes y los irrespetuosos— los tomó a dos manos para apilarlos en torres bamboleantes que, como las de Babel, se venían abajo antes de alcanzar la altura suficiente. Bastaba para ello el contacto más nimio y este contacto era casi siempre el de su dueño que se daba a los diablos cuando le urgía localizar algún volumen cuya ubicación, como la de cualquier otro, le era desconocida.

Evidentemente la sirvienta había venido hoy porque las torres aún se mantenían intactas. Cecilia las contemplaba, desde la orilla de la cama, sin ese disgusto que le provocaron siempre porque ahora las sabía irrevocablemente provisionales. Los libros, como su dueño, estaban a punto de emigrar a otra parte en la que quizá alguno los ordenaría y catalogaría y alguno podría leer su título con facilidad y sacarlo de su anaquel sin provocar una catástrofe.

¿Pero cuál sería el rumbo de su migración? Cecilia los vio ya, como bestias de matadero, en las abigarradas mesas de las librerías de viejo, adonde fueron a parar tantos colegas suyos en épocas de escasez. Desechó esta imagen deprimente para refugiarse en otra improbable: la biblioteca de alguno de los muchachos del grupo. ¿Quién? Ella, desde luego, estaba excluida. Carecía no sólo de biblioteca sino también de casa propia y, lo que era más importante, de planes definidos para el futuro. Establecerse, atarse a propiedades, cuidados, compromisos, era algo a lo que aún no estaba dispuesta. En circunstancias semejantes se hallaba Lorenzo (a quien, cada vez menos se le llamaba el Desventuradillo) pues vivía como huésped de Manuel Solís desde que el poeta lo contrató como secretario. Nadie apostaba sobre la inamovilidad de este nombramiento que surgió de un capricho y seguramente se desvanecería gracias a otro. Desde esa situación, al mismo tiempo privilegiada y precaria, Lorenzo actuaba como lo habría hecho la favorita de un sultán, concediendo o negando según su soberbia, según su prudencia, según la exasperación que le producía la certidumbre de su caducidad.

Villela, por su parte, asistía (desde el interior de un destartalado palacio porfiriano que sus padres no lograron nunca restaurar y que casi ya no podían sostener) a lo que llamaba "la caída de la mansión Usher". Pero aunque esa caída fuese inexorable era también lenta y no se trataba de precipitarla cargándola con un gramo más de peso.

Sergio no presentaba esos inconvenientes sino otro peor: su convicción de que un libro es un objeto del que es lícito apropiarse en cualquier circunstancias y que si hay un tonto capaz de prestarlos hay otro más tonto aún, capaz de devolverlos.

Susana. Sí, Susana era la depositaria ideal. No únicamente porque, por temperamento y educación, se mostraba siempre responsable y seria sino, además, porque ahora coleccionaba chucherías y objetos útiles, indiscriminadamente —cualquier cosa, en última instancia, es susceptible de convertirse en algo que sirve o que adorna— para formar el nido que compartiría con Alberto Ruiz.

De la boda de ambos se hablaba no como de una hipótesis probable ni como de una probabilidad posible sino como de una posibilidad inminente. Porque ahora Alberto no era un estudiante muerto de hambre, atenido a los giros postales que con escasa regularidad y pequeñas cifras le enviaba su familia sino que —en virtud de las conexiones con "el de la voz"— había logrado tener acceso a los ámbitos de la burocracia donde ocupaba un puesto, no remunerado con esplendidez, ciertamente, pero que le permitiría hacer carrera sin los ahogos de la miseria ni los sobresaltos de la inseguridad. La carrera (política, administrativa, cultural —¿dónde empiezan los lími-

tes de una y acaban los de otra en un país como México?—) se anunciaba promisoria. Como ángel tutelar
suyo iría Susana, consejera avisada, administradora
leal, como lo había probado en su ejercicio al frente
de la Tesorería de la Mesa Directiva, donde no vaciló
en sacrificar sus intereses a aquellos que se le habían encomendado. Hizo allí sus pininos de abnegación por lo que ya no le resultó improvisada su actitud
de amiga comprensiva que le valió el ascenso a novia
paciente. ¿No era previsible, hasta donde puede pre-
verse cualquier conducta humana, que se convertiría
en una esposa ejemplar?

Así que lo que se celebraba hoy en el departamento de Ramón era una despedida. De los solteros
que abandonarían ese gremio, del becario que em-
prendería su viaje, del año que terminaba, del grupo
que se desperdigaría durante las vacaciones.

Desde la orilla de la cama del anfitrión, donde
se había sentado con las piernas sujetas por las manos
entrelazadas, Cecilia escuchaba los rumores de música y de conversaciones que llegaban, atravesando la
puerta cerrada, desde la estancia contigua.

El que cantaba un largo, largo y triste corrido
del Norte en el que galopaban caballos y se dispara-
ban tiros y había mujeres traicioneras y hombres
muertos, era Alberto Ruiz, que sostenía un vaso a
medio llenar (nunca vacío gracias a la atención obse-
siva de Susana) y echaba la voz sin preocuparse por
coincidir con el acompañamiento de guitarra, muy
rudimentario, pero insistente, que le proporcionaba
Mariscal. La canción se remansaba, se dormía en el
remate de cada estrofa y el auditorio se alegraba en-
gañándose al creer que sería la última. Pero a esa estrofa se añadía otra y otra y otra hasta que, aburridos
de esa agregación de tenia, los asistentes se distraje-
ron en diálogos privados.

Cuando Cecilia abandonó la estancia —porque la impacientaba esa enunciación, cada vez más
laboriosa de las palabras, tanto del cantante como de
los demás concurrentes, pues en todos había comen-

zado a operar sus efectos el ron— Villela no participa-
ba en lo que, desde el primer momento, calificó de
distracción pueril. De una fiesta él se sentía con derecho a esperar un tono diferente: o el de los excesos
dostoiewskianos —en el que el pecador se hunde tan
profundamente en la conciencia de su pecado que
alcanza el extremo opuesto del arrepentimiento— o
el de la lucidez huxleyana —en que las ideas emergen,
como burbujas, de la boca atormentada y débil de los
protagonistas— o en la morbosa atmósfera de Mann
en la que el hombre contempla el espectáculo de su
propia descomposición corporal y consiente en ella,
con una cortesía y un comedimiento de la mejor cepa
burguesa. O, para ser autóctonos y dar gusto a quienes lo tachaban de malinchista, Villela estaba dispuesto
aún a aceptar que se hubiera organizado una "fiesta
de las balas" en la que reinase la violencia y la muerte, en la que un arma cargada estuviera girando y
apuntara al azar, en la que el alcohol les desatara los
nudos de la pasión y los llevara a cometer, a realizar
ese acto cuya brutalidad, cuya inverosimilitud, cuya
falta absoluta de sentido, permitiría que se le califica-
ra como heroico. Los nudos de la pasión o de la lengua y se pronunciara una palabra, esa palabra que
revela, que desgarra, que muestra la complicidad de
todos en una mentira común, el afán desesperado por
mantener en vilo una apariencia, la clave secreta para
transmitirse las alarmas, las medidas de defensa o de
ataque, las actitudes de catalepsia que les dictaba el
instinto de conservación.

Pero eso de reunirse en plena temporada navi-
deña —mientras los cohetes estallaban en las calles—
para beber un aguardiente barato, para repetir los más
inofensivos lugares comunes, para observar las más elementales e inoperantes reglas de etiqueta, le parecía a
Villela conmovedor a fuerza de ser estúpido.

—¿Por qué lo hacen? —le preguntó a Sergio
conduciéndolo, por el brazo, hasta una ventana. ¿Es
que son demasiado ingenuos? ¿Demasiado pobres? ¿O
simplemente demasiado hipócritas?

—Pon una cucharadita de esto y espolvorea una pizca de lo otro y tendrás la receta. Además, están aquí las muchachas.

—¿Te refieres a Susana? Si Alberto va a hacerle el favor de casarse con ella no necesita guardarle mayores miramientos.

—Al contrario. Puesto que una mujer va a convertirse en la propiedad privada de un hombre hay que hacerla valer. Y el valor se acrecienta con los cuidados. Alberto ya empieza a fungir como marido mexicano.

—A medias. Porque cuando un marido mexicano quiere divertirse deja a su mujer en casa.

—Supongamos que Alberto la dejó. Eso no resuelve el problema de esta fiesta. Queda Cecilia.

—A ella ¿quién la avala?

—Nadie. Es más, Ramón la abandona para seguir el rumbo de su estrella. Está, como quien dice, a la intemperie.

—¡Ana la huerfanita! No, no sigas que vas a hacerme llorar. Aunque, caramba, no es cierto. A mí las desventuras de Cecilia me dejan frío. Hay algo en ella de repelente, de hostil, de equívoco que no invita —que no me invita a mí, al menos— ni a la simpatía ni mucho menos a la protección.

—¿Crees que sea lesbiana?

—Yo no tengo prejuicios de ninguna clase acerca de los gustos particulares de cada uno. Ya ves, por ejemplo, el caso de Lorenzo y Manuel Solís, sobre el que no me has oído hacer ni el más mínimo comentario.

—¿Pero crees que Cecilia sea lesbiana? —insistió Sergio.

—Mi primera impresión, muy confusa, fue afirmativa. Pero después, analizándola, me di cuenta de que en la atmósfera de Cecilia no hay ningún componente que, ni de lejos, esté relacionado con lo erótico ni con lo sexual. Es la encarnación perfecta de lo anafrodisiaco.

—Sin embargo, es voz pública que ha sido amante de Ramón.

—¡Amante! ¡Qué palabra tan llena de imágenes! ¿La concibes tú a ella, entregándose, despeinándose, perdiendo la compostura? Yo, francamente, no.

—Y, sin embargo...

—Alguien ha creado ese rumor y lo echó a rodar como un alud de nieve para que creciera. Ahora hay que preguntar como en las novelas policiacas respecto al crimen: cui prodest? ¿A Mariscal? No es probable. Exhibir un trofeo semejante lo desprestigia.

—¿Tanto así?

—Concedo que mucho va en gustos. Pero el mío, mi ideal femenino no es un témpano.

—Tal vez porque no te consideras capaz de derretirlo.

—¿Y Mariscal sí? No parece. Yo diría, a propósito de Cecilia (y aunque me abrumaran con las evidencias más contundentes de lo contrario) lo que Holofernes dice de Judith, en la versión de Giraudoux: habla demasiado; luego, es virgen.

—¡Pero si casi nunca abre la boca!

—Pues entonces es ventrilocua. Porque yo tengo la impresión, todo el tiempo que ella está presente, de estar escuchando un bla bla incesante. Y no me alegues que nunca dice nada porque ese argumento no serviría más que para fortalecer el mío.

—Los antiguos atribuían a la virginidad una especie de fuerza. ¿Es eso lo que te repugna de Cecilia?

—No. Cada vez que la veo me preparo a recibirla en mis brazos porque está a punto de caer desmayada, No cae, tengo que reconocerlo, pero tropieza, se enreda con la ropa, no sabe dónde meter las manos y esconder los pies, se ruboriza y palidece, suda, en resumen, es tímida.

—¿Y si la timidez no fuera más que un exceso de conciencia vigilante de sí misma? ¿Y si Cecilia fuera inteligente?

—¿Y si mi abuela tuviera ruedas? No, no. Aunque esa hipótesis explicaría muy bien mi aversión. Me chocan las *bas bleus*. Sencillamente no puedo imaginarme a la diosa de la fecundidad ataviada con traje sastre. Ni a ninguna de las Venus, ni siquiera a la de Willendorf. Pero no nos precipitemos a una falsa solución únicamente porque es cómoda. ¿Tienes tú alguna constancia de la inteligencia de Cecilia?

—Escribe.

—Eso bien podría ser prueba condenatoria. Pero, en fin, ¿qué escribe? Juraría que versos a la luz de la luna.

—No, no precisamente eso pero...

—...pero desde que conoció a Matilde Casanova se ha propuesto heredar el cetro de la ganadora del Premio de las Naciones.

—Allí sí discrepamos totalmente. La cosa es anterior al viaje a Veracruz, anterior incluso a su inscripción en la Facultad.

—¿Y cómo estás tú tan enterado de esos detalles?

—Por obra del azar. Yo descubrí a Cecilia cuando estaba a punto de cometer el error de inscribirse en Historia.

—Cuando pronunciaste la palabra error yo me dispuse a hacerme ilusiones. Pero un error de Cecilia tenía que ser, naturalmente, intelectual. Lo demás puedo imaginármelo: el orientador vocacional innato que hay en ti entró en funciones. Tiembla. Te dedicará su primer libro.

—No, ni siquiera recuerda el incidente.

—¿Ingrata ya tan pronto con sus benefactores? Hará carrera. Pero nosotros no hemos sido ni seremos nunca un obstáculo para ella. ¿Por qué tenía que echarnos a perder la noche?

—¿Cómo la habrías pasado tú?

—¡Como en París!

—Ésa no es más que una frase cuyo significado no tiene en ti ninguna resonancia profunda. A pesar de que hayas viajado y leído y alternado con *la crème de la crème*. Ahora ponte en el lugar de Alberto Ruiz, al que bajaron de la sierra a tamborazos. O en el de Ramón, que afirma la existencia del hombre concreto y se lo juega todo al porvenir de la humanidad. O en el de Lorenzo...

—No, no, no. En el lugar de Lorenzo yo pude haberme colocado y no quise. ¿Te enteraste de que Manuel Solís me ofreció su secretaría antes que a ningún otro?

Sergio hizo un gesto ambiguo que lo mismo podía interpretarse como ignorancia que como falta de interés, pero no logró desanimar a Villela.

—¡Secretario! Yo sé lo que eso quiere decir en la terminología de Manuel. Y lo rechacé. A mi edad ya no puede invocarse ni la juventud ni la experiencia para justificar ciertas actitudes que, a la larga, te resultarán perjudiciales.

—Depende de lo que te propongas hacer en el futuro.

—¿Qué me augurarías tú? ¿Una embajada en el extranjero? ¿Una oficialía mayor en un ministerio? Por desgracia mi familia no es la gran familia revolucionaria. Yo no voy a encontrarme con la mesa puesta.

—Porque tus antepasados devoraron hasta la última migaja del banquete.

—Sí, yo soy el nieto pordiosero del refrán español. ¿Qué me queda? Durante una época alimenté la ilusión de que el mérito resplandecía aunque estuviera, como la antorcha, bajo el almud. Ahora ya no puedo seguir ignorando que el mérito es un ala que, después de todo, muchos poseen. Pero que no vuela sino quien tiene, además, oportunidad.

—Arquímedes de huarache, lo que estás haciendo ¿no es pedir una palanca para mover el mundo?

—Y como esa palanca no puede ser el dinero, porque nadie le abriría crédito a un abolengo en eclipse, ni el padrinazgo de un alto funcionario, porque no tengo acceso a sus esferas, no dispongo sino de un arbitrio, por lo demás clásico y que, en términos técnicos se denomina braguetazo. Un matrimonio con varios millones. Ahora comprenderás por qué cuido tanto mi reputación. Ya es bastante hacerse perdonar la pobreza. En ocasiones hasta resulta una buena carta de triunfo. Las muchachas —cuya concepción del mundo se integra en los boleros de moda— piensan que "el dinero no es la vida, es tan sólo vanidad". Y se disponen a dártelo a manos llenas. Pero lo otro, las ambigüedades de una relación con gente como Manuel...

—Estamos divagando —interrumpió elusivamente Sergio. De lo que tratábamos era de explicarnos esta fiesta.

—La explicación no nos ayudará a soportarla. Acabaremos cantando villancicos y comiendo colación y eeeeen nombre del cieeeeelo pidiendo posada —profetizó lúgubremente Villela antes de separarse de su interlocutor y de buscar un ángulo favorable que le permitiría abarcar con la mirada a los otros desde una altura que los disminuyera.

Nos observa, pensó Cecilia. Me gustaría enterarme de lo que opina de mí. ¿Cómo me llama? No importa que el nombre sea feo o difícil. Hasta podría sobrellevar —con una máscara convincente de estoicismo o de indiferencia superior— la burla. Porque lo que necesito es que me ayuden a comprender. Ahora que Ramón se va he quedado, otra vez, como las estatuas antiguas, con los ojos borrados y no acierto a ver, a verme. Las yemas de mis dedos también han perdido su sensibilidad y es inútil que recorran la extensión compacta de mi piel, que palpen mi cuerpo. No logro establecer mis contornos ni situarme. Porque ahora que Ramón se va carezco del punto de referencia que habíamos establecido. Me pierdo, me angustio. Supongo que se angustiaría lo mismo un ciego si, de pronto, hubiera sido llevado a un lugar donde no estuvo nunca antes y que jamás le han descrito. Pero, a ratos, siento un alivio, una especie de relajamiento de los músculos sometidos durante un tiempo excesivamente largo a una tensión extrema. Porque yo me movía dentro de la órbita del ojo de Ramón, dentro del círculo de las palabras de Ramón, como dentro de una celda.

Y ahora que Ramón se va la celda se derrumba y yo quedo libre. Sí, nada ni nadie me obliga a ceñirme a una norma, a obedecer a un concepto.

Puedo olvidarme de mí, de lo que soy, de lo que quiero, de la figura geométrica precisa que debo construir como la construye la avispa como condición esencial para ser avispa. Puedo diluirme, evaporarme. Puedo morir.

Porque es falso, no quiero saber lo que opina Villela de mí porque será contrario o, por lo menos, distinto de lo que opinaba Ramón. Y para llegar a reflejarme en la inteligencia de Ramón tuve que inmolar mi cuerpo, tuve que desgarrar mi pudor, tuve que mantener sofrenado mi orgullo. ¿Y para qué? Para nada. Porque no recuerdo una sola de sus definiciones. Ni las que me regalaba cuando era benévolo ni las que vociferaba cuando se sentía irritado. De nuestras discusiones no me queda más que una sensación: la del riesgo al que me expuse, la de la derrota que padecí, la de la victoria que, sin saber cómo, alcancé. Me queda, todavía, el temblor de la cólera o del miedo, la lividez de la expectativa, la combustión interior en la que se fraguaba una réplica contundente, un argumento feliz. ¿Pero qué era lo que él o yo replicábamos? ¿Qué era lo que sosteníamos? Ya no lo sé. No lo supe ni siquiera mientras los hechos estaban transcurriendo. Porque yo me iba, arrastrada por ellos a otra parte, que alguna vez fue allá y ahora es aquí, donde tampoco voy a detenerme. Si asida a Ramón adquiría cierta solidez no fue nunca la suficiente como para que yo me erigiera como un obstáculo contra el que se estrellara la corriente sino que era apenas la necesaria para que el acarreo fuera difícil, problemático, doloroso. Arrastrada y oponiendo, a pesar mío, la resistencia de un cuerpo que pesa, que se hunde, que se enreda y en el que hay que emplear un esfuerzo mayor, una brutalidad más despiadada.

Ah, memoria mía, que hace remilgos y que cede a caprichos, que escoge para conservar, partículas brillantes pero inútiles. O detritus. Y ahora, que momentáneamente estoy en la orilla, quiere empujarme, como a Narciso, para que busque ese río que ha de devolverme un rostro del que nunca me podré enamorar. ¿Voy a ser como las mendigas que van de puerta en puerta solicitando, qué? ¿Una tarjeta de identidad? Que será distinta a la otra tarjeta de identidad y a la otra tarjeta de identidad.

He aquí un día privilegiado. Primer encuentro matinal con un antiguo conocido. Asombro. ¡Dios mío! ¿Por qué estás tan flaca? Pareces como recién levantada de una enfermedad. La despedida rápida con los consejos prudentes para un restablecimiento más rápido y antes de que asumamos la convalecencia en toda su plenitud, otro espontáneo ocupa la tribuna. ¡Pero qué barbaridad! Te estás dejando engordar en una forma que pronto va a ser más fácil saltarte que rodearte. Se siente que no se cabe dentro de la ropa y que van a estallar las costuras del vestido cuando un tercero, que acaba de leer ese manual acerca de cómo ganar amigos, la coloca a una en el justo medio aristotélico. ¡Una silueta impecable! Y empiezan a salir a la cara los colores de la salud.

La crítica literaria no tiene fundamentos más sólidos. Y, por otra parte, ¿qué puedo ofrecer yo a la crítica literaria? ¿Mi diario íntimo? ¡Pobrecito! Ése sí que ha enflaquecido, ése sí que está ya en las últimas. Pero ¡cuidado! Yo no he dicho, no tengo por que decirlo, que quiero ser escritora. ¡Horror de horrores! Después de la fauna que he conocido no sabría qué desear más, si el triunfo o el fracaso, si la locura o la frustración, si la enajenación o la amargura.

Yo quiero ser yo, oscura, quieta, anónima. Para mirar únicamente, para entender algo, por pequeño que sea, para decirme en secreto a mí misma eso que he entendido.

¿Necesito testigos para esta actitud, para esta tarea? No. Ramón se va antes de darse cuenta del espectáculo tan aburrido en que iba yo a convertirme. Y ni Villela ni ningún otro vendrá a ocupar ese palco vacío porque se suspende la representación.

Noli foras ire... ¡Oh, delicia del apartamiento y de la soledad! Cierto que ahora estoy un poco desmantelada. Pero ya iré proveyéndome, como el náufrago en su isla, de los artículos más indispensables. Aunque tengo un tino para escoger y una urgencia por deshechar antes de haber examinado concienzudamente la utilidad de un objeto que no auguran mucho éxito. No importa. Mis equivocaciones constarán en ese diario que escribiré en la arena para que lo borre el mar.

¡Bonita frase! ¡Pero qué idea más imbécil la que expresa! Porque ya Penélope es un símbolo bastante inadmisible pero al menos se escudaba tras un Ulises errante que justificara su manía de tejer y destejer. Lo lógico, en mi caso de Robinsona, es que yo me olvide de consignar un hecho tan importante como mis equivocaciones y simplemente las cometa, las corrija, si se puede, y procure no repetirlas. Ya. Eso es lo que hace una persona normal y yo no voy a ser nada más ni nada menos que una persona normal.

Pero las maneras de la normalidad, como las de la estupidez son infinitas... Lo que no implica que yo pierda mi tiempo ensayándolas una tras otra porque, en el fondo, todas desembocan en lo mismo. Me atenderé a lo que tengo a la mano. Es preciso hacer un inventario.

Lo mismo que la Bella Durmiente yazgo (¿o se dice yago? Yago es un intrigante y esta disquisición no conduce más que a confundirme. En resumen, estoy tendida sobre mi cama y bien arrebujada en las cobijas). Me despiertan, no los besos del Príncipe, sino las campanas de la iglesia próxima; llaman a misa, a la misa a la que asiste por costumbre mi madrina; voy a vencer mi pereza, voy a descubrir, de pronto, que me ha sido dado el don de la fe y voy a levantarme y a acompañarla. ¡Qué alegría bañará sus facciones! Ésta es, me dirá, la respuesta a sus plegarias y su comentario casi me obliga a darle la espalda y volver a acostarme. Pero resisto este movimiento de mi ¿soberbia? No estoy muy familiarizada aún con la terminología católica así que dejémoslo en soberbia y vayamos a presenciar la ceremonia, a seguirla paso a paso, leyendo los textos bíblicos que están señalados, con un listón negro, en el breviario. Recibiremos (odio el plural) las bendiciones finales, tomaremos agua bendita de la pila que está en el atrio y regresaremos por las calles recién regadas.

Como es invierno (no siempre, claro está, pero hoy es invierno y no voy a comenzar haciendo abstracción hasta del clima, que es de lo primero de que se habla) la superficie de algún charco habrá cuajado en finísimo hielo. Lástima que el complemento de ese hielo que, después de todo no se ve mal, sean las manos amoratadas de frío, una amenaza de bronquitis y la punta de la nariz completamente anestesiada.

Abriremos la puerta de la casa con esa llave que mi madrina siempre confunde con las demás del llavero; hasta el umbral saldrá a recibirnos un perro... no, un perro no. Los odio, les tengo pánico y me pongo a segregar adrenalina en cuanto se me acercan con lo que se excitan a olfatearme y me quieren morder. Rectifico: lo que sale a recibirnos es un olor de pan recién horneado, de chocolate hirviendo. Y nos apresuraremos a entrar al comedor y a quitarnos los chales y los guantes y esa parafernalia complicadísima de las devotas para sentarnos a la mesa porque estamos hambrientas y solas y no nos están permitidos más que los placeres de la gula. Mi madrina agrega que, además, vamos a compensarlos después con los afanes del día.

Antes de que alcen el mantel ella, ama de casa, deliberará largamente con la cocinera acerca del menú. Yo intervendré para otorgar mi aquiescencia más o menos entusiasta, según los platillos programados y después de una acción de gracias (que ella pronuncia en latín pero que yo ignoro hasta en español) cada una se retirará a sus quehaceres. Ella va y viene dando órdenes, regando las macetas, limpiando el polvo de los muebles. (El aseo a fondo lo hace la criada, no faltaba más, ella se limita a entretenerse). Y cuando se aburre se sienta a bordar o a tejer, no estoy muy segura, nunca lo he sabido con exactitud, no me he fijado, sólo tengo la certidumbre de que es una labor tan silenciosa como inacabable y como inútil. Yo finjo eficacia, mientras hay auditorio, y cambio de lugar un adorno y finjo negocios hasta que, impunemente, puedo ir a encerrarme en mi recámara. Me siento en una mecedora, junto a la ventana, con un libro sobre el regazo. Leo. Escribo, a veces. No, mi diario no. Definitivamente ya no. Cartas, cada día más escuetas, más impersonales, a mis padres. Ahora habrá que añadir las cartas a Ramón. ¿O no sostendremos correspondencia? Hemos hablado frecuentemente de su viaje, pero no en función de lo que abandona sino de lo que persigue. Y a mí sí, me gustaría que me comunicara sus impresiones, sus hallazgos. Sería una manera vicariante de viajar yo también, de vivir una aventura.

¿Pero por qué rayos he de vivir siempre al través de una interpósita persona? Puedo darme el lujo de vivir por mí misma. Yo sé cómo. Si lo que me interesa es viajar cuento con mi padre. Me daría consentimiento y medios. Sabe que ya no puedo estar en ninguna parte más lejos de él de lo que estoy aquí. Pero no me interesa viajar. Al contrario. Me aterra. Como si el movimiento fuera una especie de traición. Voy a quedarme aquí. Voy a permanecer. Voy a esperar.

¿Esperar qué? ¿El regreso de Ramón? No. Y no me es fácil reconocer que no, que no es eso. Duele. Todo duele. Es un puro esperar en el vacío de una existencia rutinaria que tiene un halo de seducción únicamente cuando la imagino pero que lo pierde en cuanto la experimento. Porque el despertar, a campanazos, por sagrados que sean, me pone los nervios de punta. Y no sé rezar ni me importa aprender y la misa la dice un sacerdote que se distrae, que no la toma sino como lo que es para él: un trabajo, no un éxtasis. La unción ha desaparecido para que se instalen los actos mecánicos. El rito se cumple en una iglesia en que el tufo de humedad se mezcla con el de sudor y el del incienso, mezcla que no se respira con agrado. Y a fin de cuentas, lo único verdadero es esta imprecación de Isaías este salmo de David, esta encendida brasa en la boca de Pablo, esta diafanidad última de San Juan. Lo único cierto. Mentira la calle limpia. Mentira el olor del pan, que se guarda rancio en la alacena. Mentira la bienvenida del chocolate, que nos rechaza con su temperatura abrasadora. Y la cocinera es torpe y medio sorda y hay que repetirle las instrucciones para que las entienda y aun así las entiende mal. Mentira ese recogimiento matutino. Y no soporto leer sentada —aunque la mecedora sea tan convencionalmente decorativa— y me echo sobre la cama y arrugo la colcha y aflojo las sábanas y leo no como quien saborea una sustancia reconfortante sino como quien se tira, desde una gran altura y sin ninguna certidumbre sobre el punto de llegada, un clavado. Con desesperación, con furia, porque lo que me posee entonces no es el ángel de la sabiduría sino el demonio de la curiosidad. Y me habita hasta que siento que me sale humo por las orejas y por las narices y me siento como un dragón hechizado, que bufa para no olvidar, en estas épocas de mansedumbre y de impotencia, su condición de ferocidad.

Ah, y escribir. Agarro la pluma como el torero agarra los trastos de matar. A los cinco minutos, naturalmente, mis dedos están paralizados por el esfuerzo y aún no he trazado la primera línea. La hoja de papel me mira con su enorme pupila, sin un parpadeo. Así ha de ser el ojo de la Providencia, implacable, omnipresente, reclamando el castigo de una culpa. Hay que huir de él, hay que cerrarlo —pero no tiene párpado— hay que cubrirlo con lo que hallemos disponible. Tardo en dar con la primera palabra y la primera palabra solicita en vano la compañía de las otras. Isla. Punto que iba a ser de partida y que se volvió final.

Me levanto. Voy al baño y me refresco la cara con agua fría. Eso me despejará, digo. Pero lo que siento es que la piel se me ha restirado y que el gesto más mínimo la hace crujir como a una hoja seca. ¿He envejecido tanto en tan pocos segundos? Nadie puede concentrarse en ninguna otra meditación mientras no resuelva semejante enigma. Así que vuelvo a levantarme y consulto al espejo. Sí tengo la piel marchita pero los surcos que la afean no son de los que marcan los años sino de los que traza el descuido. Confío, sin razón y en exceso, en mi buena índole. Y olvido esa crema que me costó carísima y que ahora, al cuarto para las doce, me unto en la frente (para borrar el ceño), en los pómulos, en las comisuras de los labios. Me la unto con la mano, claro, y la grasa me la impregna de modo que cuando vuelvo a tomar la pluma se me resbala y cuando toco el papel lo mancho y se vuelve inservible.

¡Maldición! Hay que romper esa página y evitar que se contaminen las siguientes. Me levanto de nuevo y en el baño, que es la Meca de todas mis peregrinaciones, me lavo escrupulosamene la cara y las manos. El jabón me devuelve a mi condición primitiva. La piel me arde, me exige un poco de atención. Está bien, está bien, voy a comenzar a maquillarme. Base de polvos, polvos, ungüento para las pestañas y las cejas, carmín para los labios. ¿Qué más? Ah, sí, el pelo, que siempre se me alborota o se me mustia inoportunamente. Una vez y otra intento partírmelo en dos con una raya que se obstina en no acatar los dictámenes de la armonía. Me conformo, al fin, con las sinuosidades que le dicta mi cráneo y procedo a la elaboración de un copete deleznable. Ah, mi cabeza, al igual que la de Sor Juana, llevaría mejor esa corona de espinas que se prometía a sí misma como erario que el peinado que ya he concluido.

Mas he aquí que, a pesar de mis tácticas dilatorias y de mis ires y venires de ardilla, no he logrado que el tiempo avance y tengo la mañana intacta a mi disposición. Aguarda, la muy socarrona, a que yo la consuma —y me consume— escribiendo. Ni modo. Hay que sentarse ante el escritorio que, para ser precisos, es apenas un poco más acogedor que un potro de tortura. Hay que arrimar la silla de manera que no sea tan fácil estar cambiando de postura y que no se haga la más mínima tentativa de levantarse sin que se produzca de inmediato un chirrido delator que nos paralice.

¿Y luego de tantas precauciones, qué? Nada. Empieza uno a pensar que hubiera sido bueno haber aprendido caligrafía en la primaria. Como este aprendizaje no se hizo oportunamente se trata de suplir ahora tal carencia trazando círculos y rayas. El ejercicio me dará soltura, se arguye. ¡Como si se tratara de dibujar! No, no da soltura. Simplemente fatiga. Pero no importa. El papel en blanco ya no puede vernos con tanta claridad, con tanta fijeza; ya no puede vernos. Lo hemos cegado.

Toma, te lo tienes merecido por espía, exclamamos triunfalmente al asestar a la página un último rayón. Y ahora, claro, se insinúa el arrepentimiento. ¡Pero si la inocente no hacía más que estar allí y mirarnos, sin exigencias, sin reproches, sin acusaciones! Sí, eso es lo que dice ahora que la hemos reducido a la impotencia. Y lo dice con el acento de falsa humildad con que suplican los genios maléficos encerrados en una botella, de los cuentos de Las mil y una noches. Que no crea que nos engaña. Ya nos aleccionaron acerca del comportamiento de los suplicantes cautivos en cuanto recuperaban su libertad y su poder. No vamos a caer en la trampa. No y no. Ay, y cómo duele la espalda y cómo quisiera uno tenderse, boca abajo, sobre la arena de alguna playa remota mientras el mar trabaja.

—La mayor cuyta que aver
puede ningún amador
es membrarse del placer
en el tiempo del dolor.

Hasta la playa remota en que Cecilia descansaba llegó la voz de Sergio, modulada artificialmente para subrayar el tono arcaico de los versos. Se miraron los dos; él, desde el vano de la puerta como dispuesto a convertirse en Cireneo, al primer requerimiento que se le hiciera. Ella, bañista sorprendida que se apresura a cubrirse con el primer trapo que encuentra a mano. Y luego, sin pensarlo mucho, echándose encima esta versión imprevista de sí misma que estaban ofreciéndole.

¿Parezco, pues, una Dido en el trance de ver partir a Eneas? ¿Se teme que en un acceso de desesperación llegue yo a atentar contra mi vida? La hipótesis, aplicada desde fuera, no es tan absurda. Estoy en la edad en que el índice de suicidios es más alto. Y tengo un móvil. Porque Ramón y yo, según es del dominio público, hemos mantenido durante algunos meses relaciones que, según el lenguaje de las gacetillas policiacas, se llaman de amasiato. Es decir, que hemos conjugado algún tiempo y algún modo del verbo amar. Y esa acción, no consagrada por la Iglesia ni sancionada por la ley, a mí me despoja de mi integridad moral, de mi pureza física, de mi rango social y me coloca en la categoría de las culpables, de las redimibles. En cambio a él la misma acción le sirve de testimonio de su virilidad, de propaganda para sus aptitudes como seductor, de trampolín de empresas más audaces, de mayor lucimiento, más provechosas. Esta ambivalencia bastaría para encender la ira de cualquiera. No la mía, porque a mí, en última instancia, el asunto no me concierne, no me ha concernido nunca.

> Del más estrecho abrazo saldrás limpia,
> como purificada en una llama.
> Tal es la promesa a la que me atuve
> y en la que me sostengo.

Pero mi intangibilidad es un secreto que Sergio no posee y me supone traspasada por la flecha del amor y de la ausencia. ¿Qué entiende Sergio por "amor"? Cuando gira en la órbita de "el buey mudo" vibra enteramente de deseo, es nada más "esa pregunta cuya respuesta no existe, esa nube cuyo cielo no existe". Sodomita en cuyo rostro llamea aún el incendio que consumió a su ciudad, de cuyas manos caen las cenizas de su ciudad consumida. Conozco su oficio: el sufrimiento, la persecución de una presa equívoca que, al ser alcanzada, se vuelve en contra suya, metamorfoseada en cazador. Es de los que se humillan ante los falsos ídolos; de los que se acogen a los ángeles engañosos; de los que se convierten en el receptáculo de las promesas vanas; es aquel a quien se le reserva una intimidad turbia y al que se le rompe en cada ruptura. Inerme soñador de venganzas irrealizables; cobarde ejecutor de crímenes inmerecidos.

Ronda en torno de las casas cerradas; acecha, con ojos envidiosos, a los otros, a los normales. Vuélvete a Susana y a Alberto, que son tu imán verdadero, no nos interrogues a Mariscal ni a mí, que no acertaríamos a darte razón de nada. Porque también nosotros, también yo, soy de las que rondan, de las que acechan, de las que envidian.

Susana y Alberto, la pareja perfecta. Ahí están, como bajo un toldo que los protege del sol y de la lluvia, bajo una palabra de buena calidad, de urdimbre resistente: novios. Se sientan uno al lado del otro y platican. Cuando nadie los ve se toman de la mano, se besan en la boca. Y se detienen, como si hubieran escuchado unos pasos repentinos y recuperan su compostura.

Vamos, Sergio, vamos tú y yo a averiguar de qué platican, por qué se han detenido. No entendemos el tema de la charla, el motivo de la parálisis. Ellos nos explican que hacen planes y sí, ha de ser verdad, porque tienen futuro común. En nombre del futuro son prudentes, esperan.

Pero Ramón y yo nunca hicimos planes, nunca contamos con algo más sino con el instante presente. Y para aislarlo por completo de los otros instantes repetíamos, sin cesar, alternativamente, él por precaución, por escrúpulos de conciencia, y yo por orgullo: lo nuestro es sin compromiso, sin juramento.

Lo nuestro. Como los buenos bailadores de danzón no nos permitimos traspasar la superficie mínima de un ladrillo para ejecutar la totalidad de nuestras evoluciones. Y casi nunca fueron armoniosas porque yo soy rígida, irreductible al ritmo ajeno, sorda o claudicante. Pero ¿y qué? La limitación nos aproximaba, nos fundía de un modo indiscernible. ¿De qué garganta brotaba el jadeo? ¿Qué mano se crispaba en el paroxismo?

Ay, pero esta fusión, esta confusión era tarea de nuestra vísceras. Se entendían entre ellas, se complementaban, estaban contentas. Yo carecía de noticias directas porque estaba a una distancia astral y la comunicación se había cortado entre aquellos astros mudos y lo demás de nosotros, que hablaba.

Y nunca alcanzamos el silencio total. Nunca inclinamos —por lo menos no inclinamos simultáneamente— la cerviz para dejarnos uncir por el yugo de nuestros sentidos. La cabeza en posición de alerta, a toda hora. La boca en disponibilidad perpetua para sonreír, para pronunciar la frase aguda y certera, la estalactita que lentamente había ido cuajando.

¡De qué atmósfera de soledades se rodeaba nuestra desnudez! Yo me cubría el regazo con ambas manos ¿para defenderme? ¿Para no tiritar? ¿Para reclamar una caricia? Lo ocultaba porque tenía vergüenza de no poder entregarlo como una ofrenda perfecta. Y tú, naturalmente, te empecinabas en romper esa resistencia. Deja de posar como si fueras la Gioconda, me decías mientras forcejeábamos. Y tú, deja de portarte como si fueras el caballero de la mano al pecho, te respondía yo, resistiéndome. Apreciábamos el retruécano, lo reíamos y eso nos incitaba a proseguir, con una asepsia absoluta, la operación que habíamos iniciado.

Éste es el amor que tuve, Sergio, ésta es la compañía que ahora estoy perdiendo. Pero tú lo ignoras y te representas, sobre este lecho (que ya no será campo de batalla porque uno de los ejércitos se ha rendido a discreción y el otro se ha dado a la fuga) quién sabe qué éxtasis apasionados.

Pero aquí, a solas, escucho —escucha tú también— cómo silba en mí esa profunda herida que mató a la reina de Cartago. Mira, son lágrimas, lágrimas tibias, saladas, las que fluyen de mis ojos y resbalan por mis mejillas. Tal vez el dolor no sea sino esta especie de deshielo que se produce por una causa remota que sólo conocen quienes contemplan el fenómeno desde lejos y en su totalidad.

Como tú, que vas a decir ausencia y nostalgia para bautizar mi llanto recién nacido que entonces ha de llamarse así y no de otra manera porque a tus definiciones yo no tengo ningunas más válidas que oponer.

¡¿Lloramos porque estamos tristes o estamos tristes porque lloramos? Éste es el dilema con que se les sale al paso a los alumnos de primer año, que esquivan sus cuernos sin darse cuenta de que, quien se los propuso, les ha hecho aceptar de antemano que todo es sucesivo. Podríamos estar tristes y llorar al mismo tiempo, sin solución de continuidad. Digo que podríamos. Pero lo cierto es que yo no lloraba antes de que tú vinieras y de que yo no estaba triste antes de llorar. Bueno, admitamos que era necesario este desahogo y que era necesario también que se produjera ante un testigo porque si no ni me lo hubiera yo concedido ni después le hubiera dado crédito.

Dime, Sergio, ¿estoy actuando de acuerdo con los cánones? ¿Soy convincente? ¿He logrado que te conmuevas? Sí, no puedes ocultar tu emoción. Te acercas a mí para ofrecerme ese hombro en el que voy a reclinarme ahora para llorar más a mis anchas y desempeñar más adecuadamente mi papel. No, claro que no tengo pañuelo. Cuando se sufre no se puede, además, ser precavido. Gracias. Voy a sonarme fuerte, como en las películas, para darle un toque de humor al patetismo que empezaba a tomar proporciones exageradas. Así. Ahora estoy dispuesta a recibir cualquier clase de consuelos. Aun esas frases hechas de que el olvido todo lo borra y de que tengo la vida entera por delante para rehacerme de este descalabro y de que soy demasiado joven para perder la esperanza de encontrar a un hombre que me merezca y al que, gracias a la desdichada experiencia de hoy, sabré apreciar y querer. Lo que sí te recomendaría que no hicieras es decirme que yo no nací para estas cosas y que me deje de evasivas y ponga manos a la obra. Pero no, no lo dirás. Porque tú ni siquiera sospechas que pueda haber una obra entre manos. Así que ya estoy dispuesta. Habla.

Pero Sergio no habló. Cecilia podía sentir, al través de la ropa, contra sus sienes apoyadas en el hombro de su amigo, el latir desordenado de su corazón y cuando bajaba los ojos advertía un par de manos que se abrían y se cerraban nerviosamente como si quisieran cumplir un acto, esbozar un gesto y no supieran con exactitud cuál. Cecilia, estimulada por el éxito de su representación, estaba a punto de felicitarse como actriz y de añadir nuevos toques que perfeccionaran su trabajo cuando se sintió, de pronto, rechazada del refugio que se le había brindado, tomada con violencia por los hombros y sacudida como para despertarla.

—Vamos, es tarde.

A Cecilia se le secaron instantáneamente las lágrimas para contemplar con extrañeza a su interlocutor, cuya réplica no era ni la esperada ni la adecuada. Tratando de mantener el tono lírico en que se había deslizado durante los últimos momentos, declamó:

—"Es hora de partir, oh, abandonada".

—Déjate de sandeces que no debemos continuar aquí.

—¿Corremos algún peligro? ¿Inminente?

—Hemos sido descubiertos.

Lo enloquecí, pensó Cecilia, con un airecillo triunfal. Está diciendo incoherencias.

—¿Y van a perseguirnos? ¿Quiénes?

—Ellos —señaló Sergio volviendo el rostro hacia la estancia contigua y sus ocupantes.

—Son nuestros amigos —replicó Cecilia.

—No, no lo son. Nadie es amigo de gente como tú y como yo.

Sergio se había puesto de pie y alejado de ella como de un contacto desagradable. Se metió las manos en los bolsillos y se reclinó con negligencia sobre una de las pilas de libros. Estaba pálido y era evidente su esfuerzo por serenarse.

—Ten cuidado —le recomendó Cecilia, señalándole su punto de apoyo. Es muy frágil.

—Se cae pero no se quiebra, variante de un refrán popular o de una frase heroica. Da lo mismo.

—Preferiría que no se cayera. Así que mejor retírate. Ven a sentarte aquí, en el extremo opuesto de la cama, si quieres tener libertad de movimientos.

—O en el suelo.

—Donde estés más cómodo. Porque voy a sujetarte a un largo interrogatorio.

Sergio obedeció, sin replicar, y hasta prendió fuego a un cigarrillo.

—¿Qué es lo que ellos descubrieron?

—Lo que somos.

—¡Magnífico! Yo me he pasado la vida tratando de averiguarlo y me ahorran el trabajo. ¿Podrías comunicarme tú la buena nueva o tendré que ir a escucharla de los propios labios de los profetas?

—No es una buena nueva.

—Ah —dijo Cecilia, tratando de localizar esa molestia que repentinamente la había invadido. Hablan mal de mí. ¿Pero qué pueden decir, qué puede ofenderme de lo que digan? El repertorio no es vasto. ¿Que soy fea? ¿Que soy una prostituta? ¿Que soy tonta? Yo me lo he dicho antes. Pero, de cualquier manera, en boca ajena suena distinto... y duele.

—Tú sabes lo que yo soy ¿verdad? —afirmó, más que interrogó Sergio.

—Bueno, hasta cierto punto —repuso evasivamente Cecilia. Sé que eres un brillante alumno de la Facultad, que has cambiado varias veces de carrera porque ninguna te parece satisfactoria...

—¡Basta de currículum!

—De tu vida privada lo ignoro casi todo. Si puedes darte lujos como los de los cambios de carrera que hemos hablado, supongo que es porque alguien te los paga. Tu padre, para seguir el esquema tradicional, que ha de ser un funcionario de alto rango o un dueño de fábrica o...

—No te salgas por la tangente. Pregunto si sabes lo que yo, entiéndelo bien, yo, persona, soy.

—¿Homosexual? —ensayó, con una audacia disfrazada de indiferencia, Cecilia.

—Sí.

—No ha sido nunca un secreto y, además, no eres el único ni en el mundo, ni siquiera en nuestro grupo. ¿Quién va a tirarte la primera piedra? ¿Y por qué crees que ahora van a empezar a tirar piedras?

—Porque están empezando a acomodarse. Y verás cómo los que estén menos limpios de culpa se convertirán en los lapidadores más frenéticos.

—Es una ley natural. Pero yo ¿qué tengo que ver?

—Tú serás de las agredidas, aunque no por los mismos motivos. Tu problema es más grave que el mío porque es de otra índole. Para las anomalías sexuales, desde en los códigos hasta en las costumbres, existe cierta benevolencia. Es humano, después de todo, es demasiado humano.

—Entonces no hay que temer.

—Dije benevolencia porque quise decir que nunca llegarían al extremo de matarnos porque no tenemos los gustos ni realizamos las prácticas que la mayoría ha declarado ortodoxas. Pero eso no significa que desaparezca la hostilidad, que uno deje de proporcionarles abundante material de burlas que desperdicien la oportunidad más nimia de ponerte un obstáculo que te impida avanzar en el camino que elijas. En suma, que te friegan.

—Y tú no quieres correr el riesgo.

—Si no es indispensable, no. Desde luego no estoy dispuesto a sacrificar a la opinión ajena ni el más efímero de mis placeres. Pero si soy capaz de lograr que se concilien mis placeres con mis otros fines, no dejaré de intentarlo.

—¿Cuáles son tus otros fines?

—Ésos sí muy ortodoxos. Quiero el éxito, el prestigio, el dinero, el poder. Tengo la certidumbre más absoluta de que poseo los medios para lograr tales cosas.

—El único impedimento es tu... digamos, tu peculiaridad.

—Un pequeño defectito, como diría mi madre, si lo conociera. Ella me supone un Don Juan y ella no ha leído a Marañón. Pero no divaguemos.

Resulta que ese defecto se disimula y que la sociedad no te exige más que eso.

—Pues a disimularlo ¿no?

—El medio es el matrimonio, estado que me repugna como te será fácil suponer.

—Es obvio.

—Por eso te lo propongo a ti. Señorita —dijo Sergio poniéndose solemnemente de pie—, tengo el honor de solicitar su blanca mano.

Cecilia se ruborizó sin especificar si de desconcierto, de halago o de cólera.

—Debo entender que me hace usted esa proposición precisamente porque ya no soy una señorita.

—Oh, no. Ésa es una cualidad secundaria que, por otra parte, no es nada difícil de encontrar a las alturas de civilización en que nos desenvolvemos. Sí, a pesar de lo que se escandalicen tus resabios provincianos, la hazaña de perder la virginidad dista mucho de ser una gran hazaña.

—Pronto va a convertirse en una proeza y no por motivos morales sino biológicos, si abundan los hombres como tú.

—Gracias. Me he ganado la réplica y con creces. ¿Me permites que rectifique la fórmula de mi proposición?

—Te agradecería más que la retiraras.

—No antes de que la examines. Te conviene.

—¿Para qué? ¿Para darle celos a Mariscal? ¿Para conjurar la compasión ajena? ¿Para no ser menos que Susana?

—Es asombrosa tu capacidad de error. Y tu constancia para moverte en la zona de lo sentimental, sensible y sensitivo. Lo que te propongo te conviene porque tú no perteneces a esa zona.

—¿A cuál entonces?

—A la única que queda: la intelectual. No te tomes el trabajo de protestar como si lo que acabo de decirte fuera un elogio que lastima tu modestia. Tómalo más bien como una apelación a tu prudencia.

—¿Y en qué se me nota... eso que dices?

—En ningún síntoma positivo... todavía. Es más, ese síntoma positivo puede no producirse nunca. Pero estás dotada de todas las predisposiciones, de todas las carencias, de todas las atrofias indispensables para devenir un monstruo.

—Por ejemplo...

—Por ejemplo la manera como viviste tu relación con Mariscal: como una experiencia, como un curso obligatorio que debías aprobar con diez.

—¡No es verdad! —protestó apasionadamente Cecilia.

—Admitámoslo. Por ejemplo, entonces, la manera como me escuchas. Cualquiera otra mujer, con el instinto seguro, con la intuición en su lugar, me habría largado, por lo pronto, un par de bofetadas. Pero tú permaneces tranquila, sin mover un músculo ni para rechazarme ni para rechazar el impulso de rechazarme. Y me apresuro a desmentirte si quieres atribuir tu actitud a la amistad o a la cortesía. No, es algo más. Nadie conserva esa impavidez a menos que se considere a sí mismo como un objeto de conocimiento. Entonces sitúa todo lo que le concierne en un terreno puramente teórico. Allí está ya mi proposición que, a la luz de la inteligencia, es susceptible de ser contemplada desde muchos ángulos. Lo que te mantiene en suspenso es que no acabas de descubrir cuál es el ángulo adecuado. ¿Quieres que te ayude?

—Por favor.

—Piensa en lo que significa el matrimonio como institución social. Rango, seguridad económica, nombre. Es decir, todo lo que una mujer no puede adquirir por sí misma.

—¿Y es muy importante?

—Tenerlo, tal vez no. Pero carecer de ello, sí. Tus energías se pierden en la obsesión de tus frustraciones íntimas; tu atención se distrae en el afán de ocultar lo que está a la vista del público: que eres una rechazada, una marginal; tu astucia se emplea en preservar tu desamparo de las agresiones de los otros.

Son agresiones que podríamos llamar tradicionales en nuestro ambiente. Tienen algo de impersonal, de desinteresado, pero que se producen de una manera infalible. ¿Enumeramos? Los hombres oscilan, ante una solterona, entre considerarla presa fácil o bagazo desdeñable. De nada te sirve mostrarles camaradería porque lo interpretarán como un recurso hipócrita, como una trampa en la que no hay que caer. Las mujeres, por su parte, ya no hay ni qué decirlo, son el sexo injusto (para emplear la definición de Joyce). Como toda su vida se orienta a conseguir y conservar un marido, toparse con alguien que no se ha propuesto este fin o que no lo ha alcanzado las altera. La soltería, según su criterio, no es una desgracia ni el resultado de una libre elección sino un signo —el del fracaso— con el que Dios marca a los que vomita de su boca. O, si son inmanentistas, es una consecuencia, el estado civil, de la estupidez o de la maldad. Te tratan entonces con un desprecio no exento de desconfianza. No buscan tu amistad porque la consideran peligrosa o aburrida. A imitación de los hombres te aíslan.

—¿Y qué? —repuso exasperada Cecilia. No temo a la soledad.

—¿Para qué la quieres? ¿Para realizar una obra?

Cecilia sostuvo la mirada de Sergio. No era burlona. Decidió arriesgarse.

—Supón que sí. En peores condiciones que las que tú me has pintado se gestaron los libros que admiro.

—Ése es un engaño para hacer caer a los bobos. Vuelve la oración por pasiva. Considera que, si en condiciones adversas se han escrito libros que valen la pena ¡qué libros habrían podido escribirse en un clima favorable!

Cecilia se retractó.

—Allá ellos y dejemos nosotros de meternos en camisa de once varas. Ni tú has asegurado ni yo he admitido que voy a dedicarme profesionalmente a escribir.

—Pues entonces ya es tiempo de que yo lo asegure y de que tú lo admitas.

—¿Por qué?

—Porque es cierto. Pero tú vacilas, vas y vienes, te topas como una mosca contra un vidrio, porque has colocado la literatura en el nivel de lo sublime. La "obra" es algo que cae del cielo sobre la cabeza de un elegido y lo fulmina.

—Ya sé, porque lo he escuchado de mejores fuentes que la tuya, que escribir no es un milagro sino un trabajo que se perfecciona en la constancia, que es el aprendizaje de un oficio. ¿Por qué crees que estudio?

—Pero te sublevas y tienes arrebatos. Desmantelas tu casa cada vez que te convences de que no podrás acoger, como crees que se merece, al huésped real.

—Y tú, al contrario, tratas de que la casa sea hospitalaria por si el huésped real se digna visitarme.

—¿No es una medida práctica?

—Pero podría haber otra, más práctica aún. En la que tú planeas tú serías el anfitrión, naturalmente. ¿Por qué no otro?

—Ah, Cecilia ilusa. Por galantería no quiero deshechar la hipótesis de que algún hombre sea atraído por tus encantos. Pero sí me niego terminantemente a admitir que nadie se acerque a ti para ayudarte a que te busques y a que te encuentres. Es más, bastaría la más mínima sospecha de que estás buscándote y queriendo encontrarte para que ahuyentes al más decidido.

—Si yo me lo propusiera, te juro que...

—Pero no te lo propondrás nunca en serio. Se te olvidará el propósito a medio camino, te causará irritación, rebeldía. ¿Cuánto tiempo tardarías en darte cuenta de que el premio por haber aceptado parecer tonta, parecer sumisa, parecer inexistente es nada más un hombre? Y muy probablemente un hombre sin inteligencia, sin cultura, sin inquietudes.

—Tendrá otras cualidades.

—Que tú no aprecias ni te importan. Supongamos, y ya es mucho suponer, que resulta muy hábil para ganar dinero.

—¡Bah!

—¡Qué bueno que no te parezca una condición esencial porque lo que abundan son los insolventes! ¿Exiges fidelidad? No. Por soberbia o por complejo de culpa, no importa. Pues alégrate porque te darán buenas dosis de abandono, de engaño, de aventuras extraconyugales. La halagüeña perspectiva que te espera es la de trabajar para sostener tu casa y la de hacerte de la vista gorda respecto de las irregularidades de conducta del marido.

—Sé sufrir.

—¿Qué mujer mexicana no ha hecho del sufrimiento un arte? Pero el otro no sabrá sufrir tan bien como tú y entonces va a buscar la evasión de sus conflictos en el alcohol.

—¿Borracho, además?

—Es lo que se sigue de las premisas primeras. Con tales elementos, a la vuelta de algunos años, habrás formado un hogar, un universo perfectamente maniqueo: el mal está encarnado en el principio masculino y el bien en el femenino. El encarnizamiento de tu verdugo será mayor cuanto mayor sea tu generosidad. Hasta que un buen día ya no pueda más y se arrepienta. Renuncia al demonio, a sus pompas y vanidades y se entrega, atado de pies y manos, como un recién nacido bien envuelto en sus pañales, y se confía a tu instinto maternal. Eres la abnegada madrecita, un mito que todos los años llega a su apogeo el diez de mayo. Y, una vez más, ese mito habrá puesto su pie sobre la cabeza vencida del dragón. Entonces se descubre que el dragón era de papel.

—¿Cuánto tiempo tarda en cumplirse ese proceso?

—Toda la juventud, toda la madurez, todos los años hábiles. Por lo general, las abnegadas madrecitas saborean su triunfo en el lecho de agonía.

—Y es un proceso exclusivo, que no permite el desarrollo paralelo de ningún otro.

—Exacto. ¿Y sabes cuál es el origen de esta maraña en la que te enredarías hasta asfixiarte? Un axioma: la superioridad del varón. Superioridad sexual, se entiende. Te satisface de un modo tan absoluto —eso cree él y si pones tal creencia en entredicho te acusará de anormal— que eso es suficiente para compensar los otros desequilibrios, las injusticias, los abusos.

—Tú no vas a proporcionarme ninguna satisfacción sexual, luego...

—...luego, podemos ser felices y comer perdices.

—No estoy muy convencida de que esa dieta me siente bien.

—No será por insuficiencia. Vamos a entendernos. Casarse, en las circunstancias nuestras, no nos compromete ni a estar juntos —sino cuando así lo exijan los convencionalismos sociales o así lo quiera nuestra real gana— ni a sernos fieles. Tú conservas, tanto como yo, la libertad íntegra de tu iniciativa para buscar lo que te haga falta.

—¿Sabes? Me estoy dando cuenta de que no me parezco a los gatos en la afición a la cacería nocturna, sino en la pereza. Creo que no haría nunca uso de esa libertad.

—Será tu manera de ejercerla.

—Pero me olvidaré que yo elegí esa manera y acabaré por atribuir mi malestar a quien tenga más cerca: a ti.

—No me tendrás tan cerca como para poder organizarme una escena de recriminaciones, de celos o sin tema, como suelen improvisarlas las mujeres. Recuerda que mi presencia será únicamente nominal.

—Eso es lo que me asusta. Yo creo más en la realidad de los nombres que en la de las cosas. Y tú tendrás para mí el nombre de marido que me despierta asociaciones de ideas desagradables o peligrosas.

—Quita ese nombre, que te defenderá como un escudo ¿y qué te queda? El nombre de solterona, que es ridículo. ¿No es más humillante?

—Pero es más abstracto. El ridículo se diluye, lo encarnan todos y ninguno.

—Con lo que te arrebatan hasta la posibilidad última de defenderte.

—Una incomodidad difusa, como la que el ridículo produce, no acumula nunca la energía suficiente como para obligarnos a protestar.

—Pero te emponzoña. No asimilas las sustancias nocivas y acabas por transmitirlas.

—¿A quién? Quedamos en que estaría sola.

—Tendrás la ponzoña hasta en la punta de los dedos. Y lo que toques —persona, cosa, trabajo— y aunque lo toques con una rozadura, quedará contaminado. Tú has leído esas páginas en las que la belleza o la verdad no pueden manifestarse porque se los impide el resentimiento, porque las vela el odio, porque las envilece la impotencia.

—Pero tú no me darás nada de lo que suscita esas aberraciones.

—No tienes necesidad de ello, convéncete, conócete, acéptate tal como eres: un monstruo.

—Cero y van dos. ¿Es ése en realidad el término más exacto para describirme?

—No dije la palabra en el sentido peyorativo sino en el de la rareza, en el de la poca frecuencia con que se da un fenómeno. ¿Quién que es no es romántico?, se preguntaba Darío. Y entendía por romántico una serie de monsergas lírico-afectivas. Pues bien, si hubiera vivido lo suficiente habría encontrado la respuesta: tú.

—¿Y te costó trabajo descubrirlo?

—No voy a jactarme de ser un Sherlock Holmes. Tu inexperiencia, tu espontaneidad, te hacen todavía bastante obvia. Podría decir que tuve mis sospechas desde el día que nos conocimos, en el patio de la Universidad. Pero no llegué a la certidumbre sino hasta hoy, cuando te vi llorar.

—¿Por qué? —preguntó alarmada Cecilia.

—Porque lo hacías tan mal como un actor que tiene que recurrir a la glicerina en los momentos patéticos.

—¡Y yo que estaba segura de haberte conmovido!

—¿Ves como estás admitiendo que fingías? Llorabas, sí, y con unas lagrimotas enormes, de cocodrilo. Pero no porque Mariscal se va ni eso te importe, sino porque los demás están enterados de que nunca te pidió que lo acompañaras.

Cecilia no pudo evitar que las lágrimas le brotaran de nuevo.

—Los demás. Allí está el punto. Si vivieras en una isla desierta te daría igual ser una mujer casada o no. Pero como vives en una sociedad en la que se valora a la mujer casada y se desprecia a la soltera, y en la que cada miembro de esa sociedad es un testigo de tu situación y un juez, ya el asunto no te es tan indiferente.

—Si me consideras vanidosa hasta ese punto, deberías concluir que un matrimonio ridículo —y el nuestro sería un matrimonio del que cualquiera se reiría— no me conviene.

—Tú y yo tenemos el talento suficiente para hacer lo que nos proponemos y bien hecho. De manera que hasta los más recalcitrantes se vean en la necesidad de dudar sobre la verosimilitud de los rumores que corren en torno nuestro. Y de la duda a la absolución no hay más que un paso, que todos acabarán por dar.

—¿Qué quieres decir cuando dices "bien hecho"?

—Que desempeñaremos nuestro papel a conciencia. Que nos trataremos en público —y en privado también ¿por qué no?— muy deferentemente. Que no dejaremos pasar ninguna oportunidad sin que demos nuestra estimación, de nuestra buena opinión mutua; que nos apoyaremos, uno al oro, siempre que sea preciso. Y que, cuando otras urgencias más íntimas que las de la vida mundana nos apremien, nos ingeniaremos para satisfacerlas sin herir susceptibilidades, que no se despierten sospechas, que no se pongan en crisis prestigios.

—Hasta hoy no he practicado la hipocresía.

—La has practicado. ¿Acaso tu familia se enteró de la verdadera índole de tus relaciones con Mariscal? Cecilia bajó la cabeza, avergonzada.

—Lo que pasa —continuó Sergio—, es que no la practicas sistemáticamente, que no te ocupas en pulirla y perfeccionarla hasta el punto de tener derecho a llamarla discreción.

—Tú me la enseñarías, desde luego. ¿Y no te repugna esta farsa?

—¿Cuál farsa? ¿Has tenido alguna vez con alguien, con quien sea, una conversación tan sincera como la que tienes hoy conmigo? No nos hemos mentido ahora. No nos mentiremos nunca. Muy pocos matrimonios se hacen sobre esa base.

—Pero nos confabulamos para mentirle a los demás.

—No, no. Hay allí un enfoque equivocado de la situación. Yo diría que nos ponemos de acuerdo para dar gusto a los demás. Quieren de nosotros una imagen determinada, un esquema convencional, algo que no los obligue a pensar, a buscar explicaciones o disculpas, a tomar represalias. La del hombre y la mujer normales, la del matrimonio normal. Ni tú ni yo somos eso; ni tú ni yo parecemos eso aisladamente. Apenas es lógico, y desde luego es absolutamente lícito, que nos asociemos para encontrar un provecho común.

—Hasta ahora has puesto mucho énfasis en lo ventajoso que este trato sería para ti. Al grado que, en ciertos momentos, yo me preguntaba qué función iba a cumplir en la casa de beneficencia en la que, sin mayores trámites, te habías metamorfoseado.

—Tu función, obviamente, es la de fachada.

—¡Nunca me han dicho un piropo que me sacie tanto por lo inmerecido. Porque si hay algo en mí que es preciso superar para apreciarme bien es mi apariencia.

—En una mujer la apariencia es siempre provisional y transitoria. Tú la asumes como un destino precisamente porque la feminidad no es tu fuerte.

—En tus ratos de ocio ¿también la harás de Pigmalión?

—Te ayudaré a que te descubras y expreses tu personalidad. Por ahora no es tan grave que uses tacón bajo y que vengas, a una fiesta con el mismo sweater y la misma falda con que vas a una clase. Es una fiesta de confianza y no eres más que una estudiante joven y de modestos recursos. Pero en cuanto cambie tu situación tendrá que cambiar también tu estilo. Yo me preocuparé por surtir tu guardarropa. ¡No tienes idea del placer que hay en elegir las telas, en combinar los colores, en disponer los accesorios correspondientes! Y luego experimentar los peinados, cambiar el maquillaje según la ocasión. Yo te convertiré, si tú me dejas, en la mujer más elegante de México.

Cecilia reía por lo bajo.

—Modista, cultor de belleza. Me temo mucho que, más que fachada, voy a servirte de anuncio de gas neón de tu... defectito.

—No te preocupes. Todas las operaciones transformatorias serán ejecutadas en el más profundo secreto.

—¿Y si yo no me prestara a ser manejada así? ¿Como una cosa?

—Interpretas mal. No es manejo: es toma de conciencia. Yo me limitaría a despertar en ti el gusto por los objetos hermosos y a proporcionarte los medios de adquirirlos.

—¿Y si a mí me importara un rábano la elegancia?

—Estás hablando desde la falda y el sweater que usas, desde tus tacones bajos. Prueba lo otro y decide.

—¿Y si yo despreciara el mundo?

—Sería una razón de más para conquistarlo. Tu desprecio del mundo tendrá su origen, supongo, en estar de vuelta de muchas ilusiones. En que ya sabes que los valores que proclama son falsos y deleznables; que los convencionalismos que practica son rutinas sin sentido y bla bla bla. Si ya conoces el mecanismo te será mucho más fácil usarlo para tus propósitos.

—Dejemos a un lado, por el momento, mis propósitos e insistamos en los tuyos. Ya me informaste que voy a ser una fachada pero todavía no me has revelado de qué.

—De una residencia diplomática.

—¡Vaya!

—Después de andar de judío errante de una carrera a otra sin que ninguna colme, como dicen los cursis, mis aspiraciones, ni resuelva mis problemas, ni me absorba como vocación, he tenido que concluir que soy un diletante. Ahora bien ¿en qué terreno puede ejercerse el diletantismo como profesión? Salvo la circunstancia excepcional (y que, por otra parte no se da en mi caso) de que sea millonario, en la diplomacia.

—De la cual te has hecho una idea... literaria. Los salones en que se charla, con una frivolidad deliberada, de las últimas novedades bibliográficas, pictóricas y de los demás campos de la cultura. En que se intriga, como quien no quiere la cosa, para favorecer o para destruir a un personaje político; para decidir el rumbo de los acontecimientos internacionales; para desencadenar o para conjurar una guerra. Los salones en los que las señoras —yo entre ellas— se cubren apenas un poco más que las estatuas...

—...y un poco mejor, desde luego.

—...en que circulan bandejas con deliciosos licores, en que chisporrotean el fuego en las cinceladas chimeneas —de las que nunca salta ni la chispa más mínima para manchar siquiera la finísima alfombra. Y los viajes en transatlánticos gigantescos donde se come en la mesa del capitán y se baila muy solemnemente y se juegan complicados juegos de cubierta.

—¿Quién dijiste que tenía una idea literaria de la diplomacia?

—Yo la tengo realista. Porque estoy enterada de que se empieza desde el escalón más bajo, con unos sueldos miserables y unas misiones en países donde los animales domésticos son las serpientes y los cocodrilos.

—Ésa es la versión de los burócratas. Ellos cubren un triste itinerario. Pero cuando se cuenta con influencias puede saltarse lejos.

—¿Hasta París?

—Allí te encontrarías con Ramón, si es que te interesa mantener el contacto con él.

—¿Por qué no? Somos amigos.

—Te evitaría, por otra parte, los azares de la aventura que no parecen seducirte. Atente al dicho de que vale más malo por conocido que bueno por conocer.

—Nunca he dicho que Ramón es malo, en ningún sentido.

—Al contrario, estarías dispuesta a canonizarlo por puro masoquismo o complejo de culpa o qué se yo. Pero convendrás conmigo en que, por lo menos, su hada madrina no lo dotó de un corazón de oro.

—Él y yo no nos ligamos por el corazón. Recuérdalo.

—Ni por los sentidos, recuérdalo tú. Ramón te fue útil en una etapa en que no acababas de tener una idea exacta de ti misma. Pero confío en que cuando volvamos a encontrarlo habrás superado definitivamente esa etapa.

—¿Y qué seré, además de la esposa decorativa del diplomático, de la elegante, de la mundana?

—Eso ya es asunto tuyo.

—Voy a plantearte una cuestión muy delicada: ¿crees que tengo talento?

—Lo demostrarías si aceptaras mi proposición.

—Déjate de evasivas y contéstame.

—Que si creo que tienes talento... Creo en Dios y en el noble sulfato de quinina, declaraba Amado Nervo, ese poeta a quien ni tú ni yo admiramos. "Y a veces creo en Dios, pero no en el sulfato". Es una frase feliz, por la alianza que logra entre lo sublime y lo pedestre.

—Pero no es la frase que me tienes prometida.

—Ya lo sé. Tú pretendes que aquí mismo, sobre las rodillas como se firman todos los documentos importantes, yo te extienda tu diploma de Sor Juana. Y te pague daños y perjuicios en caso de que el diploma resulte falso. No voy a hacer eso porque todavía no me dedico a adivinar el futuro. No sé si tienes talento ni si, en caso de que lo tengas, sea viable. Pero apuesto a tu favor. Y te proporciono el caldo de cultivo para que ese hipotético talento germine.

—Me pregunto si ése es el caldo de cultivo adecuado.

—Piensa en los otros. Acabamos de mencionar a Sor Juana. Ella renunció al mundo para refugiarse en un convento. Pero durante toda su vida —que, sintomáticamente, fue breve— su meditación se vio perturbada, como ella misma dice, "por el rumor de comunidad". Y la obediencia la obligaba a subordinarse a gente estúpida, envidiosa, cerrada. A acatar órdenes tan irracionales como la de que desempeñara tareas serviles en vez de intelectuales.

—A pesar de todo Sor Juana fue Sor Juana.

—Tú lo has dicho. A pesar de todo. Pero además, en su época un convento era un lugar con prestigio y con fuerza. Ser monja era ser algo. Ahora las monjas ni siquiera pueden lucir sus hábitos en la calle porque nuestra Constitución lo prohíbe. Y ten presente hasta qué punto te afecta a ti la manera como tu imagen se proyecta hacia afuera. ¿Sabes cómo te verán? Como un anacronismo, una mujer con moño y sin afeites, acabada por los ayunos, martirizada por algún cilicio oculto y pidiendo limosna por las calles. Y que, además, ejecuta todos estos actos sin que la sostenga el más leve asomo de fe en un Dios que la recompense en otra vida de los sinsabores sufridos en ésta.

—Además, con una disciplina tan rígida como la que usan en el claustro, no me daría tiempo ni de leer siquiera. Absurdo y descartado.

—¿Tienes algún otro modelito que proponer?

—Pensaba en Matilde Casanova.

—¿Cuál de las dos? ¿La holandesa errante de su juventud? ¿O el mito de su vejez?

—Ninguna. Olvidémosla.

—¿Ves cómo, por exclusión vamos a parar al punto mismo del que partimos? Así como yo necesito de una fachada así tu necesitas de un interior tranquilo y arreglado a tu gusto. De un ámbito en el que serías libre para dedicarte a lo que sea tu voluntad.

—Si mi voluntad es escribir...

—Pues escribes. Yo, por mi parte, seré tu lector más atento, tu crítico más implacable y, a su hora, tu editor y tu agente de propaganda.

—A juzgar por tu actuación de hoy —para colocar una mercancía de escasa demanda— un agente magnífico. Ahora que ya me siento a salvo debo confesarte que estuve a punto de aceptar.

—Oh, no. Yo no merezco un triunfo tan fácil ni una respuesta tan irreflexible.

—¿Y si la respuesta hubiera sido un sí?

—La habría rechazado. Lo que tú y yo acabamos de plantear es un punto para que lo medites a solas y lo resuelvas, después de haber dejado a la resolución el tiempo de madurar. A mí no me corre ninguna prisa.

—Me equivoqué, entonces. Pero estabas tan alterado, al principio, que casi ibas a raptarme.

—Un pequeño acceso de pánico que no tendrá ocasión de repetirse si tú y yo firmamos pacto de alianza.

Cuando la puerta se abrió Cecilia pudo advertir que, desde hacía rato, se había extinguido la música de la estancia y casi se habían hecho inaudibles las conversaciones. Fatigado, ojeroso, cerrando la puerta tras de sí, dijo Mariscal a Sergio:

—Dame una mano, viejo, y llévate a esa gente porque ya no puedo más. La fiesta se arrastra desde hace horas y yo voy a madrugar mañana porque me faltan miles de trámites que hacer.

—Vámonos, entonces —dijo Cecilia poniéndose de pie con excesiva vivacidad.

—No —la detuvo Mariscal. Quédate.

—¿Quieres que vuelva por ti más tarde? preguntó Sergio como si ese servicio fuera ya parte de sus deberes.

—Gracias. Avisé en mi casa que no regresaría a dormir —mintió Cecilia para no poner límites a su entrevista con Ramón y para observar las reacciones de Sergio, que se redujeron a un signo esquemático de despedida.

—Entre tanto ir y venir y tanto alboroto casi me voy sin despedirme de ti —dijo Mariscal a Cecilia,

cuando se quedaron solos, revolviéndole afectuosa-
mente el pelo.

—Tal vez habría sido mejor. Nadie sabe qué
cara poner en las despedidas, como en los entierros.

—Ya sé que partir es morir un poco, pero no
exageres.

—Estoy de un humor ligeramente fúnebre
ahora. Espero que me disculpes. Merecías una compañera más agradable para estas últimas horas.

—Si tú hubieras sido esa compañera agradable no habría tenido más remedio que repetir la frase
de Bolívar fracasado: aré en el mar... Pero estás triste.
Hazme creer que es porque me voy.

—Nunca me has tolerado mentiras. Y ésta sería sólo una verdad a medias.

—La verdad entera es que no estás contenta.

—Me vas a hacer falta. Empezaba a acostumbrarme a oír la voz de mi conciencia.

—Puedes oírla aunque yo no esté.

—¿Por teléfono?

—¡Qué mal chiste! No, vas a usar tu cabeza.
Ya sabes el método de pensar: en principio no se
acepta ningún axioma, todo ha de comprobarse por
el razonamiento o por la experiencia.

—En principio lo que yo pienso de mí es falso. Siempre hay un móvil oculto —y ocultable— aun
en las acciones más inocentes o más perfectas. Así,
cuando no te echo en cara que me abandonas, sin la
promesa siquiera de escribirme, no es por generosidad ni por comprensión ni por orgullo ni por indiferencia, sino porque tú no tolerarías un reproche de
esta clase.

—Es un reproche que me hago yo mismo.

—¿Por qué? Después de todo tú estableciste
las bases de nuestra relación muy claramente y desde
el comienzo. Entre ellas no había ningún lote a perpe-
tuidad.

—Ni para ti ni para mí. Yo no puedo arraigar
ni ahora ni nunca. Me debo a otra cosa que no es el
amor ni la comodidad ni el éxito.

—¿Al sacrificio? —preguntó con ironía Cecilia.

—A la búsqueda.

—¿De qué clase de vellocino? Porque acabas de declarar que el de oro, no.

—"Salgo a buscar, por millonésima vez, la realidad de la experiencia y a forjar en la fragua de mi espíritu la conciencia increada de mi raza."

—Amén.

—Te llegará tu turno. Algún día vas a desatar todos los lazos que te oprimen y a partir.

—Yo voy a volver a mi casa, con los míos.

—¿Quiénes son los tuyos, Cecilia?

Ella hundió la cabeza desconsolada entre las manos.

—No lo sé.

—Pero ya sabes que no son aquéllos, los fantasmas que dejaste atrás. Ya sabes que no se regresa sino cuando la trayectoria está consumada.

—Tengo frío —tiritó Cecilia.

—¿No quieres recostarte un rato? Estás tan rendida como yo.

—No podría levantarme después. No, más vale que me vaya ahora.

Se puso de pie. Buscaba a su alrededor un abrigo que no recordaba donde había dejado. Ramón la tomó por la barbilla y suavemente la mantuvo quieta frente a él. Entonces acercó sus labios a los labios de ella y la besó larga, profundamente. Cuando se separaron, dijo:

—¿Sin rencor, Cecilia?

—Con rencor, Mariscal. Será la última de tus presencias. Será una presencia dolorosa que durará largo tiempo. Después te olvidaré.

—Yo no necesito esa clase de estimulantes para recordar. Y yo tardaré más tiempo en olvidarte.

Cecilia alzó los hombros en un gesto resignado que se repartía, por igual, entre esta perspectiva y el abrigo desaparecido.

—Debe de estar en el otro cuarto. A menos que se lo haya llevado puesto alguien.

—Únicamente Susana. No había otra mujer.

—¿Y qué me dices de los travestistas? —dijo Cecilia con una sonrisa centelleante de conocimientos secretos que ya el otro no iba a compartir.

Salió, abrigada, antes de que la sonrisa se extinguiera. No quiso permitir que Mariscal la acompañara. Si he de acostumbrarme a la soledad más vale que empiece ahora, dijo y echó a andar calle adelante.

Una calle, a esta hora, vacía. Porque los fantasmas diurnos que la poblaban de ruidos, de sombras, de movimiento, se desvanecieron y la dejaron extrañamente penetrable. Sin ningún obstáculo que se le opusiera Cecilia avanzaba rompiendo una atmósfera que apenas unos momentos antes estaba aún sin estrenar; que en algunos sectores se condensaba en luz y en otros producía una ilusión de solidez por reconcentración de la oscuridad.

La calle desembocó en una plaza donde las dimensiones urbanas, desmesuradas bajo el ojo del sol, se reducían a la capacidad perceptiva de los sentidos, al ejercicio de síntesis de la inteligencia. Mi alrededor es éste; acaba aquí, donde mis dedos tocan, donde mis pasos llegan, donde mi vista alcanza, se dijo Cecilia, tranquilizada. Y, lo mismo que un naturalista reconstruye la totalidad de un animal prehistórico a partir de la única vértebra hallada, así la ciudad se comprendía entera en este fragmento mínimo. Aquí estaban, latentes de algún modo, sus avenidas sin término, tendidas hacia todos los rumbos del planeta. Y los espacios abiertos, los sitios construidos para la reunión de la multitud, dócil y expectante; los establos en que se apiña el rebaño sumiso a un pastor invisible pero cuyos mandatos se transmiten con celeridad y se obedecen con exactitud.

Esta ciudad y yo seremos amigas, prometió Cecilia. La relación amistosa es posible porque me he desprendido de su masa en la que estuve confundida tanto tiempo y me levanto como un ente autónomo, apto —no para el desafío— sino deseoso de contemplar, frente a frente, a la criatura hermosa, desnuda, inerme, lineal.

Porque ese es el rostro verdadero que me ha mostrado. Engaño son las figuras babilónicas con las que se enmascara para guardar su nuez, su secreto. Mentira su arbitrariedad, su capricho imprevisible e ineluctable. Detrás de la apariencia subyace el orden, la ley.

De ella imitaré el arte de las metamorfosis infinitas y de la inmutabilidad última. Que no es una contradicción ni siquiera un pacto conciliatorio sino dos maneras de tener acceso al mismo objeto: la manera del que no trasciende el remolino del vértigo que le hace dar vueltas y vueltas y la manera de quien se encuentra más allá, aquí, en reposo.

Desde aquí veo este equilibrio perfecto de invención y de geometría. El prado, que nace sin la memoria de los pies que lo hollaron, y el pavimento que resiste a las huellas, se respetan y cada uno se detiene en la precisión de sus límites, cuidadoso de no invadir los dominios ajenos, sujeto al interés del conjunto más que entregado a la satisfacción del apetito propio.

Árboles que resucitan, en silencio, del eclipse total que sufrieron durante el día, hora en que impera la máquina. Raíz laboriosa; roncos ásperos, acostumbrados a perseverar; follajes nítidos. Sí, cada hoja sigue, como si fuera el trazo de un lápiz de punta afilada y certera, los rasgos de su perfil. Este perfil y este otro no se parecen y tampoco las redes graciosas que surcan y marcan la superficie verde y que son su lenguaje. Gracias a ellas comunican su nombre al oído de los que interrogan. El viento que aquí se detiene y se demora, adquiere una calidad forestal. Por todas partes se suscita un aroma ¿de qué? de jardines inmóviles en el pasado, inmóviles aguardando un retorno o todavía ingrávidos en el futuro, aguardando el momento de su aparición. A este jardín y al otro yo les juro que no aguardarán en vano. Yo les juro que volveré, que llegaré.

Pues he aquí que soy libre y que esta palabra es más grata a mis oídos y más reconfortante a mi espíritu que las demás por las que la trocaba. Soy libre y mi libertad no es sino el agua que erró largamente en busca de su cauce. Y hasta ahora, no antes, hasta ahora lo encuentra y ya puede fluir, sin timidez y sin miedo y mientras fluye va reconociendo, con su tacto múltiple, la forma que la contiene. Aunque esa forma ¡ay! con la que tan efusiva y definitivamente se desposa, no acaba aún de juntar sus sílabas en un sonido inteligible, no levanta su murmullo hasta el nivel de una definición, no sabe que su desembocadura es un destino.

Alegría, alegría de ser yo. ¿Ves cómo procuro semejarme a lo que me circunda? Respeto los límites, admiro, me identifico con lo demás desde mi propia identidad. A ejemplo de la hierba no voy más allá de la línea que se ha trazado para que yo me detenga. Estricta, concreta pero, igual que la atmósfera, recién estrenada, enriquezco el universo colocando en su realidad un ser que antes no estaba, que emerge del limbo de los nonatos después de repetir el santo y seña que se pide a las puertas de la existencia y las traspaso para encarnar en una materia cuya caducidad, cuyas frágiles imperfecciones la vuelven más preciosa, cuyas células mueren y se renuevan diariamente con una regularidad de oleaje. Ah, la ola abdica, después de un instante, de su iridiscente corona de espuma. Pero otra ola la sucede y recoge los signos de la realiza —de la realidad— y los enarbola y los sostiene y así y así y así para que el mar permanezca de la manera que permanece.

¿De dónde nace esta exultación sino de un acto de conformidad? Acepto convertirme en la depositaria de un tesoro cuya vista se me niega, cuyo monto carezco de instrumentos para calcular. Acepto fungir como troje de semillas. Acepto dar hospedaje a la aventura, a la posibilidad, al futuro.

Y, acodada en el barandal de las aceptaciones, vuelvo los ojos al pasado y encuentro que nada de lo

que tuve ni de lo que no tuve, nada de lo que se me dio
ni de lo que se me arrebató, ha sido superfluo. Que,
misteriosamente, los elementos inconexos acabaron por
fundirse en unas piezas que eran, entre sí, lejanas o
enemigas. Que la decisión y la abstención, y la partida
y la llegada, y la ausencia y la presencia conspiraban
sin cesar, cada una a su modo y con sus modos peculiares, para que adviniera la plenitud actual.

Así me es lícita la absolución. Comienzo por
absolverme de mi patria de origen, del sitio de mi nacimiento. De esas llanuras hoscas en las que diminutos
ríos vergonzantes solicitan en vano la guarda del sauce
orillero. Ríos que se arrepienten, o se olvidan a medio
camino, y se secan, sin una palabra de excusa, entre-
gando sus potestades íntegras a la sed. Vientos locos
de marzo, vientos perezosos de junio, vientos asesinos
de diciembre, al acecho constante de una puerta mal
cerrada, de un papel sin ancla, de una falda ligera, para
golpear, para arrebatar, para exhibir. Cielos de estrellas remotísimas a las que no se da alcance ni con el
suspiro más hondo. ¿Quién, sino el ahogado del alji-
be, conserva la estrella que capturó entre sus manos
rígidas? Cielos de nubes fugitivas que no quieren detenerse a mirar los tejados musgosos que, a trechos,
reservan un espacio al vacío; ni los patios donde el
ocio de la dueña se ha vuelto flor; dalia desmelenada, rosa que retarda su eclosión únicamente para
retardar su marchitez, nardo que se niega a morir si
no es rodeado por un público atento, melancólico,
humano; violeta que juega a las escondidillas entre
las galvias y grita "aquí estoy" con su olor.

Me absuelvo de los corredores donde los la-
drillos rezumaban siempre una frescura recién dona-
da; donde, de las macetas, se derramaban las palmas
caudalosas y simétricas; donde alrededor de los pila-
res se enroscaba el parasitismo de la hiedra o pendía
lujosamente el de la orquídea.

Me absuelvo del salón en el que se atesoraba
la penumbra como el más exquisito adorno. Desde la
noble penumbra de un cuadro se asomaba el rostro

espectral de los antepasados. Abuelos ya anónimos, rudos aunque los recubriera la prosperidad, ansiosos de abandonar el sillón del pintor para ir a retomar las riendas del mando; abuelas rebosantes de maternidad. Monjes lacerados en la moritificación de su carne; mujeres a las que la soledad marcó en la frente con el sello del celo amargo; virtudes mohosas que se extinguieron, en la extinción final, sin otra almohada para reclinarse que la certidumbre de haber sido estériles y arduas.

Me absuelvo del ajuar vienés cuyas sillas adicionales fueron emigrando, una por una, al desván y dejaron el hueco que los dientes dejan en la boca. De los cortinajes de antiguo terciopelo, tramados en hilos de tiempo y de polvo.

Me absuelvo del comedor con sus vitrinas estáticas y sus gavetas de caoba palidecida por el encierro, pero puntuales en comunicar su fragancia a los lienzos que se les confiaban.

Me absuelvo de la biblioteca, imán de mi infancia, arena movediza en la que posó el pie mi adolescencia. En los estantes ¡cuántos cuchicheos apagados! ¡Cuántos esfuerzos por perdurar, perdidos! ¡Cuántos epitafios ilegibles! El reloj, que preside todas las agonías, cumplía incansablemente su trabajo en un ángulo de la habitación.

Mas ¿quién me quitará los estigmas de mi padre? Esa amarillez de pergamino en el que se han ido superponiendo caracteres de épocas diferentes, grabados con punzones de distinto espesor y caligrafía dispareja, pero que no trataban de transmitir un mensaje —¿a qué destinatario?— sino nada más de dejar la constancia de una cicatriz. La cara es, pues, indescifrablemente dolorosa. Y las manos trémulas, incapaces de asirse a ninguna determinación, de empuñarse en torno de ningún empecinamiento, de sostener ninguna codicia, sino al contrario, prontas a soltar lo que otro, cualquiera, les hubiese dado como recompensa, como regalo, como limosna, como encomienda.

Esa amarillez la heredo y la oculto, no sé si intacta o si vulnerada, en alguna parte de mi cuerpo, en alguna zona de mi espíritu y temo su revelación que, sin embargo, ha de ocurrir y será en un día solemne, ante los testigos que no desviarán los ojos sino después de haberse saciado en el espectáculo.

Y mis manos ¿tiemblan también? Desde hace algunos meses las ejercito, día y noche, en un gesto de rapiña. A una la llamo águila y a la otra halcón, para forzar su naturaleza y metamorfosearlas, pero es en vano. Los nombres caen, deshilachados, sin sustancia. Hay ciertos músculos de la captura, de la expoliación, de los que yo nací desposeída. Y no se adquieren.

Me absuelvo de mi madre, capilla ardiente dispuesta —desde el principio— para el gran duelo que no llegó a consumarse; adornó con primor, mientras pasaba su juventud, unas tocas de viuda que hubo de arrinconar en el arcón de las cosas inservibles. Desde su derrota mezquina sonríe y la sonrisa no borra la línea de amargura de sus labios que no aprendieron a besar, que no acertaron a maldecir, que se negaron a perdonar. Loba famélica, aúlla en las noches de luna haciendo temblar al corderillo en el fondo de su redil. ¿Quién es más digno de lástima? ¿El manso temeroso pero indemne o la bestia feroz que ronda sin poder derribar los obstáculos para cebarse en su presa?

Me absuelvo de Enrique, espejo que se quebró a la primera mirada, vaso de agua en el que pretendí ahogarme en vano. Aleluya, porque el vaso estaba vacío y dejó mi sed entera. Aleluya porque cada trozo del espejo hizo su quehacer y me entregó una imagen parcial de mí misma: doliente, imperiosa, suplicante, sarcástica, humilde, triste, vencida, y, al fin, al fin, desmemoriada.

¿Me absuelvo de Beatriz? Sombra tras la que me he velado en los meses de la gestación, vacío propicio para la tarea del acogimiento. Y nada más.

Me absuelvo de Susana y de la envidia con que la vi pacer en los verdes prados. Anchos, meditativos ojos de rumiante que ya no dejarán que asome la perplejidad al contemplarme, en la orilla de una inminencia, intentando copiar la fórmula de una simplicidad que yo confundía con el último término de la evolución cuando no era ni siquiera un punto de partida, sino un estado innato e invariable.

Me absuelvo de Matilde Casanova y de la tentación súbita de girar en su órbita, de negarme a mí misma para exaltarla. Me absuelvo de Victoria Benavides, en quien reconocí, en ese instante de desfallecimiento, una identidad de espíritu. Me absuelvo de Josefa Gándara, horticultora infatigable, preocupación junto a la cuna, sonrisa frente al público y... y ¿qué frente al esposo?

Me absuelvo de Aminta Jordán, Ménade furiosa, criatura perdida en el bosque, sollozando de miedo a la oscuridad, criatura irreductible a la domesticación.

Me absuelvo de Elvira Robledo, aurea mediocritas.

Me absuelvo de Marta y su diligencia desperdiciada y su maternidad clandestina y su celestinaje repugnante. Me absuelvo de su hermano Manuel y su retractibilidad ante el menor roce del mundo, un mundo hecho a escala del hombre en el que Pulgarcito no alcanza a ser visible.

Me absuelvo de Lorenzo, monstruo de su laberinto de obsesiones, el animal, el animal, el animal, como un latido acelerado por el terror, como un galope de caballos salvajes a campo traviesa, como el espasmo del placer. Lorenzo, desventura, desventura, carretón de la basura, Desventuradillo.

Me absuelvo de "el de la voz" tan destemplada y tan pretenciosa para ser de sirena.

Me absuelvo de Alberto Ruiz, seducido por falsas esperanzas. ¿O son verdaderas? No importa cómo sean las esperanzas. Todo se vuelve falso en cuanto se vuelve suyo.

Me absuelvo de Villela, de su nostalgia de lo que ha perdido y su desdén de lo que ha conservado. De su avidez de primitivo y su hartura de decadente. Del encarnizamiento con que persigue la presa y de la fatiga con que abandona la cacería antes de darle término.

Me absuelvo del "Buey Mudo" y del espíritu de burla que suscitaba en mí. De su hermosura inerte. De su fuerza sin conciencia de sí misma, de la inocencia de sus instintos no contaminada ni contaminable por el pensamiento.

Me absuelvo de Sergio, pirotécnico. Prestidigitador de hábiles dedos. Virgilio que abandona a Dante entre un círculo y otro del infierno (porque ha perdido la brújula, porque no conoce el terreno, porque él también es un alma condenada). Céfiro tornadizo. Entreabidor de puertas que llevan a ninguna parte. Tornasolada serpiente. Argüidor. Manipulador de sutilezas. Ojo de lince.

Me absuelvo de Ramón Mariscal, llaga que ayudé a abrir, cuyos labios no permitiré nunca que se cierren para que clamen —ahora y después— y ese clamor me mantenga en vigilia.

Ramón Mariscal, soledad que no osa decir su nombre. Cámara oscura en la que se vierten ácidos y se precipitan sustancias para que se efectúe el proceso gracias al cual se revelará una imagen cuyo movimiento va a fijarse en un ademán definitivo, en un gesto azorado e irrevocable de quien recibió, en pleno vuelo, la fulminación de un relámpago.

Yo quise que esa imagen fuera la mía porque —más que Narciso— yo he padecido codicia de asomarme al fondo de mi entraña. Y consentí en la oscuridad forzosa y allí soñé mis pesadillas hasta que alcanzaron la consistencia de lo posible. Me familiaricé con reptiles cuyo colmillo, habiendo ya destilado sobre un papel secante el veneno de su especie, se volvieron inofensivos.

Yo los llevaba, de un lugar a otro de mis breves desplazamientos, ceñidos al puño, enroscados en el tobillo, como una frase bien torneada. Y su contacto frío, viscoso, no me provocaba repugnancia. Porque los reptiles eran verdaderos y la verdad está por encima del asco y hasta donde no alcanza el hambre.

Porque la verdad se asienta indiferente a nuestro aca-
tamiento.

Verdaderos también eran los murciélagos cru-
cificados en los rincones, eternizando una mueca de
lactantes, porque la travesura cruel de un niño les había
puesto un cigarro encendido en la boca. Y las lombri-
ces autosuficientes sobre las que yo me inclinaba con
una insistencia encarnizada y vana de aprendiz.

Pese a nuestras precauciones la oscuridad no
fue nunca completa, ni la ceguera, y la imagen apareció, al fin, borrosa, fantasmagórica, evanescente como
si en ella no hubiese operado ningún fijativo. Las facciones recorrieron la gama del espectro hasta desvanecerse. Y yo volví a la superficie, a la dudosa claridad,
con la mano defraudada, con la mano pedigüeña con
la que me había sumergido.

Con esta misma mano digo ahora adiós. Señoras y señores, gracias por lo concedido y por lo negado. Cada acto ajeno (que se continuó en un acto
propio) desbastó las aristas en las que la ignorancia
de mí misma daba remate a mi figura; corrigió un trazo demasiado abrupto, demasiado impreciso, demasiado convencional; desechó los esbozos fallidos;
cambió una postura excesivamente servil a su modelo
para sustituirla por otra no ensayada; me arrojó del
fácil paraíso de los lugares comunes, de las frases
hechas, para que yo lidiara con una fiera indómita,
hasta doblarle la cerviz y aplicarle, al rojo, el hierro
del único amo legítimo: lo que es exacto, lo que es
necesario.

Señoras y señores, me despido. Si, por una
parte, me veo en el penoso deber de abandonarlos,
por la otra tengo a bien hacerles partícipes de un acontecimiento: ya puedo entendérmelas sola. O averiguár-
melas. Da igual. Si coincidimos de nuevo, en otro día,
en otra dimensión, será obra del azar y yo los saluda-
ré con mucho comedimiento pero desde mi mundo
aparte.

¿Que no tengo ningún mundo aún? ¿Que todavía he de construirlo? Claro que sí. Me sucede un poco

lo que a ese clásico francés (al cual, entre paréntesis, no conozco sino por sus anécdotas) que anunciaba una tragedia, a la que lo único que le hacía falta era ser escrita.

Pero ¿qué es, a fin de cuentas, escribir? Cuestión de palabras. Y las palabras abundan, van y vienen zumbando a mi alrededor como abejas. Pican también, hacen daño. Pero yo he probado ya, por experiencia, que su picadura no es mortal y que la resisto sin más que las molestias indispensables.

Palabras. Las saboreo, me sirvo de ellas como de un alimento, las asimilo hasta convertirlas en parte de mí misma, hasta convertirme yo en parte de ellas mismas. ¿Qué surge de este matrimonio, de esta fusión, de esta simbiosis? Una criatura mitológica que se bifurca en dos naturalezas. Mitad figura humana, como las sirenas. Y la otra mitad imaginación, hallazgo, sorpresa.

La palabra es la boca con la que devoro al objeto. Así cuando pronuncio "calle" dejo de transitar por una extensión ajena para fortalecerme con el tuétano de la realidad. Y añado "oscura", "fragante", "solitaria", "vacía", "penetrable", "íntima", todo lo que la calle es para alcanzar a ser todo lo que yo soy.

La plenitud de las cosas es mi plenitud. Pero no se me muestra, no se me hace patente sino al través de la epifanía del idioma.

Epifanía. Tartamudeo aún como si cada sílaba fuera uno de esos guijarros que masticaba Demóstenes para que en la trituración fuera produciéndose el parto de su elocuencia. Y por eso he de repetir "epifanía" hasta que enunciarla me sea fácil, hasta que la rigidez deje paso a la flexibilidad, hasta que el vocablo sea como la piel de un guante en la que traza su itinerario la contracción reiterada de lo útil. Hoy es la piel postiza y disecada de un guante. Mañana será mi propia piel.

Así se irán abriendo, uno por uno, los reinos para que yo sea su huésped, maravillado, agradecido, dichoso. Y también se irá ampliando el tamaño de mi hospitalidad para que los reinos me visiten a sus anchas y ya no haya este tú y yo que ahora nos contiene y nos aparta. Porque aún no llega el instante de la consumación, el instante en que —como se sueltan las riendas a los caballos que piafan de impaciencia— se abatan los últimos obstáculos, el instante de la reconciliación, el instante único hacia el cual el universo entero está preparándose y fluyendo.

—¿Adónde vas tan sola, mamacita? Te van a robar.

¡Paf! Un globo desinflado por un alfilerazo. Perdió altura repentinamente y después de zigzaguear como un agonizante quedó inerte en el suelo. ¿De dónde había salido esa voz, espesa de pulque, arrastrada de cobarde socarronería? Voz de barrio populoso, de patio de vecindad, de vendedor ambulante, de cantina barata. Voz que grita obscenidades a sus ídolos en la carpa, que envalentona a los toreros en la corrida, que enardece a los jugadores en la cancha. Voz que caricaturiza a los locutores radiofónicos, que remeda a los astros de cine. Voz bárbara, que atraviesa las edades, que sobrevive a las catástrofes, que se unta a la opulencia para vivificar la memoria de su origen, que irrumpe en la solemnidad para despedazarla y mostrar que más allá no hay nada, no hay nadie. Voz anónima y colectiva que los poetas auscultan a veces para registrar su acento con la minuciosidad con que el médico registra un síntoma.

—¿Adónde vas tan sola, mamacita? Te van a robar.

El pacto de alianza entre la ciudad y Cecilia quedó roto con esta frase. La flor preciosa que ella había venido creando, pétalo por pétalo, para alzarla entre sus manos como el cáliz de la consagración, se le transformó de pronto en un cardo que, al ser triturado por un movimiento espasmódico de terror, le abrió innumerables heridas de las que manaron innumerables hilillos de sangre.

La ciudad me ha vuelto la espalda y se ha tornado hostil. En su seno —que mido de manera semejante a la que el náufrago mide el mar— adivino la pululación, la fermentación de una infinidad de seres informes que me rodean, que me acechan, que me amenazan. Y dentro de mí —que he sido despojada otra vez del rostro y del contorno y otra vez confundida y aniquilada— despierta el vagido del desvalimiento, el impulso de la carrera loca hacia la protección, hacia la querencia desconocida, hacia la luz indispensable.

Pero no voy a huir. Voy a continuar caminando, hasta que termine este parque, hasta que comience y acabe aquella avenida, y aún más allá, con el mismo ritmo de antes. ¿Pero cuál era ese ritmo? Ignoro siquiera si caminaba o si iba saltando a la pata coja o bailando un vals o si me había dejado arrebatar por un carro de fuego como Elías.

Colocaré de nuevo mis pies sobre la tierra, como si nada hubiera sucedido, ni el rapto ni el abatimiento, aunque ambos fenómenos sucedieron y se sucedieron. Porque escuché una voz —la mía, de adentro— y una voz que no era ni capricho de mi imaginación ni esfuerzo de mi fantasía sino aldabonazo dado por un extraño a mi sentidos para que su existencia sea percibida por mi intelecto y conservada por mi memoria. De tales elementos es de lo que se forma el mundo.

Dios meditaba, el primer día de la creación, con el barro amorfo aún entre los dedos, porque aún el procedimiento no le había sido revelado. Porque la ley no es visible sino después de que el acto que rige se ha cumplido.

Lo único que ahora me es lícito saber, lo único que sé y no debo olvidar sino tener presente a todas horas, es que *voy a entrar en un túnel*. Nada me obliga a hacerlo sino la obediencia a cierto imperativo interno que me toma a mí como su instrumento. Un imperativo que me oculta su nombre y sus propósitos y que ni siquiera me promete que seré usada más de una vez ni condescenderá a explicarme, si me deshechan, por qué me han deshechado.

Del túnel temo —y acepto— la oscuridad a grandes trechos, la asfixia casi siempre y la certidumbre de que conduce a otra dimensión, a otro nivel, a otra perspectiva. Ni superior ni inferior ni más amplia ni más profunda que éstos en los que hasta ahora me he movido. Otros, diferentes.

Al penetrar en el túnel desato las amarras que me uncían a la orilla, ensordezco a los llamados y a las despedidas, cierro los ojos, quedo sola. Me es preciso hacer un enorme esfuerzo de atención para lograr, apenas, darme cuenta de que avanzo, a medianoche, a la intemperie, en una calle desierta, precariamente iluminada de la que surgen presencias humanas y sobrehumanas. En mi columna vertebral todavía no acaba de extinguirse el estremecimiento que me sacudió ante la sensación del peligro. Ese peligro no fue localizado e ignoro si estoy más cerca o más lejos de él que antes, si algo lo conjuró o si va a desencadenarse como un cataclismo.

Igual que los sonámbulos, si advierto mi alrededor lo advierto como bajo los efectos de una anestesia parcial. Mis sentidos me avisan que existe el frío, por ejemplo, y mi razón está de acuerdo en admitir la entrada del frío porque ha considerado previamente la época del año, el lugar y la hora. La sensación, pues, tiene su pasaporte en regla. Si no lo tuviera la experimentaría acaso con igual intensidad —con igual falta de intensidad— pero no le concedería ningún crédito porque estaría definida como ilusión o alucinación.

¿Puedo retroceder aún si he llegado tan lejos? Ya no. Y nadie puede seguirme. Porque el túnel es de mi uso exclusivamente particular.

Aquí es donde se prepara y donde ha de cumplirse mi nacimiento. El segundo, el verdadero, el que no se debió a una conjunción fortuita de casualidades ni a un choque ciego de instintos (de esa especie a la que no pertenezco sino por la sangre) ni a las invocaciones del hambre ajena, sino el que es mío, el que puede imputárseme como responsabilidad, exigírseme como tarea y reclamárseme como juramento. Ah, yo quiero nacer perfecta, impecable, inmarcesible.

Mi memoria teje la tela de los días. Pero antes toma la flor del algodón y la sacude, la rama que fue cada recuerdo y cada incidente y cada nombre y lo deshila hasta que pierden su configuración inicial, su color, sus rasgos distintivos y se vuelven dóciles a las exigencias de la trama y se ciñen a las normas del dechado y se incorporan al orden de la composición.

El primer paso era absolverme, sí, de todos y de cada uno, de todo y de cada cosa. El segundo será abolir, arrancarse de cuajo esta servidumbre incondicional a lo que fue, a lo que sigue siendo, a lo que es, a lo que será, para declararme emancipada y someterme fielmente a un solo amo: lo que pudo ser. El secreto que yo no poseo aún pero que ya me posee y que irá manifestándose poco a poco al través de las palabras, de los párrafos de las páginas en las que se digan mis historias.

Cantarán a mi oído las sirenas: "ninguna historia es nueva. Todo ha sido contado ya. Y por narradores más hábiles, más ricos en edad, en dotes de observación, en aventuras, en idioma. ¿Qué pretendes hacer tú? ¿Colaborar con tu granito de arena?" Está bien. Se es útil en lo que se puede y hasta donde se puede. ¿Pero por qué no mejor, antes de empezar, examinamos ese granito de arena?

El punto de partida sería, naturalmente, una pareja. Así empezó la historia humana... y ya ves cómo ha progresado. Su encuentro sucede en un café. Apunta esa caída vertiginosa en el abismo, es decir, el paso de ella de la luz cenital a la penumbra del interior donde fue a refugiarse de un disturbio estudiantil. Esa ceguera repentina y momentánea fue como un relámpago oscuro. No es muy original pero puede aceptarse aunque no sea más que provisionalmente. Añade otros datos: el rumor continuo de la calle, un todo homogéneo divisible en infinitas partículas de voces humanas, de rechinidos metálicos de vehículos, de... aplica tu atención e irán compareciendo, uno por uno, los elementos. Olores también. El de la gasolina, que lo impregna todo en la ciudad y que el olfato de la protagonista no advierte sino cuando, por algún motivo, falta. Constituye una especie de atmósfera permanente a la cual otra fragancia cualquiera tiene que subordinarse, rendirse o imponerse. Había olor a gasolina. Pero también el aroma vehemente del café, el pertinaz de la vainilla. Y el piso, ligeramente resbaloso, húmedo de una limpieza reciente, era de mosaico. Repites: "todo es pendiente que al patín convida". Esa facilidad, esa felicidad para deslizarse, suscita un estado de ánimo alegre, como si la gravedad no existiese o pudiera violarse impunemente. Y luego la superficie de la mesa, ante la que los dos se sentaron, también es pulida. Aunque a veces el tacto rodea un pequeño islote pegajoso de miel o de alguna otra sustancia derramada.

Basta de ambiente. Él... ¿quién es él? Es un joven apuesto, viril, caballeroso. La ha rescatado a ella del peligro y ahora procura, con el brillo de su conversación, hacer que se olvide su hazaña. Ella (no tú, distingue bien, no tú, aunque ella también sea provinciana y aspire a inscribirse en la Universidad y no esté muy segura aún de su vocación) se ruboriza de gratitud. A él le conmueve ese rubor. Presiente una pureza incontaminada y quiere preservarla, para el matrimonio, en un noviazgo formal. No se prolongará excesivamente porque está a punto de terminar una carrera de mucho porvenir.

Eres la sirena más tonta que he escuchado y, sobre todo, la más anacrónica? ¿No te das cuenta de que he superado ya la concepción del mundo de la novela rosa? Que hable la que sigue.

"La cita no es en una nevería sino en un cabaret. Ambos son analfabetas. Ella mastica chicle, se acomoda a cada momento las partes más prominentes de su anatomía —como si fueran postizas— y lanza una mirada llena de resentimiento y desafío a su alrededor. Es una fichadora, a la que la miseria orilló a la prostitución. Él puede ser lo mismo el rufián que la explota que el idealista que la redime. Contestar esta pregunta no es el problema principal."

Mi problema principal, en el caso de que yo aceptara como válido este lugar común que me pro-

pone la segunda sirena, es que no me atrevería yo a
designar por su nombre ninguno de los objetos, ninguna de las acciones a las que tengo que referirme.
Por ejemplo, en la descripción de la fichadora sería
indispensable decir que se acomodaba a cada momento las nalgas y los senos como si fueran postizos.
Pero ¡nalgas! ¡senos! ¡Horror! ¡Abominación! Una señorita decente no tiene nalgas ni senos y si los tiene no
los menciona jamás. Pero la fichadora no es una señorita decente sino que se dedica al tráfico de su cuerpo.
(Otra vez los circunloquios y los rebuscamientos. Tampoco me atreví a decirle "cinturita" al rufián. No por
razones de pudor, sino de localismo. Menos mal). Y yo
tampoco soy una señorita decente sino alguien cuyo
oficio es describir a la otra. Y la otra me es indescripti-
ble. Por que no he visto un cabaret sino en las películas
mexicanas donde las fichadoras están a un paso de la
canonización y desempeñan su trabajo por una manda
que le ofrecieron a la virgencita de Guadalupe si su
mamá sanaba de la parálisis o algo así.

Tercera sirena. "No era fichadora. Era enfermera y él fungía como su paciente. Inválido para toda
la vida. Falso diagnóstico, desde luego. Una vez que
se consuma el matrimonio él recupera la salud y la
adora a ella por abnegada."

Voy a hacer lo que Ulises y taparme los oídos
con cera. Y a decir: un par de estudiantes. Ninguno
de los dos era hermoso ni rico ni estaba enamorado.
Cada uno padecía una mezcla indiscernible de timidez y de audacia, de inteligencia y de ingenuidad, de
curiosidad y de inocencia. Pero esa mezcla no resultaba seductora, ni siquiera simpática, sino que más
bien hacía sentirse incómodos a todos, especialmente
a ellos mismos. Se aproximaron para monologar en
voz alta y se separaron cuando las circunstancias dejaron de ser propicias. Nada más.

¡Pero no es posible! ¿Dónde está la moraleja?
¿Dónde está el desenlace? ¿Dónde estuvo el nudo de
la acción? ¿Para qué diablos se encontraron si eso no
los conduciría a ninguna parte? ¿Qué voy a hacer con

este paupérrimo esqueleto cuyo dibujo apenas ocuparía media cuartilla? ¿Rellenarlo de análisis psicológicos? ¿De anécdotas divertidas? ¿De meditaciones profundas? Al fin y al cabo, como dice el dicho, de menos nos hizo Dios. O de menos hizo Cervantes el Quijote.

¿Y por qué no rechazar el tema? ¿Escoger otro? No, no es posible. Me asomo hasta lo más profundo de mí y sólo descubro esta pareja de adolescentes, su encuentro sin sentido y sin consecuencias. Y están vivos y patalean por nacer y no les importa desgarrarme si con ello alcanzan la densidad, la textura, la existencia que les falta.

¿Y por qué no rechazar todos los temas? ¿Por qué escribir? Rilke hubiera respondido: ¿por qué respirar?

La duda, como lo demás, ha de ser oportuna. Porque de lo contrario resulta impertinente y deleznable. Y mi duda perdió ya su oportunidad. Lo único que queda ahora es decidir cuál es la mejor manera de respirar.

Cecilia se detuvo, fatigada de haber caminado tanto tiempo sin rumbo y se sentó en la banqueta —como cuando era niña y pelaba las cáscaras de las frutas— a contemplar las cosas que pasaban a la luz tímida, indecisa todavía, del amanecer.

Ocupando casi la totalidad de la calle avanzaba enorme, lenta, ruidosa, una máquina barredora. Y junto a ella serpenteaban raudas e inaudibles las bicicletas que parecían despreciar la línea recta y complacerse en un zigzagueo que mostraba su equilibrio y su pericia. Luego pasó el camión repartidor de la leche. Y otros que transportaban albañiles perplejos y empleados madrugadores.

Desde su lugar Cecilia miraba este transcurrir como al través de un vaho de niebla, como detrás de un velo de lágrimas. Y se sentía distante, sobrecogida y totalmente feliz.

El libro de Rosario Castellanos que no se perdió

POR EDUARDO MEJÍA

*Para Sabina y Gabriel
Guerra Castellanos*

En 1964, en una conferencia en Bellas Artes Rosario Castellanos anunció su nueva novela, *Rito de iniciación*; en 1969, en diálogo con Luis Adolfo Domínguez (*Revista de Bellas Artes*) explicó que había decidido destruirla.

Algunas cuantas personas habían conocido el texto: Raúl Ortiz y Ortiz, Emilio Carballido, Margarita García Flores, Elsa Cecilia Frost, esta última, para su edición en Siglo XXI Editores.

Al parecer, una opinión desfavorable, devastadora, durante una lectura a sus compañeros de trabajo en Difusión Cultural de la UNAM, le infundió temores acerca de la reacción de sus colegas.

Recogió las copias que estaban en manos de sus amigos, de la editorial, y las despedazó. Anunció que del manuscrito no quedaba más que el cuento "Álbum de familia" que, años después, dio título a su último volumen de narrativa (*Álbum de familia*, Joaquín Mortiz, 1971). Como se sabe, Castellanos falleció por un accidente doméstico cuando era embajadora de México en Israel, en 1974.

Al emprender la redacción de *Rito de iniciación* ya tenía una reputación sólida como autora de *Ciudad Real* y *Los convidados de agosto* (relatos) y *Balún Canán* y *Oficio de tinieblas* (novelas). Prestigio que se ha consolidado a lo largo del tiempo. *Ciudad Real* se ha reeditado varias veces (Ficción, de la Universidad Veracruzana; Novaro; de nuevo la UV; la UV en dos volúmenes, ahora reaparece en Alfaguara); *Los convidados de agosto* lleva cerca de diez reimpresiones en Ediciones Era, lo mismo que *Balún Canán* (casi 20 ediciones en el Fondo de Cultura Económica) y *Oficio de tinieblas* (casi diez en Joaquín Mortiz, más una edición en Promexa), y *Álbum de familia*. La reunión de su narrativa (*Obras I*, Fondo de Cultura Económica) lleva dos impresiones en menos de seis años.

Rito de iniciación iniciaba un giro decisivo en su literatura: en *Los narradores ante el público*, con un sentido del humor que contrastaba con la seriedad del tema y de las confesiones autobiográficas, declaró que cerraba el Ciclo Chiapas y comenzaba su etapa citadina. Cada vez que habló de la novela, la definió como el nacimiento de una vocación.

En realidad se trataba de algo más. En 1965 la novela mexicana se encontraba en uno de sus momentos más altos: habían pasado apenas 15 años del nacimiento de Juan José Arreola (*Varia invención*, 1949) y doce del de Juan Rulfo (*El llano en llamas*, 1953). Ambos estaban en la plenitud de su vigencia (*Confabulario*, 1953; *Pedro Páramo*, 1955), y la crítica solía decir que sus seguidores se dividían entre los arreolistas y los rulfistas.

Ocho años antes, Carlos Fuentes había puesto de cabeza la narrativa mexicana con *La región más transparente*, y cada uno de sus nuevos libros (*Las buenas conciencias*, 1959; *Aura*, 1962; *La muerte de Artemio Cruz*, 1962; *Cantar de ciegos*, 1964; *Cambio de piel*, 1965; *Zona sagrada*, 1965) exploraban zonas desconocidas, experimentaban con la estructura, con los tiempos, con los personajes, con la manera tradicional de narrar.

Estaban por aparecer los mejores narradores de la generación de Castellanos y los menores a ella. Cierto que ya se habían editado algunas de las novelas clave de la novelística mexicana (Sergio Fernández —*En tela de juicio*—, Sergio Galindo —*La justicia de enero, El bordo*—, Inés Arredondo —*La señal*—, Vicente Leñero —*Los albañiles*—), pero faltaba lo mejor de cada uno (Fernández —*Los peces*—, Galindo —*El hombre de los hongos, Nudo, Declive, Otilia Rauda*—, Leñero —*Estudio Q, Redil de ovejas*—), y la aparición definitiva de José Emilio Pacheco (ya había publicado *Viento distante*, pero faltaban *Morirás lejos*, *El principio del placer*, *Las batallas en el desierto*), Jorge Ibargüengoitia (tenía ya *Los relámpagos de agosto*, pero faltaban *La ley de Herodes*, *Dos crímenes*, *Las muertas*), Gustavo Sainz (que debutaría por esos días con *Gazapo*, y le seguirían *Obsesivos días circulares*, *La princesa del Palacio de Hierro*, *Compadre Lobo*), José Agustín (ya tenía *La tumba*, pero su nacimiento definitivo vendría con *De perfil*, *Inventando que sueño*, *Se está haciendo tarde*), Salvador Elizondo (quien en ese 1965 debutaría con *Farabeuf*, a la que seguirían *Narda o el verano*, *El retrato de Zoe y otras mentiras*), Juan García Ponce (había publicado *Imagen primera*, *La noche*, *Figura de paja*; vendrían *La casa en la playa*, *La cabaña*, *El nombre olvidado*, *El libro*, *Uniones*, varios etcéteras).

Como se ve, era un momento en que la gente estaba ávida de experimentar. Llegaban con fuerza corrientes de otros países, otras literaturas; se opacaba la influencia de Hemingway, pero cobraba fuerza la de Faulkner, la de Guido Piovenne, la de Guimaraes Rosa.

La generación de Castellanos tenía una clara preferencia por la novela inglesa (Graham Greene, E. M. Forster, Evelyn Waugh), sin hacer a un lado a los tres grandes del siglo XX, como se ponía en paquete a Joyce, Proust y Kafka. Jorge Luis Borges y Ernesto Sábato eran presencias cotidianas, no mitos inalcanzables e ilegibles.

Todas esas influencias fueron decisivas en Castellanos, pero además, fue quien leyó con más entusiasmo, vigor e inteligencia una de las corrientes literarias más radicales de esa y otras muchas épocas, la *Noveau Roman* o, como se le conoció mejor, la Antinovela.

Esta corriente, aparecida en la Francia de la posguerra, tenía como principales protagonistas a Margarite Duras, Nathalie Sarraute, Michael Butor, Claude Simon y, principalmente, a Alain Robbe-Grillet. Aunque fue extremadamente popular a principios de los años sesenta, tuvo muchísimos detractores.

Fuentes, por aquellos años, declaró que el novelista contemporáneo tenía que ser una mezcla de Balzac con Butor, pero los lectores tradicionales renegaban de esas novelas que forzaban a una lectura múltiple, pues las anécdotas estaban diluidas, o simplemente no aparecían. En *La modificación*, de Butor, el protagonista aborda un tren para abandonar su hogar y reunirse con su amante; en el trayecto decide no cambiar su vida y regresa a su casa. No sucede más.

En *La celosía*, con una frecuencia hartante, el protagonista observa una y otra vez, a través de las celosías de su recámara, cómo su esposa baja del auto acompañada de su mejor amigo. No hay más acción que ésa.

Basten esos dos ejemplos para hablar de esa tendencia que, 25 años después de su apogeo, fue premiada, en la persona de Claude Simon, con el premio Nobel de Literatura.

La *Noveau Roman*, que causó muchísimas controversias en todo el mundo literario, fue acusada de radical y de conservadora, de revolucionaria y de reaccionaria, de tratar de dinamitar las estructuras de la novela, de no ser nada. Tuvo seguidores en todo el mundo, sin embargo, y lectores de muy buen nivel.

En México, entre otros, Julieta Campos, Salvador Elizondo, Vicente Leñero, José Emilio Pacheco, Gustavo Sainz, Luisa Josefina Hernández, tuvieron incursiones a la antinovela en alguna etapa de su carrera. Entre los críticos, Carlos Fuentes y Rosario Castellanos parecen haber sido quienes entendieron mejor, la apreciaron más, en diversos escritos.

Aunque en las ocasiones en que habló de *Rito de iniciación* Castellanos no dijo que se trataba de un experimento alrededor de esta tendencia, es evidente que se dejó influir por esa antinovela tan seductora para los lectores ávidos de experimentación.

Rito de iniciación es una novela completamente diferente a todo lo que publicó antes Castellanos. Renuncia de entrada a la acción hilada, continua, que pretende atar todos los cabos que la anécdota haya desprendido; aquí no sigue a cada uno de los personajes que aparecen, no trata de explicárselos ni quiere que el lector tenga una idea fija de cada protagonista. Por el contrario, lo que quiere es entregar rasgos de cada uno, fragmentos de pensamiento, de actos que, al final, permiten que se trace el lector la personalidad de Cecilia y su madre, su madrina, sus compañeros, el ambiente universitario, el ámbito cultural, sin necesidad de que la narradora describa todos los detalles, todos los actos, todos los movimientos.

Cada capítulo de los diez que conforman el manuscrito está aislado, puede leerse de manera independiente, y cada uno atiende a diferentes actitudes de Cecilia: su rebeldía ante la tiranía familiar, su acercamiento incipiente al erotismo mediante las costumbres pueblerinas, su descubrimiento de la ciudad de México, la intromisión de la Universidad, las amistades, el erotismo real —o que parece real—, la aparición de las figuras sagradas, el descubrimiento de la vocación literaria.

La independencia de cada parte tampoco rompe la unidad del libro, que cuenta a grandes rasgos la vida de Cecilia hasta que finalmente comienza a vivir por sí misma, sola, sin el apoyo de padres, madrina, escuela, amigos, amante, figuras luminarias. Pero ese nacimiento no sería posible sin la suma de esos actos.

Como sucede en el caso de Doris Lessing en su *Cuaderno dorado*, el resultado no es el resultado de acumular y sumar experiencias, sino la combinación de todos. Los cuadernos de Lessing, que aglutinan las experiencias amorosas, sentimentales, eróticas, políticas, literarias, culturales, expresadas a través de diferentes colores, es lo que produce el color dorado. En *Rito de iniciación* la libertad no es sucedánea de cada acto de Cecilia, sino la acumulación, pero sumada a la reflexión, al libre albedrío, a la decisión personal. El largo, a veces doloroso, siempre sufrido viaje a la libertad, semeja a un nacimiento. Y falta aún mucho por vivir, por crear, por escribir, pero al final del libro Cecilia ya nació, al menos.

Rosario Castellanos fue de las primeras mexicanas, y de las pocas a la fecha, que leyó a Doris Lessing. *The Golden Notebook* apareció en las fechas en que la mexicana estaba escribiendo *Rito de iniciación*. Hay muchas coincidencias entre ambas novelas: la falta de concesiones para con el lector, la crueldad de las autoras para con sus personajes, el sentido del humor, las definiciones contundentes, la sana impudicia, las relaciones sexuales libres en una época en que, literariamente, éstas se expresaban desde el punto de vista masculino, y muchas veces sólo con puntos decimales.

Las mujeres, como objeto erótico, eran siempre víctimas que debían pagar su osadía de mantener relaciones sexuales, y si era fuera de matrimonio, debían expiar culpas ajenas, de manera vitalicia e irreversible. El sufrimiento no se detenía sino con la muerte o, peor, con la redención. La prostituta o, en el mejor de los casos, la amante relegada, debían esperar a que el hombre la acogiera, le cumpliera sus necesidades de todo tipo, pero siempre a escondidas, siempre de manera secundaria, nunca a la vista de nadie. El sexo premarital o extramarital conducía al prostíbulo, a la soltería como fatalidad, a la soledad, al castigo divino o terrenal. En Lessing y en Castellanos conduce a la libertad, con los riesgos que ésta conlleva.

El lector puede perder de vista los aciertos de esta novela de Rosario Castellanos, porque ya abundan libros con ese tema, con ese tratamiento, pero debe recordar que fue escrita a principios de los años sesenta, y la acción está colocada diez años antes, en la era preCU, antes que la Universidad se mudara al Pedregal, cuando Filosofía y Letras estaba en Mascarones, en el antiguo barrio bohemio de la capital, cerca de la Ribera de San Cosme, un rumbo donde vivieron Jaime Torres Bodet, Pedro Henríquez Ureña, Salvador Novo, Enrique González Martínez, un Mascarones que, recuerda Ramón Xirau, vibraba de entusiasmo literario, donde la cafetería sustituía con creces las cátedras y eran presididas por unos maestros que en las aulas eran formales y en los cafés amigables.

Las mujeres de la literatura en esa época, finales de los cuarenta, principios de los cincuenta, proclaman su libertad, son sufragistas y, desde luego, reprimen sus deseos sexuales hasta lograr la promesa, no siempre cumplida, de un matrimonio con todas las de la ley. Ya no son *Santa*, pero siguen siendo *La mujer domada*.

Las mismas protagonistas de las novelas de los años sesenta son más libres, pero siguen purgando culpas de una manera u otra. El sexo fuera del matrimonio sigue siendo un estigma, y el castigo también continúa siendo la soledad, aunque menos sufrida pero involuntaria, de cualquier manera. Las mujeres libres, desprejuiciadas, vienen después, en la literatura de Juan García Ponce (*La cabaña, La vida perdurable, Encuentros, Crónica de la intervención, Inmaculada, El gato*), Sergio Pitol, Héctor Manjarrez, Gustavo Sainz, José Agustín, Jorge Aguilar Mora, Paloma Villegas, Carlos Fuentes.

La multitud de novelas actuales sobre la cultura, en la que los personajes principales son escritores, no era usual en los años sesenta. Algunas excepciones: los libros autobiográficos de José Vasconcelos (pero más como hombre de acción que de letras), "Fortuna lo que ha querido", un relato de Carlos Fuentes pero con el muy identificable personaje de José Luis Cuevas; *Aura*, de Carlos Fuentes (pero es historiador, y víctima de brujas).

Después, en Fuentes, García Ponce, Pitol, Galindo, Poniatowska, Sainz, Manjarrez, muchos más, el narrador o principal personaje es escritor. En muchos sentidos, la novela de Castellanos se anticipó a lo que ha sido la literatura mexicana en las últimas tres décadas. Sin embargo, en lo que respecta a erotismo, sentido del humor, capacidad crítica, pocos libros se acercan a éste. "Bella dama sin piedad" fue un título que empleó Castellanos para una reseña crítica y para un poema. Y hubiera sido muy adecuado para subtítulo de esta novela, de no ser porque la protagonista insiste en que la belleza es una cualidad, si lo es, muy inferior. En el momento de su emancipación decide que no se trata de una cualidad femenina, sino de una característica menor, incluso menospreciable, si no despreciable. Es preferible la inteligencia. No el ingenio, no el sarcasmo previsible (que abunda en estas páginas, sobre todo en opiniones acerca de la mujer, o mejor, de la condición femenina), y si para cultivar la inteligencia hay que combatir la belleza, mejor, así Cecilia se convierta, como se lo advierte uno de sus compañeros, en un monstruo.

La vida universitaria es uno de los temas del libro. La Universidad se trasladó al Pedregal a partir de 1953. *Rito de iniciación* transcurre entre las calles y los jardines de la colonia San Rafael; no cuesta trabajo, sin embargo, imaginarse a Cecilia y a sus personajes entre los pasillos de CU, a las mujeres de minifalda y a los hombres de jeans, en vez de las faldas amponas y los trajes y sombreros con que asistían a clases los universitarios a finales de los cuarenta y principios de los cincuenta; la acción sigue siendo tan actual como si la hubiera escrito en 1973, poco antes de su fallecimiento, o hace unos meses, de no haber muerto. Las grillas pueden ser menos ingenuas, más estudiantiles, pero siguen existiendo; las federaciones universitarias siguen siendo la antesala de la política sindical o de las secretarías y oficialías mayores.

La ambición de los universitarios, aunque no tan concreta como la de los compañeros de Cecilia, sigue siendo la del estudio como preparación para una profesión que dé prestigio y solvencia económica, no para una vida académica o de investigación o de creación.

Sin embargo, Castellanos no es maniqueísta, describe a sus personajes, pero no se burla; en todo caso, se burla más de Cecilia que de los otros, quienes finalmente tienen un propósito definido, pueden hacer de cuenta que ya nacieron; Cecilia apenas va a nacer.

Otros muchos aspectos de la vida mexicana son abordados en esta novela: el enfrentamiento entre padres e hijos, los complejos de Edipo y Electra, las vocaciones fallidas, el fracaso como voluntad propia, la inexistencia de una cultura femenina, el arribismo en todas sus variantes, la homosexualidad (en esa época, ni por asomo un homosexual era respetable en una novela; apenas en 1978 comenzaron las narraciones donde se le daba un perfil humano, no ridículo ni trágico ni cómico).

Susana, compañera de Cecilia en las clases, logra antes que ésta su propósito: casarse. Pero pasa de ser la amiga fiel a la esposa fiel, estudió mientras se casó. Sin embargo, las tres poetisas que se juntan para devorar a su maestra Matilde, recipiendaria de un premio internacional de prestigio, son escritoras como variante de la posición social, como una derivación o un sustituto de la actividad sexual o por su fracaso como esposas.

No sólo Matilde y sus discípulas son ridiculizadas; también Manuel Solís y sus admiradores son pasados a cuchillo; Solís, la gloria nacional, vive aislado, aunque con el auditorio incondicional que es su hermana, pero es rencoroso, pendiente aunque lo niegue del mundo externo, de sus enemigos que son sólo colegas o competidores. Ese retrato trazado con tanta crueldad por Castellanos se le puede aplicar a cualquiera de nuestras grandes glorias literarias. El lector debe recordar, sin embargo, que estas páginas fueron escritas en 1965 y situadas en los años cuarenta. La actualidad de estas páginas habla no sólo mal de las grandes glorias, sino muy bien de la eficacia narrativa de Castellanos, además de su complicidad con los lectores de todas las épocas.

Como en todo escrito de Castellanos, hay una buena dosis de autobiografía, pero sólo en algunos aspectos, y de una sola manera: la anecdótica. Su protagonista, como ella, sale de la provincia para estudiar en la capital; como ella, cambia a última hora de carrera, de Historia a Letras (Castellanos, en realidad, de Derecho a Filosofía); las dos son hijas únicas; las dos, estudiantes destacadas en su generación. Allí terminan las coincidencias. Es posible, sin embargo, que Castellanos le haya prestado a Cecilia alguna de sus razones propias para tomar su decisión final, que es la de dedicarse a escribir.

Asombra, por otra parte, la frescura, la alegría, el desenfado de esta novela y nos despierta la duda: de no haber retirado Castellanos el manuscrito para su publicación, ¿cuál hubiera sido su derrotero? *Álbum de familia* es un libro muy diferente a los anteriores, y tan inclasificable que sus críticos prefieren omitirlo de sus estudios, y encasillan a su autora como creadora de puros libros indigenistas, reivindicatorios. *Álbum de familia* les es incómodo, les contradice sus teorías; y eso que no es tan radical como *Rito de iniciación* que, repetimos, de haberse publicado, ¿habría provocado reacciones, tendría seguidores y continuadores voluntarios, habría trazado una línea diferente en la narrativa mexicana?

Retomo las ideas iniciales: al concluir su participación en el ciclo de conferencias Los Narradores ante el Público, el 22 de julio de 1965, Rosario Castellanos anunció la escritura de su nueva novela, *Rito de iniciación*. En abril de 1969 anunció su cancelación definitiva, y en octubre de 1971 dijo que el único fragmento que sobrevivió a la destrucción de la novela había sido el relato "Álbum de familia", incluido en el libro del mismo título. (El tema de este relato ya lo había tratado en una obra de teatro, *Tablero de damas*, publicado en 1955 en la revista *América*, un drama en verso que, según confesiones de Castellanos, le causó la enemistad de varias escritoras, algunas contemporáneas suyas, porque se vieron retratadas —y justificadamente— en esos personajes malvados, malignos, malos, fracasados. Es posible que esa reacción haya influido también para el retiro del manuscrito para su publicación.)

En 1987 Adolfo Castañón me encargó para el Fondo de Cultura Económica la compilación de las obras completas de Rosario Castellanos. En 1988 apareció el primer tomo, que incluye sus libros narrativos. Antes de entregarlo a la editorial, agoté las posibilidades para localizar *Rito de iniciación*. Quienes la habían leído (García Flores, Ortiz y Ortiz, Carballido) la recordaban con agrado, alguno con entusiasmo, y lamentaban que Rosario hubiera escuchado malos consejos de que no la publicara.

Ninguno conservaba la copia. Interrogué a Martí Soler, quien recordaba también que la novela había sido compuesta en tipografía, y consultó para ver si, pasado

todo ese tiempo, conservaban las galeras. Pero fue inútil. El manuscrito parecía perdido, definitivamente.

En 1995 el Fondo de Cultura Económica retomó
el proyecto de las obras completas, y me volvió a encargar la recopilación de los materiales no narrativos. En-
tregué el segundo tomo (poesía, teatro, ensayos y reseñas
críticas) en septiembre de ese año. Por esos días la Biblioteca México y el Instituto Nacional de Bellas Artes
prepararon un homenaje nacional a Rosario Castellanos,
y Rafael Vargas, con su cotidiana generosidad, me propuso para que fuera el curador de esa exposición ("Materia Memorable", octubre-noviembre, 1995).

Al recopilar material para el homenaje me entre-
visté en diversas ocasiones con Gabriel Guerra Castellanos,
hijo de la escritora, y su esposa Sabina, y con Daniel Leyva,
éste por parte del INBA. El propósito era revisar fotografías,
cartas, manuscritos, cuadros, que me permitieran trazar un
retrato personal, no literario, de la escritora. Nos topamos
con una asombrosa escasez de testimonios de este tipo;
sólo las fotografías ya conocidas, y las ediciones de Castellanos que Gabriel ha recopilado, en español y traducciones
diversas, a lo largo de ya 23 años.

Quiso la casualidad que Gabriel recibiera, por
esos días, un llamado: estaba por vencerse la renta de
la bodega que Rosario Castellanos había alquilado 25
años antes. Gabriel decidió no renovar y recoger lo
que ella había guardado entonces. Con generosidad,
al recibir las cajas selladas, Gabriel me permitió abrir-
las y ver qué encontrábamos.

Estaba gran parte de su biblioteca, muchos de
sus libros favoritos (Lessing, Agatha Christie, Graham
Greene, Simone de Beauvoir, Schopenhauer, entre muchos otros). Había objetos personales, como su vestido
de novia, fotografías (ella y Ricardo Guerra jugando,
bailando en cabarets, besándose; con su hijo Gabriel en
Chapultepec —frente a la casa donde vivió, escribió, y
donde ahora vive Gabriel—, en fiestas infantiles, en
conferencias), cartas oficiales, boletas de calificaciones,
certificados de primaria a la carrera universitaria. Objetos todos que fueron expuestos en la Biblioteca México.

También había varios manuscritos: de artículos publicados, algunos poemas, algunos ensayos, recortes de críticas teatrales. Incluso un manuscrito a mano, con su letra ilegible, que hablaba de un "work in progress". También fue exhibido.

Y estaba una carpeta eléctrica, gruesa, con 400 cuartillas, exactamente. En su primera página, el título, *Rito de iniciación*, la novela que había proclamado destruida para siempre. Era cierto: todas las copias fueron destinadas al fuego, menos el original, que había conservado amorosamente. Le faltaban las páginas correspondientes al capítulo "Álbum de familia" que, como hemos dicho, fue incluido como cuento independiente en el libro *Álbum de familia*. Pero que encaja a la perfección en la secuencia de la novela.

El hecho de que un libro destruido en 1965 hubiera dado un relato publicado seis años después me había hecho guardar esperanzas de que, en realidad, la novela no estaba despedazada. Pensé que, en algún momento, iba a aparecer. No esperaba ser yo mismo quien la encontrara.

Cuando abrí la carpeta y, emocionado, cotejé que se trataba de la legendaria novela perdida, me encontraba a solas en lo que fue el estudio de Rosario Castellanos. Gabriel me había abandonado unos instantes, me había dejado solo para que hiciera elección de materiales sin prejuicios, con toda libertad. Al filo del mediodía le comuniqué a Gabriel y a Sabina el hallazgo y decidimos no hablar de él en esos momentos, que estaba tan próximo el homenaje nacional; había que dejar pasar unos meses, leer el manuscrito con calma, y hablar después.

Ambos coincidimos, semanas más tarde, en la necesidad de publicarlo. Creo que es una de las novelas más importantes que se hayan escrito en México; su importancia, además, no sólo es literaria, y también creo que si no la destruyó por completo es porque pensó que llegaría el momento propicio para lectores que la leyeran mejor que en una década que comenzó alegre y terminó trágica.

Al momento de su muerte, cuando estaba tan entusiasmada, tan llena de vida, escribía un ensayo larguísimo que quedó a medias. En él habla de una literatura sin límites, sin fronteras, sin cortapisas. Acaso hablaba de *Rito de iniciación*.

No sé si éste sea el momento más adecuado para este libro. A ratos el manuscrito parece referirse al México de los noventa. Aún quedan, también, muchos resentimientos contra la mujer crítica, aguda e inteligente que no tuvo piedad para con sus semejantes, ni en actitudes humanas ni en cuanto a creadores literarios. Muchos, que eran niños o que no habían nacido cuando Castellanos escribió estas páginas, se sentirán aludidos en sus personajes. Muchas escritoras pensarán que es de ellas de quien se burla en unos capítulos; muchos creerán que los tomó como modelos para otros. Algunos más no le perdonarán el arrojo y desenfado con que habla del erotismo o del arribismo en no pocos momentos.

Era, entonces, impostergable su publicación. *Rito de iniciación* nos da una Rosario Castellanos muy diferente de la que, de buena o mala fe, han creado sus seguidores, muy distante de la tragedia que le inventan, de los sufrimientos que le atribuyen, una Castellanos implacable e impecable, burlona, risueña, como siempre fue y que se nos ha escapado por buscar claves inadecuadas, por querer leer en clave, por creer que hablaba de ella cuando hablaba de los demás. Nos da una Rosario Castellanos que nos va a ayudar a leer de otra manera *Poesía no eres tú, Balún Canán, Oficio de tinieblas, Ciudad Real, Los convidados de agosto, El mar y sus pescaditos, Mujer que sabe latín, El eterno femenino*. Completa *Álbum de familia*, o éste lo complementa.

Una Rosario Castellanos que, como dijo Elena Poniatowska, no tiene más antecedente que Sor Juana Inés de la Cruz y que tampoco tiene descendientes. Una Rosario Castellanos que sólo podría haber sido imitada y superada por una Rosario Castellanos que ahora, en estas páginas, ha dejado de ser inédita.

Rito de iniciación terminó de imprimirse en
abril de 1997, en Litográfica Ingramex, S.A. de C.V.
Centeno 162, Col. Granjas Esmeralda, C. P. 09810,
México, D.F. Cuidado de la edición: Eduardo Mejía.